我らがパラダイス

林　真理子

集英社文庫

我らがパラダイス　目次

我らがパラダイス

第一章　細川邦子の場合

改札口を出たとたん歩幅が広くなった。駅前の布団屋のウインドウが、一部分鏡になっている。ここの前を通り過ぎる時は、目をやるのが習慣で、今、そこには背を丸めた中年女が映っている。

急ぐとつい前かがみになり、老けて見えるのだと実感した。が、今はそんなことを言ってはいられない。本当に気が急《せ》いているのだ。

今までなら小さな花屋を右に曲がるのであるが、それが空地になっていた。目印が消えていることさえいまいましい。実家に寄ったのは二ケ月前のことなのに、私鉄の小さな商店街はしょっちゅうさま変わりしている。もう自分の知っている店は、ほとんど残っていないのではないかと、細川《ほそかわ》邦子《くにこ》四十八歳は思う。

そしてさらに早足になって商店街を抜け、幼稚園の三軒隣に邦子の実家はある。二十年ほど前に新築したから、ほとんど思い出はない。四十坪の敷地に、二階建ての家が建っている。

インターフォンを押す。願っていたけれどもドアを開けてくれたのは、兄嫁ではなかった。灰色のカーディガンを着た兄の三樹男《みきお》が、力なくそこに立っている。

「お兄ちゃん」

邦子は叫んだ。

「ねえ、ねえ、どういうことよ。説明して頂戴よ。どうしてこんなことになったのよ」

「まあ、ドアを閉めろってば。隣に聞こえるじゃないか」

邦子もあわてて中に入った。こういうことは自然にしてしまう。昔、似たような勤め人たちが、似たような家を建てたそこそこの住宅地だ。隣近所とのつき合いもまだ残っている。特に隣家の主婦は、亡くなった母と仲がよかったし、根っからのお節介ときている。実家にいた時から、庭やベランダで大声を出すのは、この家のタブーとなっていたのである。

邦子は居間のソファに座った。かすかに異臭がするが、それを口にすることははばかられた。

「ねえ、お義姉《ねえ》さんがうちを出てったって本当なの」

「ああ、おとといのことだ」

「ちょっとオ、それってお父さんとお兄ちゃんを置いて出ていったっていうことなの」

「そういうことだ」

「お父さんは今、どうしてるの」

「自分の部屋でテレビを見てるよ」

「私、ちょっと行ってくる」

邦子は居間を出て、廊下の向かい側にある父の部屋をノックした。

「お父さん、邦子です」

「ああ」

ドアを開けると、父の滋《しげる》がベッドに腰かけ、ニュース番組を見ていた。こちらもなぜか、兄と同じような灰色のカーディガンを着ている。少し痩せたような気がするが、ニュースを見ていたことに深く安堵《あんど》した。

「お父さん、ニュースは面白いですか」

「ニュースは面白いもんじゃない。見なくちゃいけないもんなんだ」

「そうですよね」

邦子は居間に戻った。

「お父さん、しっかりしてるわよ、今もちゃんとニュース見てたし」

「だから何度も言ってるだろ。まだらボケっていうやつだよ。それがどんどんひどくなっている」

「確かにこの頃、つじつまの合わないこと言うけど、今みたいにちゃんとしてる時もあるんだし」

「親父《おやじ》はな、お前が来ると、わりといいとこ見せようとするんだ。いつも一緒にいるもんにはたまらない」

そんな言い方をしなくてもと邦子はむっとした。九年前に母が肺癌《はいがん》で死んだ。煙草《たばこ》など吸ったこともない母が、どうして肺癌になったのか、今もってよくわからない。が、父はしみじみと言ったものだ。

「俺がいけなかったんだ。六十まで煙草がやめられなかった。母さんにどれだけしつこく言われても、血圧が上がるまでやめられなかった。あれがな、きっと命取りになったに違いない」

と通夜の席で涙を見せた。あの時の父はしっかりとしていた……そして三樹男と邦子を前に、

「しばらく一人で暮らす、いざとなったら、この家を売って施設へ行く」

と宣言したのである。それに待った、をかけたのが兄嫁の登喜子《ときこ》である。

「お義父《とう》さんのことが心配だから、自分たちがこの家に戻ってくる」

と登喜子は言い張ったのである。

後に、邦子は、母方の伯母《おば》から、

「なんてお人よしなの」

と叱られたものである。登喜子の策略にうまくひっかかったというのだ。

何度か話し合った結果、邦子は、

「兄夫婦が、最後まで父親のめんどうをみる」

ということで相続放棄をした。将来家と土地が、すべて兄のものになるように配慮したのである。

兄の一家は、それまで公団に住んでいた。娘が一人いて、彼女は五年前に結婚をした。

「登喜子さんはね、すごい見栄《みえ》っぱりだから、娘を公団から嫁に出したくなかったのよ。だってね、玲子《れいこ》ちゃんの結婚式の時に、ちゃんと結納出来る家から出してやれてよかった、って言ってたの、私、聞いてるもの」

と、別の親戚の女も証言している。玲子というのは、兄の娘である。平凡な顔立ちで、写真を見なければはっきりと思い出すことも出来ない。あの娘が、結納をかわすほど、格式の高いうちに嫁いだとは、どうしても思えないのであるが。

そんなことはともかくとして、邦子はかなり譲歩したのである。このあたりは地価も安定していて、当時もひと坪百七、八十万といったところであった。駅前の不動産屋の広告を何度も見に行ったからよく知っている。父は二十年前にあり金はたいて、家を新築していたので、預金や株の類《たぐい》は何もない。財産といえば、土地だけだ。もし兄と分けることになったら、あれこれを引かれたとしても二千万は手にしていただろう。しかし邦子はそれをいらないと正式な書類に書いた。

これについては、親友のアドバイスが効いている。舅《しゅうと》、姑《しゅうとめ》の二人を看取《みと》った彼女は、力を込めてこう言ったものだ。

「あんたね、二千万ぐらいでお父さんのめんどうみてもらえるなら、安いもんだと思いなさいよ。私はね、一億貰《もら》っても、もう二度とあんなことしたくないわよ。わかった、欲をかいちゃダメ。年寄りのめんどうは、いくらお金出しても逃げなきゃダメなのよ」

正直なことを言うと、最初のうちはしっかり遺産は貰うつもりであった。しかし次第にめんどうくさくなってきたのである。

兄とはふつうの仲のいい兄妹であった。中学・高校の時は、かなり自慢だったといってもいい。

六つ年上の三樹男は背が高く、なかなか綺麗《きれい》な男の子であった。おまけに成績がよく、有名私大の経済学部にストレートで合格した。卒業後は苦労もなく都市銀行に就職したのだから、両親の期待はどれほどだったろう。あの頃は近所の人たちとも親密なつき合いをしていて、今のようにほとんどが死んだり呆《ぼ》けたりということもなかった。

「大平《おおひら》さんのところの長男はよく出来る」

という称賛を、母はあちこちから浴びたはずだ。

その兄が次第に右肩下がりの人生を送るのは、どう考えても兄嫁のせいではないだろうか。兄は配属された支店で、知りあった登喜子と〝デキちゃった婚〟をした。当時は〝デキちゃった婚〟はまだ珍しく、

「そのおかげで出世のハシゴをはずされた」

と、亡くなった母はいまいましげに言ったものだ。

結婚して三年めに、兄は小さな証券会社に出向になった。すぐに戻してやるという約束だったらしいが、その直後に兄の勤めていた銀行はメガバンクに吸収合併されることとなった。その後もう一度さらに大きなところと合併して、長ったらしい名前は、すっきりとした三文字になった。

しかしその間三樹男は、株の世界にどうしてもなじむことが出来ず退職した。そして転職を繰り返した結果、今は友人の通販会社で経理を手伝っている。給料も安いらしく、身のまわりにもかまわなくなった。四十過ぎた頃から急に髪が薄くなり、今は誰がどう見ても〝ハゲ〟ということになるだろう。

少女の頃、邦子が自慢にしていた、颯爽《さっそう》とした兄の姿はどこにもない。魔法にかかったように、あっという間に小汚い中年男になってしまったのである。

「あんな女房を貰えば、誰だってああなる」

母から口惜《くや》しそうな言葉を何度聞いたことだろう。母は最初から気に入らなかった。

「高卒の年上のくせに」

兄嫁は兄の二つ年上なのだ。そんな時、

「そんなことを言うもんじゃない」

とたしなめたのが父だが、それも昔のことだ……。

「親父がうちのやつに抱きついたらしい」

突然三樹男が言った。

「まだ一人で風呂に入ることは出来る。だけど何かあっちゃいけないって言うんで、洗面所でうちのが待ってた。そうしたら、全裸で抱きついてきたって言うんだ」

「やめてよ！」

邦子は叫んだ。

「お父さん、いったい幾つだと思ってるのよッ。八十二歳よ、八十二！　そんなことがあるはずないでしょ」

「だけど、本当だって登喜子は言い張るんだ」

「やめてよ、汚らわしい。そんな出鱈目《でたらめ》言って」

怒りは父ではなく、兄嫁の方に向けられる。登喜子は兄より二つ上の五十六歳だ。肥満というのではないが、年と共に、骨が太くなっていく感じだ。結婚当初はそれなりに可愛《かわい》らしい顔をしていたのであるが、今は不機嫌そうな顔をした中年女だ。頬が弛《たる》み、口角が思いきり下がっているので、まるで腹話術の人形のようである。そしてその口から出る言葉は、人形にふさわしく、抑揚というものがない。いくら父が血迷ったとしても、あんな女に抱きつくはずはないではないか。

「今だって、ちゃんとおとなしくニュースを見ていたわよ」

もう一度、ニュースという単語を強めて言った。

「お父さんはやさしいいし、いい舅だと思うわよ。多少ボケたとしたって、同居はお義姉さんが言い出したことだし、ちゃんとめんどうをみるべきじゃないのッ」

「だけど登喜子は、玲子のところへ行ってもう二度と帰ってこないって言ってる。もうあんなことまっぴらだって」

「それって、離婚するってことなの」

「まさかァ！　あいつだってそんなことは考えてやしないよ」

なぜか三樹男は自信ありげに笑った。

「もうそろそろ六十になる女が、一人で生きていけるわけないじゃないか」

「それだったら、お兄さん、お義姉さんとちゃんと話し合ってくださいよ」

たかが夫婦喧嘩《げんか》の延長のようなことでしょう。邦子は無理やりそう思い込もうとした。

「私は嫁に行った身なのよ。関係ないのよ」

本当にそうだと邦子は思った。

自分はもう結婚して、家庭を持っている女である。だから実家とは距離を置いていたい。これは昔風の考え方であろう。邦子もよく知らないが、昭和の頃までは日本には長子《ちょうし》制度の風があったという。長男が親のめんどうをみる代わりに、土地や財産を引き継ぐのである。これは古くさいようであるが、嫁にとってはかなりよく出来た制度ではなかろうか。

どうせ庶民などたいしたものを持っていない。それはいらないと宣言すれば、親の介護という〝ババ〟は、長男が引いてくれるのである。

だから自分も昔風の、長男を立てた形にしたのだ。長男の方もちゃんと守ってくれなくては困る。

「お兄ちゃん、しっかりしてよ」

少々強い姿勢に出た。子どもの頃からこうした方が効果的だとわかっている。

「お義姉さんと、もう一度ちゃんと話し合ってくださいよ。お義姉さんだって年だし、専業主婦なんだし、そんなに家を空けられるわけないでしょ。お兄ちゃん、ちゃんとガツンとやってよ、ガツンって」

「わかってるよ」

三樹男はうるさそうに顔をしかめた。その顔が老いた父親にそっくりだった。

「ずうっとメールでやり合ってる。ちゃんと早く帰って来いって」

「メールじゃダメ。メールじゃ」

邦子は手を振った。

「大切なことは、ちゃんと声を出して話した方がいいわよ。メールだと、人間いくらでも強気になれるんだから」

それにしてもと、邦子はあたりを見渡す。

「さっきからこのソファ、すっごく臭うんだけど……」

「親父だよ」

「えっ？」

「この頃、トイレに間に合わないことがしょっちゅうだ。気づくとここで垂れ流してる」

「紙オムツさせればいいじゃないの」

「オムツは嫌がってしないんだよ」

「嫌だろうと何だろうと、させなきゃダメでしょ」

そう叫びながら立ち上がっていた。

「今はすごくいい紙オムツあるんだから」

「それでね、帰りしなにお父さんの部屋に寄ったのよ」

家に帰ってきてからまずしたことは、手をよく洗い、スカートを脱いでクリーニングに持っていく紙袋に入れたことだ。そうしてようやく茶を淹《い》れ、夫に話しかける余裕が出てきた。

「お父さん、これからちゃんと紙オムツをしましょうよ。そうでないとお義姉さんが困るでしょう、って言ったら、わかったって。お義姉さんだってね、嚙《か》んで含めるように言えばいいのよ。まだらボケっていってもね、ニュースも見るし、新聞だって時々読むのよ。ちゃんと言えばわかんない人じゃないの」

「そうは言ってもなァ」

と智彦《ともひこ》はバナナの皮をむいている。バナナは夫の大好物である。夕食の後、必ず口にする。そうすると便秘にいいと言うのだ。夜にバナナを口にしても、智彦は痩せぎすの体型を保っている。それは五十歳になっても変わらない。

「年がら年中一緒にいる身にもなってみろよ。そこはお義姉さんにちょっと同情してあげなきゃな」

夫は三男の末っ子という、実に有り難い家庭環境である。こちらは母親だけが残り、長男家族と暮らしている。といっても、まだ七十代の母はかくしゃくとしていて二世帯住宅に住んでいるのだ。だからそれほどの負担はないはずなのであるが、夫はいつも義姉に申しわけながって、盆暮れのものをふんぱつしている。邦子はそれが気に喰《く》わない。

智彦は中堅どころの印刷会社に勤めているが、ここはもはや斜陽産業である。ＩＴ分野に進出しそこねて、昇給とは縁がない会社生活だ。二年前の大きなリストラの際には、どれほどひやひやしたことだろう。今は首の皮一枚でつながっているといってもいい。それなのに実家には大層尽くす。このあいだも、義兄の息子の大学入学祝いの額をめぐって、かなりやり合ったものだ。聞いたこともない私立の入学祝いに、どうして大枚はたかなくてはいけないのかと、邦子は主張したが受け入れられなかった。いつも、

「お袋が世話になっているんだし」

のひと言で押し切られてしまう。

「ママ、お帰り」

ひとり娘の果菜《かな》が、パジャマ姿で髪をふきふき出てきた。高校二年生にしては小柄で、目の離れた子どもっぽい顔をしている。よく中学生に間違えられるが、本人はそれが不満なようだ。夏休みにパーマをかけ、毎朝ゆるい縦ロールにしていく。高校生がこんなことをしていいのかと案じる母親に対して、

「何言ってんのよ。私なんかすっごくおとなしい方だよ。染めるのなんかあったり前だし、化粧してるコなんかいっぱいいるよ」

と、口をとがらせた。

「おじいちゃん、具合どうだった」

それでも優しいところはあり、こうして真剣に祖父のことを聞いてくれるのだ。

「まあ、〝まだら〟っていうところかしらね。そんなに呆けてるわけじゃない。テレビ見てる時なんかちゃんとしてた」

「それでママ、これからおじいちゃんのめんどうみに行くの」

「まさかァ」

即座にうち消した。

「おじいちゃんはまだしっかりしているし、伯母さんだってもうそろそろ帰ってくるでしょ。ママはそんなに出番ないわよ」

実家のソファから漂ってきた尿のにおいを、必死に頭の中から押し出そうとしている自分がいる。そうだ、自分は今までどおり、月に一度か二度、実家に顔を出せばいいいのだ。

「ふーん、よかったじゃん」

タオルで顔の半分が隠れている果菜は、どさりとソファに座り、テレビのスイッチを入れた。またテレビばかり見てと、このあいだまで口うるさく言っていた邦子であるが、この頃は大目に見ている。もう今さら、という気持ちだ。

果菜が大学には進まず、声優を育てる専門学校に行きたいと言い出した時、どれほど驚きつらい気分になっただろうか。夫は二流の私立といえども大学を出ていたし、自分も短大という学歴だ。当然たった一人の子どもは大学に行かせるつもりであった。しかしあっけらかんと「行きたくない」と言われてしまったのだ。がっかりしてしばらく落ち込んでいたが、日を追うごとに安堵のようなものが芽ばえていた。

子どもを大学に行かせないことは、これほどすっきりした気分をもたらしてくれるものだろうか。

邦子は誰かに教えたくなってきたほどだ。おそらく友人たちはみな「負け惜しみ」と言うに違いないだろうが。

娘にはいろいろ心をつくしてきた。子どもの頃は、バレエやピアノ、英会話と、かなり無理をして稽古ごとをさせたものだ。が、果菜は本当に覇気のない娘で、どれも長続きしなかった。勉強はといえば、近くの区立中学で中の下を漂っていたから、高校もそのあたりだ。なんとかそこそこの都立にすべり込んだ。ここでもしかすると、奇跡が起こるかもしれない、などと思ったこともあるが、そんなこともまるでなく、果菜はスマホゲームとアニメが大好きな平凡な高校生となった。救いといえば、親に反抗することもなく、校則を犯すようなこともなく、ごく素直に育ったことだけだ。

その果菜が、高校二年生になった時、

「大学へは行かない。声優になりたい」

と言い出したのだ。

「そんなもので食べていけるわけはないだろう。馬鹿なことを言うな」

と夫は声を荒らげ、邦子も、

「自分の子どもは高卒で終わるのか」

という感慨にしゅんとなった。しかししばらくたつうちに、それもいいかもしれないと考えるようになっていった。

子どもの大学資金にコツコツ貯《た》めていたものがあるが、四年間の費用には足りなかった。そのため夫には、定年まで働いてもらわなくてはならないのだが、会社の情況をみるとそれが可能かどうかわからない。邦子はこれまで幾つかのパートを経験しているが、娘を大学に行かせるとなると、もっと実入りのいいところを探さなくてはならないのではないか……。この何年か、邦子の心の中で次第に面積を広くしていった灰色の気体が、いっきに晴れていくようだ。声優の専門学校にどれだけの費用がかかるかわからないが、二年間だという。大学の比ではないだろう。

もう娘のことで、くよくよ悩むことはないのだ。何か言う者には、

「子どもには子どもの人生がありますからね。親も口出しは出来ないですよ」

という大義名分を口にすればそれでいい。

娘はたぶん声優などになれるはずはない。あれは近頃とても人気の高い職業で、志望者は山のようにいるらしい。芸能人のようなものだろう。その中で娘がやっていけると到底思えなかったが、邦子は、

「女の子だから、喰いっぱぐれはないだろう」

と気楽に考えるようになった。果菜は親から見ても、まあまあの器量である。小さな顔に、垂れ気味の大きな目が愛らしい。年頃になれば、きっと男が現れ一生食べさせてくれるはずであった。

邦子は、

「女も一生働ける仕事を持ち、自立すべきである」

という昨今の思想にあまりなじめない。あれは特別の才能や頭脳を持った女だからこそ、出来ることだと思う。それよりも結婚して幸福な家庭を持つ方が大切だ。夫の収入が少なければ、やりくりをうまくしてパートで働けばいい。

幸い邦子は働くのが決して嫌いではない。体はよく動くし手も早い。何よりも若い子たちには意味さえもわからないであろう「気働き」ということが出来た。そのために、どこの職場に行っても重宝され、大切にされたものだ。

以前勤めていたホームセンターでは、店長にとても気に入られ、正社員にならないかと誘われたぐらいだ。それは邦子の自慢である。

いずれにしても、娘が大学に行かなくなったせいで、邦子の気持ちは晴れやかに、さらに意欲的になっているのである。

「ママ、ネイルしてあげよか」

ドライヤーをかけ終わった果菜が寄ってくる。

「明日、面接なんでしょ。ちょっと、その爪だとまずいと思うよ」

反射的に自分の手を見た。いつもベースコートに目立たないピンクを塗っているのであるが、それがところどころ剝がれている。

「面接って、案外そういうところ見るんだから」

「面接なんかしたこともないのに、よく知ってるじゃない」

邦子は笑った。娘がままごと道具のように、ヤスリや小瓶をあれこれ並べるのが楽しく嬉《うれ》しかった。

「面接してるよ。バイトでもしてるとこ結構あるしさ」

「へえー」

「私さ、駅前のコーヒーショップ、楽しそうだと思って面接受けた。そしたらもう人が足りてる、とか断られてさ。人が足りてるなら募集するはずないじゃん、って。チョーむかつく」

「カナの態度がよくなかったんじゃないの」

「そんなわけない。私、よその人には愛想いいもん。ま、もうあの店、二度と行かないからいいけどさ」

そう言いながら果菜は、邦子の爪にヤスリをかけて先端を整え、小さなナイフのようなもので甘皮をとっていく。そして丁寧にベースコートを塗り始めた。

「カナちゃん、うまいね」

「こんなの常識」

「だけど手際いいよ。声優もいいけどさ、ネイリストっていう道もあるかもね」

「それも考えたことあるけどさァ」

仕上げにオイルをすりこむ。

「ネイリストやりたい女の子なんていっぱいいるんだしさ。ま、わざわざ私がやることもないかと思って」

声優とはどう違うのか。声優の方も、志願者が山のようにいるのではないかと言いかけてやめた。せっかく娘が機嫌よくしているのだ。口癖の〝チョーむかつく〟が発せられないようにしなくてはならない。

「カナ、ありがとう」

かざした手の爪はピンク色に輝いている。

「これで明日の面接、きっとうまくいくよ」

第二章　田代朝子の場合

冷蔵庫から玉子を二つ取り出す。

フライパンに油を引いて割った玉子を落とす。この頃ごく自然に目玉焼きを二つつくってしまう。そんな自分がいまいましくてたまらない。だから田代朝子《たしろあさこ》五十四歳は、乱暴に皿を取り出し、ひとつの目玉焼きを叩《たた》きつけるように盛った。

トーストはちょうど焼けている。それを取り出しマーガリンを塗り、インスタントコーヒーと共に囓《かじ》り始める。

テレビから、朝ドラのテーマ曲が流れてきた。朝子は嫌な気分になる。弟の慎一《しんいち》がこの曲を目覚まし代わりにしているのを知っているからだ。案の定、台所の暖簾《のれん》が揺れ慎一が入ってきた。年子だから五十三歳になる。世間では男盛りといってもいいだろう。働き盛りともいう。たいていは役職について、力強く働き妻や子を養っている。

が、そういう義務をいっさい持たない男は、ふにゃりと痩せた体をしている。背中が丸い。中身を抜き取られたようである。そのわりには食欲があるので、朝子は腹が立ってくるのだ。

「こげてる」

と言った。目玉焼きのことらしい。

「どうしたら毎日こんなにこげて焼けるんだ。オレは黄身が、ふにゃっとやわらかいのが好きなんだ」

「あんたね」

朝子はコーヒー茶碗《ちゃわん》を手にしたまま、思いきり睨《にら》んだ。

「起きてまず目玉焼きのことを言うワケ？　その前に、お母さんのこと聞かないの？」

「今、のぞいたけど、寝てる」

「あたり前でしょ。私が五時に起きて、オムツ取り替えてお茶を飲ませてあげた。それでまた寝てるの」

「ふうーん」

「ふうーんじゃないよッ」

ついに怒鳴った。

「明日からはあんたがやってくれなきゃ困るの。いい？　お母さんは朝の五時に一回目を覚ます。その時にオムツ替えて、お茶をあげて、お茶は熱いのを冷ます。不精して水入れちゃダメ。この時もしかするとラジオ聞きたいって言うかもしれないからつけてあげる」

　長いこと一人暮らしをしていた慎一が、家に帰ってきたのは二ケ月前のことである。勤めていた食品会社を解雇されたのだ。どうしてそんなことになったのか詳しいことは言わない。

「シンちゃんにはシンちゃんの事情があるんだから、あんまりガミガミ言っちゃ可哀想《かわいそう》だ」

　と言ったのは母のチヅである。同じことを十五年前にも言った。慎一が離婚した時のことだ。この時慎一は、家も金も子どもも妻にごっそりと持っていかれた。後に離婚の原因が慎一の浮気と聞いて、朝子はどれほど驚いただろう。何の取り柄《とりえ》もない弟が、恋愛結婚しただけでも不思議なのに、他に女がいたというのである。

　このことを母にちらっと話したところ、

「そんなこともあるさ。シンちゃんは優しいから」

　とチヅは満足気に微笑《ほほえ》んだものだ。自分も夫の浮気にさんざん苦しんだくせにと、朝子は驚いてしまう。

　両親が離婚したのは、朝子が小学校六年、慎一が五年の時だ。が、それほど生活に困らなかったのは、母親が手に職を持っていたからである。腕のいい助産師だったチヅは、子ども二人を育て上げたうえに、小さなマンションも手に入れた。七十歳まで颯爽と働き続けた母は、朝子の自慢であった。看護師の道を選んだのも母の影響だ。仕事さえ持っていれば一人でも生きていけると教えてくれたのである。

このチヅが脳溢血《のういっけつ》で倒れたのは、今から三年前のことだ。近所の人たちと出かけた箱根の旅館で、突然意識を失ったのである。もしまわりに人がおらず、発見が遅れたら命はなかったと医者に言われたものだ。

評判のいい病院に入れ、リハビリもさせたが障害が残った。時々もつれることもあるが、何とか喋《しゃべ》れる。しかし左脚が動かない。それでも気丈なチヅは、一年近くひとりで生活を続けた。が、転倒して救急車で運ばれたのをきっかけに、ほとんど寝たきりになった。

朝子は勤めていた病院をやめ、母のめんどうをみることを決心した。独身なのも都合がよかった。しかし母との静かな日々は、弟という侵入者によって破られたのである。全くこんなことを誰が想像しただろう。

慎一は金を全く入れようとしない。本当に一円もだ。

納戸代わりに使っていた四畳半を片づけ、当然のようにそこに居座っている。何をやっているかわからない。ドアが開いた時にちらっと見たら、ずっとパソコンをいじっているのが見えた。

「株でもやっているの」

と聞いたことがある。それならそれでいい。自宅で一人でやり、ちゃんと儲《もう》かっている者は世間には何人もいる。

「そんなことはしない。株は好きじゃないから」

慎一は答えた。

「いろいろニュース見たり、たまにはゲームやったりしている」

「ゲームですって」

五十の男がゲームをやるなどとは考えたこともない。

「それってどういうことよ。まるで中年の引き籠もりじゃないの」

「嫌な言い方するなよ。ちゃんとネットで求人情報を見たりしてるんだから」

「そういえばあんた、ハローワークにも行ってないわね」

確かに慎一は、めったに外出することもなかった。

「それから会社辞めた、っていうけど退職金はどうなってるの。いくらなんでも、三十年近く働いてたんだからちゃんと出たでしょう」

「出やしないよ。不景気で解雇されたんだからちゃんと出るわけないだろ」

「そんなのおかしいじゃないのッ。このあいだテレビでやってたわよ。なんとかっていうNPOがあって、不当解雇されたり、ちゃんと退職金貰えなかった場合は、会社に交渉してくれるんだって。あんた、それこそ朝から晩までネット見てんだから調べたらどうなのよッ」

「うるさいなァ」

口を大きくゆがめ、左頬を何度か上下させる。腹を立てた時の慎一の癖だ。子どもの時から直っていない。気の強い姉に何かされてもうまく言いかえせず、言葉がこもってしまうようなのである。

「オレだっていろいろ考えてるんだから、少しほっといてくれよ。本当に疲れているんだ。ちょっと休ませてくれ」

こうして二ケ月がたったのである。

ひとつ口が増えると、これほど生活が苦しくなっていくのかと、朝子は次第に空おそろしくなっていく。

今までは朝に白米を一合炊くと、母娘ふたりで一日もった。昼間はうどんやひや麦をゆで、残りもののおかずで済ませればよかった。しかし慎一が同居してからというもの、朝、米を二合炊く。それにおかずにも気をつかった。干物や煮物では体がもたないというので、週に何回かは肉料理をつくってやらなくてはならない。慎一は風呂にも毎日入るし、夜遅くまで起きている。ガスや電気代の増加はすさまじい。

「だけどあの子もね、いろいろ大変だったんだよ。少し休ませてあげて」

チヅがすがるように言うので、朝子は今まで大目に見ていたのだ。

二人で何とかやってきた。チヅは助産師時代、病院に勤めていたので国民年金に加えて厚生年金がある。月当たり十三万円を受け取ることが出来た。自分の家というのは有り難いもので、母と娘はこれで何とか暮らしていくことが出来た。といっても、季節の衣料を新調したり、チヅの通院に金がかかる時がある。これは朝子の貯金を崩して使っていた。

朝子には未来について考えていることがあった。それは出来るところまで、この母との生活を続けようということである。チヅは今年七十八歳になる。ほとんど寝たきりの生活だ。もしこれ以上自宅での看病が困難になったら、マンションを売ってその金で施設に入れる。そして自分は看護師に戻って働けばいいのだ。

女でも、いや女だからこそ手に職を持ち、しっかりと稼がなくてはいけないと教えてくれたのはチヅであるが、それが今、朝子に自信と余裕を与えてくれている。以前勤めていた総合病院では、そこそこの給与を貰っていた。この年で再就職となるとかなり条件は悪くなるであろうが、それでも働けないことはない。求人はいくらでもあるし、資格を持つ看護師は、パートでも金額が違う。だから朝子は、ぎりぎりまで母とのつつましく穏やかな生活を送るつもりであった。が、それにストップをかけたのが慎一だったのである。

「ちょっと一万貸してくれよ」

慎一がぼそっと言った時、ああ、来たかと朝子は思った。予想していたことだ。しかし猛烈に腹が立つ。

「冗談じゃないわよ。いったいあんたの退職金はどうなってんの」

「そんなもん、雀《すずめ》の涙だよ。それに里美《さとみ》に泣きつかれた」

「とっくに別れた里美さんが、どうして泣きついてくるのよ」

「美奈《みな》が結婚するんで、少しでもいいから出せって言ったんだ」

「それで里美さんは、あんたをちゃんと披露宴に呼んでくれたんでしょうね」

「呼んでくれたが行けなかった」

「どうして」

「ハワイで挙式したからだ」

「馬鹿馬鹿しい」

朝子は笑い出したくなってくる。ハワイで結婚式をするなどというのは、恵まれた者たちがすることだ。若くても、自分たちの力で式を挙げることが出来る者たちが、青い海を背景にセレモニーをするのだ。それをとうに離婚した父親にたかるとは、図々《ずうずう》しいにもほどがある。

朝子はもう何年も会っていない、姪《めい》の美奈を思い出そうとしたが顔が浮かばない。ただ茶色に染めた髪だけが記憶に残っている。

祖母にあたるチヅが入院しても、一度も訪ねてこなかった。まともな人生を送っていないだろうと思っていたら、案外人並みな結婚をしたらしい。それはそれでいいとしても、父親との関係はいったいどうなっているのか。聞きたいことは山のようにあるのだが、慎一はなかなか口を開かない。何日かかけてやっと幾つかのことがわかってきた。

慎一が会社を解雇されたのは、もう一年半前のことで、その時に貰った金はわずかなものだったということ。しかもその金の中からかなりの額を、前妻の里美に渡したらしい。

あんなひどい別れ方をしたのに、慎一が前妻とまだ繋《つな》がっていたというのは驚きである。夫婦というものはそういうものだと言われても、一度も結婚したことがない朝子にはわからない。

とにかく慎一は一年半職もなく暮らし、家賃も払えなくなったというのである。

しかも驚いたことに、ついこのあいだまで慎一にはつき合っていた女がいたらしい。詳しいことは話してくれないのであるが、しばらく一緒に暮らした後、四ケ月前に出ていったという。

「典型的な、金の切れ目が縁の切れ目っていうやつよね」

と言ったら不貞腐《ふてくさ》れて黙ってしまった。が、ここで朝子は引《ひ》き退《さ》がらない。ひょっとすると、自分は大変なお荷物を背負わされてしまうかもしれないのだ。

「話をまとめるとこういうことよね。アンタは退職金もなけなしのお金も、みんな別れた奥さんと、別れた女にとられてしまった。今は一万の金にも不自由している」

「いや、ひとつ定期にしているものもあるが、それを崩したくないんだ」

「たいしたもんじゃないの。定期預金があるなんて、それでいくらしてるのよ」

「八十万かな」

「八十万……」

朝子はため息をついた。五十三歳の男の全財産がそれだけなのか。

そこへいくと、母のチヅはたいしたものであったと今さらながら感心する。離婚した後も働き続け、子どもを二人育てあげただけでなく、この八十五平米のマンションも手に入れたのだ。朝子はこの母の血をしっかり引き継いでいると自覚している。看護師という道を選んだため喰いっぱぐれはない。

問題はこの出来の悪い弟である。

「ねえ、シンちゃん。あんたこれからのこと、どう考えてるのよ」

「いろいろ考えてるさ。だけどさ、オレの年でたいした学歴もない、特殊技能もない、って言ったら本当に就職はむずかしいんだよ」

「むずかしい、むずかしいって、あんた、ハローワークにも行ってないじゃないの」

「行ったさ、さんざん。それで若い担当者にえらそうなこと言われて、それですっかりイヤになっちゃったんだよな」

その間失業手当は、同居していたくだんの女が、ちゃっかり使っていたらしい。

「とにかく疲れてるんだよ、やっと親のうちに帰ってきたんだから、少しは休ませてくれよ。ガミガミ言わないでくれよ」

「親のうち」という言葉に驚いた。

「ねえ、シンちゃん、あんたは親のうちっていうけど、そんなにお気楽に考えてくれると困るわね」

親のうちというのは、頼りになる場所、気がねなく過ごせる場所、という意味で使ったのであろう。

「だけどね、あんたの知ってるとおり、お母さんは寝たきりになっちゃった。日中はなんとか手伝えばトイレ行けるけど、エブリタイムオムツになるのも時間の問題だと思うわ」

「そうかな……。リハビリすれば元に戻るんじゃないの」

呑気《のんき》なことを言い出す。

「リハビリはしたわよ。あんたがいない時にね。だけど脚はもう年だし無理だったの。それからね、年寄りはしっかりしていても、寝たきりになると一年以内に呆けるの」

「そうかなァ」

慎一は首をひねる。

「オレと一緒に暮らしていた女のお袋さんは九十五歳になるけど、歩けなくなっても頭はしっかりしているって。宗教やってるらしいけど、そこのお経みたいなもん毎日唱えるって。それからカラオケ大好きで、施設のカラオケ大会は車椅子で出場するっていうよ」

「ちょっとお……」

弟の顔をまじまじと見る。

「お母さん、九十五歳って、いったい幾つの女とつき合ってたの」

「えーと、あいつはお袋さんが遅い時の、四十で産んだ子どもというから、五十五歳じゃないかな」

「えーっ、あんたって自分より年上の、そんなおばさんとつき合ってたわけ!?」

全く慎一には驚かされるばかりだ。

「まあ、あっちもお袋さんのことでいろいろ大変でさ。それで金が入り用だったんだよ」

「だからって、あんたからむしり取ることはないじゃないのッ」

こういう姉弟のやりとりを、隣室のチヅは聞いているらしい。

「お願いだから、お金のことで、シンちゃんにガミガミ怒らないであげてよ」

目をうるませることもある。

「こんなにみんなに迷惑かけて、私は生きていていいのかしらね」

もちろん、と朝子は答えた。

「私はね、この頃考えることがあるのよ。どうしてこんなに長生きしちゃったんだろうって」

「お母さん、今どきね、七十代だと長生きしたなんて言えないわよ」

朝子は励ます。本当にそうだ。世の中には八十代、九十代がいくらでもいるではないか。

「だけどね、私のお父さんは四十五だったし、母親は五十七だった。冬の寒い朝に、ことんと死んでったけど、人間はあのくらいがちょうどいいのかもしれない……」

チヅは深いため息をついた。

「私はこのまま生きてたって、みんなに迷惑かけるだけだと思うと、つらくって、つらくって……」

老いた母の気持ちが、朝子には手に取るようにわかる。チヅは今でいうキャリア・ウーマンというやつであった。ベテランの助産師として多くの子どもを取り上げ、医師からも頼りにされていた母親である。

「この仕事はね、八十になってもやっている人がいる」

というのが口癖であった。それが突然の病によって、体の自由が奪われてしまったのである。

本や雑誌は目が疲れるからといって、この頃はテレビを見ることも多い。不思議なもので、元気な頃はあれほど好きだったお笑いタレントを、いつしか遠ざけるようになった。

「あの早口の大阪弁を聞いていると、頭がざわついてくる」

というのである。この頃はＮＨＫのＥテレばかりだ。園芸講座や手芸をじっと見つめている。

そして時々娘に向かって問いかける。

「私なんか生きてたって、何の価値があるんだろう……」

「あるよ、あるってば」

朝子はしっかりと母親の手を握る。寝たきりになってからは、やわらかくすべすべになった掌《てのひら》だ。

「お母さんがいるから、私たちは頑張ろうって、生活の張り合いを持てるんじゃないの。お母さんがいるから、私たちは元気が出るんだよ」

〝私たち〟と、つい慎一を入れてしまう。何を考えているか全くわからない、不甲斐《ふがい》ない弟だけれども。

それからまた一ケ月が過ぎた。

慎一は相変わらず、朝から晩までパソコンをいじっている。職を探す気配はまるでない。

よく晴れた日の朝、朝子は慎一に声をかけた。

「ちょっと、お母さんを散歩させるから手伝ってよ」

玄関の隅に畳んで置いている車椅子を拡《ひろ》げ、二人がかりでチヅを乗せる。いつも慎一が手伝うのはそこまでだ。しかし今日の朝子は違う。

「今日は、あんたも一緒に行ってよ」

「えっ、オレも行くの」

「公園の桜がそろそろ咲き始めたの、お母さんに見せたいからさ」

公園は歩いて五分ほどの距離だ。風はまだ冷たい。桜は三分咲きといったところだろうか。しかし久しぶりの外出に、チヅは大喜びである。

「桜、綺麗だねえ。今年は桜、早いんじゃないの」

「そうでもないらしいわよ。今年は冬が後半寒かったから。テレビで言ってた」

母と姉が会話をかわす中、慎一は何も言わず車椅子を押していく。不機嫌ということもないが、楽しんでいる様子もない。この頃慎一はずっとそんな表情だ。

一本だけ低い枝に、桜が固まって咲いている。そこの下で三人しばらく立ちどまった。

「ありがたいねぇ……」

とチヅ。

「娘と息子に連れられて、こうして桜を見られるなんて。私はね、病院行くたびに思ってるんだよ。私は本当に幸せだって。娘が病院に連れてってくれるんだから。お爺《じい》さんと孫息子かなあ、と思うと違う。どこかのお爺さんとヘルパーなんだよ、やっぱり血が繋がっていないとすぐにわかる。本当にすぐにわかるよ。そこへいくと、実の娘に病院に連れていってもらえる私は、本当に幸せ者だってね」

「お母さん、シンちゃんに連れていってもらったらもっと幸せかもしれないよ」

「えっ」

母と息子は同時に声をあげた。

「来週から、お母さんのことシンちゃんに任そうと思ってるのよ」

チヅが母親の威厳を取り戻して小さく叫んだ。

「こんな人の目があるところでみっともない。朝ちゃん、こみ入ったことがあるのなら、うちの中できちんと話しなさい」

本当にそうだと朝子は思った。車椅子をうちの方に向ける。もう慎一は押そうとはしなかった。

マンションに帰り、チヅをベッドに戻した。これは慎一がやってくれる。慣れているので手際がいいが、腹立たしさのためか少々荒っぽい。朝子はチヅにぬるめの茶を飲ませた。

「ものごとを人に相談しないで、自分の中でだけ溜《た》めて、いきなり言うのは、昔っから朝ちゃんの悪いクセだよ」

「相談も何も、シンちゃんは部屋に閉じ籠もって、ろくに話もしようとしないんだから。私一人で考えるしかないじゃないの」

朝子はベッドの横のサイドテーブルに、投げ出すように預金通帳を置いた。それはさっき茶を淹れた際に、居間の引き出しから持ってきたものだ。

「見てよ、私の預金。このところ六万ずつ引き出してるよ。あんたが加わったから大赤字だよ。だけど責めてるわけじゃない。何とかしなきゃ、って思ってるだけ。だからね、私は働くことにしたよ」

「それってどういうことだよ」

きょとんとする慎一の髪に、桜の花びらがひとひらひっかかっている。

「あんたは働く気がない。そのことがよくわかった」

「なんだよ、そのえらそうな言い方は」

「えらそうも何もないよ。あんたのおかげでうちはもう破綻だよ」

「大げさなこと言うなよ。マンションだって自分のとこのもんだし、お袋だって年金あるだろ。ちゃんとやってけばやっていけないことないだろが」

「それが出来なくなったんだよ。あんたのせいでさ」

「人聞き悪いこと言うなよ。オレが何か悪いことしたみたいじゃないか」

「悪いことはしていない。ただ働かないだけだよ」

「二人ともやめなさい」

「働くって、お袋はどうするんだよ」

「どうするって、シンちゃん、あんたがめんどうみるにきまってるでしょ」

「めんどうって……。オレにそんなことが出来るわけないじゃないか」

「出来なくたってやるのよ。今ね、日本全国であんたみたいな中年男が、いっぱい親のめんどうみてるんだから」

「だけどさ……」

「今までは私一人でやってきた。看護師の私がついていてて、あんまりお国の世話になるのもどうかと思ってたけど、もういい、あんた介護認定申し込みなさいよ。お母さんだったら、要介護2か3の認定受けられるはず」

「そんなの、急に言われてもわからないよ」

慎一は不貞腐れる。子どもの頃からずっとそうだ。都合が悪いことが起きると、こういう風に不快そうな表情で黙り込もうとする。そうはさせじと、朝子はつい早口になっていく。

「区役所行けば、すぐにケアマネジャーさんを紹介してくれるわよ。そうしたらその人と相談しながらやってけばいいの。デイサービスだって受けられるはず。あれはいいかも。入浴もさせてもらえるんだから」

「私はイヤッ」

叫んだのはチヅである。

「お婆《ばあ》さんやお爺さんたちが集まって、チイチイパッパや、〝雨降りお月さん〟を歌うんだろ。人を馬鹿にしてるわ。私はあんなところへ行くのは絶対にイヤだよ」

「お母さん、前からずっとそう言ってるけど、案外友だちが出来て楽しいかもしれないよ」

「今さらこの年になって、友だちなんか欲しくないよ」

チヅはそっぽを向く。

「ちょっと、二人が二人、そんなわがまま言ってどうするのよ」

朝子は母と弟を睥睨《へいげい》するように見た。

「とにかく私は働きに出るよ。求人見て高いところ決めてきた。すっごい豪華な介護付き施設。今までと同じことやって、今度はお金貰う。そうしなきゃもうやっていけないんだから」

第三章　丹羽さつきの場合

セブンスター・タウンは、今週ハワイアンデーである。

ロビィやダイニングルームのところどころに、南の花をたっぷりと盛り、壁にはキルトを飾っている。従業員も全員、アロハシャツを着ていた。強制ではないが、入居者たちには、

「ハワイをイメージした服装で」

とお知らせをしていた。

おかげで男性たちのほとんどはアロハシャツである。

「このあいだハワイで買っておいたのをひっぱり出したよ」

という者が多い。

女性たちはさすがにムームーということはないが、アロハでなければ明るいプリント柄のブラウスやTシャツを着て、髪に造花をさしている。

「よくお似合いになりますね」

食後のコーヒーを運びながら、丹羽《にわ》さつき五十二歳はにっこりと微笑みかける。

「でもこんな派手な柄、おかしいでしょ」

愛想よく応えてくれるのは木元淳子《きもとじゅんこ》だ。ここの入居者で七十代後半になる。ピンク地にハイビスカスのプリント柄に、白いパンツを合わせていた。

金持ちの年配の女というのは、どうして白いパンツをはいているのか。

さつきがここで働き始めて不思議に思ったことのひとつだ。みんな買いたてのような白いパンツをはいているのだ。だからあかぬけて清潔に見える。

母のヨシ子が、いつも茶色や黒のズボンをはいているのとは対照的だ。冬になれば厚ぼったい毛糸のカーディガン、同じく毛糸の帽子、というのがヨシ子の定番であったが、ここでは見たことがない。

木元淳子は、髪を明るいブラウンに染め、ところどころ紫のメッシュを入れていた。ネイルも欠かしたことがない。ここセブンスター・タウンでは、週に二度、外からエステティシャンとネイリストがやってくるが、淳子は、前から行きつけの銀座のサロンに通っているのだ。

「あまり腕がよくないから」

という理由らしい。

淳子はいつも三人のグループでいる。女子大の同窓生なのだ。

そのグループの名前は〝ユリの会〟だ。女子大の徽章《きしょう》からとったという。

しかしセブンスター・タウンで勢力を誇っているのは、やはり〝なでしこ会〟であろう。ここはやんごとなき方々が通う学校の出身者でつくられている。六人ほどの女が食事の時も、アクティビティの時もいつも一緒にいたが、このうち一人が最近ボケてきて、個室から特別階へ移ったらしい。

この他、男性の入居者たちの間では慶應《けいおう》出身者でつくる〝三田会《みたかい》〟というのもあり、これにはジェネラル・マネジャーの福田《ふくだ》も加わっているようだ。

その福田も今日は、水色のアロハシャツを着て、食事中の入居者たちに何くれとなく話しかけている。

彼はこの介護付きマンションの経営母体のひとつである、都市銀行から出向してきていた。前任者が一流ホテルからの転向組だったのに比べ、根っからの銀行員だ。そのため融通がきかず、入居者の評判はいまひとつといったところである。

このあいだの正月休み、セブンスター・タウンはにぎやかであった。旅行に出かける者も多かったが、家族がやってくる者もいる。孫のおめあては十五メートルの温水プールだ。ジャグジーもついているし、泳ぐ者もほとんどいない。

プールには時ならず子どもたちの歓声が響き渡った。

これにクレームをつけたのは、笠井雅代《かさいまさよ》という七十代前半の入居者だ。彼女は午後に水中ウオーキングをすることを日課にしていた。

「プールは、よその子どものためにあるのではない。ここに住む自分たちの健康のためなのだ」

と不服を申し立てたのである。

気がきく前任者であったら時間を決めて、子どもたちに満足いくまで泳がせることをしただろう。しかし福田は、ただちにプールの子どもたちに退去を命じた。

これに腹を立てたのは、子どもたちの祖父母、入居したばかりの夫婦である。しかも祖父は、福田の銀行と取引のある企業の前会長であった。おかげで福田が叱責を浴びるという一幕があったのである。

セブンスター・タウンは、広尾《ひろお》の有栖川宮《ありすがわのみや》記念公園の近くにある。銀行が長く所有していた独身寮の跡地に、高齢者マンションを建てるという計画を立ち上げた時、

「都心の一等地に老人ホームが！」

と週刊誌が書きたてたものだ。

施設が建ったら建ったで、その豪華さが記事になった。大手のゼネコン、銀行が共同出資したセブンスター・タウンは、緑の多い五百坪の土地に建つ。有名建築家によるベージュの八階建ての建物だ。中に入ると、二人のコンシェルジュが出迎えてくれる。入

居者なら、

「お帰りなさいませ」

外部の人間なら、

「いらっしゃいませ。どなたにご面会ですか」

ロビィは天井が高く、重厚なインテリアでまとめられている。ヨーロッパの格式あるリゾートホテルのイメージだという。落ち着いた雰囲気にするため、あえて窓は小さく外光はあまり入らないようになっている。

深い色彩のソファセットも、貝殻を集めたようなシャンデリアも、すべて輸入品である。印象派の絵もかけられている。

奥に進んで入居スペースに入ると、とたんに雰囲気が変わる。ダイニングルーム、ライブラリー、ミニコンサートの出来るホール、ゲームルームは、一面ガラスになっていて、ふんだんに陽《ひ》の光と緑が入ってくるようになっているのだ。

単身者用は1LDKではあるが、ふつうの施設よりははるかに広い。リビングルーム、ベッドルーム、バスルーム、ダイニングキッチンというつくりであるが、たくさんの洋服を入れるためのウオークインクローゼットがもうけられていた。

入居のためには八千六百万円かかる。夫婦ものだと一億二千万円である。

こんな金額を払える者は当然限られていて、医者、大企業の役員、経営者だった男、その妻たちである。

いや〝だった〟という表現はあたっていないかもしれない。

朝、セブンスター・タウンの前には、黒塗りのハイヤーがずらりと並ぶ。〝相談役〟や〝顧問〟として出社する老人たちを迎えるための車である。

朝、迎えのために黒塗りの車をはべらせることは、ここに暮らす男たちの何よりのステータスだ。

颯爽と車に乗り込む男もいるが、よろよろと歩き、運転手に助けられやっとシートにたどりつく者も多い。

「あんな風に会社に行って、あの方たちは何をしてるんだろうかねぇ……」

さつきはダイニングのチーフに尋ねたことがある。有名料亭から派遣されている彼は、男たちの生態についてはかなり詳しい。

「うーん、別に仕事はしてないんじゃないの」

名誉会長、名誉相談役という肩書きの男たちが、一線を退《ひ》いても必ず要求することは、送り迎えのハイヤー、個室、秘書だというのはよく知られているが、それもさらに条件がある。秘書は若い女性ではとてもつとまらない。移動の時に肩を貸したりするので、屈強な男性が秘書となるのだ。

「そうして部屋の中では、新聞をじっくり読んだり、本を読んだりしているみたいだよ。

それからたまにお客がやってくるので、部屋の中で長話をする」

「それはどういうお客なんですか」

「昔からの知り合いだよ。やっぱり名誉ナントカをやっている暇な爺さんだ」

「えー、爺さんしか来ない。そんなのすごく無駄だと思うけど」

二人はあたりに人がいないのを幸い、ここではタブーの言葉を連発している。

「だって企業で、いつまでもそんな爺さんたちにうろうろされたら、すっごく迷惑じゃないの」

「そうだよ。今、大企業ほど上の方は老人ホーム化しているっていうよ。もう企業で老人を介護しているようなもんだって」

「そういうのって、問題にならないの」

「だっていずれ自分たちも、そんな風にしてもらいたいと思ってるからさ。えらい人は」

「へえー」

「ここに入れる人たちはすごく恵まれてる人たちだ。日本のサラリーマンは社長、会長になっても、そんなにいい給料貰ってないもん。ほら、時々企業が問題起こしてさ、会長や社長の自宅がテレビに出るだろ。わりと庶民的な家だろ、みんな。しかも川崎とか千葉に住んでいるじゃないか」

「そういえばそうだよねー」

「だからさ、みんないつまでも会社にしがみついていてさ、名誉ナントカやっていたいわけだよ。その間給料はちゃんと出るしね。それを許して認めてるトップも、次は自分の番だと思ってるからさ」

「だけど、こんなにみんなが長生きすると、会社は名誉会長や名誉相談役のお爺さんばっかりになるよね」

「いずれ困るんじゃないかとは思うけど、まあ、大企業ってのはすごいよね。ああいうよぼよぼの爺さんたちに、ハイヤーと秘書つける余力があるんだからさ」

そのチーフは今年五十八歳になる。彼の所属する料亭は、株式会社組織になっていて、日本の大都市はもちろん、海外のホテルにも出店して、瓶詰めやつくだ煮はデパートの地下でも買うことが出来る。チーフは高校卒業と同時につらい修業を続けたが、ついに築地《つきじ》の本店で腕をふるうことはなかった。ホテルの出店を転々として、二年前からここのチーフになった。あと七年で定年だそうだ。

それまでここで気楽に働かせてもらうよ、と口にしたことがある。シチューやパスタをつくることにも慣れた。子どもはいない。退職したら、奥さんと二人、どこか安い施設に入るそうだ。

さつきはこのチーフとはなぜか気が合って、まかないご飯も一緒に食べるし、時々は居酒屋にも出かけることがある。

「さつきさんも、老後をちゃんと考えた方がいいよ」

酔うと必ず説教されるのが、少しわずらわしい時もあるのだが、

「あんた独り者《ひともん》だしね。それに年とった両親抱えてるんだから、これからはいろいろきついと思うよ」

「まあね。だけどうちの親って、全くおっかなくなるぐらい元気だし」

チーフに一度会わせたいくらいだ。

父親は来年七十五になるが、毎日の散歩は欠かしたことがない。近くの市営農園で野菜を育て、毎日新鮮なものを食べているから、これほど元気なのだと威張っている。母親共々カラオケが大好きで、週に三度は通っている。

「うちはハイヤー来ないから、徒歩だけど」

さつきは笑った。

今日はハワイアンデーなので、チーフはあれこれ考えたらしい。ハワイアン・ハンバーグと名づけてパイナップルソースをかけたものがランチ定食となっている。それ以外にも、たき込みご飯やとろろそば、といったものが数種類メニューにのっていた。

そもそもここセブンスター・タウンは、美味《おい》しい食事が売り物だ。夜は刺身や天ぷらといった和食、ローストビーフ、フライ、といった洋食から選べるようになっている。予約はいらない。朝食は五百円、昼は千円、夜は千五百円といった値段だ。

最初は好きなものを自室のキッチンでつくっていた者も、ダイニングで食べた方がはるかに安上がりで味もいいとわかるのだろう。たいていは一階におりてくるようになる。この際だらしない格好をしている者が、一人もいないことにいつもさつきは心うたれる。男性ならジャケットを着ている。女性はワンピースか綺麗な色のカーディガンだ。

このダイニングでは、昼と夜に必ず真っ白いテーブルクロスをかけるが、客たちもそれにふさわしい服装をしていた。一人きりで食べる者もいるが、たいていはグループだ。女性たちはそのままコーヒーを飲みながら長い長いお喋りに入るが、男たちは上のバーに向かうことが多い。

入居者の大久保《おおくぼ》に言わせると、

「ここは東京でいちばん安くていいバー」

ということになる。

八時からの開店後には、ウエイターの一人が交替でバーテンダーとなり、ほぼ原価でウイスキーや日本酒を飲ませる。自分のボトルを持ってくれば、わずかな氷代で楽しむことが出来た。

月に何度かはワイン会が開かれる。好きな者たちがこれぞといった一本を持ち込み、ダイニングに用意してもらったチーズやナッツと共に楽しむのである。

ワインは「二万円以下」という制限をつけるらしいが、時々誰かがものすごいものを持ち込むことがあるようだ。

「もう持っていても仕方ないから」

と年代ものが開けられるたび、バーには歓声があがるという。

「このあいだ伊藤《いとう》さんが、誕生日に自分の生まれ年といって一九四〇年のシャトー・ラフィットと、シャトー・ラトゥールを開けたよ。なんでも軽井沢《かるいざわ》の別荘のセラーから持ってきたそうだ。だけど僕にはあんな度胸ないよね。やっぱりとっておきのもんは、これから出会う美女のためにとっておきたいもの」

大久保はそう言って、ダイニングで働くさつきたちを笑わせる。

彼はこの施設のスタッフみなから好かれていた。それは大久保が大スターにもかかわらず、気さくでやさしい人柄だからである。

大久保の芸名は、西条英司《さいじょうえいじ》といい、昭和三十年代は映画で主役を張っていた。その後はテレビに転じ、「外国奉行捕物帳」は、二十年以上シリーズ化された大人気番組である。それが終わっても、時々は新橋《しんばし》演舞場や明治座《めいじざ》の舞台に、ゲストで出演していたのであるが、八十歳になったのを機に引退を発表した。もうセリフを憶《おぼ》えられないから、というのがその理由である。今から五年前のことだ。

「セリフは憶えられなくなったけど、昔の女の名前と生年月日なんかは、しっかりと憶えているから不思議だよね」

と言い、またさつきたちを笑わせる。

が、それは彼の妻がいない時に限られていた。

大久保の妻は三番めだという者もいたし、四番めだという者もいた。六十代終わりの色の白い美人である。わざと地味な身なりをし、化粧も薄いのであるが、彼女がかつて水商売で働いていたというのは誰の目にもあきらかであった。

眉の整え方、アップにした時のうなじがあかぬけていて美しい。

「していただけるかしら」

「まあ、おそれ入りますわ」

という言葉は丁寧であるが、低く色っぽい。同じ口調のようでいて、他の金持ちの老婦人たちとはまるで違うのだ。

当然のことながら、大久保の妻は他の女たちから疎外されていた。ある者は言う。

「別にあの方の前歴がどうのこうのじゃないの。ただご主人にちょっとでも話しかけるとね、すごい顔でこちらを見る。それがイヤなのよ。他の方たちもみんな同じ意見じゃないかしら」

引退したというものの大久保は、時々は出かけていくことがある。映画祭のトークショーに出たり、雑誌の対談のためらしい。

そういう時、英子《えいこ》といったが、彼の妻は所在なげにロビィをうろうろする。しかし声をかける女はほとんどいない。

「おはようございます」

ぐらいを発した後は無視する。

〝なでしこ会〟や〝ユリの会〟の面々は、よく連れ立って買い物に出かけるが、英子は誘われたことがなかった。

「みなさんいいトシだし、いいとこの奥さんたちなのに、やってることといったらまるで女子高校生みたいだよね」

と、さつきはチーフに言ったことがある。

「そりゃ、そうだよ。一ケ所に似たような人たちが集まってんだから、こういう仲間はずれごっこでもしなきゃ、退屈でたまらないもんなァ」

チーフはこんなことも教えてくれた。

「うちはさ、あと三つ、高級ケアマンションの食堂と提携してるんだよ。そこに行ってる者から聞くとさ、途中で出ていく金持ちのジイさん、バアさん、結構多いみたいだよな」

「えー、こんなにたくさんお金を払ってるのに」

「まあ、途中で解約となると、入居金は多少戻ってくるだろうけどさ。その出ていく理由っていうのはたいていが、他の連中と気が合わないってことらしいよ」

「まあ、いろんな人がいるからね」

「そうだけどさ、知性と教養がまるでない人たちと一緒には生活出来ない、って言うからすごいよねぇ」

「まあ、みんな、プライドの高い人たちばっかりだもんねー」

〃なでしこ会〃も〃ユリの会〃も、この施設で強い勢力を誇っているが、彼女たちもかなわない相手がいる。それは夫を亡くした彼女たちと違い、夫婦で入居している者たちだ。そのどちらもまだ健康で、金は充分あり、しょっちゅう海外旅行に出かけているとなると、やはりヒエラルキー的にはあちらの方が上なのである。

二週間ぐらい姿が見えなくなる夫婦がある。豪華客船マニアで、しょっちゅうどこかへ出かけている。その金額たるやさつきにはとても信じられない。

豪華客船に乗ってヨーロッパ一周しようとすると、千五百万とか二千万円の金がいる。二人分ではない。一人の値段だ。しかしここの住人たちというのは、こともなげにそれらの料金を払って遊びに出かけるのである。

さつきはここに勤めるようになって、金持ちの概念が変わった。

金持ちというのは、金を持っている者たちではない。何もしなくても金が湧き出る術《すべ》を、いくつになっても持っている者たちだ。それは株だったり、家賃収入だったり、企業の特別報酬だったりする。

セブンスター・タウンには、ロビィを左側に曲がり、エレベーターに乗るまでの広い廊下の片隅に「個室」と呼ばれる部屋がある。ミーティングルームとか「応接室」という名前はついておらず、入居者もスタッフも単に個室と呼んでいる。

とても狭い部屋で、この建物の調度品にしては珍しく、そっけないスチール机とパイプ椅子だけが置かれていた。ここは毎日のようにやってくる銀行員が、ハンコをもらったり書類にサインをしてもらうための部屋なのだ。自分の部屋でも銀行員と会うことは出来るが、なぜか入居者たちはこの部屋を使いたがった。迎えのハイヤーを頼むのと同じ心理なのだろう。

「この頃さ、大久保さんところに銀行員がよく来るっていうよね」

チーフはダイニングだけでなく、この中で起こったことを熟知していた。

「財産をそろそろ整理しなきゃって思ってるんじゃないの。自分が死んだ後、いろいろもめごとが起こらないようにってさ」

「ふーん、お金持ちって大変だよね」

「そりゃ、そうだ。もしあの人が亡くなったら、奥さんも今までみたいに黙ってないだろう。英子さん相手に、血の雨が降るんじゃないの？」

「チーフ……」

さつきがあまりにも驚いた顔をしているので、チーフは一瞬しまったという顔になった。

「これ、内緒ね。福田さんとオレぐらいしか知らない、トップシークレットだからさ」

「それじゃあ、英子さんって本当の奥さんじゃないの!?」

「ダメ、ダメ、そういうことを大きな声で言っちゃ」

「それってまずいんじゃないですかッ!」

セブンスター・タウンは、当然のことながら一緒に入居出来るのは、れっきとした配偶者である。愛人などというのは認められるはずがない。

「だって入る時、いろいろ書類も提出するんでしょ。どうやってクリアしたんですかッ」

「ほら、大久保さんっていうのは、うちの理事長の昔からの知り合いなんだよ。それで頼み込んだっていう話だけど」

理事長というのを、さつきは見たことはない。なんでもここの母体のひとつとなっている銀行の、元頭取ということをちらっと聞いたことがある。いずれにしても、さつきからしたら雲の上のえらい人である。その人が、愛人との入居をこっそり許したなどというのは、

「ちょっと許せない話だよね」

「まあ、大久保さんも気の毒なんだよ」

チーフは彼のことをよく知っている。それはなぜかというと、同期入社の親友が今は、

京都店の料理長となっているからだ。一流料亭の情報というのは、驚くほど緻密で正確なのである。

そしてそういうコースからはずれて、提携先のケアマンションに出向しているチーフは、やや自暴自棄になっているのかもしれない。

「本当にここだけの話だけど……」

としつこく前置きして重大な秘密を語り始める。

大久保には京都に、長年連れ添った妻がいる。地元で生まれ、舞妓《まいこ》から芸妓《げいこ》というエリートコースをたどった女らしい。この妻とはとうに離婚していると、世間の人たちは思っているし、そう書いている週刊誌もある。が、妻の方は頑として離婚に応じない。別居はもう二十数年におよんでいるというのだ。

子どもがいるわけではないし、大久保は多額な慰謝料を提示している。が、妻は絶対に判を押さない。

「それというのもさ、今の奥さんは妹分の芸妓だったかららしいよ。いくら花柳界出のものわかりのいい本妻さんも、それじゃ頭にくるよな」

「ひえー、なんかドラマか映画の話みたい。そんなこと本当にあるんだね」

さつきはすっかり感心してしまった。

「今はどっちが先に死ぬか、っていう睨み合いらしいよ。怖い話だよなァ」

チーフはため息をついた。そして煙草に手を伸ばす。料理人にあるまじきことであるが、彼はこっそりと煙草を吸っているのである。それが彼を、一流の道からはずさせた理由のひとつだろう。

いずれにしても、チーフが煙草を吸うのはさつきと一緒にいる時だけだ。なぜかわからないが二人は気が合う。

「さつきさんといると、色恋抜きで酒が飲めて本当にいいよ」

と何度も言われた。そんな時、自分の魅力のなさを指摘されたようで嬉しくはないが、確かにそのとおりだと思う。

まだ少女だった頃、父親はさつきを膝にのせ、酔った口調で言ったものだ。

「いいさ、さつき。今に父さんが金を儲けて、お前に整形手術やってやるからな」

あれは七つか八つの時であった。父親は冗談で言ったに違いないのだが、その言葉はさつきの胸に深く呪いのようにからみついた。それがすべての原因とは言わないが、とにかく男性と深いつき合いもなく、この年まで生きてきてしまった。

二十代後半の頃はおろおろとして、さつきの縁談に心をくだいていた両親であったが、ある時からぴたっと言わなくなった。それは独身の娘が、自分たちの老後にとっていかに素晴らしいものか気づいたからに違いない。

そんなこともあり、さつきは男女の話にとても潔癖である。同時に好奇心も強い。そうしたところも、チーフに面白がられているのかもしれなかった。

「もし大久保さんが先に死ねば、京都の奥さんは、正々堂々と葬式を出せる。そんなことはさせたくないから、大久保さんは一日も長く生きてやるって言ってるらしいよ」

「本当にコワイね」

さつきは肩をすくめた。

「とにかくこっちの奥さんと出来るだけ長く一緒に過ごしたい。理事長は天下の二枚目の、その訴えに心をうたれたわけだよ。さつきさん、だけどこのことは絶対に秘密だよ」

「わかってるってば」

「いくら籍が入ってても、あっちとはもう何年も会ったことないんだ。だけどこっちの奥さんは大久保さんのめんどうもみてる。もうちょっとしたら介護もやる。だったら一緒に暮らさせてやるのはあたり前だろう」

「そりゃ、そうだけど」

とさつき。

「ここにいる女の人たちは納得するかなア」

「だから、絶対に秘密なんだから」

チーフはぶるぶると首を横に振った。

「ここはそういうことにいちばんうるさい婆さんたちが集まっているんだよ。苦労していない金持ちの女って、こういうことを絶対に許さないからね。もしこのことが知れたら、こっちの奥さんはここに居られないと思うよ」

「私は絶対に言わない」

「だから話したんだよ」

「だけどさ、チーフ、坂口《さかぐち》さんの奥さん知ってるよねー」

「ああ、あの背の高い、よく帽子かぶってる人だろ」

「あの奥さんも、ずっと愛人だったけど、ここに入居するちょっと前に入籍したんだってよ。奥さんが亡くなったからって……」

「驚いたねぇ。さつきさんもなかなかの地獄耳だね」

「こういうの、ダイニングで働いていればすぐにわかるもの。みなさん、なんとなく仲間はずれにするし、私に教えてくれる人もいるし」

「全くさ、人間って年とってくうちに本性が出るからねぇ。まあ、だんだん手がつけられなくなる人間もいるさ」

「でも、女の人がここにくるのって、結構大変なゴールだってよくわかるよ。稼ぎのいいダンナを見つけなけりゃいけないし、愛人は入籍してもらわなきゃならないし」

「さつきさんも、ラストスパートかけて、ここに連れてきてくれる男を探すことだね」

「私はいいよ。私は両親のめんどうみながら、ずっと自分の家で暮らすから」

「馬鹿だなァ。そんなこと出来るわけないじゃないか」

チーフは笑った。

第四章　再び田代朝子

看護師で本当によかったと、最近朝子はつくづく考えるようになった。

「女は手に職をつけなければ」

と、しつこく言っていた母に、あらためて感謝している。

おかげで看護師専門の求人サイトで、すぐに職を見つけることが出来た。それもなかなか快適な職場である。

広尾にとんでもなく豪華な、ケアマンションが出来たというのは、以前どこかで聞いたことがある。美容院で読んだ週刊誌だったかもしれない。

中にクリニック、トレーニングルームにプール、ビリヤード室に大浴場、シアタールームもあるという。毎日のようにさまざまなアクティビティがあり、金持ちで元気な老人たちは楽しく参加しているというのだ。

もし呆けてしまっても大丈夫。介護付きの居室に移動するだけである。

朝子が勤めているのは、この介護付き居室である。上の二つの階に六十室、七十五床だ。

自立型マンションの下の階と違い、

「二十四時間体制」

というのがここの売り物であったから、看護師は九人が交替で詰めている。介護士もやはりパートを含めて二十五人ほどいた。下《しも》の世話は専ら、彼らの仕事である。病院によっては、看護師が担うこともあったが、ここの介護付き居室では分業がはっきりしていた。看護師は点滴の交換をしたり、床ずれの手あてをしたりする。といっても、ここにいる年寄りたちは、手厚い介護を受けているのでそんなものとは無縁だ。

六十室といっても、使われている部屋は最上階だけである。設立から十年もたたないセブンスター・タウンは、入居者たちがまだ元気で、

「なかなか上にあがってこない」

のである。

夫だけ先にあがって、下に妻が一人残されることもある。

「するとたいていの奥さんが元気になって、楽しそうに外に遊びに行き始めるわね」

と古参の看護師が教えてくれた。

ここは時給がとてもいい。交通費と食事もつく。やはり金持ち相手のところは違うのだ。朝子が以前日給で働いたことがある、公立の老人病棟とえらい違いだった。

ふつう寝たきりの老人がいる場所となると、異臭はつきものである。

寝たきりの老人は運動をしない分、たいていが便秘である。だから三日に一度ぐらい薬で出すのであるが、この時はかなり大量に出る。

どれほど痩せた老人であろうと、まるで生きている証《あかし》のように、大量の排泄物《はいせつぶつ》を出す。これをマスクをした介護の者たちが、黙々と処理をするのだ。

が、このセブンスター・タウンの介護付き居室の介護士たちは、みんな愛想がいい。たとえ意識のない呆け老人であっても、

「今日もお元気ですね。大量のウンチが出ましたよ」

「さあ、キレイにしたから気持ちいいですよ」

と声をかけるのだ。

これまた古参の看護師によると、

「オムツの替え方で、そこのケアマンションのクオリティがわかる」

と誰かえらい人が言い出して、かなり訓練されているというのだ。オムツは一日八回取り替えられ、大きい時はすぐ清められるので、部屋は何のにおいもしない。そのために介護士たちの日給もかなりいいと彼女は教えてくれた。

「だから東京中のいい介護士が、みんなここに流れてくるっていう噂《うわさ》なのよ」

朝子が勤めていた公立病院の老人病棟では、介護士たちが月単位で辞めていった。あ

まりの重労働と給料の安さに音《ね》を上げたのだ。

とても手際がよく、やさしくて老人たちに好かれていた女性介護士が、ある日突然やってこなくなる。

「とてもこんな給料でやっていられない」

という声が後から聞こえてきた。そして次にやってくるのは、行き場のなくなった初老の男たちだ。彼らは職を見つけることが出来なかった揚句、最後の手段として老人介護の仕事につく。しかしプロ意識がないために、彼らもすぐに退職してしまう。だから多くの施設の寝たきりの老人たちは、いつも慣れない者の手による介護で、いらいらさせられているのである。

が、この施設ではそんなことは起こらない。

介護士たちは、ブルーの制服姿できぱきと動いている。マスクはオムツ交換の時以外はつけないように指導されていた。入居者とのコミュニケーションがうまくとれないからだ。

介護付き居室フロアには、専用の浴場がある。それは、

「そこいらの温泉よりもずっといい」

と言われる、下の階の大浴場よりははるかに狭い。しかし最新の機器を備えていた。寝たまま入浴できるベッドや、体を吊《つ》って浴槽に入れる設備である。おそらく日本でい

ちばん素晴らしい、介護型浴場といえるだろう。

寝たきりではなく軽度の者たちは、車椅子に乗ったり手をとられてロビィに集まる。たいていは認知症であったから、反応はかんばしくない。じっと天井を見つめる者、ひとり言をつぶやく者などさまざまだ。にこやかに介護士に話しかける者もいたが、よく聞くと、

「私はいったいどこに行けばいいんでしょうか」

などといった内容である。しきりにあたりに怒鳴りちらす老人もいて、それは介護士が上手に対応していた。

体力がある者は、徘徊《はいかい》することもある。そのためフロアは、しっかりと施錠がされていて、内側からは暗証番号を押さないと開けられないようになっているのだ。


今日もそのドアを開けて、下のダイニングルームから食事が運ばれてくる。朝子は介護士と一緒に、それをテーブルに並べた。ウエイトレスも手伝ってくれる。ウエイトレスといっても五十は過ぎている。私と同じぐらいの年齢だろうと朝子は見当をつけた。ぽっちゃりした体型がいかにもおばさんっぽい。しかし目が小さい分、加齢による弛みは少なく、二重まぶたをしっかりと保っていた。

その目が朝子の方に向けられている。

「あの、新しく入った看護師さんですよね」

「そうです。田代と言います」

「私はダイニングの丹羽です。まだお目にかかってませんでしたね」

「そうですね。私、ずっとここにいたから」

二人の目の前を、ゆっくりと車椅子が通る。乗っているのは野村《のむら》夫人だ。銀色の髪はふんわりと整えられ、紫色のカーディガンの胸元に銀の葉っぱのブローチが光る。食事を終えた満ち足りた表情をしていた。

金持ちのいいところの奥さんは、呆けてもやっぱり綺麗だなあと、朝子は自然と目で追う。さつきも同じことを考えたのだろう。

「ここにいても、皆さん幸せそうですすね」

とつぶやいた。

「下の皆さんはお元気で、しょっちゅう海外旅行やゴルフに行ってます。だけど皆さん、心の中でいつも心配してるんですよ。いつか寝たきりになったり、呆けちゃって〝上の階〟に行くの、イヤだって」

「でも、ここはそれが売り物でしょう。もし身のまわりのことが出来なくなったら、そのまま介護付きの部屋に移動出来るんですから」

「そうですよね。それはわかっているんですけど、やっぱり上に行くってすごくイヤなんですよ。あの野村さんは……」

後ろ姿を見送った。隣の部屋では外から来たトレーナーが、車椅子でも出来るストレッチを始めようとしているところである。

「〝なでしこ会〟のメンバーだったんですよ。同じ学校を卒業した人たちがグループをつくって、皆さんで歌舞伎やコンサートに行ったり、一緒にお茶を習ったり、とても仲よくされていたんです。ですけど野村さんが、昨年から急におかしなこと言い出して、寝巻きのままふらふら外に出たりするようになったんです。そして認知症って診断され、お一人だけこの階に来られたんですよね。あの時は皆さんしゅんとされちゃって。中には涙をうかべる方もいました」

「でも、私がここに来てから、野村さんを訪ねてくる人はいませんでしたよ。あ、娘さんは別にして」

「そうなんですよ。最初のうち〝なでしこ会〟の人たちは、しょっちゅう野村さんをお見舞いに来てたはずなんですけど、最近は来てないんですよね」

「うーん、見かけたことないですね」

「皆さん、身につまされてイヤなんですよね。でも野村さん、ここに移ってもお幸せそうです。ずっと綺麗にしているし、介護士の人たちも大切にしてくれているし……」

「私もいろいろなところに勤めてきましたけれども、ここにいる方は幸せですよね。一人一人の部屋は広いですし、介護士さんの数も多いです。でも、部屋がいくつも余ってるんですよね。私、自分の親をここに連れてこられたら、どんなにいいかって思いますよ」

「あら、看護師さんもそう思います？　あ、田代さんですよね」

「私は田代朝子と言います」

朝子はプレートに手をかけた。

「丹羽さんはここ、長いんですか」

「ええ、ここが出来てすぐ勤めました。もう古顔です。いちばん古いかも。ダイニングのチーフからは、食堂に住む古狸《ふるだぬき》、なんて言われてます」

「そりゃ、ひどいわ」

二人は声をたてて笑い、それですっかりうちとけた気分になった。小柄でずんぐりした体型のさつきは、確かに狸に似ているかもしれない。

「下の方だって、部屋がいっぱい余ってるのよ。私もいつも思ってる。ここに自分の親、連れてきたいなアって」

言葉も急にぞんざいになった。

「知ってる？　ここはね、六十五歳以上なら部屋を買うことが出来るのよ。でもね、六十五歳なんてまだ現役バリバリじゃない。だから将来のために部屋だけ買っといて、まるっきり使わない人がいっぱいいるの。私も誰も住んでない部屋を通るたびに、ああ、ここに親を住まわせたいってしょっちゅう思うんだ」

「丹羽さんは、ご両親お元気なの」

「ええ、二人とも揃《そろ》ってるけど」

「いいわねえ……」

思わず言った。

「うちは母親が一人きりなの」

「お父さん、亡くなったのね」

「それが、気が強い母親だからとうに離婚してる。だけど夫婦二人だったら、もっと母親も頑張れたと思うわ。やっぱり夫婦二人いた方が、老後は楽しいし安心よね」

「でも、私は無理だわ。独身だし」

「えっ、丹羽さん、独身なの？　バツイチ？」

「いいえ、ずうっとひとり。ご縁がなくって」

「まあ、私と同じじゃない」

朝子が言うと、ヤダーっとさつきは声をあげた。

「えー、田代さん落ち着いてるし、三人ぐらい子どもがいる奥さんに見えた。嬉しいなァ。ここにいる人って、社員もパートさんもみんな結婚してるんですよ。だから飲みに行っても、みんなそそくさと帰っちゃうし」

「えっ、丹羽さん飲むの？」

「好き、好き、大好き」

「じゃ、今度一緒に飲も」

二人でスマホを取り出し、〝ふるふる〟を始めた。友だち追加をするため、若い人たちがする動作であるが、おばさん同士もやる。

「じゃあ、すぐに連絡しますね」

そう言って汚れた食器と共にさつきは去っていった。陽気で可愛らしい女だと思った。

スマホをポケットにしまった後、朝子は自分が担当している柿内《かきうち》の部屋に入っていった。

柿内は八十五歳でこの介護付き居室フロアの中でいちばんの重症である。寝たきりのうえに認知症が進んでほとんど喋ることもない。ぼうっといつも一点を見つめている。

「柿内さん」

耳元に口を寄せる。

「柿内さん、ご飯すみましたか。よかったですね。ちょっとお熱と血圧測りましょうか」

柿内は流動食を介護士が食べさせているが、咀嚼力《そしやくりよく》が日に日に弱まっている。もう少したったら胃ろうにしなくてはならないかもしれないと医師は言った。

「柿内さん、頑張って自分のお口で食べましょうね。そうしないと長生き出来ませんからね」

理解出来ているかわからなくても、朝子は心を込めて語りかける。それが看護師のつとめだと思っているからだ。

柿内の頬はこけて、高い鼻がさらに目立つ。が、これに少し肉をつけたら、さぞかし端整な顔だろうと思う。柿内は有名な弁護士だったという。夫人はとうに亡くなり、子どもたちの姿を見たことがない。手厚い介護を受けていても、はたしてこれを幸せというのだろうか。

その日は八時に帰った。

メトロはほとんど席が埋まっていて、朝子は迷うことなく優先席に座る。五十代は老人ではないかもしれないが、一日中立ちっぱなしでくたくたになっている。ここに座る権利を当然有していると朝子は思う。

隣では若い女が、ずっとスマホをいじっている。のぞき込むまでもなく、ゲームをしているのがわかった。よくもまあ、若い連中というのはスマホにしがみついていると、朝子はふんとかすかに鼻を鳴らした。しがみついているというと、弟の慎一も日がな一日パソコンの前から離れない。ゲームをしているのだ。

五十三歳の男が夢中になるゲームというのは、いったいどんなものであろうか。朝子にはよくわからない。

そうしているうち、バッグの中のスマホにかすかな変化があり、それを取り出す。隣の女と同じ動作をすることに、ためらいがあったが仕方ない。

昼にＩＤを交換した丹羽さつきから、さっそくラインが入っていた。

「私は今日早番でもううちにいます。田代さんとお友だちになれて嬉しいです。これからもよろしく」

という言葉と共にイラストの仔猫《こねこ》が「よろしく」と敬礼しているスタンプが押されていた。

「こちらこそよろしく」

と送ったものの、億劫《おっくう》なことになったなあとちらっと思う。朝子はこういう風に「お友だち」とか、仔猫のスタンプを押してくる女が苦手である。五十代の女がやることではないと考えるからだ。

さつきのことを可愛気のある女だと感じたけれども、それは「ウザさ」と表裏一体となるものである。

朝子は女が多い職場で、長年生きる処世術を身につけてきた。それはお互いに深く踏み込まないということである。いくつかの病院を経験してきたが、中には看護師たちが濃密な絆《きずな》を結ぶところもあった。そういうところでも距離を保つ朝子は、冷たい、とかお高くとまっている、と言われたものだ。

だからこそ不要なトラブルに巻き込まれることはなかったのだ、と朝子は記憶をたどる。看護師たちがやたら仲がいいところは、ある日何かパチンとはじけるように事件が起こる。誰かが泣いたりやめたりの騒ぎが起こった。

そういうところでいつも傍観者でいる自分に、朝子はどれほど満足したことであろう。男に対しても同じだ。相手にそうのめり込んだことがない。

そう、丹羽さつきにじわじわとわきあがってくる違和感は、

「独身同士で嬉しいなァ」

と言われた時から始まっているのだ。あのゆるく無邪気な感じは、男性関係があまりない女の外見である。ひと目でわかった。そこへいくと自分は違う。恋に関してはかなり強者だと朝子はひとり頷《うなず》く。

看護師によくある医者との不倫も、泥沼化する前にひき揚げた。誰に教えられたわけでもないのに、

「妻とはうまくいっていない」

「妻とはいずれ別れるつもりで話し合っている」

「僕は人生をやり直したい」

というのは、既婚者が口説く時の三点セットで、決して信じてはいけないと知って

いた。

三十代の終わりに、バツイチの勤め人と知り合い、これは婚約直前までいったが朝子の方から切った。安月給のうえにギャンブル好きというのが父親とそっくりだったからだ。よく親が離婚した娘は、悲しいほど高い確率で離婚すると言われているが仕方ない。父親と似たような男を好きになるからだ。

朝子はそれがわかっていたから、男との結婚をやめた。あの年で家庭を持ったら、子どもの一人か二人は授かっていたと思うが後悔はない。母親のような苦労はまっぴらだ。

よく慎一は、

「朝ちゃんはしっかりし過ぎてておっかない」

と言うがそのとおりだろう。自分の人生を冷静に見つめ組み立ててきたような気がする。

そんな自分が、どうして会ったばかりの丹羽さつきと〝ふるふる〟などしたのか。

やはり母と二人だけの二年あまりの生活で、ひと恋しくなっていたに違いない。

マンションの扉を開ける。玄関にあかりがついていない。そこに続く居間も真っ暗だ。

「シンちゃん、どうしたのよ!?」

声をあげながら、母の部屋へ向かった。チヅは枕元の蛍光灯をつけ、きょとんとしたようにこちらを見ている。

「ああ、よかった！　朝ちゃんが帰ってきて……」

「いったいどうしたの」

「オシッコが……」

あわてて布団をめくると、ぷうーんと尿のにおいがした。寝巻きもシーツもぐっしょり濡《ぬ》れている。チヅがオムツをするのを大層嫌がるので、寝る時にしかつけていない。日中は手を貸してトイレまで連れていくのだ。これが困難になったら、ポータブルトイレを設置しようかと考えていた最中であった。

「ちょっと待ってて」

朝子はチヅをベッドの脇に寄せ、手早く寝巻きと下着を着替えさせ、シーツもはずした。すべてのものを洗たく機にほうり込み、やっとひと息ついた。

「シンちゃんは、いったいどうしたのよッ！」

「ヘルパーさんが帰る頃までには、必ず帰ってくるって言ってたんだけど」

チヅはおろおろしている。なんとか慎一を庇《かば》おうと必死なのだ。

「あの子もいろいろ忙しいみたいだし」

「失業者の、いったいどこが忙しいのよッ」

つい荒い声が出る。失業して家に帰ってきた弟は、いっこうに仕事を探す気がない。それに業を煮やした朝子は、自分が仕事に出ることにしたのだ。

その代わりするべきことはちゃんとしておいた。介護認定を受け、3と言われた。地元のケアマネジャーさんに来てもらい、週三回のヘルパーを頼んだ。本当はデイサービスに行ってもらいたいのであるが、

「あそこだけはイヤだから」

とチヅが拒否したのである。どうやら、

「みんなでチイチイパッパをするところ」

というイメージが拭えないらしい。

「今はそんなことはないよ。歌はイヤなら歌わなければいいし、すごく広いお風呂もあるよ。同じぐらいの人もいっぱいいるよ」

その〝同じぐらいの人〟が、どうやらチヅは気に入らないらしい。

「ボケた人ばっかりなんでしょう」

「そんなことない、ない」

と朝子は大きく首を横にふる。

「ちゃんとした人だっていっぱいいるよ。そういう人たちと友だちになって、いろいろ話したりするのも楽しいじゃないの」

「でも、お爺さん、お婆さんばっかりなんだろ。なんか気がすすまないよ」

はっ？　と朝子は母の顔を見つめる。一瞬呆けたのではないかと思ったほどだ。

「お母さんだって、お婆さんじゃないの……」

「あら、私はまだ七十代だもの」

とチヅ。

「元気な頃、道を歩いてると、よくデイサービスの車が停《と》まっててさ、私は邪魔だなあと思って見てたの。そうしたら、こう、車椅子のよれよれしたお婆さんが、車に乗せられてるじゃないか。中を見るとさ、こう、ぼうっとした顔の年寄りがいっぱい乗せられている。まるで、あの世行きのバスみたいだったよ。私、こんなもんに乗るもんかとあの時思ったんだよね」

「それはさ、お母さん、偏見とわがままってもんだよ」

思わず口をついて出そうになった。

「世の中の年寄りは、たいていデイサービスに行くんだよ。それは年寄りのためじゃなくて家族のためだよ。そうすれば、その間、家族はラクになれるんだからさ」

その言葉を発しなかったのは、わがままでプライドの高いチヅの気性をよく知っていたからと、この母には自分がついているしという思いゆえのことだ。看護師の自分がこれほど手厚くめんどうをみている。母が行きたくないと言うのならば、デイサービスは諦めようと考えていた。しかし弟の慎一が介護するとなれば、そうはいかない。母をなんとか説得しようとした矢先のことであった。

「それで、シンちゃんはいったいどこに行ったの」

「ちょっと友だちに会いに行くって言ってたけれども」

「何が友だちよ」

弟に関してはずけずけ言える。

「無職でお金もなくて、実家にやっかいになってて、何が友だちっていうのよ。今はお母さんのことが最優先じゃないの」

時計を見る。九時半になろうとしていた。

思いついてバッグを置いた玄関へ行き、スマホを取り出す。案の定慎一からラインが入っていた。

「もう帰ってるよね？」

「さっき帰ったよ。いったいどうしたの？」

「ちょっと友だちとの話が長びいて」

「ふざけんな」

「今、帰ります」

「いま、どこにいるの？」

それについての返答はなかった。

そして慎一が帰ってきたのは、十一時を過ぎた頃だ。かすかにアルコールのにおいがして、朝子は怒りが爆発した。

「いったいどうなってるのよッ」

　仁王立ちして弟を迎えた。

「こんな時間に帰ってきて、お母さんに何かあったらどうするつもりだったの!?　お母さん、トイレに間に合わなくておもらししてたんだよ。ひどいじゃないの、おもらしだよ！　いい、私はあんたと約束したよね。無職のあんたが帰ってきて貯金を喰いつぶしてる、だから私は働きに行く。その代わり、お母さんのめんどうはみてくれって」

「ちゃんとみてるよ」

　慎一は不貞腐れた。幼い頃から見慣れた表情だ。しかし中年男となった今、ふくれると、頬の醜い弛みが目立つ。

「今日は急用が出来たんで仕方ない。ヘルパーさんも来てくれてたし、大丈夫だと思ってちょっと出かけたんだよ」

「ヘルパーさんなんてあっという間に帰るんだよ。あんたが行けるのはコンビニぐらいなんだから」

「わかってるけどさ、急用が出来たんだってば」

「へえー、無職のあんたの急用っていったい何なのよ。誰かが就職を世話してくれるっていうんで、すっとんで行ったわけ？　そのわりにはスーツも着てないし」

慎一はえんじ色の上着だ。中に白いシャツを着て、なぜか唐突に橙色《だいだいいろ》のチーフをしている。

「あんた、まさか、女に会いに行ったんじゃないでしょうね」

「えっ!?」

慎一は白ばっくれようとしたが、一瞬目が泳いだ。これも朝子にとって、子どもの頃からよく見慣れたものだ。誤魔化《ごまか》そうとしている。

「あんた、女と会っていたわけ!!」

「そうだよ」

慎一はぶすっとした表情のまま答えた。

「寝たきりの母親ほっといて、こんな時間まで女と遊んでたわけ？」

「オレだって、もっと早く帰るつもりだったよ。だけど相手が、いろいろ相談があるっていうもんだからさ」

「それでお酒を飲んでるわけ」

「居酒屋で焼酎を二杯ぐらいだよ」

「信じられないわよ。それで相手の相談は何だって言うの」

「だからさ、あっちも年寄りのお母さん抱えて大変なわけだよ。どうしていいのかわかんないって泣きつかれちゃってさ」

「まさか……」

あることに思いあたった。

「お母さんが九十五とかいう、年上の女とまだつき合ってるわけじゃないでしょうね」

「………」

どうやらそうらしい。実家に帰ってくる少し前まで一緒に暮らしていた女なのだ。

「ちょっとオ、その人ってあんたよりも年上なのよね」

「関係ないだろ」

「確か、あんたの失業手当も何もかも根こそぎ持っていったんじゃないの」

「別に……。オレが渡したんだよ」

「全く……」

朝子はダイニングテーブルの椅子に座り込んだ。体中の力が抜けていくようである。

「私がくたくたになるまで働いている間に、あんたはその性悪女と会っていたわけなのね」

「性悪って、どうして決めつけるんだよ」

「だって、どう考えたって性悪でしょう」

慎一と別れたくせに、金欲しさに呼び出したに決まっている。

「その女と、どうやって知り合ったの?」

「その……、ネットでさ」

　あぁーねと朝子はテーブルにつっぷしてしまった。ネットの出会い系サイトなど、若い男女がやるものだと思っていたら、なんと五十代の男と女がやっていたとは。

「ネットでやってくる女なんて、金めあてに決まってるじゃないのッ！　そして悪企《わるだく》みがバレるとすぐに殺して、自分の愛人に手伝ってもらって山中に埋めるのよ。ワイドショーで毎日そういうのやってる」

「だから、彼女はそういう女じゃないんだよ」

「だったらどういう女か、説明してもらいたいもんだ。だってその女は、あんたより年上の五十五で、あんたの失業手当やらいろいろ貰ったら、すぐにおサラバしたんだよ。いったいどういうとこがいいのか、さあ、教えてちょうだいよッ」

「朝ちゃんみたいに、そういう風に理詰めでガミガミ人を追いつめないとこだよ」

　そう言われて負ける朝子ではなかった。

「わかりましたよ、あんたの彼女は優しくてとてもいい人なんだろうよ。それで今日のデイト代は誰が払ったの？」

「オレに決まってるじゃないか……」

「おかしいわね。ついこのあいだ私から一万円借りた人が、どうしてデイトの費用を払えるの」

「そんなこと、どうだっていいだろ」

「よくないわよ。男と女の仲はね、どっちが払ったかでわかるんだから」

「オレだよ、オレが払ったよ。サラ金でちょっと借りてさ。文句あるかよ」

姉と弟はしばらく睨み合った。

こうして見ると、弟はなんて老けているんだろうと思う。目の下の皮膚が、大きな三日月をつくっている。それでも弟は女をやめられないと言うのだ。

「はい、はい。居酒屋の分はあんたが払ったのね。それじゃあ、彼女の相談ごとって何なのよ。きっとお金のことなんでしょう」

「いや、お金のことっていうより、お母さんのことかな」

慎一は急に素直になった。

「お母さんの施設がよくない。介護する人もどんどんやめてるそうだ。お母さんがこんなところ出してくれって、会いに行くたんびに泣くんだってさ。オレも似たようなお袋持ってるから、身につまされちゃってさ」

「シンちゃん、あんた……」

呆《あき》れてしまって言葉がなかなか出てこない。

「あっちのお母さんっていっても、あんたには他人じゃないの。それでもうちのお母さんより大切にするわけ？　人のめんどうみる余裕なんか、うちにはないんだよ」

疲れていたせいか、とがった言葉がいくつも出てくる。

「今の日本の五十代、六十代で、親のことで悩んでない人なんて誰もいない。その女だけじゃないよ」

「そりゃあ、そうかもしれないけど」

「私は信じられない。寝たきりのお母さんほっといて、どうしてよその母親の心配をしなきゃならないのよッ」

「だけど、話を聞けば聞くほど気の毒なんだ。本当にひどい施設で、介護の人も少ないから、めんどうもろくにみてくれない。このあいだ彼女が、間違ってベッドの横のコールブザーを押したんだって。来てくれたら謝らなきゃって思ってびくびくしてたら、ついに誰も来てくれなかったたって嘆いてた」

「そんなこと、知るもんですか」

腹立ちのあまり、口の中が粘っこくなってきた。

「だったら、もっといい施設に替えてあげりゃいいじゃないの。それで済むことでしょッ」

「だけどそんな金はないって」

「うるさい」

一喝した。

「じゃあ、どうすればいいのよ。どうして見も知らない婆さんのために、うちが何かしてあげなきゃならないの」

「そりゃあ、そうかもしれないけど……」

慎一は口ごもる。そしてうつむいたまま、上目遣いでちらりと朝子を見た。この顔に朝子は見憶えがあった。ふとあることに思いいたった。

「シンちゃん、あんたまさか、その女のためにお金遣ってないわよね」

「…………」

「ちょっと預金通帳見せなさいよ。あ、そんなもん見てもダメか。カード持ってるもんね。ちょっと、カードで引き出した明細書見せなさいよ」

「そんなもんないよ」

「いいわよ、見せな」

「だからないって」

「うるさい」

朝子は慎一のズボンのポケットに手をつっ込んだ。そこには何もなかった。尻のポケットを探る。洟《はな》をかんだティッシュペーパーと共に、くしゃくしゃに丸めた明細書が出てきた。拡げる。なんとひと月で二十五万円引き出されていた。

「これ、どういうことっ！」

「だから、彼女が貸してくれって」

バカ！　と叫んだ。ついでにすぐそこにあったティッシュの箱で頭を殴った。

「出会い系サイトの女に騙《だま》されて！」


その後真夜中まで二人でやり合った。もう女とは会わないことを約束させようとしたのであるが、慎一はそれは出来ないと言う。

「だって……、好き合ってるから」

「あんたねぇ……」

朝子はハアーっと肩を落とした。

「よりによって、五十五歳のおばさんと……」

「若けりゃいいってもんじゃないよ」

「そりゃあ、そうかもしれないけど、五十五っていえばいい年だよね」

「彼女はすっごく若く見える。とても五十五には見えないよ」

「そうですか。わかりましたよ。はい、わかりました」

朝子はまっすぐに弟を見た。最後通告であった。

「あんた、もうこのうちを出ていってよ。そしてその彼女と一緒に暮らせばいいじゃないの。確かバツイチだったよね。そして私は仕事やめて、いや、今のところは時給日給いいからやめないで、ヘルパーさんに来てもらって何とかやる。また二人きりで暮らすから、あんた、このうちを出てって彼女、えーと、何て言う名前だったっけ」

「内藤沙也香《ないとうさやか》さんだ」

「へえー、とても五十五とは思えない名前だね。まあ、いいや、そのサヤカさんと一緒に暮らしなよ。うちにいて、お金引き出されるよりもずっといい」

「そういうわけにはいかないんだ」

慎一は口ごもる。

「サヤカさんは、娘と一緒に暮らしてるから。娘も離婚して帰ってきて、子どももいるんだ」

「へえー、サヤカさん、孫もいるんだ」

もう何か皮肉を言う気力もない。

「そりゃあ、ダメだワ」

「そうなんだよ。サヤカちゃんは娘の生活のめんどうもみて、お母さんも介護しなきゃならないんだ」

いつのまにか〝サヤカちゃん〟になっている。

「本当に苦労してるんだからさ。サヤカちゃんは、オレと会ってる時がいちばん楽しい。救われるって言ってるんだ。オレだってそのくらいの楽しみがなきゃ、とても生きていけないよ」

じゃあ、私の楽しみは何なのよ、と続けるともう日付が変わってしまう。仕方ない。今日はここまでにして、カードを取り上げることにしようと朝子は決意する。

第五章　細川邦子のバトル

実家のダイニングテーブルに、邦子は座っていた。真向かいにいるのは兄の三樹男、そしてその隣には兄嫁の登喜子がいる。

茶を淹れたのは邦子だ。登喜子がしてくれるものと思っていたのであるが、じっと座ったままである。ついに耐えきれなくなって邦子が席を立った。どの茶碗を使っていいのかわからなかったから、客用とおぼしきものを三客取り出した。茶托《ちゃたく》はつけない。

登喜子の前に置いたら、「どうも」とだけ発した。今夜彼女は五日ぶりに、嫁いだ娘のところから帰ってきたのである。

登喜子はさっきからずっと黙りこくったままだ。仕方なく邦子が時々声をかける。

「お義姉《ねえ》さん、大介《だいすけ》くん、どうでした。大きくなったでしょう」

大介というのは、三ケ月前に生まれた兄夫婦の初孫である。しかし、

「おかげさまで、順調に育ってますよ」

と、登喜子はせっかくの話題にのってこない。そういえば、誕生祝いの礼がひと言も

ないことを邦子は思い出した。ふつうは娘夫婦から「内祝」を送らせるものだ。いい年をして世の中の常識を知らないのかと、邦子は少しずつ苛立《いらだ》ってきた。

死んだ母親は、兄嫁のこういうところが最初から気に入らなかった。次々に記憶がページをめくるように甦《よみがえ》ってくる。

「邦ちゃんだから言うけど……」

と母はよくこぼしたものだ。嫁入り道具の貧しさは覚悟していたから仕方ない。しかし嫁ぎ先へのお土産がないのはどうしたことだろうか。

ふつうは「母上さま」「父上さま」「邦子さま」と、熨斗《のし》をつけてしかるべきものを持参するはずだ。

「そのくらいは常識として知っていると思っていたけど……」

大きくため息をついた。そうして亡くなる時までつかず離れずの関係を続けたのだ。

その母親が息をひきとる時も、本当に誠意がなかったと、黒い水が逆流するようにさまざまな記憶がうかぶ。

癌と診断されてから病院のつき添い、入退院の手続きもほとんど邦子がした。最後の入院の時は、さすがに登喜子も協力してくれたが、

「本当の娘がつき添った方が、やっぱり喜ぶわよね。目が覚めた時、いつも邦子は？って聞くの。あれを聞くのつらくって……」

などとうまいことを言って、何度かつき添いのローテーションをキャンセルされた。

あの時は疲れと、母を失うかもしれないという悲しみとで頭がぼうっとしていて、怒りの感情もあまりなかった。しかし今度のことで、母の声が呪詛《じゅそ》のように、何度も何度も聞こえてくる。

「あの嫁は本当に常識がない」

「やっぱり育ちが悪いから」

そして母方の伯母の声も。

「邦ちゃんはなんてお人よしなの。あの家をそっくりあげちゃうなんて、登喜子さんの思うツボじゃないの」

時計が七時の時をうった。夕方から何も食べていないことに邦子は気づく。しかし茶も淹れてくれない兄嫁である。鮨《すし》や鰻《うなぎ》をとってくれるとは考えづらい。こうなったら早く話を終わらせて、家に帰るしかないだろう。

「お義姉さん……」

まず口火を切った。

「お義姉さんが出ていってからこの五日間、本当に困りました。兄には有休をとってもらいましたけど、それではカバー出来なくって、私が来てました。だけど私も勤め始めたパートがあるんで、半日休ませてもらうの本当に大変だったんですよ」

「でもね、私は今までそれを一人でやってきたのよ」

登喜子の口角がぐいと下がり、やっと言葉が発せられた。

「本当はね、私は離婚するつもりだったのよ。だけどちゃんと話し合いしてきてくれって玲子に言われて、今日帰ってきたのよ」

リコン!?　三樹男は思わず腰を浮かしかけたが邦子は動揺しない。こんなこと、女の脅しだとよく知っているからである。「するつもり」という言いまわしが証拠だ。

「邦子さんはたった五日間だけど、私はもうお義父《とう》さんの介護を十年もやってきたのよ」

「それはちょっと大げさじゃないですか」

頭のどこかでゴングが鳴ったような気がした。

「母が亡くなったのは九年前で、その時は父はぴんぴんしてました。具合が悪くなったのはこの一、二年のことですよ」

「だけどね、身のまわりの世話や食事は、十年間ずっと私がやってきたんですよ」

「九年です、九年」

力を込めて訂正する。

「それについてはとても感謝しています。父がつじつまが合わないことを言い出した、って聞いたのは確か昨年のことですよね。だからこれから介護をどうするか、ってことじゃないですか」

「だけど、私はもう無理よ」

兄嫁は大きく首を横に振った。

「あんな呆けて、色キチガイになった人の介護なんてまっぴら。もう二度としたくない」

「お義姉さん、それ、言い過ぎじゃないですかッ」

「あら、本当よ。主人にも言ってないことがいっぱいあるのよ。私の手を握ってくるのはまだいい方で……、もう、イヤだわ。言いたくないわ」

邦子は腹立ちのあまり、しばらく相手を睨む。父はもう八十二歳なのだ。その老人がどうして、魅力のひとかけらもない中年女に不埒《ふらち》なことをするというのだ。

「娘としてはショックかもしれないけど、お義父さんは確実に呆けてるのよ。それも悪い方にね」

「だけど、お義姉さん、父の尊厳ってものがありますよ」

「ソンゲン？」

「呆けた色キチガイなんて、言っていいことと悪いことがあります」

そのとたん、邦子の目から涙が噴き出してきた。インテリで本が大好きだった父。この年齢で大学を出ているのだ。今の大学とは全く価値が違う。司馬遼太郎《しばりょうたろう》の本を読み、幼い邦子に夜空の星の名を教えてくれた。その父がどうして、

「呆けた色キチガイ」

なんて言われなくてはならないのだ。デキちゃった婚をした高卒の女に。

「お義姉さん、いったい何を言いたいんですか。大切な人の親を色キチガイだ何のって」

「そんなに大切な親ならば、自分でみればいいじゃないの」

「私は結婚して、よその家の人間なんですよ」

「そんな言い方はおかしいでしょ。邦子さんは何たって、たった一人の娘なんだから」

まああと、兄の三樹男が割って入ったが、女二人の見幕にそれ以上声を発さない。

「いいですか。問題を整理しませんか」

兄嫁の挑発にのってやるもんかと、邦子は息を整える。相手は常識のない、頭の悪い女なのだ。自分の言っていることが、いかに間違っているか、きちんと説明してやらなくてはならない。

「母が亡くなった時、父はいずれこの家を売って施設に入るつもりだって言いました。その時お義姉さんは言ったんですよね。私がちゃんとお義父さんのめんどうをみるって。この家に帰ってきますって」

「それは主人の言い出したことよ」

「本当なの!?　お兄さん」

「いや、そうなってくれればいいなァって言ったんだ。まさか登喜子が同居を承諾してくれるとは思わなかった」

「お義姉さん」

邦子はひときわ高い声をあげる。

「ひとり残った舅のめんどうをみるなんて、誰だってイヤでしょうよ。だけどお義姉さんには、施設に入ってもらうっていう選択肢もあったんですよ」

選択肢、いい言葉だ。教養がない者にはさらりとは使えないはずである。理路整然と話すためによく用いられる。どうだ、まいったか。

「だけどお義姉さんはそれを選ばなかった。私がめんどうをみるからって、この家に帰ってくる道を選んだ。だから私は感謝して、相続放棄したんですよ。この家はお兄さんたちに差し上げますって」

「だけど、呆けるとは思わなかったのよ……」

「そんなことは言いわけになりません」

きっぱりと言う。次第にこちらが有利になってきたのはあきらかであった。

「七十代の親をみる、というのは、近い将来呆けるってことも当然考えていたはずですよ」

「だけど、あの時、お義父さん、しっかりしてたし……」

「あの時はあの時です」

邦子の口調は次第になめらかになっていく。昔からそうだ。こういう頭の悪い、自分勝手な女を相手にするととても燃えてくるのである。

「お義姉さん、家族の中にだって、約束というか契約というものがありますよ。お義姉さんはあの時、父のめんどうをみる、と言った。そしてこの家に帰ってきた。だから私は将来半分貰える権利を放棄して、この家をすべて差し上げたんです。それなのに呆けたからめんどうはイヤッ、っていうのは道理が通りません」

「だからね、ものすごい呆け方なのよ。邦子さんだって、一度あんなめにあってごらんなさいよ」

「この五日間、父はこれといっておかしいところはありませんでしたよ」

「それが呆けの始まりなのよ。人によってはしっかりする時もあるの。それに五日間っていっても、邦子さん、ずっといたわけじゃないんでしょう」

「それは私、家庭もありますし」

「ほらね」

登喜子は再び、意地悪気に鼻を鳴らした。

「ちょっと適当に世話やいて家に帰ればいい。だけど私はそうはいかないのよ。帰る場所がない。ずっとおしっこくさい家で暮らさなきゃならないのよ」

「でもそれは、オムツさせればすむことじゃないですか」

「だけど襲ってくるのはどうなのよッ」

相手はついに切り札を出してきた。

「主人から聞いたと思うけど、お風呂上がりに全裸で襲いかかってきたのよ。とても八十二とは思えないような力でね。私はね、とっさに近くにあったドライヤーで殴りつけてやったわ。ひるんだ隙に逃げたけど、ひょっとしたらあのままどうなっていたかわからないわよ。私は本当に襲われたんですよ」

娘としてはいちばん聞きたくない話だ。が、今はじっと耐えなければならない。まるで拷問のように。

「前からね、胸触ったり、太ももを撫《な》でたりして本当にぞっとしてたのよ。でもね、こんなこと主人に言えないでしょう。あら、やめてくださいよ、って笑って我慢してたんです。でもね、襲《おそ》われたらどうしようもないわよね。身の危険を感じたのよ。邦子さん、わかる。本当に怖ろしかったのよ」

「それは……、本当に申しわけなかったと思います」

自然と頭を垂れる。口惜《くや》しいがそうするしかないではないか。

「ちゃんと病院にも連れていきますし、これからはデイサービスとか、いろんな方法があると思うんですよ。どうやったら父にとっていちばんいい状態になるか。一緒に考えてくれませんか、私も協力しますから」

ああー、言ってしまった。「協力」だなんて、この言質《げんち》をとられたら将来えらいことになる。どうしてこう言えないんだ。

「ちょっと、アンタ嫁なんでしょ。長男の嫁なんでしょ。そうしたらガタガタ言わないで舅のめんどうをみなさいよ。長男の嫁が舅を最後までみるなんて、あったり前でしょうが」

　こう怒鳴ったらどんなに気持ちいいかと思う。しかしこの言葉は、いくら何でも時代錯誤だとわかる。いったいいつから、この言葉を吐けなくなったんだろうか。二十年前か、三十年前か。現代《いま》は絶対に口に出来ない。そのために案の定、

「協力だなんて、どんなことをしてもらえるのかしらね」

　相手は図にのってくる。

「私は今、週に四日パートに出てるんですけど、他の三日で出来るだけこちらの方に来ますよ」

「三日来てもらってもね。私はね、もう本当にこの家にいるのイヤなんですよ。もう出ていくつもりなんです」

「本気で言っているのか」

　やっと三樹男が声を出した。

「本気で言ってるとは思ってないが、一応聞くが、別れてどうするつもりなんだ。玲子のところに長く居られるわけもないし、お前が一人で暮らせるはずがないじゃないか」

「私だって、お金があれば一人でやっていけますよ」

その後、登喜子は実に意地の悪い笑いをうかべた。

「あなたの退職金も半分貰いますし、この家を売ったお金も半分貰います」

「何ですって」

「何だって」

兄妹は同時に叫んだ。

「冗談でもそういうことを言わないでくださいよ」

「冗談じゃないわよ。本気で言ってるんですよ」

「お義姉さん、こういう時に言っていいことと悪いことがあると思いますよ」

邦子はやっと冷静さを取り戻した。

「兄が浮気した、っていうんなら話は別ですけど、これは父の介護の問題なんですよ。親が呆けた、だから財産半分もらってバイバーイなんてことは、道理が通らないと思いますよ。もしね、お義姉さんが本気でそう考えているんなら、弁護士さんか誰かに一度相談してみたらどうですか。おそらくそんなことは無理だと言うに決まってます」

「そうかしらねえ……」

兄嫁はややたじろぐ。

「お義姉さんだって、本気で兄と別れようと思っているわけじゃないでしょう」

「まあ、お義父さんを何とかしてくれたら……」

兄嫁の本音が出てきた。この年の女が多少の金を手に入れたとしても、一人で生きていくのは困難なはずである。それに今はどうだか知らないが、結婚前後の兄夫婦の熱々ぶりといったらなかった。ペアルックのセーターを着て、二人で悦に入っていたものだ。テディ・ベアのあの模様をはっきりと思い出す。あの頃だって、ペアルックを着ている男女など珍しかったものだ……。

「だったらその線で考えていきませんか」

ああ、少しでも兄嫁が、あのテディ・ベアを憶えていますように。姑や舅の介護というのは、結局は配偶者の愛情の多寡にかかっているのだから。

「私も出来る限りのことをしますよ。ヘルパーさんを頼んでもいいし、ヘルパーさんだけで足りなかったら、お金を出して民間の家政婦さん頼んでもいいじゃないですか」

「そのお金はどっから出るのよ。今日び、民間の家政婦さんなんて、ものすごいお金がかかるのよ」

「それは何とかするしかないんじゃないですか」

家計のために始めたパートであるが、それを差し出してもいい。

「兄だって頑張ると思いますよ。今は緊急事態なんですからね」

「でもそれはダメよ」

と登喜子。

「この人、転職したからたいした退職金貰ってないのよ。今のところだって、貰えたとしても雀の涙よ。それを今、介護に使ったりしたら、こっちはどうなるの。退職したらどうやって暮らすのよ」

その金をさっき、本気でないとしても、半分貰うと言い出したのはいったい誰なのだろうか。

邦子はもはやこの議論に疲れてきた。結論を出すしかないだろう。

「わかりましたよ」

ため息と共に兄嫁を睨んだ。

「やっぱり父を施設に入れるしかないですね。この家を売ってどこか探すしかもう道はないですよ」

「この家を売るの!?」

と登喜子は大きく目を見開く。この家を売って半分貰う、と言ったことなど忘れてしまっているに違いない。

「この家を売ったら、私たちはいったいどこに住むのよ。この年になって、アパート暮らししろって言うの」

「お義姉さん……」

邦子は呆れ果ててしばらく声が出ない。

「じゃあ、お父さんをいったいどうしろ、って言うんですか。めんどうはみたくない。お金を出すのはまっぴら。じゃあ、最後の手段として……」

声が震えてきた。

「この家を売って施設に入れる、って言ったら、この家売るのはイヤだ、なんて、そんなそんな、子どもみたいな言いぐさが通ると思うんですか」

「安いところがあるじゃないの」

平然と言う。

「特養ですか」

「そう、その特養に入ってもらえばいいんじゃないの」

「お義姉さん」

と叫んだ。

「特養、なんて、いったい何年待つと思ってるんですか。たくさんの年寄りが空きを待ってるんですよ。あれもイヤ、これもダメって、もういい加減にしてくださいよ。もうちょっと真面目に父のことを考えてくださいよッ」

こうしている間に夜の九時が過ぎ、ダイニングルームに、兄と妹は二人残された。

「とにかく私は帰る。今後のことはいずれ弁護士さんから連絡させる」

と登喜子は席を立ったのである。

邦子は立ち上がって冷蔵庫を開けた。缶ビールを二つ取り出す。ほら、と兄に渡した。冷えた茶一杯で、二時間もやり合った自分がつくづく空《むな》しい。腹が立つを通り越して、空しい、という思いしかない。

「おい」

プシュッという音と共に、三樹男が声を発する。

「あいつは本気で言ってるのかな……」

「本気なわけないじゃないのッ。ただものすごく意地が悪いだけよ。弁護士から連絡させる、なんてイヤらしい。ふつうのおばさんのお義姉さんが、弁護士さんを知ってるわけないでしょ。お金だってコネだってないわよ。だけどね、ああいうことを言って脅してるだけよ。全くどんだけ、性格悪いんだか」

「そりゃあ、そうだけど……」

三樹男は口ごもる。

「あいつも、親父とは結構うまくやってたんだよ。そんなに悪い嫁じゃなかった」

「じゃあね、あんなにしたのは、全部お兄ちゃんのせいじゃないのッ」

兄に言いたいことは山のようにある。三十年前、エリート銀行員だった兄が、支店の女につかまって〝デキちゃった婚〟をしなかったらこんなことにはならなかったかもしれない。兄が出向した証券会社をやめなかったら……。証券はいま、こんなに景気がいいのに……。何よりも兄がもっと毅然《きぜん》とした態度をとっていたら、兄嫁があれほどのさばることはなかったはずだ。

「これからいったいどうするのよッ。もう有休だって使っちゃったんでしょ」

「小さい会社だから、もう休むのはまずいよ」

「明日はパートがないから、今日は私が泊まる。だけどあさってからどうするのよッ」

「困った」

「困った、じゃないでしょう。お義姉さん、行くとこないんだからいずれ帰ってくるわよ。それまで二人で何とかしなくっちゃ。あさってからは家政婦さん頼むしかないわよ」

民間の家政婦を四日頼んで、邦子は考えをあらためた。時給が千八百円、兄が帰ってくるまでみてもらうとして、十時間、一日一万八千円かかる。そのうえ交通費も入用なので一日二万円だ。いくら緊急事態としても、こんなことが長続きするはずはない。

「やっぱり、お父さんを病院に連れていこうと思うの」

「そりゃあそうだよな」

という兄との会話があり、邦子はそれとなく父にもちかけてみた。

「お父さん、明日、ちょっと病院に行ってみませんか」

もらおうと思って」

「ほら、年をとるといろいろよくないところが出てくるでしょう。それをちょっと診てもらおうと思って」

「なぜだ」

「どこも悪いところはない」

「でもお父さん、人間ドックにも行ってないじゃないの」

「ああいうところは苦手だ」

父親の気性はよくわかっている。もし病院へ行ったとしても、「精神科」という文字を見たら怒って帰ってしまうに違いない。

ネットで調べてみると、本人を連れていかなくてもいい専門クリニックがあった。しかしこういうところは保険がきかないので、一回の受診料が一時間三万円だ。

「つまりは、金持ちしか相手にしていないってことよね」

思わず怨《うら》みごとが口に出た。しかしさらに見ていくと、区役所の中に「高齢者相談センター」という文字を見つけた。ここだと無料だ。邦子はさっそく電話をかけた。ケースワーカーを派遣してくれるという。そして彼女を通してケアマネジャーが決まり、ヘルパーがやってきてくれることになった。しかし、ひと安心というわけではない。

第六章　素敵な新人

セブンスター・タウンのホールでは、月に一度音楽会が開かれる。たまに琴の演奏などもあるが、ほとんどがクラシックである。

その日はブラームスの弦楽四重奏曲が流れていた。

四人の若い演奏家たちは学生ではなく、れっきとしたプロである。

女性は黒いドレス、男性もきちんと燕尾服《えんびふく》を着ている。特に第一バイオリンはなかなかの美人で、拍手のたびににっこりと微笑むのが場慣れしている感じだ。

この音楽会が楽しみ、という入居者は多い。今回も五十人ほどの人々が集っていた。前の方に陣どっているのは、〝セブンスターズ〟の面々である。自分たちも楽器をたしなむメンバーだ。

ピアノやバイオリン、チェロの腕を磨いて、三ケ月に一度ほどここで発表会を開くが、いつも客はあまり集まらなかった。

二曲ほどの短い音楽会が終わった後は、お茶と小さな菓子が用意され、ティーパーティーとなる。

「やっぱりブラームスはいいわ。モーツァルトよりも好きなくらいだわ」

倉田愛子《くらたあいこ》はまわりの男たちに話しかける。愛子は〝セブンスターズ〟でピアノを弾いている美しい老婦人だ。

銀色の髪を結い上げ、喉の弛みを隠すために高いカラーのブラウスを着ているのも優雅である。

「でもあのバイオリニストがねえ……」

と顔をしかめた。あの美人のことだ。

「ブラームスを、ただおしゃれに洗練された風に弾くだけじゃダメなのよ。人間のため息が聞こえてくるようにしなくては。だけどあのテクニックじゃとても無理ね」

愛子は音楽大学のピアノ科を卒業していたが、それはプロになるためでなく、縁談条件にハクをつけるためだったと本人は言う。おかげで、音楽好きの外務省勤務の男性と、すぐに結婚話がまとまったのだ。

やがて彼女は、外交官夫人としてヨーロッパの幾つかの国におもむく。

最高の思い出として残っているのは、ミュンヘン総領事時代だ。夫と共に各地の音楽祭に通った。

愛子の夫は七年前にこの世を去った。子どもがいない彼女は、財産を整理してこのセブンスター・タウンに移ってきたのである。

気品高く美しい愛子は、男たちの憧れの的である。元外交官夫人という経歴も人気にひと役買っている。しかもピアノが上手《うま》い。彼女がホールのグランドピアノの前に向かうと、一人、二人と男たちがやってくるのだ。

「倉田さんは、まるでセブンスター・タウンの専属ピアニストですね」

みえすいたことを言うのは、岡田《おかだ》である。彼は都内でかなりの病院を経営していた。息子に譲った今でも、週に一度は病院に顔を出す。ワイン好きで陽気な男である。これはあくまでも噂であるが、長年連れ添った妻に死なれた後、彼はなんとか立ち直って銀座のクラブママと同棲《どうせい》を始めた。一時は本気で結婚を考えていたらしいが、すぐにふられたうえに、しこたま手切れ金を取られたらしい。

「もう女にはこりた」

と言う彼であるが、今は倉田夫人にぞっこんである。身をのり出して、鍵盤を叩く彼女の手先をのぞき込む。

実はこれは倉田夫人がいちばん嫌がる行為なのである。エステやサーマクールという高周波によるたるみ治療、そしてちょっぴりの縫合手術によって、七十八歳の倉田夫人の肌は艶々としている。大きな弛みもない。ほうれい線も同《おな》い齢《どし》の女性と比べると随分と薄かった。顎の線もシャープである。

しかし手だけは、齢を隠すことが出来ない。ピンク色のネイルを塗られた爪は愛らしいが、その甲は茶色のシミが幾つも浮き出ていて、水玉模様をつくり出していた。それを隠そうとして、倉田夫人はいつも袖に長めのフリルがついたものを好み、甲を隠しているのである。

そういう気配りを無視して、岡田は、夫人の手元から目を離さない。彼女はつんとしてピアノを弾き続ける。

「いい曲ですなあ。これはドビュッシーですか」

「いいえ、ショパンよ」

その時、男が一人近寄ってきた。

「『告別』ですね。私はショパンのワルツの中でこれがいちばん好きですよ」

倉田夫人と岡田は声のする方を見た。見知らぬ男であった。新しい入居者に違いない。

「本当にお上手ですね。先ほどから聞《き》き惚《ほ》れておりました」

男は微笑んだ。入れ歯ではない自然な白い歯がなんとも若々しい。少々後退しているとはいえ、たっぷりとある髪は銀と黒とのバランスがよくとれている。何よりも目をひくのはほっそりとした体つきだ。手足が長く余計な肉がついていない。腹のあたりのベルトがはち切れそうな岡田とは、対照的である。

「さっきの四人と合わせて、あなたのピアノを聞きたかったですなあ」

「とんでもありませんわ」

倉田夫人は気取って応えた。

「ほんの老人の手なぐさみですもの」

「手なぐさみ……。懐かしい言葉ですなあ」

男は感にたえぬように言った。

「美しい懐かしい言葉です。今はそういう日本語を使える方が少なくなりました……。申し遅れましたが、私は遠藤《えんどう》と申します。先週から皆さまのお仲間に入れていただきました。どうかよろしくお願いいたします」

倉田夫人も立ち上がって挨拶をする。

「こちらこそよろしくお願いいたします。私は倉田と申します」

「あっ、ピアノの手を止めてしまいましたね。失礼いたしました」

「いいえ、私は夕方になるとよくここに来てピアノを弾いておりますのよ」

「それはいいですなあ。ここに来ると、倉田さんのピアノが聞けるんですね」

「まあ、お耳汚しにならないようにいたしますわ。それから火曜日と金曜日は、ここでセブンスターズの練習がありますの。セブンスターズというのは、ほほ、音楽が好きな者たちが集まるグループです。遠藤さんは何かおやりにならないの」

「いやあ、私は音楽は専ら聞くだけですよ。学生時代にちょっとジャズピアノを齧ったことがありますが」

「まあ、素敵」

倉田夫人は少女のように手を叩いた。

「ぜひぜひお入りになって。ねえ、私たちと一緒に練習をいたしましょう」

「いや、いや。今のピアノをお聞きしていたら、とてもお仲間には入れませんよ」

二人のやりとりを聞いていた岡田は、たまりかねて割り込んでいった。

「あの、遠藤さん、私は岡田と言います」

「あっ、遠藤です。どうぞよろしくお願いいたします」

「私はこういう者です」

岡田は医師独特の傲岸さをにじませながら名刺を差し出す。そこには病院の名前と、名誉院長という肩書が書かれていた。

「ほう……、名誉院長でいらっしゃる」

遠藤の声には、かすかな揶揄《やゆ》が含まれていたが、それに気づくような相手ではなかった。

「そうなんですよ。週に一度は行かなきゃなりませんよ」

岡田は胸を張る。

「ところで遠藤さんは何をなさっていたんですか」

セブンスター・タウンにおいて、いきなり前職を尋ねるというのは大きなマナー違反であるが、岡田は躊躇《ちゅうちょ》しなかった。遠藤は名刺をしまいながら言った。

「私は明智《あけち》出版というところに勤めておりました」

「ほう、出版社ですか」

好奇心といくらかの嫌悪が籠もっている。実は岡田の病院は十数年前、結構な額の脱税をして週刊誌に書かれたことがあるのだ。

「はい、長らく『エスト!』という雑誌の編集長をしていましたが、ご存じでしょうか」

「『エスト!』、知っていますよ!」

岡田は叫んだ。

「毎月楽しみにしていましたよ。『男たちよ、贅沢《ぜいたく》と恋をしない人生なんて……』っていうあのキャッチフレーズ、よおく憶えていますよ」

「そうですか、ありがとうございます」

「まあ、いったい何のお話? その『エスト!』って何ですの?」

倉田夫人は首をかしげる。本当は自分がないがしろにされたことに、少々むくれているのだ。

「倉田さんは知らないでしょうが、『エスト!』は、中高年の男がこぞって読んでた雑誌ですよ。〝和魂伊才〟なんて言葉、流行《はや》りましたなあ。日本男児の心を持って、イタリア人のセンスできめる」

「ほう、本当によく読んでくださっていたんですね。ありがとうございます」

「『エスト!』は、ファッションもよかったですが、グルメ特集もよかったですなあ。私はおたくの記事がいちばん信用出来ましたよ。特に『鮨屋はここを食べろ』『三万円以上出さずに鮨がわかるか』っていう記事は、バックナンバー取ってありますよ」

「それは、それは、本当にありがとうございます」

遠藤から笑みがこぼれる。人気男性雑誌の編集長だったなら、このしゃれた外見や、やや気取った物ごしもすべて納得出来た。確かに黒い眼鏡のフレームも、ふつうの老人はしないものだ。

「それで、遠藤さんは一人でお入りなんですか」

すっかり気をよくした岡田は、さらにぶしつけな質問をする。

「いや、私は残念ながら独り者《ひともん》なんですよ。実は一度も結婚をしていません」

「それは、それは……」

岡田も倉田夫人も驚いて目の前の男を見る。あたり前の人生をたどってきた彼らにとって、一度も結婚をしたことがない人間というのは理解出来なかった。それも低収入の人種ではない。これから自分たちと生活を共にしようとするレベルの人間が、ずうっと独身だったとは。

ひょっとしたら、女性に興味を持たない男性なのだろうか。そういえばやたらイタリア趣味の雑誌だったしなと、岡田は考えたのであるが、いくら彼であってもその質問ははばかられた。しかしその顔つきがあまりにも露骨だったのだろう。

「そうかといって、あちらの好みはありませんから」

遠藤は苦笑した。

「いろんな女性とおつき合いはしましたがね。やはり結婚には向いていないってわかりましたよ。ここの入居も家族がいたら、こんなにすっぱりとはいかなかったでしょう。僕は七十になったら、すべて手放そうと決めてました。会社の嘱託もやめ、マンションも売り、犬も親友に貰ってもらいました。二トントラック一台分のものを捨て、気に入った本と思い出だけ持ってここに来たんですよ」

「まあ、素敵……」

倉田夫人がつぶやいた。

「ここでもぜひ思い出をつくってくださいまし。私たちと音楽をやりましょうよ。そう、ピアノをご一緒に」

「いやいや。倉田さんのレベルに、とてもついていけませんよ。お聞きする側になるだけにいたしましょう……」

その時だ。遠藤の視線の先がさっと変わった。ホールのドアの方に向けられる。一人の女性が壁にもたれて、くずれ落ちていくところであった。

「ちょっと、大丈夫ですか」

遠藤は走り寄っていった。すばやい動作で、その女性が前に倒れるのをさっと防いだ。

「す、すいません」

制服の女性だ。ということはここの従業員に違いない。意識はしっかりしている。

「今、ちょっとめまいがして」

「ちょっと見せてください」

岡田がやってきて、脈をはかりながら女性の下瞼《したまぶた》をめくった。

「貧血みたいだね」

「すみません、すみません、もう大丈夫です」

よろよろと立ち上がる。

「倉田さまに電報が届いていたので、お持ちしようと思って……」

「まあ、電報なんていつでもよかったのに」

倉田夫人もやってきた。そして女性の手から電報を受け取る。

「また白井《しらい》さんからだわ」

いまいまし気に顔をしかめる。

「音大時代の親友ですの。でもすっかり呆けてしまって。私に二週間に一度、バースデーのお祝い言ってくるのよ。ごめんなさいね、細川さん。大丈夫？」

「大丈夫です。みっともないところをお見せしまして」

「細川さん、でも顔色悪いよ。ここでちょっと休んでいきなさい」

と岡田。

「でも……」

「そうよ。私たちは出ていきますから、そこのソファでちょっと横になったらいかが」

倉田夫人は、遠藤に紹介するというのでもなく告げる。

「この方は細川邦子さんといって、受付にいるの。二ケ月前から働いていらっしゃるけど、とてもよく気がつく方よ」

「そうですか、こんなところで何ですが遠藤です」

「もちろん、存じ上げています……」

「どうかゆっくり休んでってください」

「私から、もう一人の受付の人に言っとくわ」

「細川さん、あとでちゃんと病院行った方がいいよ」

三人の老人が騒々しく出ていった後、邦子はソファに横たわり目を閉じた。めまいなど今まで経験したことがなかったのに、急に目の前の風景がかすんでしまった。原因はわかっている。疲れとストレスだ。

このところ、ずっと実家に泊まっている。兄嫁が言うほど、父は呆けていないと思う。ただ夜中に何度もトイレに行くのには閉口した。そのたびに起きてついていってやらなくてはならない。電気をつけ、父親のズボンと下着を脱がせ、便器に腰かけさせる。一度は間に合わなくて、すべてびっしょりにしてしまった。

「すまんな、申しわけない」

としきりに謝る父が哀れで、

「次から気をつけてね」

と明るく言った。が、洗たく機をまわし干していたら夜が明けてきた。その足で職場へ向かったのだ。

邦子は左腕で目を覆った。蛍光灯の光を避けるためではない。考えたくないことを頭から追いはらおうとしたのだ。

ドアが開く音がして、誰かが近づいてくる気配がした。入居者だとやっかいなことになる。従業員がサボって昼寝をしていたと言われるかもしれない。邦子はあわてて身を起こそうとした。

しかし、

「細川さん、細川さん」

と呼びかける声は老人のものではない。

「今、倉田さんから聞いてびっくりしたのよ。大丈夫？」

目の前に丹羽さつきの顔があった。食堂で働いている気のいい女である。

「ちょっとめまいがしたの。今、横になってたらだいぶよくなったわ」

「もうちょっとそうしてたら、って言いたいけど、もうちょっとすると、ここでフラダンスのお稽古が始まるのよ」

「いえ、私もそろそろ起きなきゃと思ってたから」

動きかけたが、やはり力が入らない。

「ダメよ、細川さん、すっごく顔色悪いもの」

「そうかしら」

頬に手をあててみた。わずかな間に隙間が出来たような気がする。

「ちょっと私に従《つ》いてきて。私、ゆっくり休めるいいところを知ってるの」

さつきは親切に手を貸してくれた。立ち上がる。やはり少しふらつく。

「田辺《たなべ》さんにもちゃんと言ってあるから、何も心配することないわ」

田辺さんというのは、邦子と同じシフトで受付に立つ女である。昔スチュワーデス、今でいうCAをやっていたという触れ込みであるが、それは沖縄の離島専門の航空会社という噂だ。

それはともかく、田辺がしばらく一人でフロントに立ってくれるというのは助かる。

邦子はゆっくりと、さつきの後を従いていった。小柄なうえにぽっちゃりとした体型のさつきは、紺色の制服があまり似合ってはいない。腰の位置が低い女だなあと、後ろ姿を見て思った。親切に感謝しているものの、やはり気づくことはある。

さつきは従業員用のエレベーターのボタンを押す。3という数字だ。チンという音がして、彼女はそのフロアに降りた。この階にスタッフが休む部屋があるのだろうか。勤め始めたばかりの邦子はよくわからない。

さつきは右に折れ、しばらく歩くとつきあたりの部屋の前に立った。そしてポケットから鍵を出して開ける。邦子を誘《いざな》った。

「さっ、早く入って」

「えー、ここは……？」

夫婦用の居室である。確か七十五平方メートルあるはずだ。広いリビングルームには、クリーム色のソファとマホガニーの飾り棚が置かれ、まるでホテルの一室である。

「ここの人、岸田《きしだ》さんっていうんだけど、この部屋を買ったはいいけどすぐにシンガポールに行っちゃった。今はシンガポールが気に入ってずっと住んでる。時々帰ってくるらしいけど、ここよりもやっぱりホテルの方がいいんだって。だからいつも高いホテルに泊まってる。本当にお金持ちって考えることがよくわからないわよね」

そう言いながら、ベッドの上がけをはずしてくれた。

「私ね、時々、風を入れてくれって頼まれてるのよ。居住者の岸田さんからね。だから細川さんも気にしないでこのベッドで休みなよ」

「でも……そんなこと、許されるのかしら」

「私は特別なの」

　さつきは得意そうにくすっと笑った。

「従業員が勝手に鍵を開けるのは本当はいけないんだけど、福田さんも見て見ないふりをしてるわ。だって私はここ古いし、岸田さんからも頼まれてるんだし」

「だけどベッドを使ったりしたらわかるでしょう」

「あっ、それは大丈夫」

　さつきは枕をパンパンと叩いた。

「一回でも使ったらちゃんとシーツはがして、クリーニングの中にうまくまぎれ込ませちゃう。そしてちゃんとシーツ交換するから。私、昔、ホテルに勤めていたからお手のもんよ」

「へえー、丹羽さん、ホテルに勤めていたんだ……」

　ほんの軽くあいづちをうったつもりであるが、さつきは、そうなのよーと、力強く言葉を続ける。

「ホテルの清掃って、確かにきついけどさ、あれを一回やればどんなことでも耐えられるっていう自信がつくね」

「ふうーん……」

「どうやったら、こんなに汚せるんだろうってびっくりすることいっぱいあるよ。外国人でトイレの使い方知らない人もいるし、バスタブの縁がアカで真っ黒になってることもあるし。ベッドなんかさ、昨晩何やったんだろうって思うこともいっぱい……。ロウソクのロウがついてる時もあるし、シーツが破かれて結びめついてたりして。まあ、そういう時はホテル側がシーツ代請求してたけどね」

せっかくベッドを用意してくれたというのに、どうしてこの女はぺらぺら喋り出すのかと、邦子は困惑と疲れとを隠すことが出来ない。

「丹羽さん、悪いけど、本当に気分が悪くって」

「あ、ごめん、ごめん」

はね上がるように背筋を伸ばした。

「私って、相手のことを考えないって、いつも両親から怒られるんだ」

「そんなことはないけど」

自分とそう年は違わないだろうに、相手は叱ってくれるしっかりとした両親が揃っているのだ。邦子は心から羨ましいと思う。こちらは母親はもういない。一人残った父親の介護に、心身共に疲れ果てている。

「じゃあ、細川さん、ゆっくり休んでて。シフトが終わる時間になったら起こしに来てあげる」

「本当にありがとう」

出ていく前に、さつきはカーテンをひいていってくれた。それで部屋は薄闇につつまれた。室温もちょうどいい。なんと快適な部屋だろうと、邦子はうっとりと目を閉じた。全くカビくさくない、清潔なシーツは、ほんのかすかにアロマのにおいがする。こうしてゆっくりと横になれるのは何日ぶりだろうか。いつ父に起こされるかと身構えているから、ふだんは熟睡出来ないのだ。


邦子は夢を見ていた。

今はいちばん思い出したくないことなのに、なぜかはっきりと瞼の中に甦ったのである。

いや、夢ではなく、まどろみの中に記憶をたどっているのかもしれない。

姑から電話がかかってきた。

「邦子さん、今、いろいろ大変なんですって」

実家の父のことを気にかけてくれているのだと思った自分は、なんと馬鹿だったんだろうか。

「でもたいていにしなさいね」

「はっ？」

「智彦からいろいろ聞いてるのよ。そりゃね、お父さんが大変なのはわかるけど、どこかで線を引かなきゃ」

その後、姑はひと息に喋る。

「だってね、邦子さんはもう細川の人なのよ。邦子さんにとっていちばん大切なのは、自分の家庭でしょう。智彦と果菜ちゃんでしょう。智彦は言ってたわ。いま、果菜がいろいろ母親を必要としている時なのに、うちにいられないのは困るって。ほら、智彦は強いことを口に出せない性格だから、そこをわかってあげなきゃ」

「そういうこと、智彦さんが言ってるんですか」

「だから、あのコは言えない性格なのよ。そこんところをわかってあげなきゃ」

姑の口調が次第にきつくなっていくのがわかる。あきらかに「諭す」という口調なのだ。

「今は緊急事態なんですよ」

邦子は言った。

「智彦さんからとっくに聞いていると思いますけれどもね」

これは皮肉というものだ。

「兄嫁が家を出ていったんです。ですから父のめんどうをみる人がいないんです。私と兄とでやるしかないんです。ですから父の様子が落ち着くまで、私が泊まるしかないんですよ」

「だから線を引かなきゃ」

線を引く……、いったいどういうことなのか。棒を使って地面に線を引くことなのか。

「いい、邦子さん、あなたはもうお嫁にきた人なんだから、実家のことはほどほどにしてくれなきゃ。あなたがいるから、兄嫁さんも帰ってこないんじゃないの？」

「いいえ、そんなことはありませんよ。だけどいろんなことがありまして……」

まさか父親が裸で兄嫁を襲った、などと姑に言えるはずはない。しかし、

「お父さん、色ボケしちゃったんですって！」

姑は叫んだ。

「おお、イヤだ……。私は絶対にそんな風にはなりたくないわ。ああ、私は昔からそういうことに興味がないから大丈夫とは思うけど。もうこうなったら邦子さん、施設に入れるしかないわね。絶対に」

「それはわかっていますけど」

「ねえ、邦子さん、年寄りのめんどうなんてきりがないのよ」

姑は自分のことは忘れたかのようだ。

「どこかで割り切ってくれなきゃ。あなたはもう細川の人なんだから、そんなに実家にかまけていられちゃ困るのよ」

かまける、かまける……。それはいったいどういうことなのか。遊びにかまける、ギャンブルにかまける……、かまけるにはいいイメージが何もない。実父の介護をすることがどうして〝かまける〟なのだろうか。

「いい？　果菜ちゃんだって年頃なんだから、本当に気をつけて頂戴よ。わかってるわね」

電話を切った後、怒りをぶつけるのは夫しかいなかった。

「どうして私のうちのこと、ペラペラペラペラ、お義母《かあ》さんに話すのよッ」

「そんな言い方するなよ。お袋だっていろいろ心配してるんだから」

「あれが心配ですか？　心配している言葉ですか？　お義母さんはうちの父親のこと、色ボケって言ったのよ。色ボケって。これってあなたが言いつけたの？　それってあんまりじゃないの」

「そういうのやめろ」

形勢が不利になると、怒鳴り出すのは夫のいつものやり方だ。

「お袋はさ、お前のこと心配してるんだぞ。家族だからこそいろいろ心配してるんじゃないか。それがわからないのか!?」

家族とは何だろうか。姑や夫にとって嫁の自分は、一応家族の範ちゅうなのだ。しかし嫁の実家の者は家族でも何でもない。それどころか、こちらの〝家族〟の平和と幸福をおびやかす外敵なのだ。よおくわかった。実家の父は侵略者なのである……。

そのままぐっすり眠ってしまったようだ。


「細川さん、細川さん……」

という声で目が覚める。さつきがすぐ傍《そば》に立っていた。

「今、五時だよ。細川さんのシフトが終わる時間だと思って」

「いけない、私、本当に寝ちゃったみたい」

「大丈夫だよ。今日、受付、田辺さんだけでちゃんとまわっていたから」

「それにしても、私ったら……。福田さんに謝ってこなきゃ」

「いいってばさ」

さつきは手を振る。

「ジェネラル・マネジャーは、音楽会のあとずっと出かけてたよ。あの人ってわりとネチネチ小言いうタイプだから、内緒にしといた方がいいよ。うっかりするとさ、時給から引いとく、とか言いかねないよ」

「それは困るわ」

「でしょう。だったら黙ってた方がいいよ。田辺さんにも頼んどいたら、そんなことわかってるって」

「いろいろありがとう」

邦子は立ち上がって、制服の上着を羽織った。たそがれの部屋は、薄紫色の闇に包まれようとしていた。その中でマホガニーの家具は一層艶を増す。贅沢な静寂をかもし出している部屋だ。

「まるでどこかのホテルのスイートルームよね……」

「ここはやっぱり日本一らしいよ」

得意そうにさつきは頷く。

「ほら、病院がやってる何億っていうマンションが有名だけど、こっちはずっと新しい。温水プールまであるところは、都内ではなかなかないもんね。時々業界の見学者が来るけどさ、ここまでの施設つくるのむずかしいってみんな言うって」

「そうでしょうね」

「だからさ、入居してる人たちはみんなプライドが高くって。細川さんもいろいろ大変でしょう」

「そうでもないわよ」

ここの受付はコンシェルジュ、と呼ばれている。郵便や宅配を受け取ったり、出かける時のタクシーの手配をする。何よりも大切なのは、出入りする入居者に必ず行ってらっしゃいませ、お帰りなさいませと声をかけることだ。

そのために入居者の顔と名前は必死で憶えた。上の階の介護付き居室の人たちは別として、マンション階に住む老人たちならもうすべて顔と名前は一致している。

「田中《たなか》さま、タクシーが到着いたしましたよ」

ロビィで待つ老人に声をかけ、おぼつかない足元だったら手を貸してやる。

この時にどこへ行くのか、と必ず尋ねるようにしている。みな聞いて欲しくてたまらず、そわそわしているからだ。

「まあ、歌舞伎座にいらっしゃるんですか。よろしいですね。私など無教養な者は、歌舞伎などいっぺんも見たことがないのですが、さぞかし面白いんでしょうね」

「日本橋高島屋《にほんばしたかしまや》でお買い物ですか。外商の方が入り口で出迎えてくれて、ずっと一緒についてきてくれるんですか。それならご安心ですね」

「お孫さんが、留学からお帰りになって、その歓迎会ですか。まあ、コロンビア大学の大学院。なんて優秀でいらっしゃるんでしょう」

こういう言葉を舌にのせるのは何の苦でもない。むしろ楽しいくらいだ。

自分の生活とはかけ離れた、金と地位のある人々。しかし誰もが老いという大きな負をかかえている。こうした人たちに親切にし喜ばれるというのは、難なく出来ることだ。

むしろ日に日に芝居気が出てくる自分がこわいくらいである。

これは田辺もよく言っていることであるが、ここに住まう老人たちの身だしなみのよさは、感動ものである。外出の時、男性たちはきちんとジャケットを着て、プレスのきいたズボンをはく。靴もピカピカだ。靴磨きもオプションのクリーニングサービスの中に含まれているからである。

女性もスーツやワンピースを着て、アクセサリーを上手につけていた。ネックレスは流行の大ぶりのものをしても、指には本物の宝石が光っている。タウンの中にも美容室があり、ヘタだと不評だが、出かける時のセットはそこですることが多い。光る靴と整えられた髪は、彼らがいかに恵まれ、かつ意識の高い老人かの証である。

邦子の父親も、かつては光る靴を履いていた。母の手を借りずに、自分でクリームをつけボロ布で磨いた。時々は唾をつけたりするあの姿を邦子は今でもよく憶えている。

凝り性の父だったから、小さなブラシを買ってきて、縫いめの埃《ほこり》をとることも忘れなかった。それが今では〝ギョーザ靴〟である。本当の名前はどういうかわからない。先のところがまるでギョーザの縁のようになっている形の靴だ。だいたい合皮の安物に多い。あれを履くようになって、父は急に老け込むようになった。すべてにだらしなくなったのだ。いや、だらしなくなった象徴があのギョーザ靴なのかもしれない。

人が老いてもあれだけの身だしなみと気概を持てるのは、いったい何が働いているのだろうか。お金の力か、それとも社会的地位なのだろうか。邦子にはよくわからない。わかっていることといえば、とりあえずこの部屋から出て、そして実家に向かうことである。

「丹羽さん、本当にありがとう、助かったわ」

玄関のところにある姿見で髪を整える。紺色の制服を着た中年の女がそこにいた。わずかな間に頬がこけているのが自分でもわかった。この年になって痩せると、いっきに老ける。ある程度の年齢になったら、頬はふっくらしている方がいいというけれど本当だ。その方がずっと幸せそうに見える。

「また具合が悪くなったらさ、私に言ってね。いつでもOKだよ。私、福田さんの部屋から堂々と鍵を持ってくるから」

「えー、そんなこと出来るの」

「だから、私が岸田さんから頼まれているの知っているから、特別に許されているの」

「そうなんだ。でももったいないよね。あんないい部屋を使わずに置いとくなんて」

「岸田さんって、ここを買える年齢の六十五歳になってすぐ買ったの。将来に備えてって。だけどこのあいだ言ってた。どうせ施設に入るのは二十年後だ。その時にはもっといいもんが出来るはずだよなって」

「なるほどね」

そういう前向きの心を持つ人間が、こういう部屋に住めるのだと邦子はため息をつく。

第七章　丹羽家の危機

　家までの帰り道、さつきは寄り道することが多くなった。ビールか焼酎を一杯か二杯飲むのである。

　駅前商店街の中にある高橋酒店では、店の一角を利用して立ち飲み屋を始めた。おつまみは乾きものがほとんどであるが、近隣の人々で結構にぎわっている。ネットに出たということで、遠くから来る若い人たちもいる。

「さつきちゃん、お疲れ！」

　声をかけてくるのは、高橋酒店のおばさんだ。おばさんといっても、もう七十を過ぎているに違いない。ここの娘はさつきより二つ下で、小中と一緒だった。

　結婚しないでずっと実家にいるさつきは、地元に顔なじみが多い。高橋酒店は、おじさんおばさんが高齢化したため、酒店を閉めることを考えたようだ。年とってからビールの箱などとても運べない。それよりも安売り店の進出でめっきり商売がやりづらくなったと、よくこぼしていたものである。ところが三年前、サラリーマンをしていた息子が急に継ぐことになったのだ。

「会社勤めの方がずっといいだろうに」

とまわりの者たちはあれこれ噂したものであるが、この息子はなかなかやり手で、全国各地の銘酒を揃える店にした。ワインの売り場もしゃれたガラス棚にして、イタリアものを充実させている。

そしてまだまだやる気と体力のある両親を使い、立ち飲み屋を開いたのだ。これがなかなか流行っているから、高橋のおじさんもおばさんも機嫌がいい。

今や高橋酒店は、さびれゆく駅前商店街の中で、唯一といっていいサクセスストーリィなのである。

「さつきちゃん、お父さん、お母さん、元気？」

おばさんは必ず尋ねてくれる。この口調に数年前まであきらかに優越感が含まれていた。高橋酒店の娘は、とっくに結婚して子どもも社会人と大学生だ。

「それなのに、あんたはねえ……」

という思いが込められていた。ところが最近は違う。

「一緒に住んで娘にめんどうをみてもらえるなんて」

という羨望が込められている。

高橋酒店のおばさんは、さんざん娘のことを自慢していた。それは三十年の長きに及んでいたといってもいい。

「真由美《まゆみ》がこんなに早く結婚するとは思わなかったから、準備が大変で困っちゃうわよ」

「子どもがねー、安産でびっくり。まるで犬の子みたいに産んだのよ」

「今年小学校よ。そう、女の子の方。ピアノがうまいんだって」

「孫も高校生になると、めったに来ないけどまあ、たまにくると嬉しくてねぇ」

さつきが前を通る時、時間を見はからったように、おばさんは店頭のワゴンを並べ替えたり、ガラスを拭きに出てくる。そして、

「あら、さつきちゃん、今、帰り？」

と声をかけ、必ず自分の娘の近況を伝えるのだ。おかげでさつきは、高校卒業以来全く会わない、幼なじみの人生を知ることとなった。

平凡で幸せな日常を送っている女の人生だ。

「それにひきかえ、さつきちゃんは……」

という思いが、

「今、帰り？」

という呼びかけに込められていた。二十代の終わり頃は、かなりはっきりと言われたこともある。

「さつきちゃんはひとりっ子なんだから、お父さんやお母さんにちゃんと孫の顔を見せてやらなきゃ駄目だよ。あのね、親は何が幸せって、孫の顔を見ることがいちばんの幸せなの。お父さんやお母さんははっきり言わないけど、そこのところをわかってあげなきゃ」

この後さつきは、遠まわりをして帰り道を変えたぐらいである。が、三十代半ばになってからまた元の道を歩くようになった。おばさんともたまに会うが、もうさつきについてあれこれ言うこともなく、娘についての話題も減った。娘は夫の仕事の都合で、北陸に越したという。息子は働き者であるが、とうに離婚している。今は独りだ。

つまりおばさんは、自分の老後に関して次第に不安になってきた。そのとたんさつきを見る目も変わってきたのである。

その日も両親のことを問うてくる口調は、決しておざなりのものではなかった。

「さつきちゃん、お父さんとお母さん、元気？」

「うん、ピンピンしてる」

「えー、どこも悪いところないの？」

「お父さんはここんとこ疲れやすい、とかぼやいてるけど、まあ、年だから仕方ないんじゃないの」

「本当に羨ましいわよねえ。うちのお父さんなんか、この頃しょっちゅう腰が痛い、膝が曲がんないって言ってるもん。病院行くのも、息子が忙しいからタクシー頼んで行くのよ。近くなのにもったいないじゃないの。なんか口惜しくてさ」

口惜しいのは料金ではない。一人で病院に行くことなのだとさつきにはわかっている。というのはこのあいだ、さつきがビールを飲みながら、不意に漏らした、

「明日はお母さんを病院に連れていかなきゃいけないから」

という言葉に、おばさんはひどく反応したのである。

「お母さん、どっか悪いの」

「ううん、前から血圧高くってさ、月に一度は診てもらって薬貰ってくるの」

「そう……。そういう時は誰か連れてくの」

「まあ、いつもは一人で行くんだけど、明日は私が車を出してやるつもり」

「まあ、さつきちゃんが車で送ってくの。いいわねえ……」

しみじみとおばさんは言った。その声にははっきりと羨望が込められていてさつきは驚いたものだ。結婚していない自分をずっと蔑んでいたはずなのに、それがいつのまにか変わっていた。孫を見せてくれる娘が最上だったのに、傍にいてめんどうをみてくれる娘の方に価値が出てきたのである。

年寄りというのはなんて勝手なものだろうかと思う。幸いなことにさつきの両親は、昔から首尾が一貫していた。それは、

「子どもは親の言うとおりにならない」

というものである。確かに若い時は結婚しないのかと問われたが、しないと答えたらそれで終わりになった。


商店街を抜けてすぐ、ひとつ裏通りにさつきの家はある。

道路に面して二階建ての、一階部分が駐車場になっているのは、昔大工をしていた頃のなごりだ。景気のいい時は人を三、四人使っていたこともある。今、父の貢《みつぐ》は個人タクシーをしている。七十四歳になるから気ままな稼ぎ方だ。幸いなことに、いい得意客が何人かいて、羽田《はねだ》や成田《なりた》へ行く時は必ず指名してくれる。千葉や埼玉までの指名もあった。

変わったところでは、有名なスタイリストの女がよく時間で使ってくれた。洋服を借りたり、返しに行くため何軒も店をまわる。おかげで表参道《おもてさんどう》や銀座といったところにすっかり詳しくなったと、貢は自慢したものである。

一階の引き戸を開けると、マルチーズのリリーがとびついてきた。今年十三歳の老犬だ。動物好きの母ヨシ子が、「最後の犬」と決めている犬である。なめるように可愛がっていて、昨日とは違うピンク色のリボンをつけていた。

「お帰り。ご飯まだだよね」

「ちょっとだけ貰う。今さ、高橋酒店寄ってビール飲んできたら、おばさんが煮物をおまけしてくれた」

「まあ、いい年の娘が立ち飲みして……なんていう年でもないけどさ、さっちゃん、お酒には気をつけなよ」

「わかってる、わかってる」

「さっちゃんもさ、きっとお父さんの遺伝子あると思うよ」

貢は何年も前から糖尿を患っていた。若い頃、酒をガブ飲みした報いだろうと、ヨシ子は腹立たし気に言ったものである。

「今日もさ、体がだるくて仕方ないって、谷垣《たにがき》先生のところへ行ったらしいよ」

「ふうーん、やっぱり糖尿悪いのかなあ」

「この頃はお酒もほとんど飲んでないし、薬だってちゃんと飲んでる。それなのに調子悪いって年なのかねえ」

「そりゃ、年だよなあ」

貢がトイレから出てきた。

「七十四だもんな。小便の切れが悪いのも仕様がないか」

「そんなこと言ってないで手をちゃんと洗いな。さあ、ご飯にしよう」

夕食は鱈《たら》と豆腐の鍋、里芋とイカの煮物、白菜の漬け物などである。

ヨシ子は料理がうまい。里芋はほっくりと甘辛く、さつきの大好物であった。

「鍋とくると、やっぱり欲しくなるよねえ」

さつきは冷蔵庫を開け、缶ビールを取り出した。

「あんた、さっき高橋さんとこでひっかけてきたんだろ。また飲んで……。アル中になっても知らないよ」

「いいさ、いいさ。さっちゃんは今日も一日働いてきたんだ。ビールぐらい飲んだって構わないよ」

貢は目を細める。最近確かに痩せたようだ。早く糖尿がよくなればいいのにと、さつきは父を見つめる。やさしい大好きな父だ。若い時の子どもだったから、縄とびやジャングルジムといった体を使った遊びも、二人で本気でやったものである。

食卓ではいつものように、さつきが一人で喋りまくる。

「今日さあ、音楽会があってさ、いつもみたいに気取ったのをチャンチャカやるわけ。その後、受付の女の人が倒れたんだよ」

「受付でかい」

「ううん、ホールで。年は私より下かな。ちょっと綺麗な人だよ。聞いたらさ、すっごく疲れてるんだって。家庭持ちは大変だ」

「お前はいいよな。その大変さを知らないで」

「そうかもね」

リリーはヨシ子の膝にのり、何かくれとねだっている。貢は好物の白菜の漬け物を口に入れ、今年もよく漬かっているとつぶやいた。こんな時、さつきは結婚しなくて本当によかったと思うのだ。いつまでもこの幸せが続くと考えるほど馬鹿ではない。が、出来るだけ引き延ばしたいと考えるようになっている。娘として、たった一人の子どもとして両親を幸せに逝かせるのだ。そのために神さまは、自分を独身でいさせたのだから。


それから十日後、糖尿病が進んだと思っていた父、貢が、すい臓癌と診断された。しかもかなり進行しているという。

「そんなの聞いたことないよ！」

さつきは叫んだ。

「お父さん、どこも悪くなかったじゃない。今だってふつうに働いているよ」

タクシー運転手の貢は、今日も早い時間から勤務しているのである。

「すい臓癌ってそういうもんらしいよ」

他人ごとのように言うのも、母のヨシ子も全く実感がないからに違いない。

「見つかった時はもう遅いらしい」

「遅いって、お父さん、何も治療してないじゃん。何もやってないじゃん」

「だからね、お父さんは私に言ったんだよ。もう俺は諦めたって。じたばたしないって」

「馬鹿馬鹿しい」

さつきは怒りのあまり、テーブルをバシッと叩いた。

「癌なんて、今はみんなかかるんだよ。そして治療して、頑張って、みんな治ってるじゃん。お父さん、何が諦めた、だよ。ふざけんな！」

口惜しさと腹立たしさで、涙が噴き出してきた。

「どうせ、行ったところは、いつものあのクリニックなんだろ。あそこの医者なんか、まるっきりあてにならないんだから。ほら、私がいつまでも風邪治らない時にさ、大丈夫、大丈夫って、ろくな薬出してくれなかった。私、あの時、肺炎起こしてたんだよ。あそこの医者、まるっきりヤブなんだよ。信じちゃダメだよ」

「いや、昨日行ったところは、先生が紹介してくれた大学病院だよ」

さつきはしばらくうつむいていたが、やがてパソコンを持ち出した。そして次々とクリックしていく。しかし画面に出てくる情報は、どれも暗くなるものばかりだ。

「生存率はきわめて低い」

「癌の王様」

ふざけんな、とさつきはパソコンを閉じた。

「お母さん、うちって貯金いくらぐらいある？」

「定期合わせて、八百万ぐらいかね」

「えっ、そんなにあるの」

「だって、お父さんが働いてるんだし、さっちゃんの分も貯金してたよ」

「私もさ、三百万ぐらいはあるよ。お母さん、八百万と三百万で一千百万。これだけあれば何とかなるよ」

「何とかなるって、お父さん治るのかい」

「そうだよ。お母さん、癌なんてお金なんだよ。今はさ、私もよくわからないけど、放射線治療とか、遺伝子なんとかとか、お金さえ出せば、ちゃんと治してくれるところはいっぱいあるんだよ」

「だけどさ、政治家とか芸能人とか、有名でお金ある人も癌で亡くなってるじゃないか」

「そういう人はそういう人だよ」

　さつきは母親をきっと睨んだ。

「うちのお父さんは絶対に治るんだから。私が治してみせるから」

「そうだね」

「さあ、頑張るよ。お母さん、うちのお父さん、保険いくつ入ってた？」

「個人タクシーの組合で入ってるし、生命保険会社のもあるよ」

「ガン保険とかは？」

「それは入ってなかったね。お父さん、うちは癌家系じゃないからって……」

「バカッ、そんなの、まるっきり関係ないんだってば！」

「ああ、こわい」

ヨシ子も泣き出した。

「私はね、昨日お医者さんに癌のこと聞いて、もう生きてる心地しないんだよ。そんなに怒鳴らなくたっていいじゃないか」

「悪かったよ。でもね、お母さん、これは私とお母さんが力を合わせてやらなきゃダメなんだよ。私、明日、タウンの先生のところへ行って聞いてくる」

セブンスター・タウンは、近くの総合病院と提携している。癌治療で有名なところだ。そこをリタイアした医師が、タウン内のクリニックには何人かいた。

「お金を全部使っても、お父さんの病気を治そうよ。私、最先端医療っていうのを調べてみる。そしてお父さんにみんなやってもらう」

「効くのかねえ……」

「効かなくたって、試してみるんだよ」

さつきはここで呼吸を整えた。

「私たち、たった三人の家族なんだからね、やるしかないんだよ。お母さん、絶対に絶対にやるよ。わかったね」

次の日、本をどっさり買ってさつきは家に帰った。先生の話はむずかしくてよくわからなかったが、いざとなったら病院を紹介してくれる、ということだけはわかった。

「すい臓癌は幹細胞移植で、進行が抑えられるって言ってる医者もいるらしいね。自分の血と皮膚をとってね、細胞を培養するんだよ。これを点滴で体に入れる」

「へえ！　そんなことが出来るんですか」

「だけどまだやってるところは少ないし、効果はどうだろう。しかも料金が高い」

「高いってどのくらいですかね」

「うーん、最新のこういうことは僕も詳しくは知らないが、一回百万近いんじゃないかな」

「そ、それ、本当ですか」

「うん、保険がきかないしなァ。だけど癌の治療だったら、他の治療で高額療養費制度を使えるものがあるよ。よく調べてごらん」

「わかりました。もっと調べてみます」

　電車の中でも本を読みふけった。これほど本を熱心に読んだのは初めてだ。学生の時から読書は苦手で、小説でもノンフィクションでも最後まで読み切ったことはない。そのさつきが、必死になってページをめくった。カバーがかかっているからいいようなものの、中年の女が険しい顔で、

「癌の最新医療」

などという本を読んでいたら、まわりの人はぎょっとしただろう。

「ただいまー」

家に帰ると、両親はテレビを見ていた。母の膝にはリリーがちょこんと座っている。

「お帰り」

母は言った。

「メロン冷えてるよ」

「えー、メロンだって」

「そうだよ。お父さんが森口《もりぐち》さんから貰ったんだよ」

しょっちゅう土産をくれる父の得意客だ。

「森口さんも人から貰ったらしいけど、メロンなんて高いものくれるなんて有り難いよね」

いつもと変わらない居間での風景である。父は来週から入院が決まっているが、ギリギリまで働くと言って、今日も出勤していたのだ。

父が癌だなんて嘘《うそ》だ。明日もあさってもこの風景は続く、とさつきは思い込もうとした。

しかし突然母の険しい声がした。

「さっちゃん、ちょっとそこにお座り」

「私も話があるんだ。あのさ、タウンに小室《こむろ》先生っていうのがいて、前は病院の部長先生だったんだよ。その先生が教えてくれたんだけど……」

「いいから、そこにお座り」

ヨシ子はリリーを床に降ろした。リリーは不当な行為に、キャンと短く鳴いたが、母はそれに構わずテレビを消した。父が口を開いた。

「さつき、俺はもうじき病院入るがな、いいな、余計なことはいっさいするんじゃないぞ」

「余計なことって、それってどういうことよ」

「俺もいろいろ調べた。だけどすい臓癌は助からないんだ」

「そんなの昔の話だよ。今はね、最新の医療でいくらでもよくなる人はいるんだよ」

「いや、俺みたいにこんだけ進行していたら無理だ。だから金を使うんじゃない。わかったな。俺はふつうの病院でふつうに死んでいくから、わかったな」

「お金はあるんだよ、お父さん」

思わず大きな声をあげる。

「うちには一千万のお金があるんだから。お父さんには、ちゃんとした治療を受けさせてあげる。最高のいちばん新しいやつだって、ほら、なんとかっていう作家がやった陽子線治療だってね、私は、ちゃんと受けさせてあげるよ」

「あのね、さっちゃん」

ヨシ子はいたわしげに娘を見た。

「今日もお父さんとずっと話したんだ。私たちがさ、旅行ひとつしないでお金を貯めてたのはさ、あんたに迷惑をかけないようにって、それだけを考えてたからだよ。あんたはひとりっ子で独身だ。たった一人で私たちのめんどうをみることになる。だからさ、将来二人で施設に入っても何とかなるようにってお金を貯めてたんだ」

「だからさ、そのお金を治療費に使えばいいじゃないの」

「無駄なことはするな」

と貢。

「金を使ったらどうする。お前はどうなるんだ」

「私はどうにだってなるよ。私は若いんだし」

「馬鹿言っちゃいけない」

貢は怒鳴ったけれども、最後の言葉がかすれた。

「お前はいくつだと思ってんだ。五十二だ。俺も数えてぞっとしたぞ。昔だったら、お前こそ婆さんだ。孫がいる年なんだ。それを俺たちは気づかなかった。いや、気づかないふりをしてたんだな」

「そうなんだよね。私もさ、さっちゃんはいつまでも若い娘でさ、ずーっとうちにいるような気がしてた」

「そうだよ。私はずっとうちにいるよ。どこにもいかないで、お父さんとお母さんのめんどうをみるよ」

「今となっちゃ、あんたのそういう心に、私たちは甘えていたかもしれないねえ」

ヨシ子は涙を拭い、テーブルの上のティッシュペーパーをとろうとした。うまく届かない。さつきはぐいと差し出した。

「お父さんとも話したんだよ。私だってこれからどうなるかわからない。でもね、頑張ってさっちゃんのめんどうにならないようになんとかする。だからね、お金は出来る限り手をつけない。いっぱいあんたに残すようにしなきゃね」

「それとさ、お父さんのことと、どういう関係あるの。全然わかんない。だってさ、もう治療は始めなきゃならないんだよ。意味わかんないよ」

「だから俺はさっきから言ってるだろ、俺にはかまうな。金をかけるな。この二つだ」

「かまうな、なんて言ったって、子どもが親を看病するのあたり前じゃん。私はかまうよ」

「助かりもしない治療に、金をかけるなんて、金をどぶに捨てるようなもんだ」

「助かりもしないなんて、いったい誰が言ってるわけ」

「医者からも言われてる。まず年を越すのはむずかしいだろうって」

「ウソだよ。お父さん、私、いろいろ調べた。これからも調べる。あのね、すい臓癌で助かった人は何人もいるんだから。今ね、医学は発達してるんだ。あのね、指宿《いぶすき》にすっごい病院があるらしいよ。ここはね……」

「金を使うんじゃないぞ。許さないぞ」

それは生まれて初めて見る父の険しい顔だった。

「許さないって……。お父さん、私は娘だよ」

さつきはひるむことなく、父をキッと見つめた。目の前の父を本当に憎いと思う。さつきの知っている、深く愛している父を死に追い込もうとしているのだ。

「治療は私の好きなようにさせてもらうよ。お父さんはもう年なんだから、娘の言うことをおとなしく聞いていればいいんだ」

「なにを！」

肩がぶるぶる震えている。父の怒りがどこまで本気なのか、さつきはわからない。が、本気だとしても、自分はさらにそれを乗り越える大きな怒りを持たなくてはいけないのだ。

「もしさ、はい、そうですか、って言ってさ、お父さんをこのまま死なせたら、私はどんな気持ちになると思う。一生後悔するよ。泣いて泣いて一生を終えるよ。それでもいいと思うの」

「さっちゃん……」

ヨシ子の目に涙があふれている。

「親の看護なんて、子どもがするもんだよ。お父さんが何と言っても私はやるからね。絶対にお父さんを死なせないからね。わかってるね」

父娘は睨み合った。その合間にさまざまな風景がスライドのように通り過ぎていく。父と毎年のように出かけた海水浴。若い父の胸にはペンダントが揺れ、それが夏の光を浴びてキラキラ光っている。同級生の他の誰よりも若かった父が自慢だった。車が好きでいち早く自家用車を買った。さつきをカローラの助手席に乗っけて、貢は口笛を吹く。まるで草刈正雄《くさかりまさお》のようだと思った。カッコよくハンサムだった父。どうして死なせたり出来るだろうか。

「私の好きなようにさせてもらうよ。破産したって私はやるからね」

「勝手にしろ」

乱暴にドアが閉められ、貢は出ていった。

「ありがとう、さっちゃん……」

うん、うんと、ヨシ子が泣きながら頷いている。

「今の言葉、お父さん、どんなに嬉しいか。それだけで親になってよかったと思ってるよ。私もそうだよ。ありがとう、ありがとうねえ！」

あっという間の日々であった。父は八月二日に亡くなった。

母と二人、集中治療室でいくつもの長い夜を過ごした。父は意識をなくす前に、ヨシ子とさつきをかわるがわる見て「ありがとう」と口の形だけで伝えた。

さつきはそれだけで、この半年間の努力がすべて報われたような気がしたものだ。

癌に効くというものは、片っぱしからやってみた。父には、

「保険でやってくれるから」

と嘘をつき、最先端医療のクリニックにも連れていった。そこは丸《まる》の内《うち》や銀座というところにあり、静かで広いフロアだ。予約制だからほとんど人はおらず、音楽が流れる中、綺麗な受付嬢が対応してくれる。たぶん父は、そこが途方もない料金をとるところだと気づいただろう。

民間療法もいろいろ試してみた。

酵素、高麗にんじんのジュース、水素水、玄米……。人から教えられたものもあるし、ネットで調べたものもある。

「どうしてこんなもんを飲まなきゃいけないんだ」

と父は必ず文句を言った。しかしさつきが必死で頼むと、しぶしぶ口に運んだ。あの

顔を思い出すと、さつきは涙がとまらなくなる。自分への愛が、苦いものも飲み込ませたのだ。「セブンの先生」に紹介してもらい、評判のいい病院に入院させた。最初四人部屋に入れたのだが、どうしても眠れないということで個室に移った。この差額ベッド代は痛かった。

あれやこれやで気がつくと、貯金の半分以上は消えていたのである。

「お父さんは金を使うな、ってしつこく言ったけど、癌って黙ってても出るものは出るんだよね」

さつきがため息をつくと、

「本当だね」

とヨシ子。

「お金がない人は、いったいどうするんだろうって、他人ながらそら怖ろしくなってくるよ。うちなんかちょっとの蓄えがあっても、いつ底をつくかびくびくしていたもの」

そしてヨシ子もさつきも、今流行りの「家族葬」を考えなかった。

「ここはお父さんが生まれ育ったところだもの」

大工をしていた頃の知り合いも含め、セレモニーホールには、たくさんの人が来てくれた。もちろん高橋酒店の夫婦もだ。

「さつきちゃん、よく親孝行したねー」

おばさんは泣きながら、さつきの手を握った。

「最後までお父さんをよく看病したんだってね。えらかったねー。本当にえらかったよ」

この年になると、自分のことに置き換えて考えるに違いない。ひどく感激した様子であった。

ダイニングのチーフも告別式に来てくれた。

「お休みばっかりしてすみません」

「大丈夫、大丈夫。気にしなくたっていいよ。それよりもちゃんと看取ってあげられたんだろ」

さつきは大きく頷いた。

「まあ、これでひと仕事終えたってことだよなあ……」

感慨深げに言った。

「それからみんな、さつきちゃんがこの頃いないね、って淋《さび》しがってたよ。やっぱり人気者なんだよね」

「ありがとうございます」

深々と頭を下げた。契約社員のさつきは、本当だったらやめさせられても文句を言えない立場だった。それをチーフが中に入ってくれ、なんとか首を繋いでくれたのである。

そして葬式が終わり、さつきが職場に戻っても、だらだらと出費は続いた。香典返しに、四十九日、戒名を貰うためのお布施。

「お父さんは九文字なければ可哀想」

とヨシ子が主張したからだ。

「お祖父《じい》さんは『大居士』がついて十一文字だったけど、まあ、九文字は欲しいよ」

ということでご大層な名前がついたのである。

四十九日にこの戒名を披露し、ほっとしたのもつかの間、ヨシ子が意外なことを言い出した。

「もしかすると、この家を出なくちゃならないかもしれない」

もともとこの家は借地に建っていた。既に契約は切れていたのであるが、地主の厚意で、

「貢の代まで」

という条件で継続されていたのである。

しかし父の死をもって、引っ越さなければいけないだろうとヨシ子は言う。ゴネればあと何年かは住めるかもしれない。しかしそんなことをすれば、祖父の代からのつき合いを損ねることになってしまうだろう。

「もうここを出て、二人でどこかに住むしかないね」

ヨシ子は決心したと言う。

「お父さんがもうちょっと長生きしてくれると思ってたよ。もうひと頑張りしてお金を貯めて、そうしたら二人でどこか安い施設に入ろうと思っていたのに、こんなに早く逝っちゃうとはさ」

さつきはあまりのことに声も出ない。借地ということは知っていた。が、それはあと三十年、五十年続くものだと思っていた。

「お金出して、この家を借りることは出来ないのかね……」

「そんなこと無理だよ。地主さんところは、一刻も早くこの家潰したいはずだよ。駐車場にでもした方がずっとお金になるからねえ」

「だけどさ、そんな急にこの家を出てくなんて無理だよ」

「そりゃあ、今日明日のことじゃないよ。だけどさ、出来るだけ早く引っ越そうよ。その方が今まで親切にしてくれた地主さんに義理も果たせるってもんだよ」

さつきはキツネにつままれたような気分である。ついこのあいだまで、元気に働く父がいて自分の〝いえ〟があった。おいしい料理と団らんが待っていた。それが一気に失《な》くなろうとしているのだ。

「どうしていろんなことを相談してくれなかったの」

恨めしさと口惜しさで涙が出そうだ。

「うちが借地だとか、お父さんが死んだら出ていかなきゃいけないとか、いろんなこと。

そうしたらいろいろ対策も出来たのに」

「そうだよねえ」

ヨシ子は遠いところを見る目になった。

「さっちゃんのこと、まだまだ子どもだと思ってたんだよねえ。五十二なのにねえ。全く親って仕方ないよね」

第八章　まずやってみよう

父親がいない。

二日ぶりに実家にやってきた邦子は、すぐトイレに走った。次に風呂場を見た。まさかと思ったが二階も探してみた。しかし父親の姿はどこにも見えない。

父が徘徊し始めたのだろうか。まさか。しかし先月から、父が壊れていきつつあることをはっきりと感じるようになっていった。

パジャマに着替えさせようとしたら、

「お前はいつもがさつだ」

手をはらいのけられた。

「母さんを呼べ、母さんを」

恐怖のあまり、背中にざわざわと冷たいものが走った。本でも読み、人にもさんざん聞いていた時がついにやってきたのだ。親が呆けている。その決定的証拠を見せられたのだ。

兄や兄嫁から聞いていても、どこかまだ信じてはいなかったところがある。

「呆けてはいない。年のせいでつじつまの合わないところが出てきたのだ」

と思い込もうとしていた。しかし父はわめき続ける。

「和恵《かずえ》はどこへ行ったんだ。早く呼べ」

和恵というのは、亡くなった母の名前である。

「お父さん……」

邦子はさまざまな思いを込めて話しかけた。

「お母さんはもういないでしょう。九年前に死んだじゃない」

ああ、そうだったな、俺はどうかしている。いったいどうしたんだろう……。そんな言葉が返ってくることを期待した。

しかし父は、

「えっ、死んだ!?」

驚いて目を見開いた。その目が濁っているような気がする。

「和恵が死んだなんて俺は知らない……」

「何言ってんのよ、お父さん」

こういう時、否定したり怒ったりしてはいけないと、何かの本に書いてあったが仕方ない。

「お父さんはちゃんとお葬式に出ていた。喪主として挨拶もした。立派な挨拶だった。あれを本当に憶えていないの?」

どうしてと肩を揺さぶりたくなった。

それが先月のことだ。

それからいっきに〝破壊〟は始まったのだ。

夜中に尿意を伝えることが出来た父が、わめくようになった。大声をあげる。

「小便だ! 小便だ! 小便が出るー」

「わかったわよ。ちょっと待ってて」

邦子は急いで起き上がる。いや、起き上がろうとする。しかしずっと寝不足の続いている体はどんよりと重く、頭もすぐには覚醒してくれない。やっとのことで立ち上がる。

「お父さん、待ってて。大丈夫よね」

手を取って歩き出す。が、廊下の途中でぽたぽたと放尿が始まることがある。

「どうして、もっと早く教えてくれないのッ」

最初の頃は怒鳴ったが、四回めからは諦め、黙って風呂場に連れていく。父親の下半身を全部脱がせ、シャワーでよく洗ってやった。だらしなく伸びきったペニスにも、ざっと湯をかけてやる。

親友にメールをした。

「父親のアレを見るって、本当に嫌なもんだよね。情けないやらせつないやら」

返信。

「でも大きい方は、まだ大丈夫なんでしょ」

「大きいのはまだ何とかトイレでしてくれる。オシッコが間に合わない」

「うちの夫は、母親が死ぬ前に休暇とって看取ってやったけど、その孝行息子もショックだったって。母親の大きい方のオムツを替える時は涙が出たって言ってたよ」

そのオムツであるが、父は断固拒否した。

「どうしてこんなものをつけなきゃいけないんだ」

「だってお父さん、オシッコ、トイレまで間に合わないじゃないの。だからするのよ」

「ふざけるな。こんな赤ん坊みたいなもの誰がするんだよ」

前からそうなんだよと、兄の三樹男は首を横に振った。

「前からお前、うちに来るたびにオシッコ臭い、って言ってただろ。実は前から何度もシャーッてお漏らししてたんだ。そのたんびに、登喜子が必死で掃除して消臭剤かけてたんだ。あれじゃあ、くたくたに疲れるのも仕方ないよな」

まるで出ていった妻を庇うような言い方に、邦子はカッとなってしまった。

「じゃあ、私は疲れてないわけ？　毎晩ここに来て泊まってる私は疲れてないって言いたいの!?」

そんなわけで、昨日は来なかったのだ。

もうこうなったら、ポータブルトイレを置くしかないだろう。パソコンからプリントアウトしたものを、邦子は幾つか持ってきた。思っていたよりも高い値段ではないし、たぶん区から補助も出るはずだ。

しかし実家に来てみると、父の姿がないではないか。まさか何かあって、病院に連れていったのでは……。

急いで三樹男の携帯にかけてみた。

「もしもし、お兄さん、お父さんがいないんだけど、いったいどうしたの」

「ああ、施設に預けた」

「施設っていったいどういうこと!? 二日前までうちにいたお父さんが、どうして施設に入るのよッ」

「施設っていっても、夜のデイサービスみたいなもんだ」

「何、それ」

「昨日お前が来なかっただろ。オレひとりじゃどうしようもない。小便、小便ってわめき出したから、急いでネットを見た。そうしたら一晩でも泊めてめんどうみてくれるところがあったから、あわてて連れてったんだ」

「私……、そんなこと聞いてない」

「だから、お前はいなかったんだ」

三樹男の声は苛立っている。後ろめたいことを早口で告げようとしているからだ。

「お兄さん、今、どこにいるの。ちゃんと事情を聞かせてよ」

「オレだって仕事だよ。こんなことになってから残業だってしていない。こっちにはこっちの都合があるんだからな。勤め人は」

「じゃあ、今日も泊めるつもりだったの？」

「そりゃそうだよ。お前は来るかどうかわからないんだから」

「ひどい……」

言葉が出てこない。そもそもすべての原因は、妻一人説得出来ない兄ではないか。それなのに、たった一晩来なかった自分を責めるような言い方をする。

「わかったわよ。私がお父さんを迎えに行く」

「迎えに行ってどうするんだ」

「わからないけど、とにかく迎えに行くわよ」

「何だよ、その言い方。他にオレに何が出来るって言うんだよ」

「とにかく、今、争ってる時間ない。その、夜のデイサービスってとこ、教えてよ」

「『介護レスキューニコニコ園』ってとこだよ。行く前に電話した方がいい」

邦子は黙って携帯を切った。

通りに出てタクシーを拾った。

「住所言いますから、ナビをお願いします」

声が震えている。

父の身に何か悪いことが起こったような気がするのだ。不安でたまらない。

車は二つ先の駅前に向かい、商店街を抜け住宅街に入ったところで停まった。案外近いところであった。

「ニコニコ園」は、三階建てのモルタルづくりだ。アパートというのでもなく、ふつうの住宅でもない。何かの寮を改装したという感じであった。

「一晩でもOK！　介護レスキュー」

という看板が、夜目にもはっきりとわかる。

扉を開けた。ふつうの家のように靴を脱いであがる玄関だ。靴箱に入りきれないスニーカーとフラットシューズが斜めに置かれていた。

「こんばんは」

誰も出てこない。もう一度声を張り上げる。

「こんばんはー。どなたかいませんか」

「はい……」

若い男が出てきた。Tシャツにジーパンという格好は、とても介護士には見えない。

「ここに大平滋という者がいるはずなんですけど」

「はい、ちょっと待ってくださいね」

そして青年は、早川《はやかわ》さーんと奥に向かって呼びかけた。

「えーと、大平……」

「大平滋です」

「大平滋さんの家族の方が来てますがー」

はーい、という声と共に今度は中年の女が現れた。エプロンとマスクをつけている。エプロンからは、伸び切ったジャージの裾が見えた。

「大平滋の娘ですが、父はどこでしょうか」

「大平さんなら、来週までお預かり、ということになっていますけどね」

「私が来ましたんで、今日連れて帰りたいんですけど」

「それはいいですが、うちは前金ですので、もういただいてますよ」

「じゃあ、今日までの分を精算してください」

「えーと、キャンセル料が発生しますけど、それでもいいですか」

「何でもいいです。今すぐ連れて帰りたいんです。父はどこですか？」

「二階にいらっしゃいますよ。今、連れてきますけど」

「いいです。私が連れてきます」

女は一瞬嫌な顔をしたが、それに構わず邦子は靴を脱ぎ、スリッパに履き替えた。茶色のビニールのスリッパは、ストッキングを通してもべたべたした感触が伝わってくる。

二階にあがると廊下があり、片面はすべてカーテンになっていた。

「お父さん……」

いちばん右のカーテンを開けてみる。狭い部屋に布団が六つ敷かれていた。ほとんどの老人は眠りについていたが、一人の老婆が目を開けていて、邦子をじっと見た。

「失礼」

次のカーテンを開ける。ここは布団が八つだ。ひとつひとつ目で追うと、父の見慣れたパジャマが目に入った。布団から肩を出して向こう側を向いていた。

お父さん、と近づいて何かにつまずいた。隅にポータブルトイレが置かれていたのだ。

「お父さん、大丈夫？」

揺すると小さな声で、

「邦子か……」

と尋ねた。すると隣の布団に寝ていた老人が、むくりと起き上がった。ざんばら髪で老婆とわかった。男女一緒に寝かせているのかと、強い怒りがわいてくる。

「お父さん、邦子ですよ。さあ、家に帰りましょう」

「もうここは臭くてたまらん」

「本当にそうですよね」

先ほどからそれを感じていた。父のお漏らしで慣れているはずなのに、邦子は先ほどから我慢出来ないほどの悪臭を感じているのである。

布団の傍に紙袋があった。中に滋のズボンとポロシャツ、カーディガンが入っていた。パジャマのズボンを脱がすと、あれほど嫌がっていた紙オムツをはかされていた。しかもそれはぐっしょりと濡れているのだ。紙袋の中に脱いだブリーフがあったのでそれにはき替えさせる。隣の老婆が光る目でじっとそれを見ていた。彼女も同じように着替える時は、異性に見られるのか……。

「さあ、お父さん帰ろう」

邦子は父の痩せた肩に顔を埋めて言った。

「帰ろう、私のうちに、一緒に」


自分は年寄りの部類に入るのだ。

そのことを、家探しでさつきは思い知らされた。

七十代の母親と五十代の娘に、部屋を貸してくれるところがなかったのである。

「ふつうご年配の方には、オーナーさんがいい顔をしないんですよ」

と不動産屋に言われて、さつきは憤慨した。

「アタマにくるよ、私を前にして、〝ご年配の方〟なんて言うんだよ。五十二のどこがご年配なんだよ」

「私と平均すればの話じゃないの」

「それにしたって六十いくつじゃん。どうしてこんな失礼なひどいめに遭わされなきゃいけないのよッ」

「そんなにさっちゃんみたいにケンカ腰になっていれば、誰だっておっかなくて部屋を貸せないよ」

ヨシ子は笑っているが、年とってからの引っ越しは本当に大変らしい。祖父の家を建て直してから、もう五十年ここに住んでいるのだ。思いきってものを処分したが、それでもマンションに移るとしたら、荷物をこの半分にしなくてはならないだろう。

「年寄りが引っ越ししたがらないの、やっとわかったよ」

ヨシ子はため息をつく。

「引っ越しなんか出来るのは、せいぜい六十代までだね。こんなに疲れるとは思わなかったし、なにしろ気持ちが萎えていく。ほら、このあいだの大震災の後、年寄りがたくさん避難したところで死んだだろ。やっぱり年寄りは、住み慣れたところを離れると本当につらいんだよ」

「そんなこと言って、早く引っ越そうって言ったのお母さんじゃん」

さつきは口をとがらせる。

「いくら借地権切れてたってさ、こっちは居住権ってもんがあるんだよ。あと三、四年は住めたって言われたよ」

「そんなことをしたら、ご近所の皆さんにみっともないよ。地主さんとだって、あっちのお爺さん亡くなっても、会えば挨拶する仲なんだから」

ヨシ子は昔から「ご近所の人たち」に気を遣うが、そういう人たちの大半は、亡くなっていて、もう子どもたちの代である。

そうは言っても、やはり近所の絆は有り難く、二人の部屋を見つけてくれたのは、昔からやっている駅前の不動産屋だ。街の新しく綺麗なチェーン店と違い、広告も少なくてあまり頼りにしていなかったのであるが、格安な部屋を見つけてくれたのだ。

今まで住んでいた家とそう離れておらず、これならばヨシ子も、今までどおり近所の仲よしとつき合えるはずであった。

「だけどね、ペットは禁止なんだ」

その話を聞いて、二人はとび上がるほど驚いた。

「えー、そんなのは困りますよ。うちは老犬がいるんですよ。母親がとても可愛がってるんですよ」

「そんなこと言われてもねぇ……」

ヨシ子と同じほどの年齢の店主は、ふーむとうなった。白くたっぷりした白髪と顔つきが、テリアそっくりの老人である。

「それに小さな犬なんですよ。大型犬ならともかく、小さい犬が禁止なんて今どき聞いたことないよ」

とヨシ子が反撃する。

「それがそうでもないんだなァ」

と店主。

「うちはさ、この頃やたら年寄りの客が多くなって、新婚さんや学生さんなんかめったに来ない。それはいいんだけど、年寄りはみんな一軒家を持ちこたえられなくなって施設に入るか、小さい部屋に移る。するとね、飼っていた犬や猫が本当に困る。みんな悩んだ揚句、処分するよ」

「処分ってどういうこと？　どこかの団体に持っていくんですか」

「いや、保健所だよ」

店主はさらりと言う。

「そんなの、ひどい！」

母と娘は同時に叫んだ。

「誰か貰ってくれる人、いないんですかッ」

「そりゃあ、まわりにも聞くだろうけどさ、年寄りの犬や猫はたいてい年とってる。可愛い仔犬や仔猫ならともかく、そんなもん、誰も欲しがらないよ」

「だけど……」

「いや、むごいようだけどね、保健所に持っていった方が幸せってこともあるんだよ。この頃聞くけど、独居老人が死んで一ケ月後に発見される。するとね、飼ってた犬や猫は餓死してる。もがき苦しんだ跡があるって、このあいだ業者の人が教えてくれたよ」

二人はおし黙った。

「このコは家族と同じだよ」

家に帰るなり、ヨシ子はリリーをギュッと抱きしめた。白いマルチーズは、今日はチェックのリボンをつけている。

「もう年なんだし、このコをちゃんと看取ってやらなきゃいけないんだよ」

十三歳のリリーは、毛艶も悪くなり、この頃は寝てばかりいる。

「そりゃわかるけどさ、やっと見つかった部屋なんだよ。ペットも飼えるところを探すとなったら、またイチからやり直しだよ」

「わかってるけどさ、あの不動産屋のオヤジときたら、身の毛がよだつような話を平気でするから腹が立つよね。年寄りが泣く泣く犬や猫を保健所に持っていくなんて、私は耳をふさぎたくなったよ。おー、よしよし」

リリーがヨシ子の頬をペロペロなめ始めたのである。ヨシ子の目尻がぐんと下がり、口元がだらしなく開く。蕩《とろ》けそうな顔というのは、こういうことをいうんだろう。

「お母さん、気持ちはわかるけどさ」

つらいけれど言っておかなくてはならない。

「やっぱりリリーは手放さなきゃいけないと思うよ」

「そんなの、私はイヤだよ」

「だけどさ、私たちはもうみんな手放したじゃん。いちどきにさ、家も車もさ、だからリリーも諦めなきゃいけないと思うよ」

「みんななくなっちゃったから、このコだけは絶対に手放さないよ」

ヨシ子は睨みつけ、その眼光の鋭さにさつきはぞっとした。一瞬呆けが始まったと思ったほどだ。

「お母さん、そういうのはワガママだよ」

「私がワガママ？　冗談じゃないよ」

ヨシ子は声を荒らげる。

「あんただって知ってるだろ。うちをすぐに出てくことにしたじゃないか。私が出ていかないッてゴネまくれば、なんとかなったかもしれない。だけど私はさ、地主さんとの今までのことを思って住みなれた家をあっさり出ていくことにしたんだよ。他にだって言いたいことは山のようにあるよ。お父さんの形見をくれって、高崎《たかさき》が言ってきた時も」

高崎は、亡くなった父の妹が住んでいる。

「今まで知らん顔していた人がよく言うよ、って思ったけど、どうせ金めあてだと思った。だから五十万渡したじゃないか」

こういう時、老人の回想というのは、糸をほぐすように次々と出てくる。そして糸の長さにこんがらがって、収まりがつかなくなるのだ。

「死ぬほど惜しいお金だけど、私は高崎に払ったよ。それは何でか知っている？　私はあの義妹と姑に、どれだけいじめられたか、よおく憶えてるからだよ」

「その話、聞いたよ」

それはもう何十ぺんも聞かされ、もはやさつきの中でひとつの物語として完成しているのだ。しかしヨシ子はそうではない。

「私がここにお嫁に来た時はさ、お舅さんの大工の仕事がちょっとうまくいきかけたっていっても、そりゃあ貧乏。貧乏なうえに、あの姑は本当にケチだったたから食べ物には金を遣わない。私だって貧乏な職人の娘だけど、うちは食べるものにはおごってたからね。朝は炊きたてのご飯に、海苔《のり》に納豆、鮭《さけ》に煮豆もつけたさ。嫁にきて朝飯の用意したら、姑は私に怒鳴ったよ。お大尽じゃあるまいし、なんて贅沢をするんだよ。このうちはさ、朝にご飯は炊くけど、味噌汁《みそしる》にたくあんだけさ。私は十九歳だったから、もうお腹《なか》が空《す》いて、お腹が空いてたまらなかったもんだよ。もう戦争なんかとっくに終わってたけど、どうしてこんな思いしなければいけないのかって泣いたもんだ。親も不憫《ふびん》がって、家でこっそり食べさせてくれた」

「………」

話を途中で止めると、ヨシ子の機嫌が悪くなる。所在なくなったさつきは、リリーの頭を撫でてやる。リリーは満足そうに、ウウーッと体を震わせた。ヨシ子ほどではないが、さつきだってこの老犬を可愛がってやっているのだ。それにしてもヨシ子の話は長い。さらに続く。

「あれは暮れの商店街の福引きの時だよ、私がガラガラーって引いたら、なんと金色の玉が出てくるじゃないか。一等のオートバイだよ。みんながヨシ子ちゃん、すごーいって拍手してくれた。あの頃の商店街はみんなが生きてて、みんなが仲よかったからね。福引きは、本当は外からやってくるお客さまのためにするんだけど、それでも町内の身内が一等をあてたのは嬉しいって、みんなが拍手だ。カランカランって鐘が鳴って、私は笹《ささ》を持たされた。それには金や銀の短冊がぴらぴらついてた。『一等賞』って札もね。あの時は本当に嬉しかったよね……」

ヨシ子は力を込めて言った。

「当時のオートバイなんて、車と同じだよ。売ったらどんなお金になるだろう。いや、免許をとって自分で乗ってみようかって、いろんなことを考えてうちに帰ったんだよ」

そうしたら姑は、笹の枝をひったくったと言うのである。

「『ご苦労さん』って……。私はびっくりしてさ、お姑《かあ》さん、それは私が福引きであてたもんですよ、って言ったんだよ。そうしたら、『嫁のものはみんなこのうちのもんだろ』って言われてさ、口惜しくって口惜しくってお父さんに言いつけたよ。そうしたら……」

「そうしたら、お父さん『我慢しろ』ってひと言だけで、お母さん、またカーッとしちゃったんだよね」

このくだりは、もう暗唱出来るほどだ。

「そう、そう」

なぜか今日、ヨシ子は素直に頷く。

「私はさ、そのまま実家に帰った。実の母親に頼んだんだよ。あのオートバイ、絶対に取り返す。そしてそれを売ったお金を持って家を出ていく。私は離婚するんだ……って」

「だけどさ、その時、私がお腹にいたんだよね。まだ気づいてなかったけど、それですべてチャラ」

「そうなんだよ……」

「ま、これも毎回言ってることだけど、私が生まれてこなきゃ、お母さんも違う人生を歩んでたかも、っていうお話だよね」

「それは違うよ」

母の返事に、さつきはへえーと声をあげた。

「いつもは、『そうかもね』で終わるのに」

「お父さんが死んでよーくわかったよ。やっぱりこれしかなかったって。これ以外の生き方なんてあるはずなかったしさ。私は何も後悔していないよ。まああってとこじゃないのかね。さっちゃんという、いい子どもも生まれたし」

「ありがとねー」

少し照れた。父の死後、母娘は寄り添うように暮らし、お互いとても素直になっている。

「でも、孫の顔見せられなくて悪かったね」

「ま、それは淋しいこともあったけど、今となってはよかったさ。さんざん孫自慢していた友だちも、この頃はぴたっとやめてしまう。孫ってったってもう可愛い時期は過ぎて、引き籠もりだの、就職出来ないだの、みーんななんか抱えてるからねえ」

「だけどさ、お母さん、昔よく言ってたよね。『ない子には泣かされない』って。子どもに泣かされるのも、子どもがいるからって。あれって結構キツかったよ。結婚してない身にとってはさ」

「あれ、さっちゃん、結婚しなかったことを気にしてたのかい」

「そりゃあさ、近所の人にもいろいろ言われたし」

「『ない子には泣かされない』っていうのはさ、私がお祖母《ばあ》ちゃんからよく聞いてた言葉だよ。昔の人って、そう言って自分の心を宥《なだ》めてたんじゃないのかね」

「悪かったねえ、出来の悪い娘で」

「そんなことはないけどさ。さっちゃんあまり勉強しなかったから、ついお祖母ちゃんとこに行って愚痴をこぼしたこともあったよねえ」

本当にそうだ。高校を選ぶ時もこの学力では行くところがないと、教師からははっきりと言われた。入学したところは、地域でいちばん評判が悪く、偏差値が低い私立の女子高だ。ここの生徒は、他校の生徒や中学生を駅のトイレに連れ込んで、カツアゲするので有名であった。

「さっちゃんの学校の名前聞かれるたびにさ、私はご近所に肩身が狭くてね」

「でもさ、あの高校、潰れかけたのをどこかの企業が買い取って、十年前に大改革。共学の進学校にしてさ、この頃は東大《とうだい》に行くコも出てるよ」

「そうらしいね。全く世の中っていうのはどんどん変わっていくんだよね。昨日まで白だったもんが、今日は黒になるみたいだよ」

「まあ、そうかもしれない」

だけど変わらないものがある。親子の情なんていうのは、変えようとしても変わらないものだとさつきは考える。そんなことは恥ずかしくて、目の前の母親に言えないけれども。

しかしこんな風に、ゆっくり思い出話にふけっている時ではないと、さつきは姿勢をただす。引っ越しを完了させなくてはならないし、リリーの引き取り手を探さなくてはならない。

その日の夜、さつきは友人や知り合いにメールを出した。といっても、職場を転々と変えてきた彼女の世界はとても狭い。せいぜいが、あの評判の悪かった高校の同級生だ。

「犬いらない？　成犬だけど」

「飼えるはずないじゃん。県営住宅だもん」

引っ越しを来週に控えたものの、まだリリーの貰い手は見つからない。知り合いには全部あたった。ブログをやっている友人に頼んで、

「マルチーズ、貰ってくれませんか」

というメッセージを出してもらったが、悪戯《いたずら》めいたものが一件あっただけだ。

今日はとてもまかないを食べる気にはなれない。さつきはコンビニで買った牛乳とサンドウィッチを持って休憩室に入った。

食堂で働く以外の従業員は、休憩室で適当な時間に食事をとることになっている。リリーのことを考えると、サンドウィッチすら食べる気にはなれない。ちゅっとひと口ストローで牛乳を吸ったら、つつうーと涙が出てきた。

その時だ。ドアが開いて細川邦子が入ってきた。さつきは思わず「あっ」と声をあげた。邦子が手にしていたのが、近くのコンビニのレジ袋だったからだ。中に入っているのがサンドウィッチだというのは、形からでもわかる。

「それ、不味《まず》いよね」

思わず問うた。

「他の店に美味しいのあるけど、うちの近くにはあそこしかないから」

「本当に不味い」

細川邦子は、ふうーっとため息をついた。

「私、卵のサンドウィッチ好きなんだけど、ここのは酢が入ってるから嫌い。たぶんいたまないようにするためだろうけど」

「きっとそうだよ」

とさつき。

「ハムはまああまあいけるけど」

「まあね」

邦子はどさりと、さつきの前に座った。この人は、いつも本当に疲れているようだとさつきは思った。末期癌の父親を看病していた時の自分の顔に似ている。最後の半月、昼も夜もないような生活をしていた。当然化粧もせず、歯磨きしたのか、しなかったかもよく憶えていない。病院のトイレへ行くと、鏡に青ざめた中年女が映っていた。目がヘンに吊り上がっているのだ。この人も、きっと誰かを介護しているのだろうとさつきは想像する。

「丹羽さん」

邦子がさつきを見た。

「丹羽さん、チョコレート好きですか」

「大好きですよ」

「さっき倉田さんがくださったの。細川さん、この頃すごく疲れているみたいだからって」

このあいだ邦子が倒れた時、心配してくれた老婦人だ。スカートのポケットから板チョコを取り出した。

「半分こずつしましょう」

「ありがとう」

珍しい包装のチョコは、外国製に違いない。割るとカカオの香りがぷんとした。

「倉田さんって、本当にやさしい人だね」

「本当にあの方はやさしいわ」

チョコを口の中で溶かしていくと、その甘さでまた涙がこぼれた。

「細川さん」

さつきは叫んだ。

「犬を貰ってください。お願いします。そうでないと殺されちゃうんですよ」

「いいですよ……」

邦子はチョコを手にしたまま、呆けたような表情になっている。

「犬は貰ってあげます。だから父を預かってください。三日……、ううん、二日でいいんです。父をお願いします。父を何とか預かってくれませんか。ここで」

「ここって、ここ？」

「そう、ここ」

邦子は大きく頷いた。

「ほら、ずっと前に私が具合悪くした時、丹羽さんが休ませてくれた部屋があったわよね。オーナーがずっと使ってないからって。あの部屋を三日間でいいから借りられないかしら。もちろん食事代は払うし、私がめんどうをみるから」

「ダメ、ダメ、食事代だなんて」

さつきはぶるぶると、体を震わせる真似《まね》をした。

「なまじそんなことをしたら、福田さんにバレちゃうじゃないの。あの人に知られたら大変なことになる。こういうことはこっそりとやらなきゃ」

「そうなの」

「そうだよ。面会のふりして、すうって入ってくるのがいちばんだよ」

「丹羽さん、大丈夫なのね。それじゃ、本当に大丈夫なのね」

「あれ、私ってなんか話の流れで、自然とOKしてるよね。すごくヤバいことなのに……」

「本当。私、まさか、って断られると思ってた」

「これって、〝まさか〟って話だよね」

二人はしばらく見つめ合った。さつきは目の前の女を見つめる。目鼻立ちが整って、ちょっといいとこ風の奥さん。元CAとかいう触れ込みの田辺よりもずっと綺麗だと思う。しかし目は赤く充血していて、肌がかさかさに乾いている。もうこれだけで多くのことがわかった。

「お父さん、大変なんだね」

「そうなの。もう家に一人で置いとけなくて私のうちに引き取った。でもこっちの方がずっと大変だったの。夫は怒っちゃうし、子どもは文句言ってる。そりゃそうよね。狭いマンションに呆け老人連れ込んだんだから。でもどうすることも出来なかったの。ね、とりあえずでいいから、父をここに置いてくれないかしら」

「それって、隠れて住まわせるってことだよね」

「出来ないかしら……」

「そりゃあ、出来ると思うよ。ここはひと部屋がとても広いし、防音だってちゃんとしている。だけど……」

バレたらクビだよ、とさつきは言った。

「三日でも二日でもいい。とにかく父親をちゃんとしたところで寝かせてやりたいのよ」

邦子は早口で説明した。

行き場のなくなった父親を、とりあえず自分のうちに連れてきた。２ＬＤＫのマンションである。娘に頼んだ。

「しばらくの間、お祖父《じい》ちゃんと一緒に寝てあげてくれない？　お願いだから」

すると高校生の娘は、

「えー、イミわかんない」

と目を丸くした。

「私がさ、どうしてお祖父ちゃんと一緒に寝なきゃいけないの。マジでキモいよ」

しかし夫婦の寝室というわけにいかず、リビングルームの隅に、布団を敷いて寝かせている。すると真夜中に、いつもどおり「小便、小便」と叫ぶ声がする。

「それで眠れない、って夫は怒り出すのよ。それだけでも耐えられないのに、今度は姑から非常識だって電話が入る……」

「そりゃあ、つらいワ……」

「そんなことより、私ががっかりしたのは娘の態度よね」

邦子はタオルハンカチを取り出し、目頭を拭った。

「それまでお祖父ちゃん思いのいいコだと思っていたのに、キモい、だなんて……。私は耳を疑ったわよ。もう家の中にも、味方は誰もいないと思うと、つらくって、つらくって……」

「あのさ、私は子どももいないからさ、こんなこと言うのナンだけど、娘さん、高校生だよね」

「そう、二年生」

「思春期の女の子に、お祖父ちゃんと一緒に寝ろって、確かにきついと思うよ」

「そうかしらねぇ……」

「私だって父親のこと大好きだったけどさ、一緒に暮らす父親だって、高校生の時に伊豆行って、民宿泊まった時、布団くっつけて寝るのイヤだったもの。娘さんの気持ちわかるよ」

「そうかしらね。でもね、私はもう体も心もくたくたなの。私ね、あの部屋ならゆっくりのびのび眠れると思う」

「細川さんも泊まる気なの」

「そう。夜中にいつもオシッコ、って叫ぶから一人にはしておけないし。ここだったら、昼間私も様子を見られるから好都合なの。お願いよ、丹羽さん、私に協力して」

もう一日我慢すれば、例の音楽会があるよ、とさつきが言い出した。

「確か今月は、ピアノとソプラノだったはず」

「そう、そう。ナントカっていうそこそこ有名な歌手が、理事長の知り合いだから特別に来てくれるんだって」

「あさってなら、二時からのシフトだわ」

「ちょうどいいじゃん。みんなが音楽会でホール行ってる隙にさ、面会人連れていくふりしてエレベーターに乗せるんだよ」

二人は綿密にその時の打ち合わせをした。私服の邦子が、老人を連れていると不審に思われる。最初から制服を着ていた方がいいとさつきは提案する。

「家族以外の面会は、ロビィかダイニングでだけど、部屋に直接行く人、時々いるはずだよ」

「わかったわ。じゃ、私、制服を家に持って帰る。それ着て父親とタクシーで来る」

「ええ、それってお金かかるんじゃないの。確か細川さんちって遠い……」

その言葉を途中で遮った。

「今はお金なんかに代えられない。私はとにかく、父をここに連れてくる。そして、こんな素敵なところに、二、三日でいいから居させてやりたいの」

「わかったよ。その気持ち、わかるよ。それから、お父さんのご飯は、私が持ってきてあげる。一食ぐらいどうってことないし」

ダイニングではなく、部屋で食べたいという居住者のために、さつきは料理をのせたトレイを持って、よくエレベーターを上下する。だから怪しまれることはない。

「丹羽さん、ありがとうね。本当にありがとうね」

「その代わり、お願いね」

「えっ、何を」

「やだ、犬のことだよ」

「あぁ、犬ね……。わかったわ」

「大丈夫なのかな」

「何とかするわよ、犬の一匹ぐらい父親に比べればどうってことない。絶対に大丈夫」

「だけど、おたくんちの娘がイジめるとイヤだな。ちょっと根性悪そうだし」

つい本音を漏らした。


月に一度のコンサートで、倉田夫人の座る位置は決まっている。

それは前列の正面だ。音楽大学卒業で、元外交官夫人の彼女には、そこがふさわしいと皆が認めている。

夫人はいつも早めに来て、とりまきの男たちに何くれとなくレクチャーをほどこしてやる。

「今日のソプラノの方は、なかなかの方よ。二期会の公演で、タイトルロールをつとめていらっしゃいますもの」

「その……、タイトルロールって何ですか」

こういう時、無邪気に質問をするところが岡田のいいところである。長く医者をやっていた彼は、クラシックというものにまるで興味がなかったのであるが、夫人に気に入られたいばかりに、この頃はＣＤも聞いているほどだ。

「主役なんですけれどもね、名前が題名になっていることを言うんですのよ。たとえば『トスカ』とか『アイーダ』、そうそう、有名なところでは『カルメン』もありますわね」

「『カルメン』ぐらいなら、私だって知っていますよ。あの闘牛士の歌う歌はいいですなあ」

「ふふふ……、私の夫はワーグナー狂いでしたから『ワルキューレ』というと、どんなことをしても聞きにいきましたわ」

「ほう、ワーグナーですか……」

名前は聞いたことがあると、岡田は深く頷いた。

「うちの主人がミュンヘンの総領事をしていました時、奇跡的にバイロイトのチケットが二枚手に入りました。『リング』ですからそりゃあすごい人気で、当選したのが夢みたいな話でしたわね……。でも正直申しまして、バイロイトで聞くのはかなりの難行ですの。なにしろ男女共に正装でしょう。イブニングドレスを着たまま、四時間固い木の椅子に座っていなきゃならないんですものねえ。ですけどワグネリアンの主人は、念願のバイロイトで、本場の『リング』を聞いて涙を流しておりましたわ」

「ほう……」

このあたりにくると、岡田はついていけない。

「今日は『トスカ』の『歌に生き恋に生き』、『ジャンニ・スキッキ』の『私の大切なお父さま』と、まあ、初心者向きの歌ばかりですね。ここの居住者のレベルがおわかりにならなかったみたい」

やがて時間がきて、ジェネラル・マネジャーの福田が挨拶をした。

「皆さま、定例コンサートに、よくおでましくださいました。今日は上村理事長の特別のはからいで、ソプラノ歌手丸山芙美《まるやまふみ》さんに歌っていただくことになりました。どうか、最後までゆっくりお楽しみください」

やがて青いイブニングドレスを着た若い女が登場した。その時、「ほうーっ」というかすかなため息が、男たちから漏れる。なぜなら、彼女のドレスの胸の開け方が非常に大胆で、豊満なバストが窮屈そうに押しつけられるさまが、半分以上見えるからだ。

「こりゃあ、目の保養ですなあ……」

岡田のつぶやきを倉田夫人は聞き咎《とが》め、

「まあ、ちょっと、下品ですわね」

と、彼の方を睨みつけた。

配られたパンフレットによると、文科省研修生としてイタリアに留学していた彼女は、化粧もあちら風で濃い。太いアイラインをひいた目で、流し目ともいえない微妙な視線を老人たちにおくった。

「皆さまこんにちは、丸山芙美と申します。今日は短いお時間ですが、アリアの名曲をたっぷりとお聞きくださいね。まずはプッチーニ『ラ・ボエーム』から『私が街を歩くと』……」

　そしてピアニストの男性に、にっこりと笑いかけそれが合図であった。前奏が始まる。

「日本オペラ界のホープ」

　とパンフレットに記されたとおり、彼女の声は伸びやかで美しく、情感にとんでいる。最初は渋面であった倉田夫人も、次第に穏やかで楽し気な表情になってきた。

　飲み物を配り終わっても、しばらく後ろで聞いていたさつきは、音がしないように注意深く扉を開け、外にすべり出た。そして廊下の端にある女性用トイレに入り、スマホを取り出した。

「もしもし、細川さん……」

「はい」低い声で応答があった。

「今、どこにいるの」

「駐車場のタクシーの中。しばらく中で待たせてもらってる」

「今だよ」

　さつきも声を潜める。

「今ならみんなホールにいる。早く部屋に行って」

　邦子は父親の手を握った。

「さあ、お父さん、降りましょう」

滋にはきちんとした格好をさせている。灰色のコートは、カシミアの入った上質のものだ。これは会社勤めの頃に買ったものであるが、まだそれほど着ていない。裾から見えるズボンは、きっちり筋がついている。そして何より大切なことは、よく磨き込んだ黒い革靴を履いているということだ。いつものギョーザ靴ではない。

これならば、このセブンスター・タウンのロビィを歩いていたとしても、全く違和感はないはずだ。

玄関の前で、邦子はコートを脱いだ。中はコンシェルジュの制服である。手に持つと目立ちそうなので、すばやく畳んで紙袋の中に入れた。もう一つの紙袋には滋の着替えや身のまわりのものが入っている。

ここで握った手は離している。まさか手を繋いだままロビィを一緒に歩けないだろう。

「黙って私の後を従《つ》いてきてね」

父にささやくと、けげんそうな顔を向ける。

「いったい、ここはどこなんだ」

「着いたら説明するから、今は黙ってとにかく従いてきて」

「わかった」

こうしていると、父が呆けているなどというのは信じられない。上質のコートを着て胸を張って歩く様子は、ここの住民たちと同じだ。先週散髪に連れていってよかったと胸を撫でおろした。父の機嫌もよく、何ごとも起こりそうもない時を見はからって、地元の理髪店に連れていったのだ。ここは滋の昔からのいきつけのところだ。

行く前に店主に電話をかけた。

「まだら呆けっていうんですかね。おかしくなるのは主に夜ですから、昼間はそうへんなこともないと思いますから」

「大丈夫ですよ。古いお客さまでそういう方は多いんですよ。この頃は組合で施設に行くこともありますので、安心してください」

そんな言葉がどれほど頼もしかっただろう。そして六十過ぎの店主は、父をきちんと得意客として扱ってくれた。

「大平さん、お久しぶりですね、お忙しかったんですか」

「年金暮らしが忙しいはずないよ」

笑っていた父は、以前のままの父で、それを邦子は鏡ごしに見つめていたのである。

さっきと何度も打ち合わせしたとおり、父と軽く喋りながら、中に入っていく。

交替少し前のシフトの女が受付に座っているが、二人を見て軽く会釈した。面会でやってきた老人を、邦子が案内していると思うに違いない。ボストンバッグではなく、デパートの紙袋にしたのがよかった。土産物を詰めたように見えるからだ。

ロビィからエレベーターホールへと向かう。エレベーターを待っている間、突然父が叫んだ。

「邦子、いったいここはどこなんだ」

その声があまりにも大きかったので、邦子は心臓がとまりそうになった。あわててあたりを見わたす。幸いなことに、コンサートが行われているために、人気《ひとけ》はない。

「ここは私が勤めているところですよ」

早口で言った。

「あんまりいいところだから、お父さんにも泊まってもらおうと思って」

「ホテルなのか」

「ホテルじゃないけど、ホテルみたいなもの」

「そうか、ホテルみたいなものか……」

今日の滋はとてもしっかりとしていて、邦子の発した言葉を、ひとつひとつ反すうする。

「いつまで、いるんだ」

「いつまでって……」

返事に困る。親を施設に入れた友人が話していた。親は行くたび、

「いつまでここにいればいいのか」

と必ず聞いてくるという。それがとてもつらい。年寄りにとって、いちばん安らげる

場所は自宅なのだ。

「いつまでって、お父さんが落ち着くまで」

「オレはうちで、ずっと落ち着いていたじゃないか」

確かにそのとおりだ。子どもたちの都合で、父をあちこちに動かしているのである。

「そりゃそうなんだけど、私も実家へ行くのが大変なのよ。ここなら私の職場だから、しょっちゅう顔を出せる。だからお父さん、安心してゆっくり体休めて」

「ここは……、施設じゃないのか」

ずばり聞いてきた。

「オレはこのあいだみたいなところは、絶対に嫌だぞ」

そんなことないと答えたら、ちょうどエレベーターがやってきた。

「もし廊下で誰かに会ったら」

とさつきは教えてくれたものだ。

「平気な顔をして、こんにちは、って言えばいいよ。びくびくしていたら、何かヘンだって怪しまれるかもしれないけど」

が、自分にそんな芝居が出来るだろうかと邦子は不安でならなかったが、ロビィでも廊下でも誰ひとり会うことはなかった。

さつきから借りた鍵でドアを開ける。彼女があらかじめ、カーテンを開けてくれたたに違いない。部屋はやわらかい午後の光で充《み》ちていた。その光を受けとめるソファはイタリア製のもので、革が艶々と輝いている。五十インチのテレビ画面は、まるで鏡のように父と娘とを映し出した。

「いい部屋だな」

　ぼそっと滋が言った。

「ここはどこなんだ」

「あのね、ここは私が勤めているところなの」

「お前が……」

「そう。あのね、私はここの受付にいるのよ。だからお父さん、安心してここにいて頂戴。夜になったら私は、この部屋に帰ってくるから」

「帰ってくる」という言葉は奇妙な気がしたが、なぜか自然に出た。

「私、何度か様子を見にくるから、お父さん、ここでテレビ見ていて。大丈夫よね。いつも私が来るまで、一人でうちでテレビ見ているものね」

「ああ……」

　電源をいれた。バラエティ番組をやっている最中で、幸いなことに滋が好きなお笑い芸人が出ていた。昔はタレントなどにほとんど興味を示さなかった父であるが、なぜか彼のことは気に入っていて、

「こいつは面白いなァ」

とよく口にしている。

「お父さん、ほら、ここがキッチン」

邦子は台所を指さしたが、ソファに座ったままの父はまるで興味を示さない。ペットボトルを、冷蔵庫に入れておこうと思ったのだがそれはやめた。

「お腹が空いたらこれを食べて」

それはさっきが買っておいてくれたコンビニのものだ。

トイレはきちんと教えておかなくてはならない。本当はオムツをしてもらいたいところなのであるが、滋はつけることを大層嫌がるのだ。

夜中に起こされることにたまりかねて、紙パンツをはかせたところ、自分でパジャマのズボンごと脱いでしまった。この頃はよく失敗して、自分の家ならともかく、ここでされたら大変なことになる。

「お父さん、ちょっと来て」

無理やり立たせて、手をひいた。寝室の後ろ、バスルームの向かい側に独立したトイレがある。

便座を開けて説明する。

「お父さん、オシッコはここにしてね。本当は座ってしてもらいたいけど……」

最近の若い男と違い、滋の年齢だと、小便はまず立ってする。もうこれは諦めている。後で掃除をたんねんにすることになるだろうが。

もう一度滋をソファに座らせ、室温を調節した。もしかすると電気代が上がり、誰か人がいたことが露見するかもしれない、とちょっと考えた。が、さつきがどうにかしてくれるに違いない。

「かなりヤバいことだけど、まずはやってみようよ」

と、さつきは言ったものだ。

「人間、切羽詰まった時にしたことって、たいていのことは許されるのと違う？」

今日から犬を預かることになっている。夫や娘には何も言っていない。娘はたぶん喜ぶだろうが、夫はたぶん腹を立てるはずだ。

「なんだよ、オレは何も聞いていないぞ」

しかし父親を連れていった時よりはマシだろう。

「いったいどういうことなんだ。どうしてお前のお父さんがここにいるんだ」

叫んだ夫の顔を一生涯忘れないと思う。はっきりと憎悪に充ちていた。

「ちょっと大変なことになったの。二、三日でいいから置いてほしい」

という妻の懇願を、夫は振りはらおうとしたのだ。

「ふざけんなよ。こんな狭いところにどうやって住まわせるんだよ」

「果菜の部屋に寝かせます。お願いします」

お願いします、と頭を下げた時ほど、夫を他人だと思ったことはない。

そして娘からは同室を拒否され、姑からは叱責された。夫が言いつけたのだ。すぐに電話がかかってきた。

「いったい、どういうことか説明して頂戴」


口惜しくて眠れない夜、邦子はよく夢想することがあった。

五年後か十年後、とにかく近い将来姑が寝たきりになる。その時、めんどうをみてくれないかと頼む夫に、こう言いはなつのだ。

「ご冗談でしょ、あなたは三男でしょ。どうしてお義姉《ねえ》さんたちが介護しないのよ。そもそも親のめんどうをみなくて済むと思って、三男のあなたと結婚したのよ。それを今さら何かしろって？　それは約束が違うわよ」

そうだ、こうも言ってやろう。

「まずこちらの生活が大事なのよ。娘だっているし、うちにはそんな余裕はないの。年寄りの世話なんてきりがないんだから、どこかで割り切らなきゃ」

自分に浴びせられた言葉を、すっかりそのまま返すことが出来たらどんなに気持ちがいいだろうか……。

夫は怒り狂うだろう。今度のことでよくわかった。自分の親への感情と、義理の親への感情とは全く違うものなのだ。いや、反比例するといってもいい。

どれほどめんどうをかけられ、疲れ果てた生活が続いても、親を見捨てることは出来ない。腹立たしさや空しさの奥に、哀《かな》しくいとおしい感情がある。それを意識すればするほど、あちらの親がわずらわしいものになるのだ。

それはもしかすると、夫をもう愛していないからかもしれない。短大時代の友人に、夫の両親を自宅で手厚くみてやり、下《しも》の世話もしてやった者がいる。

「夫の親だからみるのは当然でしょ」

と語る彼女を、信じられない思いで眺めたものだ。

姑のオムツを替えることなど、考えただけでもぞっとする自分に、たぶん夫への愛情はもうないのだろう。

離婚しないのは、子どもの将来を考えるから、とめんどうくさいからだ。金のこともあるが、まずめんどうくさいことが先に立つ。世の中のたいていの女がそうだろう。

目の前にしなくてはいけないことが山のようにあるのだ。呆けかかった親を介護しながら離婚の話し合いをする、そんなことが出来るのは超人だけだ。ふつうは目の前の問題に手いっぱいで、毎日息もたえだえに生きているのだから。

「お父さん」

テレビに見入る父親の手を、邦子は撫でた。老人の手は張りがなく、ビロウドのようにやわらかい。

「私ね、今日は八時まで働いているの。でもその間に何度か来るから。六時半ぐらいにね、女の人が食事を運んでくれるはず。さつきさんといって、とてもいい人よ。今日の夕ご飯は牛肉のワイン煮だって。お父さんはお肉が好きだから、よかったね」

「お前は……」

滋は問うた。

「お前はここで働いているのか」

「そうよ。さっきも言ったけど受付にいるのよ。これはその制服」

紺色のスーツの衿《えり》に触れた。セブンスター・タウンの制服は、すべて有名デザイナーによるものである。どの部署の制服もしゃれていて上品だ。噂によると、おととし古希を迎えたそのデザイナーも、いずれはここに入居することになっている。そのために世界的名声を持つ彼女が、格安でデザインしてくれたというのだ。

「この制服を着て受付に立っているの。そしてね、ここに住む人たちのいろんなお世話をするのよ。えらいでしょ」

わざとおどけて言うと、

「そりゃあ、えらい」

滋ははっきりとした口調で頷いた。

「邦子は昔から勉強も出来て優等生だった。何をやらせても一番だった」

「イヤだわ、それはお兄ちゃんのことよ。お兄ちゃんは、子どもの頃から本当に優等生だったけど、私は中の中ぐらい」

「いや、邦子だ。邦子が優等生だった」

こちらを見つめる父の目は澄んでいて、目尻が心もち下がっている。それはまさしく「慈愛に満ちている」顔つきだ。父がこんな表情をする間は、どんなことをしても幸せに過ごさせるのだと邦子は決心する。

「じゃあ、お父さん、優等生の私はお仕事に行ってきます。大丈夫よね」

「ああ、大丈夫だ！」

ドアを閉めた。ほうーっと大きな息をした。まずは第一関門は突破したのだ。廊下には誰もいない。エレベーターで下に降りたら、音楽会が終わった人々がちょうど乗り込むところだった。

四時過ぎにトイレに行くふりをして、邦子は三〇四号室に入った。

滋は今度はソファに寝そべってテレビを見ている。すっかり寛《くつろ》いだ様子が、やや不安を招くのはなぜだろう。

「トイレに行きましたか」

まず聞いた。

「まだだ」

「じゃ、今、一緒に行きましょうよ」

「まだ行きたくない」

「それでも行きましょう」

手をひいてやってトイレの前まで連れていく。滋が嫌がるので、用をたす時は必ずドアを閉めた。

「もういいですか」

開けると、後ろ向きの父がいた。ジッパーをあげてやる。案の定、前に大きなシミをつくっていた。いくらさつきでも見られると恥ずかしい。

「お父さん、ズボンを替えましょう」

「別にいい」

「それでも、濡れていますから」

「構わん」

困り果てた邦子は、思いついて洗面所へ行き、ドライヤーを手にとった。

「お父さん、これで乾かしますからね」

股間に向けて熱い風をあててやる。その時邦子は、父親の顔がはっきりと変化するのを見た。薄目になり、唇の口角を下げている。

心地よい、というよりも恍惚《こうこつ》の表情を浮かべているのである。

「いやらしい！」

ドライヤーを止めた。兄嫁の言う「色キチガイ」の一端を見たような気がしたからだ。もう少々濡れていてもいいいと、父親をソファに座らせた。

「いいですか、六時半頃、女の人が夕飯を持ってきます。白身魚のあんかけと野菜の天ぷらよ」

「肉じゃないのか」

父親の反応に邦子は安堵する。さっき言ったことをちゃんと憶えていたのだ。

「急にメニューが変わったのよ。お魚でも我慢してね」

それを運んでくるさつきに、父がおかしなことをしやしないだろうかと、一瞬考えた。ここは密室だし、父が久しぶりに会う異性の他人なのだ。兄嫁のこともあるし、不器量の中年女でも安心は出来ないと邦子は、また不安になる。

さつきからラインが入る。

「お父さんに夕飯持ってってたら、ソファに座ってテレビ見ていた。どうもすみません、って言ってすごくふつうだったよ」

「それがまだらボケの特徴だよ。ふつうの時とすごくおかしい時とで別人みたいになる。でもいろいろありがとう」

「どういたしまして。今日泊まるんだよね」

「そのつもり」

「今日うまくいけば、一週間ぐらい大丈夫だよ」

「そんなにうまくいくはずもないけれど」

もしそうなったらどれほどいいだろう。一週間時間をもらえば態勢を立て直し、父親を実家に戻す。そうして施設を視野に入れてもう一度兄夫婦と話し合いをするのだ。

こうしているうちに八時になった。交替の時間だ。八時からは男性一人が受付に座り、あとはガードマンと早朝までの勤務になるのだ。

「今日のコンサート、すっごく評判よかったみたい。さっき岡田さんたちが言ってた」

と田辺が、今日に限ってしきりに話しかけてくる。

「歌よりも、歌う女の人の胸がすごく大きくて、半分以上見えてたんだって。久しぶりに興奮したねえ、とか言ってたけど、いい年してやーよね。お爺さんのくせに、どうしていつまでもイヤらしい気持ち持ってるんだろ」

彼女の言葉がぐさりと胸に刺さる。本当にどうしていつまでも性への執着を持つのか。老人たちにそれがなくなったら、介護する方もどれほどラクになるかわからない。

更衣室で、田辺の姿が見えなくなったのを確認してから、エレベーターであがる。今の時間、たいていの入居者たちは夕食を楽しんでいるか、その後の酒やお喋りのためにバーやラウンジで寛いでいる。エレベーターの中で、部屋に戻る二人の老婦人と一緒になったが、会釈をしたらにっこりと返された。受付の女が、私服で居室に行くということに、けげんに思う者は誰もいないのだ。

「空《あ》いてる部屋は幾つもある。お金持ちが将来のために早めに買ってあるんだよ。ああいうところをちょっと使ったって、誰にもわかりゃしないよ」

というさつきの言葉は本当だった。

が、用心深く鍵を開ける。そのとたん、異臭で邦子は思わず叫んでいた。

「え！　まさか、ウソでしょ！」

滋が背を向けて立っていた。ソファの前だ。イタリア製とおぼしき茶色の革に、大きなシミが出来ている。放尿してすぐらしい。あたりにたちこめる臭いはまだきつかった。あわてて革に手をやるとまだ生温かい。

「お父さん、なんで、こんなことしたの！」

急いでバスルームに走り、タオルでごしごしこすってみた。しかしシミは一向に消える気配はない。次にたっぷりと水を含ませてパンパンと叩いてみる。もしかして、乾くとどうにかなるかもしれないという一縷《いちる》の望みに託した。焦りと怒りとで口がパクパクしている。が、父親を罵倒する言葉はいくらでも出てきた。

「ねえ、どうしてトイレでオシッコしないのよッ。ソファに向かってするってどういうことなの!?　本当にボケちゃったのッ!?」

滋は平然として何も答えない。しかしズボンの前にも黒く大きなシミが出来ている。それを見ていたら、カーッと頭に血がのぼった。

「どうしてオムツしてくれないのよッ」

父親の腕をつかみ、激しく揺さぶった。

「オムツしてくれれば、すべてOKなのに。オムツしないくせに、おもらしするなんて。おもらしならともかく、ソファに向かってオシッコするなんてどういうことよッ」

父の手をつかんだまま、浴室に連れていく。そして乱暴にズボンと下着をおろした。だらりとした性器に舌うちした。今は手術で切ってもらいたい気分だ。ボケてよからぬことを女に仕掛け、そして下の始末も出来ない老人は、法律でちょん切ってくれないものだろうか。本当に今はそう思う。

「さっ、うしろも向いて」

いつもならシャワーの温度を確かめるのであるが、腹立たしさのあまりいきなりレバーをまわした。

「熱い！」

滋が叫んだが無視した。

「おもらししたんだから、このくらい我慢しなさいよッ」

「やめてくれ」

「もう終わるよッ」

その瞬間、邦子は恐怖で凍りついた。

滋はバスルームの壁にある「緊急」のボタンを押し続けていたのだ。


セブンスター・タウンの事務室である。

邦子と、急きょダイニングから呼ばれたさつきが座っている。目の前にいるのは、ジェネラル・マネジャーの福田だ。彼も自宅から急いでやってきたらしく、灰色のセーターを着ている。それは少し毛羽立っていたうえ、ズボンに折り目はなかった。着替える間もなかったのだろう。

「これって、警察沙汰になってもおかしくないことなんだよ」

福田は二人をかわるがわる睨みつけた。

「丹羽さんが、時々あの部屋を昼寝に使うのは知ってたけど、まあ、居住者さんとの関係もあるからって、ずっと目をつぶってたんだ。だけど、まあ、今度のことは驚いたよね。あんたたちのしたことは、実際に犯罪でしょ」

「警察」、「犯罪」という言葉を使えば、この二人の中年女は怯《おび》えると、はなから信じているようである。

「本当に申しわけないと思っています」

邦子は頭を下げた。涙がこぼれそうになるのは、福田の言葉ゆえではない。ところ構わず放尿した父親と、それに怒り狂って熱湯を浴びせた自分とが、ただ情けなくて悲しいからだ。

「ソファは必ず弁償させていただきますから」

「そんな必要ないよ」

とさつき。

「あのソファは、革を取り替えれば大丈夫だよ。新しいの買うことはない。買えばとんでもない値段だよ」

「ふざけんじゃないよ」

福田が怒鳴った。

「これは居住者さんと、うちとの信用問題なんだよ。知らない間に、従業員が勝手にボケた父親を部屋に入れて、そのジイさんがオシッコを家具にかけた。こんなことが世間に知られたらどうなると思ってんだよ」

「私がいけないんです。私が丹羽さんにお願いしたんです。父親がいるところがない。

切羽詰まってる、だから何とかして欲しいって」

「そんなことないよ。私もＯＫしたんだから、細川さんだけの責任じゃないよ」

そんなこととどっちでもいい、と福田は言った。

「とにかく二人にはやめてもらうよ。それからソファの弁償もしてもらう」

「ちょっと待ってくださいよ」

邦子は叫んだ。

「私をクビにするのはわかります。でも、丹羽さんはやめてください。私が丹羽さんにお願いしたんですよ。あの部屋に、行くところのない父親を、二日か三日置いてくれって。丹羽さんは、それはヤバ過ぎるって断ったのを私が必死で……」

「私、そんなに反対もしなかったよ……」

「いいえ、イヤだ、って何度も言いましたよ」

どっちだっていいんだよと、福田はいまいましげに、座っていた椅子をきゅっと回した。

「どっちが首謀者だなんて関係ない。もし僕がこのことを本社に伝えたら、大変なことになる。それがわからないのか」

「もちろん、いけないことだって知ってましたよ」

とさつき。

「だけどね、本当に行き場のない、困ってる年寄りがここにいて、こっちには使ってない部屋がある。だったらちょっと融通きかしたっていいじゃないですか。二、三日のことだし。私はそう思ったんですけどね」

「融通だって」

鼻の穴を大きくふくらませる。おそらくフンと、鼻でせせら笑おうとしたのだろう。

「融通だなんてな、対等の者同士が言うことだ」

「あーらら」

「考えてもみろ。あの部屋の岸田さんは、確かいろいろ含めて、八千六百万であの部屋の権利を買いとったんだ。一銭も払っていない者が、使わせろ、なんていう権利はない」

「そりゃ、そうかもしれませんけどね。岸田さんは今使ってないんだし、もったいないじゃありませんか」

「もったいない！　よくそんな図々しいことが言えるな」

福田はさつきを睨みつけた。

「ここにいる方々は、自分の力でこの権利を勝ち取ったんだ。何の権利もない者が、ちょっと貸せ、なんていうのは図々しいにもほどがある」

「だけど福田さん、細川さんは本当に困ってたんですよ。何とかしてあげたいのが人情じゃないですか」

「努力しない者に限って、人情とか言い出す。そういうのは、本当にくだらんね」

　福田は椅子の両脇に肘をつき、指を高く合わせる。これから長い言葉を口にするぞ、という合図だ。

「あのね、このセブンスター・タウンは、出来た時から週刊誌にいろいろ書かれた。貧乏人のやっかみだよ。本当にイヤになるよね。格差ここに極まれり、とか書かれちゃってさ。あったり前だろ、って私は言いたいよね。だってそうでしょう。努力して頑張って、一生懸命働いてきた人たちが、快適な老後を送りたいってあたり前の話でしょう。格差、当然でしょう。そういう風になりたくて人生を必死にやってきたんだからさ。誰だって年をとる。そんなことわかってることじゃないか。アリとキリギリスじゃないけどさ、何も考えずに、だらーっとやってきた連中がさ、いざ年とってきました。困ってます。何とかしてください。格差反対、なんて言うのはさ、ものすごく図々しい、って私は言いたいわけさ」

「あの、お言葉ですけど……」

　邦子の声が震えている。

「だらーっとやってきた連中っておっしゃいましたけど、私の父は本当に頑張って働いてきましたよ。定年までちゃんと働いて私たち子どもを育ててくれました。ただ、運とか、時代のめぐり合わせが悪かったんです。確かに今、父も私も困ってます。でもそれは父のせいだけじゃないと思うんですけどね」

「そりゃそうだよ」

さつきも大きく頷く。

「うちのお父さんだって、本当に働いてたよ。ただささ、病気になったから蓄えは全部なくなっちゃって、私と母親は今つらいよね！」

「だから、そんなことは予想出来た、って言ってるんだよ」

福田は声を荒らげた。

「君たちの父親は、年をとったり、病気になった時の計画をちゃんとたてておかなかった。それがいけなかったんだよ」

「いけない、って何ですか」

今日の邦子は一歩もひかない。強い目で福田を見つめる。

「うちだって計画をたてていましたよ。年金が入ってこうしよう、ああしようって母とよく話し合ってました。だけど母が亡くなって自分はボケちゃいました。老いっていうのに計画をたてても無駄なんです。そんなこと、この施設で働いていたらおわかりになるでしょう」

「いや、いや、僕はここに勤めるようになってから、自分の考えが間違っていないと確信を持ったね」

福田が大手銀行の、かなり上までいった人間だということを、さつきも邦子も思い出していた。

「僕はね、仲間ともよく話すんだけど、そもそも日本の保険制度っていうのは間違っているよね。だってそうだろ。お金持っている人も、生活保護を受けている連中も、等しく同じ治療なんて誰が考えたっておかしいでしょ。だから今、お金持ちは保険きくところなんか行かない。人間ドックだって何だって、高いお金払ってちゃんとしたところに行く。介護だって保険と同じだよ。ここに入居する人たちは、いってみれば人生の成功者だ。若い時から頑張って高い地位と収入を手に入れた。そういう人たちが、人生にふさわしい、快適なところに住むのはあたり前の話でしょう。格差ってそういうことなんだよ。努力した人にも、努力しなかった人にも、同じようなものが与えられる。そんな社会じゃ頑張った人は嫌気がさすよね。海外にでも行こうと思うよ。日本でも、うちみたいなところはもっと増えていくべきなんだよ。もっとも、これだけの施設は、ちょっとやそっとじゃ出来ないけれどもさ」

「あのさ」

　さつきが、彼の長い話を遮った。

「福田さんのご説はもっともだと思うけど、だからってさ、細川さんやうちの親がそんなに悪く言われることはないと思うけどね。努力しないとか何とかさ。やっぱりかなりムッとするよね」

「そりゃね、あんたらの親が、関係ないところで生きている分には、私は何も言いませんよ。言える権利もないからね。だけどね、まるで盗っ人みたいなことをして、こちらに入り込んできたらそりゃあ、こっちもびっくりだよ。僕はね、ここの入居者の方々を守らなきゃならない義務がある。だからガードマンも雇っているんだ。それなのに、パートの従業員がこっそり手引きして、自分の親を部屋に入れただなんてね、これは悪質でしょ。犯罪でしょ。しかもこの泥棒猫の爺さんは、小便をまきちらしていったんだからね。ちょっとこんなひどい話は聞いたことがないね」

「泥棒猫の爺さんっていうのは、ちょっとあんまりな言い方じゃないですか」

邦子は目にタオルハンカチをあてた。出来ることなら、目の前にいる小太りの男を思いきりひっぱたいてやりたい。

「父は何も知らなかったんです。私が何も知らない父をここに連れてきたんですよ……」

「そうだよ、福田さん。人の親をそんな風に言うのよくないと思うよ」

「あたり前だろ、こそこそこんなことをするからだよ。さあ、もう爺さん連れて帰ってもらおうか。新しいソファの請求書は後から送らせてもらうよ。そうそう、その前に二人ともロッカールームへ行って、自分の荷物をまとめて持っていってよね」

「最後に言わせてください」

　邦子はタオルを膝に置き、福田をしかと見つめる。

「うちの父は、一部上場の企業に勤めていました。部長までいきました。もし私たち子どもがいなかったら、きっとこの施設に入れたと思うんです」

「ほほう、それで」

「ですから、そんな風に金持ちと貧乏人という風に分けるべきじゃないと思うんです。うちの父だって、ここの居住者になった可能性があるんですよ。それなのに私たち子どものために、可能性をなくしてしまった。そういう人間がいるってこともわかってください。格差っていうのも、実は曖昧で揺れやすいものだっていうことを……」

「だったら、つくらなきゃよかったんだよ」

「えーっ!!」

　二人は同時に叫んだ。

「ここの入居者さんの中には、お子さんいない人何人もいらっしゃるよ。もちろんこの年代だから欲しくて出来なかった人がほとんどだけどさ。二人の生活楽しみたいから、子どもはあえてつくらなかった人も、結婚しなかった人も結構いる。みなさん、ちゃんと自分の将来を見据えて計画をたててここにいらっしゃったんだ。それなのに、何も考えずに子どもつくって、小さい時は、かわいい、かわいいで楽しんで、まあ、学校行かせて、それで年とったら金も何もなくてさ。そんなの自分の責任でしょ。国の責任でも、社会の責任でもないよ。子どもを育てたからなんてことは、何の言いわけにもならない。今さらそんなこと言って甘えるなら、子どもなんかつくらなきゃよかったんだ」

二人の女は、怒りのあまりしばらく言葉が出なかった。

「それって……、まるでうちの父が悪いようじゃないですか……」

「悪いも何もさ」

福田はめんどうくさそうに舌うちした。

「子どもにこういうことやらせる親って情けないと思うね。年とるのも、ボケるのもさ、みんな予想されてたことじゃないか。それなのにちゃんと将来の見通しもたてずに、行きあたりばったり的なことをする。それで子どもをこんな風に追いつめる。今さ、日本の年寄りがみんな困ってるのは、自業自得だと思うよ。何の計画もしていないし、何の準備もしていなかった、自分たちの責任だよ」

さあ、もうそろそろいいだろ、と福田は立ち上がった。

「丹羽さんはうちの契約社員だったたから、ちょっとしたものは出ると思うよ。だけど細川さんはパートで来てもらったから、残念だけど今日までの時給しか出ません。後で精算して振り込むことになるからよろしく」

「私たちを、本当にやめさせるんだね」

とさつきは、なぜか不敵な微笑みを浮かべている。

「丹羽さんは、入居者さんたちに人気があったから残念だけど、これだけのことを仕出かしたんだから仕方ないでしょ」

「でも、私はやめたくないんだよね。この年でやめさせられたら、もう次はないよ。もしあっても、ここほど時給はよくないもの。うちは父親が亡くなったばかりで引っ越しの最中だ。小さいアパートに越すことになっている。それで私がクビ、なんてことになったら、うちの母親はショックで倒れちゃうかも」

「だから福田さん、やめさせるのは私だけにしてください。丹羽さんは、イヤがるのを私が強引にお願いしたんですから。本当にお願いします」

「しつこいねえ、あんたら」

福田は歩いていって、事務室のドアを開けた。早くここから出ていけと手で促す。

「僕はもう寝る時間なんだ。おたくの爺さん、ロビィで待たせてるんでしょ。早く行ってやらないと、また小便ひっかけるかもしれない」

「だけど私はやめないよ。いや、私たちは」

さつきはまっすぐに福田を見た。

「福田さん、あのことをバラされたくないんじゃない」

「何だよ、その言い方は……」

福田はあきらかにひるんだ。

「うちに何か落ち度があるみたいじゃないか。うちはね、東京一、っていうことは日本でいちばんのケアマンションだよ。あんたにバラされて困るような落ち度なんかあるわけないじゃないか」

「落ち度かどうかはわからないけどさぁ」

さつきは歌うように言う。

「奥さん以外の女の人と、ここで暮らしているのはどうなんだろう。規約でも配偶者のみってなってるよね」

「いったい誰のことを言ってるんだ。そんな人がいるわけないだろ」

「そうですか。映画スターさんの奥さんは別にいて、違う人とここで暮らしてるって聞いてるけど」

映画スターと言われる人は、ここには一人しかいない。

「〝なでしこ会〟とか〝ユリの会〟の皆さまが、このことを知ったら大変なことになりますよ。それでもいいんですか」

「出鱈目言うな！」

福田が顔を真っ赤にして怒り出した。その度を越した怒りで、今の言葉が真実だということがわかる。

「そんな噂たてたら、大久保さんの奥さんに失礼だろ！」

「じゃあ、週刊誌の人に調べてもらいますよ」

「何だって！」

「あのさ、この頃わかったんですけど、週刊誌のスクープって、ほとんどタレコミなんですってね。こういう面白いことがありますよーって、一般の人が電話かけてくるみたい。大久保さんの噂が本当かどうか、週刊誌の人に調べてもらいますよ。それならいいでしょう」

「ちょっと、待ってくれよ。君は自分の勤務先を脅すのか」

「だから、もう私はここが勤務先じゃない。だって今、クビになったんだもの」

「ちょっと待ってくれ。待ってくれよ」

最後は悲鳴のようになった。

「ちょっとそれ、脅しじゃないか。いや、これは立派な恐喝だよ」

声が完全に裏返っている。

「そ、そんなことをして、許されると思ってるのかッ」

「これ、脅しでも何でもないですよ」

いつものさつきのとぼけた口調が、こういう時怖ろしいほどの威力を発揮することを、邦子はまざまざと知った。福田もだろう。

「だって福田さん、大久保さんのことは、嘘だ、出鱈目だって言い張るんだもの。だったら週刊誌の人に聞いてみようかなァって思っただけですよ」

「それが脅しなんだよ。そもそもキミ、週刊誌に知り合いなんかいないだろ。ああいうところは、ふつうの人の言うことなんか信用しないんだからな」

「でも、遠藤さんがいますよ」

遠藤というのは、最近入所してきた元出版社勤務の男だ。

「あの人に頼めば、どこか週刊誌を紹介してくれると思いますけどね」

「キミッ、入居者にそんなこと頼むんじゃないよ。入居者さんをトラブルに巻き込むんじゃない」

「えー、だって私、たった今、クビになったんでしょ」

さつきはきょとんとした顔になる。

「だったら入居者も何も関係ないじゃないですかァ。ただの知り合いですよ」

「キミッ！」

福田は思いきりさつきを睨みつけた。怒りのために目が充血している。

「いいかげんにしろ」

「いいかげんって、何ですか。私、クビになってもう関係ないんですからねー」

「こんなことしてふざけんじゃないよ」

「あのね、福田さん、えーと、休息しているネズミだって、猫を噛むっていいますよね」

おそらく窮鼠《きゅうそ》だろうと思ったが、邦子は黙っている。

「私たちネズミなんですよ。追いつめられたら猫を噛みますよ。そこをわかってくださいね」

しばらく沈黙があった。福田は荒い息をしている。やがて言った。

「勝手にしろ。だけど今度だけだからな」

「クビはなしですね」

「仕方ないだろ。早くジイさん連れて帰ってくれ」

ロビィに行くと、滋が一人でテレビを見ていた。にぎやかなバラエティ番組には、あのお気に入りのタレントが出ていて、邦子はどれほど安心したことだろう。

痩せた背中だ。今まで父親の背中などろくに見てこなかったけれど、ひとつだけ憶えていることがある。家族で動物園に出かけた時、はしゃぎすぎた邦子は途中から歩くのが苦痛になってきた。

「もう歩くのイヤ」

とベンチに座った邦子に、母がきつい声をあげた。

「またわがまま言って。クーちゃんが来たいって言うから連れてきたのよ。さあ、立ってちゃんと歩きなさい。出口はもうすぐよ」

その時、まあ、いいじゃないかと父が前に出てきた。そしてその場にしゃがんだのだ。

「さあ、おんぶしてやるよ」

そんなことは珍しかったので、わーっと歓声をあげて邦子はとび乗った。父は今よりもはるかに若く、がっしりとした肉もついていたはずだ。そして父の背中は日向《ひなた》くさく、広かった。抱きつくまでこれほど大きなものとは思わなかった。邦子の記憶の中で、ずっと父の背中はそのままであった。

しかし今みると、つくづく薄くなっている。

「こんなに小さく薄くなっているならば」

自分が守らなくてはならない。どんなことが起ころうとも、自分は父を見捨てることが出来ないのだと考えたら、不意に涙が溢《あふ》れ出した。それを拭いながら、

「さあ、お父さん、帰りましょう」

と声をかけた。

すると父は振り返って尋ねた。

「いったい、どこに帰るんだ」

返事に詰まる。もう自宅は無理なので、実家に連れていくつもりであった。しかし兄へのわだかまりは消えていない。それに今からタクシーとなれば、かなりの金額になるに違いない。

「お父さん、あのね、二人でビジネスホテルにでも泊まろうか。このへんにはないから、渋谷まで行かなきゃならないけど」

その時、すぐ後ろに立っていたさつきが声をかけた。

「うちに泊まればいいじゃん」

「えっ」

「もう引っ越し準備していて何もないけどさ、布団ならあるよ。布団だけは最後の荷物にしてたからさ」

今日いち日の出来ごとは、父にとっても大きな負担だったに違いない。

初めての家だというのに、滋は布団に横たわるやいなや寝息をたて始めたのだ。

さつき、ヨシ子、邦子の女三人は、居間でビールを飲み始めた。

「とても飲まなきゃやっていられない」

ということで、さつきが近くのコンビニでビールと日本酒を買ってきたのである。

アルコールはどちらかというと苦手な邦子だが、母娘につられて缶ビールに口をつけた。サキイカも囓る。自堕落なうまさが、口惜しさをほんの少しやわらげてくれるかのようであった。

「本当に何もなくて悪いねぇ」

ヨシ子がしきりに言う。

「調理器具もほとんど荷づくりしちゃったから。本当だったら、いろいろつくってといたのに」

「そうだよ。うちのお母さんの料理って、わりといけるよ。手羽を甘辛く煮込んだのとか、ニラの餃子《ギョーザ》とかさ」

「ヤダよこのコ、安上がりの料理ばっかりじゃないか」

母と娘は顔を見合わせて笑った。邦子は羨ましくて仕方ない。さっきは自分より年上だというのに、まだ母は生きていて元気で、こんな風に睦《むつ》み合えるのだ。父親もついこのあいだまで健在だったという。

「やっぱりお母さんがいるといいですよねぇ……」

つい口に出して言ってみた。

「今度のことも、母親が生きていたらと、つい思ってしまいますよ」

母親さえいてくれれば、まだ二人暮らしも可能だったろう。もし父が呆けたとしても、母を自分がサポートする形で、うまく切り抜けられたはずだ。何よりも父が、性的なことに好奇心がいく呆け方にはならなかったに違いない。

「細川さんのお母さんは、いつ亡くなったの」

「九年前です」

「あれま、随分前のことじゃないの」

「そうなんですよ」

ヨシ子の問いに答えるうち、再び父が哀れでたまらなくなってきた。定年後も、父は母と二人、悠々自適の生活を営んできたのだ。それが母の死をきっかけに、運命が狂い出したといってもいい。兄夫婦が移り住んできてから、父のボケが始まったのだ。

「いくらボケても、私にとっては大切な父親なんですよ」

不意に言葉が衝《つ》いて出た。少しアルコールがまわり始めたのだろう。

「ものすごく手がかかるし、おかげでうちの中はめちゃくちゃです。だけどね、自分の親は捨てられないじゃないですか」

「そりゃあ、そうだよ」

ヨシ子が深く頷く。

「もう兄にも兄嫁にも勝手なことをされています。特に許せないのは兄嫁ですよ。人間として、よくあんなことが出来ると思います。もう最低の女ですよ」

「わかるよ、わかるよ」

ヨシ子がやさしく肩を撫でてくれた。

「本当に不思議なんだけどさ、あんたみたいに優しくて、一生懸命やる人に限って、身内がひどいんだよ。みんな優しい人に押しつけて自分は知らん顔。そして死んだ時に、まっ先に取るものを取りにやってくる」

「そうなんですよ……」

ゆるゆると涙が出てくる。涙と一緒にサキイカを口に入れる。さらにしょっぱくなった。

「父親が生きている間は、醜い争いはいっさいやめようと我慢すると……」

「それにつけ上がってくるんだろ」

「そうなんですよ」

また涙が出てくる。

「細川さん、鼻水も出てるよ」

さつきがティッシュの箱をさし出した。

「ありがとう」

湊をかんだら、今度は怒りが猛烈にわいてきた。

「だけど、うちの父のことをあれだけ侮辱した人を、私は一生許しませんよ。あの福田っていうのは、私の兄嫁よりももっとひどい人間だと思いますよ」

「私もさ、聞いていて本当に腹が立ってきたよ。福田って、貧乏人をとことん、お腹の底から馬鹿にしてるんだよ」

「まあ、仕方ないさ。金持ちっていうのはそういうもんだよ」

「あいつは金持ちじゃない。金持ちの使いっ走りをしてんだよ」

さつきは缶ビールを、テーブルの上にどんと置いた。

「私も福田を許さないよ。あいつは私たちの親すべてを馬鹿にしたんだよ」

振り向いて、ちらりと父の位牌《いはい》を見た。

「でも、私、びっくりしちゃった」

邦子は、さつきのタンカを思い出した。

「私、丹羽さんがあんなすごいテを考え出すとは思いませんでしたよ。あんなずるい……、じゃなかった狡猾《こうかつ》なことを考え抜くなんてびっくりですよ。丹羽さんのあのひと言がなければ、私たち二人ともクビでしたからね」

「さっちゃん、いったい何をしたんだい」

「いや、ちょっとあそこの秘密をバラしちゃうから、って言ったんだ」

「へえー、あんなお大尽が暮らすところで、秘密があるのかい」

「あのね、奥さん以外の女の人と暮らしてる人がいるんだよ」

「何だ、そんなことかい」

このあたりの商店街の男たちも、昔はお妾《めかけ》さんの一人や二人はいたもんだよとヨシ子。

「うちのお祖父さんだって、景気がいい頃あってさ。あれは東京オリンピックの後ぐらいかね。飲み屋のおネエさんとデキちゃって、みんな囲ってたよ」

「お母さん、うちの祖父ちゃんにお妾がいようといまいと、たいした話じゃないけどさ、セブンスター・タウンで、奥さんじゃない女の人と暮らしてたのは、ほら、あの西条英司だよ」

「ひえー、あの『外国奉行捕物帳』の轟《とどろき》さまかい」

「そうだよ。お母さんがファンだった……」

「まあ、あんだけのスターだった人だから、そういう女の人もいるだろうさ」

「だけど、本当の奥さんはまだ生きてんだよ」

「えー、そりゃあ、すごい話だねぇ」

「でしょう。だからちょっと脅かしたんだ」

「さっちゃん、あんた、やめておくれよね。昔の癖出すの」

「昔の癖って何ですか」

「いやあ、この子は高校の時の友だちが悪くて、ちょっとヤンチャしてた時あってね……」

「いいの、いいの、気にしないで」

さつきは微笑んだが、邦子は少々怯えてしまう。最初考えていたような、のろまで人の好《い》い女ではないようだ。

「とにかく私は、福田は許せないよ。絶対に」

「私だってそうよ」

「細川さん、今日の口惜しさ、絶対に忘れちゃダメだよ。私はいつか絶対にひと泡吹かせてみせるよ。とことんやってやろうじゃないの」

第九章　妻の気持ち

介護付き居室フロアで、亡くなった者が出た。最年長の柿内である。肺炎を起こして提携の病院に入ったものの、あっという間に息をひきとったのだ。

ここのフロアの老人たちには、全員肺炎のワクチンを打っている。しかし効かなかったのだ。ふつうの患者なら、遺族があれこれ言ったかもしれないが、柿内は八十五歳という高齢のうえに、認知症を患って寝たきりである。誰もが、「仕方ない」と思ったに違いない。

長男からは、

「長いことお世話になり、ありがとうございました」

というねんごろな挨拶を受けた。葬儀も家族だけで済ませるということで、誰も出席していない。だから柿内に妻がいたということを知った時、皆は驚いた。柿内の妻は、とうに亡くなったと聞いていたからである。

「離婚してたのかな」

介護士のチーフの藤原訓子《ふじわらのりこ》に朝子が尋ねたところ、

「いやあ、わかりませんね」

と首を横に振った。

「私がここに来た時は、もう柿内さん寝たきりでしたよ」

と藤原は証言する。彼女が勤め始めたのは七年前だという。

「頭はまだしっかりしてましたけど、奥さんのことは言わなかったような気がします」

その妻はまだ使えそうな時計も、小型テレビも、全部捨ててくれと朝子に頼んだ。そして棚に飾ってあったマトリョーシカだけを、大切そうにカバンに入れた。

「何か大切な思い出があるんですね」

「あぁ、これですか。昔二人でモスクワとペテルブルクに行ったことがあるんですよ。まだソ連の時代ですね。その時に買ったものです」

「そうなんですか。いい思い出がいっぱい詰まったものなんですね」

朝子は自分の口調が、いささか皮肉っぽくなったのではないかと案じた。一度も夫の見舞いに来なかった妻に、そのセンチメンタルな行為はいささか不似合いだったからだ。

「いやー、私にも楽しかった記憶がひとつぐらいないと、あまりにも淋しいでしょう」

「はあ……」

「あの時、私もまだ若くて、こんなことになるとは思ってもみなかったんですよ」

柿内夫人は微笑んだ。入れ歯とおぼしき真っ白な大きな歯だ。皺《しわ》が多い顔立ちだが、目の光がしっかりしているのと、背筋がぴっと伸びているのとでとても若く見える。ベージュのパンツスーツは、いかにも高価そうだ。バッグはクロコである。それが朝子に、自然と反ぱつをもたらしているのかもしれない。

「田代さんは私のこと、さぞかし冷たいひどい妻だと思っていらっしゃるでしょう」

朝子の心を見透かしたように言う。

「いいえ、そんなことありませんよ。私は以前老人専門病院に勤めていましたので、いろんな方を見聞きしてます」

「死ぬまでまるっきり見舞いにこない妻とか……」

「ああ、そうですね」

「ねえ、田代さん」

夫人は朝子の胸のプレートを見つめ、もう一度名を呼ぶ。

「介護をしている奥さんたちって、本当にご主人のことを愛しているんでしょうかねえ」

さぁ、と朝子は首を横に振った。

「皆さん、いきがかり上、そうしているんじゃないでしょうかね。私はそんな気がします」

「いきがかり上？」

「今まで一緒に生きてきたんだから仕方ない、っていう感じなんじゃないでしょうか。私は結婚していないからわかりませんけど、何十年も夫の稼ぎで暮らしてきた、そう思えば介護も出来るんじゃないですか」

「でも、そういうことだったら、私はかなり尽くさなくてはならなかったのかもしれませんね。主人は稼ぎのいい男でしたから。でも、田代さん、わかるかしら。主人が倒れるまで、私は本当につらい嫌なめにあっていたんですよ。だから、夫の介護は出来なかったんです」

「それでいいんじゃないですかね」

朝子はいい加減うんざりしてきた。目の前の女はどうやら自分の行為について、誰かに肯定してもらいたいのだ。その相手が、最後に看取ってやったこの自分なのだ。

「この施設は、おそらく東京一、いいえ日本一だと思いますよ。ここで柿内さんは手厚い介護を受けました。自分で言うのもなんですが、私たちは精いっぱいお世話させていただきました。柿内さんは奥さんのお気持ちは得られなかったかもしれないけれど、お金は持っていらした。それで最高の介護を受けられたんだから、それでいいんじゃないですか」

「そうね、そうね……」

夫人は自分に必死に言い聞かせるようにしている。

「それに、安い施設に入れる選択もあったでしょうが、ご主人のお金を遣ってこの施設にお入れになったんでしょう。精いっぱいのことをされたと思いますよ」

「そうね、そうよね！」

夫人は立ち上がった。トートバッグからのぞくマトリョーシカも一緒にぐらりと揺れた。

「大丈夫ですか」

「あ、大丈夫ですよ。まだ杖《つえ》なしでも歩けますからね」

それからと、夫人はバッグから白い封筒を抜き出す。

「いろいろお世話になりましたね。これ、ほんのお礼ですけど、受け取って頂戴」

「いいえ、こういうものは規則でいただけません」

「黙っていればいいじゃないの」

押し問答があって、朝子は封筒をポケットに入れる。

「私の話を聞いてもらったお礼よ」

出ていく時、夫人の体がまたゆがんだ。この女の介護は、いったい誰がするんだろうかと、朝子はちらりと思った。どうやらひとりぼっちなのだ。

夫人が帰った後、朝子は封筒を開けた。三万円入っていた。

「ふうーん……」

それを財布に入れる気にはならなかった。うらさみしい思いにとらわれそうだ。

「藤原さん」

介護士のチーフに声をかけた。

「今夜、大丈夫？　ちょっとつき合わない」

彼女のローテーションは把握している。今日は朝子と同じ、五時であがるはずであった。

「そんなに長くはおつき合い出来ませんけど」

「私も早く帰るよ。軽くお鮨でもつまもうよ」

「へえ、豪勢ですね」

「さっき、柿内さんからお心づけ貰っちゃったから」

「なるほど。ラッキーでしたね」

藤原訓子はおどけて指でVの字をつくった。

ここセブンスター・タウンでは、入居者から金品を貰うことは固く禁じられている。しかし富裕な老人たちは、なんとか金やものでスタッフの歓心をかおうとする傾向がある。

海外旅行のあとは、ブランドもののネクタイやスカーフがとびかうし、お中元やお歳暮といって、金を握らせる者もいる。この介護付きフロアでは、若い女性介護士に振袖を贈ろうとした老婦人がいた。

「孫が着たものをもらって頂戴」

というのであるが、あまりにも高価なものだからというので、藤原から丁重に断った。

藤原訓子は四十七歳。ぴちぴちと太って、制服の前ボタンがはちきれそうだ。シングルマザーで確か高校生の娘と中学生の息子がいるはずであった。ベテランの介護士でてきぱきと働く訓子は、入居者たちにも好かれていて、

「ノリコさん、ノリコさん」

とよく声がかかる。

気配りも出来る女で、駅前の鮨屋に入る時、

「それじゃあ、介護士を代表して、私がご馳走《ちそう》になります」

と頭を下げた。

「そんなのやめてよ。私がたまたまそこにいたから貰った金一封なんだからさ」

「でも、とっさに自分一人のものにする人いますからね」

「まあ、いるだろうね」

駅前の雑居ビルの一階に、小さな鮨屋がある。チェーン店でもないが高級店でもない。

ごくふつうの鮨屋だ。

朝子はここに二度ほど寄ったことがある。母親の今後や、弟の不甲斐なさを思うと、一杯飲まずには帰れなかったからだ。

もちろんカウンターに座ったりしない。隅のテーブルに座り、握りの〝上〟とビールを頼んだ。

今夜は夫人から貰ったお金を遣うことが目的なので、メニューを見て刺身の盛り合わせと酢のものを頼んだ。

「お疲れー」

「お疲れさまでした」

まずはビールで乾杯した。訓子がいける口なのは知っているので、日本酒の二合瓶も頼んだ。

「あの奥さん、見た目もかなりきつそうでしたよね」

訓子がいつも敬語を使うのは、年下ということもあるが、朝子が看護師なのも大きい。セブンスター・タウンにおいては、看護師は介護士の上に立ち、給与もぐっと上である。

「そうよ。私のところに来て、言いたいことを言ってさっと帰っちゃった……」

辛口の酒が喉を心地よく通っていく。夫人の告白が今になってきいてきた。なにかどろりとしたものを、顔になすりつけられたような気分だ。これを剝がすのには、やはり酒が必要だった。酒を飲まずにはいられない男の気持ちが、朝子にはよく理解出来る。女だって働いていればよくそんなことがある。が、夫をあれほど憎む女の気持ちが、朝子はまるでわからなかった。手短にさっきのことを話す。

「ああいうことを聞くと、結婚しなくてよかったたって本当に思うね」

「そうですかァ……」

訓子はにこにこ笑っている。何人かで飲んだことはあるけれど、二人きりで飲むのは初めてだ。

「藤原さん、確か結婚してたんだよね」

「今はひとりですけどね」

「そうか……、バツイチだったんだ」

「いいえ、三年前に亡くなりました」

「悪い、悪い」

あわてて手を合わせた。

「知らなかったよ」

「いいですよ。この若さで未亡人ってなかなかいませんからね」

「そういえばそうだね」

訓子の冗談に、朝子もすばやくのった。

「藤原さん見てて、未亡人だなんて思う人いないよね」

笑い声が絶えない明るい女で、入居者たちにも抜群の人気だ。

「まあ、やるだけのことはやったから後悔はしてませんね」

「そりゃ、そうだよね。プロが介護してるんだから」

「みんながそう言いますけど、やっぱり身内の者になると違いますよ。あんまりわがまま言われるとカーッとなったりしますしね」

「そんなもんなの。でもさ、あの柿内さんの奥さんみたいなことは、ちょっと考えられないでしょう」

「考えられない、ってこともないですけどね……」

訓子は首をかしげた。

「まあ、夫婦なんて多かれ少なかれ、あんなものかもしれませんよ。たいていの場合、亭主が先に倒れます。するとそれまでの夫婦の総決算っていうことになるんですよねえ」

「なるほど。それで藤原さんのところは、愛情いっぱいだったから、一生懸命尽くしたってわけよね」

「まあ、そんな単純な話じゃないんですよ」

うっすらと笑う。魚の脂で少し光っている唇がなまめかしい。今まで小太りのおばさんとしか見えなかった訓子が、不意に女の部分を見せた。

「私の夫っていうのは、ちょっと年が離れてました。でも見かけは若々しくて、いい男でしたよ。自分の夫のことを、いい男だなんて言うのはみっともない話ですが、声が大きくて朗らかで、めんどうみがいい人でした。美男子の方だったんじゃないですかね。おまけに一時期、古紙の回収業がうまくいって、金が入ってた時がありました。そうなると女が寄ってきますよ」

「じゃあ、浮気を……」

そうですよ、と頷いた。

「浮気ならいいですけど、一度なんか、人の奥さんといい仲になって、お互い離婚して一緒になろう、なんていう話も出てたんですよ。ですから夫が肝臓の癌になって介護が始まった時、私はちょっと嬉しかったですね。もうこれで女の人は誰ひとり寄ってこられなくなったって」

「寄ってこられなくねぇ……」

「あの時の気持ちは、なんていうんでしょうかね、これでやっとこの人は、私ひとりのものになるっていう思いですかね」

「すごいね。すごく愛してたんだね」

「うーん、そういわれると困るんですけどねぇ。浮気されまくった奥さんに、わりとそういう人、多いですよね」

訓子は日本酒をちゅっと呑《の》んだ。

「重病になって寝たきりになると、すごく張りきるんですよ。悲しくてつらいんだけど、どっか嬉しい部分がある。これでやっと夫は私ひとりのものになるっていう……」

ひえーっと朝子は首を横に振った。

「それってホラーっていうか、なんか怖い話だよねぇ」

「年いった夫婦なんて、どっかみんなホラーですよ。柿内さんの奥さんは憎しみや恨みがはっきりと表れたケースですけどね。それがもっと複雑になって、夫を監禁しちゃうような例も知ってますよ。私が夫をあんなに看てやったのも、恨みの変形かと思うこともありますよね」

「そうなんだ……」

「最後は家で死にたいっていうから、亡くなる三ケ月前にはうちに引き取りました。在宅看護で、お医者さんや看護師さんが、いろいろよくやってくれました。子どもたちもみんなで一生懸命やりましたよ。あれで家族がひとつになったっていう感じですかね」

「ホラーかと思ったら、いい話だねぇ」

「でもね、怖い話もありますよ」

訓子がふふっと笑った。

「その前、入院してた時にご夫婦が訪ねてきたんですよ。夫の昔からの友人だっていうんですけどね。私はぴんときたんですよ。奥さんの方の目が真っ赤なんです。ふつう、夫の友だちのために泣いたりしますかね。きっと夫の女が、最後の別れを言いたいために、誰かに頼んで夫婦のふりをしてやってきたんだって。案の定夫は、冷たいミネラルウオーターを買ってきてくれって言うんです。そんなもの冷蔵庫にあるんですが、ガス入りのものを飲みたいって急に言い出して。私はゆっくり時間をかけて売店に行きました。帰ってくると、〝ダンナ〟の方だけが廊下に出て、窓を眺めてました。私も中に入る気がしなくて二人で窓をしばらく眺めたんですよ」

「今度は昼ドラだねぇ……」

朝子はつぶやいた。

「あれは〝武士の情け〟っていうやつですかねぇ……」

訓子は深くため息をついた。

「ここまで来てくれた女の人を、追い返すわけにもいかないって」

「なるほどね」

「それにね」

何がおかしいのか、くっくっと笑い出した。

「相手の女が若くて美人、っていうなら私もカーッときたかもしれませんが、私に輪をかけたデブだったんですよ」

「そうなの」

「そうですよ。腰まわりなんかこんなで、洋服もダサくって、どこから見てもオバさんでした。それ見てたら、なんかおかしくって、おかしくって。それでね、帰る時に、『奥さん、今日は本当にありがとうございました』なんて大声で言っちゃった」

「えらいねぇ……」

朝子は酒を訓子のグラスに酌《つ》いだ。常温の辛口はいくらでも入る。もう一本お願いしますと、白衣の若い男に声をかけた。

「藤原さん、本当にえらいよ。やっぱり結婚してる人ってえらいと思うね。いろいろ苦労していろんなもの身につけてるよ。そこいくと独り身のまま年とった私なんかさ、ずーっとのっぺりした生き方しかしてないよね」

「そんなことないですよ。私、今、義母のめんどうみてるんですけどね……」

「えっ、ギボってことは……」

「そう、死んだ亭主のお母さん」

「藤原さん、あんた、えら過ぎるよッ」

「そんなことはないですよ。今、七十八ですけどずっとリウマチ患ってて、まぁ手間がかかります」

「そうなんだ」

「私がいない時は、娘がよくやってくれて、まあ家族みんなでみてますね。人間うまく出来てて、結婚してても、結婚してなくても、みんないきつくところは親の介護。そこでみんな同じになるんじゃないですかねぇ」

「同じじゃないよ」

小さく叫んだ。

「私らの職場見ればわかるじゃん。決して同じじゃないよ」

「あくまでも庶民レベルの話ですよ。セブンスターにくる年寄りは特別です。だから柿内さんの奥さんみたいな我儘《わがまま》も出来るんですよね」

訓子は遠慮したのであるが、三万円から鮨と酒代を引いても、一万八千円ほど余った。それを二人できっちり分けた。

「じゃ藤原さん、一万円渡すから千円お釣りくれる?」

「わかりました。本当にいいんですか。でも嬉しい。これで息子にナンタラっていうスニーカー買ってやれますよ」

「それじゃ、私も弟に……なんてわけないか」

ふざけ合って駅前で別れた。

メトロとJRを乗り換えいつもの駅に着いた時、朝子はふと思いついて駅前のタクシーに乗った。今日はそんな贅沢をしてもいいような気がした。贅沢といっても基本メーターを少し超えるぐらいだ。いつもはその金を惜しんで、どんなに酔っていても夜道でも歩いて帰る。

マンションの前に着いた時、ちょうど扉を入ろうとしている弟の慎一に出会った。

「あんた、今、帰ってきたとこなの!?」

つい怒鳴り声が出る。自分が勤務している間は、無職の慎一が母のめんどうをみることになっているのだ。

「な、わけないじゃん。この格好で」

よく見ると灰色のジャージを着ているし、手にはレジ袋をさげている。

「朝の食パン切れてたから買いに行ったんだよ」

「あ、そう」

「あんたこそ豪勢じゃん。こんな時間にタクシーで酔ってお帰りかよ」

「タクシーっていったって、駅からワンメーターとちょっとだよ。今日はさ、職場の人の送別会があったから……」

どうして働いている自分が、こんなに言いわけしなくてはならないのかと、腹が立つ。

「お母さん、どうだった」

「どうだった、って別に……」

中年の姉弟はゆっくりと肩を並べて歩く。

「今日はさ、ヘルパーさんがくる日だったけど、お母さんが嫌いな女だったからずっと機嫌が悪い」

「それはさ、我儘ってもんだよ」

朝子は自分と同じくらいの年のヘルパーを思い出す。週に二回来て入浴を手伝ったり、掃除をしてくれるのであるが、とにかくやることが早い。早い分心がこもっていないと朝子は思う。やるだけのことをやると、さっと引き揚げていくさまは、小面憎《こづらにく》いという表現がぴったりだ。

なんでもチヅが、ベランダの鉢植えの花に水をやって欲しいと頼んだところ、

「それは規則なので出来ません」

と断られたらしい。

しかし気の強いチヅのことである。水さしをさして怒鳴った。

「それじゃあ、この水を捨てて頂戴。そのくらいのことなら出来るよね。それから捨てる時は、その鉢植えの上でして」

その時ヘルパーはむっとした表情になり、結局水さしの水を、鉢植えの花ではなく、もう枯れているブルーベリーの小さな木にかけたらしい。

「どっちもどっちだけど、まぁ、お袋は動けないんだから、ヘルパーさんが負けてやるべきじゃないかなぁ」

と慎一もしんみりと言ったものだ。

そのチヅはすやすやと眠っている。入れ歯をはずしているので、起きている時よりもはるかに老いが目立つ。いや、老婆そのものだ。口が達者で頭もしっかりしているチヅであるが、自分たちが考えているよりもずっと老いに侵食されているかもしれない。

今は手を貸せば何とかトイレへ行けるが、昼間もオムツをあてるのは時間の問題だろうと朝子は思う。

リビングに行くと、慎一がテレビを見ていた。バラエティ番組の卑猥《ひわい》なジョークに声をあげて笑う。

「あんたこそ、本当にいい身分だよね」

言いたい気持ちをぐっと抑えた。

「ちょっと話があるんだけどなぁ」

「何よ」

「あのさあ、ちょっとさ、いろいろあってさ」

嫌な予感がした。慎一がテレビをリモコンで消したからだ。こういう男が、真面目な話をしようとするとろくなことがない。

「オレさ、サヤカちゃんと一緒に暮らしたいんだけど」

「サヤカ……」

思い出した。慎一がつき合っている女の名前だ。年上で五十代だというのに、随分おしゃれな名前だなあと鼻白んだ記憶がある。

「確か孫もいる人だよね」

「そうだよ」

ぶすっとして答えた。

「あっちも忙しいし家族と一緒だ。このままだとなかなか会えないしさ、いっそのこと二人で暮らした方がいいんじゃないかってさ……」

「ちょっとさあ、あんた」

やりきれない思いが溜まると、笑い出したくなってくるものだ。

「あんた、失業者じゃないの」

「介護離職と呼んでくれよ」

「まるっきり、成り立ちが違うでしょ」

弟は失業してずるずるうちにいたから、母の介護を命じたのである。

「失業者が、どうして同棲なんかするのよ」

「そんなの、人の自由じゃないか」

慎一の眉がぴくりと上がった。

「サヤカちゃんもオレも、このままじゃ淋しいよね、つらいよね、ってこのあいだも話したんだ」

どの面下《つらさ》げて、と言いたいのをぐっとこらえた。目の前にいるのは、ジャージ姿のくたびれた中年男であるが、相手の女はこれよりさらに年上なのである。確か娘と孫と一緒に暮らしているはずだ。

「おつらく淋しいのはわかりますけど、いったい誰が生活のめんどうをみるのよ」

「サヤカちゃんだって働いてるよ」

「どんな仕事よ」

「市の給食センターだ。学校給食の調理」

「あ、そうなの」

少し安堵した。慎一のことだから、タチの悪い水商売の女にでもひっかかったら、どうしようかと思ったのだ。過去に一度そういうことがあった。彼の離婚の原因となった女である。今度はまともな相手らしい。

が、考えてみると、給食の調理ではたいした給与は貰えまい。どうやって大人二人の生活を支えるのだろうか。

「幾ら貰ってるか知らないけどさ、そのサヤカさんとやらの給料で、部屋を借りられるワケ？　まさかさ、娘や孫のいるところにあんたがころがり込むわけじゃないよね」

「いや……、あっちも狭いし」

　言葉を濁す。

「二人で話し合ったんだけど、二人でここで暮らそうかと思って」

「はぁー？」

　まじまじと弟の顔を見つめた。そのとたん目をそらした。やましいことを考えているからだと直感でわかった。

「彼女もさ、お袋のめんどうをみてもいいって言ってるんだ。給食の仕事もかなりきつくなってきたらしいしさ、それならばここに二人で住んで、お袋の介護を二人でやろうかなって」

「ちょっと、それ、どういうことなの!?」

　叫ぼうとしたが、声が喉にひっかかってうまく出てこない。

「だからさ、二人で介護しようかって」

「二人っていうことは、そのサヤカさんとやらとここに住むってこと!?」

「そういうこと」

「馬鹿馬鹿しい」

　やっと言葉を吐き出した。

「こんな狭いところで、どうやってもう一人暮らすのよ」

3LDKといっても、慎一は納戸代わりに使っていた四畳半に、荷物に囲まれて住んでいるのだ。この部屋に女と一緒に住むというのだろうか。それは不可能だ。

「だから、それは話し合いで……」

その卑屈な顔にひらめいた。

「私に出てけっていうこと？」

慎一は黙って頷いた。

「ああ、わかった。そういうことか」

すべて読めた。五十代後半の女は、もう働くのがしんどくなってきた。それで慎一に持ちかけたに違いない。一緒に住まないかと。チヅは、厚生年金もあり、家があったらちゃんと暮らしていける額を貰っている。どちらかがパートに出れば、もっと余裕が出てくる。

つまり女は、金めあてにこの家に乗り込んでくるつもりなのだ。

「その方が朝ちゃんのためにもいいんじゃないかと思ってさ」

と慎一。

「ほら、朝ちゃんは看護師で稼ぎもいいんだから、充分一人で暮らしていけるだろう。だったらお袋のめんどうをみることもないじゃん。一人暮らしして、自由に楽しく暮らしてさ、時々はお袋に顔を見せにきてくれればいいよ。お袋はオレとサヤカちゃんに任せてさァ」

おそらく女に吹き込まれたセリフに違いない。さっきは驚きで、今度は怒りのあまり、また言葉が出なくなった。しばらくは荒い息をしていた。

「ふつうはさ、長男夫婦が母親のめんどうをみるもんだろ。そう考えれば、オレとサヤカちゃんがこの家に入って介護するって、そんなに不思議でもないよなァ」

「ふざけないでよ！」

言葉よりもまず睨みつけていた。

「あんたと、あの性悪女にどうしてこの家を渡さなきゃいけないのよッ」

「性悪女だなんて、ちょっと言い過ぎだろ」

「あの女が性悪女じゃなくて何なのよ。だってあんた、ここに来た時、すっからかんだったじゃないの。一緒に住んでいた女に、みんなむしり取られたって。その女がサヤカなんでしょ。あんたの失業手当がなくなったとたん、ドロンしたんじゃなかった!?」

「だからそれには、いろいろ事情があってさ……」

「どんな事情があったか知らないけど、そんな女に大切なお母さんをみさせるなんて、絶対に許さないからね」

「ちょっとオ、なんか誤解があるよ。確かにオレとサヤカちゃんはいったん別れたけど、やっぱり離れられない、ってことになったんだよ。一度会ってくれればわかるよ。やさしくて気がつく女だよ」

「ふざけんじゃないよ」

怒りが頂点に達したら、やっと声がスムーズに出るようになった。

「あんたにいろいろ吹き込んでさ、私をここから追い出そうとしている女じゃないの。何がやさしい、だよ」

ティッシュの箱で、思いきり頭を叩いた。

「えっ」

「私は出ていかないよ。あんたが出てきな」

「私がもう勤めやめて、お母さんのめんどうをみるよ」

「それは困るよー」

今度は慎一が、ヒッと悲鳴をあげる番だ。

「何が困るだよ。あんたに任せてた私が馬鹿だったよ。そりゃあんただって、朝から晩まで母さんのめんどうみるのイヤだよね。女だって欲しくなるよね。だからヘンな女につかまって、こんなこと吹き込まれたんだ。ああ、悪かったよね、すまなかったよね。私がもう母さんのめんどうみるから、あんたは女と二人、どっか好きなところで暮らせばいいよ。はい、はい、ご苦労さんでしたね」

「オレはそれじゃ困るよ」

慎一は狼狽《ろうばい》のあまり、泣き顔のような表情になっている。

「だってオレ、金がないんだもの」

「知ったこっちゃないよ」

ケッと嗤《わら》ってやった。

「ここを出て働けばいいじゃないの。あんたは、ここの家にいたから働かなかったんだからさ」

「この年で、働き場所があるわけないだろ。ないんだよ」

「働く場所なくても働きな」

本当に心からそう思う。

「あんたぐらいの年の男の人、いっぱいいろんなところで働いてるよ。うちにだって、パートの介護で五十代の男の人がいるよ。道路工事で誘導やってるのも、スーパーのガードマンやってるのも、みんなあんたと同じぐらいの年じゃん。みんながやってることを、どうしてあんたは出来ないのよ」

「オレだって、いろいろやってきたんだよ。馬鹿ヤロー」

何十年ぶりかに弟の「馬鹿ヤロー」を聞いたと思った。子どもの頃、姉に言い負かされると、慎一はよく叫んだものだ。馬鹿ヤローと。しかし昔も今も、そんなことにひるむような朝子ではなかった。

「そこまで言うなら、やっぱりあんたここを出てきな。そもそもあんたがころがり込んできたから、私は働くようになったんだからね。そこんとこよーく考えな」

「だったら金をくれよ」

　完全に居直ってきた。

「引っ越す金ぐらい出してくれよ」

「そんなのあるわけないじゃん。お母さんと私でかつかつに暮らしてきたんだよ。ふざけんじゃないよ。仕送りひとつしてこなかったくせにさ」

「だったら遺産だ。生前贈与ってやつにしてくれ」

「あんた、ついに頭がおかしくなったね」

　ティッシュの箱で、もう一度殴ってやった。

「あのね、生前贈与っていうのは、お金がある人がすることなの。あとで遺産でもめないようにってことでやるんだよ。うちのお母さんは何も持ってないんだから、生前贈与なんか関係ないだろ」

「このマンションがあるじゃんかよ」

「何だって」

「このマンション、売ればさ、三、四千万ぐらいにはなるだろ。だったらオレの取り分、今のうちにくれよ」

「あんた、本気で言ってんの！」

もう殴る気力もない。

「このマンション売ったら、いったいお母さんや私はどこに住めっていうのよ。ふざけんじゃないよッ」

「だけど朝ちゃんはお袋の年金使えるだろうが。オレには何もないじゃんか」

ブザーの音がした。母親が用事がある時呼び出せるように取りつけたものである。おそらく今のやりとりを聞かれたのだと思ったら、やっぱりそうだった。チヅはベッドの上に起きなおり、しきりにタオルハンカチで目をこすっている。

「ごめん……」

朝子は近づいて母親の肩を抱いた。ずっとこうしていたのだろう、ネルの寝巻きが冷えていた。

「本当に長生きはしたくないよね。こんな話を聞かなきゃならないんだからね」

「ごめん。シンちゃんがおかしなことを言うから、カッとなっちゃって」

「だからさぁ」

引き戸をさらに開け、慎一がのっそりと入ってきた。

「朝ちゃんがオレの言うことを、まるっきり聞いてくれないからさ。オレがつき合っている女のことを、性悪女とか言い出して」

「わかったよ、わかったよ……」

チヅは何かを振りはらうように、ぶるぶると頭を震わせる。

「私もその女はごめんだね。話を聞いているだけでぞっとするよ」

「でしょう」

そんな朝子を、慎一が睨みつける。

「二人とも何だよ。どうして一度も会ったことないのに、ぞっとする、なんて決めつけるんだよ」

「会わなくたってわかるよ。その女はこのうちに乗り込んでくるんだろ」

とチヅ。

「だから、二人でお袋のめんどうをみようとしてるだけだよ」

「くわばら、くわばら」

また頭を振った。

「そんな女がこのうちに来たら、私は死んでしまうよ。私は年寄りだから、もう我慢っていうことが出来なくなっているからね」

「ほら、お母さんもこう言ってる。もう、その女が考えた計画はなしだよ」

「何だよ、その言い方！」

慎一は大声をあげる。せめて声で威嚇しようとする、いつものやり方だ。

「オレはさ、お袋のことを思って……」

「もう、いいよ。たくさんだよ。ちょっとお待ち」

手元に置いてある小引き出しを開けた。そして二冊の貯金通帳とハンコを取り出す。

「ふたつ合わせれば三百万円ぐらいあるよ。シンちゃんはこれを持って出てきな」

ダメだよ、そんなに甘やかしちゃ、と言いかけた朝子を制した。

「このお金を持って外に行って、その女と暮らしな」

そうこなくっちゃと、朝子は勝ち誇ったような気分になる。

「そうだよね、お母さんは私と暮らすんだよね」

「いや、私は施設に入るよ」

「何だって!?」

姉弟は同時に声をあげた。

「どんな施設だって、うちにかなうところはない。ずうっと思ってたよ。だけどね、私の介護のことで、姉弟がいがみ合う姿を見てたら気持ちが変わったよ」

「介護でいがみ合ってるわけじゃないよ」

「そうだよ、オレにやらせてくれって言って、それが原因なんだよ」

「とにかくね、このままじゃその女がやってくる。地獄だよ。だけどね、朝ちゃんに仕事をやめさせて、私のめんどうをみさせるのは本当に可哀想だと思うよ」

「そんなことないよ」

「あるはずだよ」

チヅは入れ歯をはずした口でにたっと笑った。看護師のくせに、朝子は入れ歯を洗うのが好きではない。年寄りの口臭と食べものの滓《かす》がこびりついている。あれを洗う時は、老人の生への執着をこそぎ落としているような気がする。ふとそんなことを思い出した。

「私もいろいろ調べたんだ。調べなくたってテレビじゃしょっちゅうそういう特集している。今はね、入居金を払わなくてもいい施設がいっぱい出来た。月に二十万出せばそこそこのところに入れるんだろ」

「そうはいってもさ、お母さんはダメだよ。ショートステイに行くのも嫌いじゃん。そういう人に施設は無理だと思うよ」

「だけどね、もう私は覚悟を決めたんだよ。私はまだつたい歩き出来るし、車椅子にも乗れる。今のうちに施設に入った方がいいと思うんだよ」

「ダメだよ、お母さん。私が勤めやめるから、また二人で一緒に暮らそうよ」

「いいよ、いいよ。看護師になるのが、朝ちゃんの子どもの頃からの夢だったじゃないか。年寄り一人みることを看護師とは言わないよ。朝ちゃんは働いてた方がずっといきいきしてるんだよ。働いてこのマンションで一人で暮らしな」

入れ歯の入っていないチヅの声は、非常に聞き取りにくいが、それゆえに言葉のひとつひとつに重みがある。特に、

「働いてた方がずっといきいきしてる」

という指摘に、朝子は胸を衝かれた。母は自分をなんと温かい目で見てくれているのだろうかと思う。

看護師をやっていれば、自己中心の親をいくらでも見る。子どもの人生は、自分のめんどうをみるためにあると、本気で考えている親のなんと多いことか。最初はそうでなかったのであろう。しかし自分が老いていくと、手近にいる子どもに頼り切り、すがってしまう。きょうだいの中で〝逃げ遅れて〟、親の犠牲になるのは、たいてい独身の子どもである。自分は逃げるつもりなど一度もなく、これも自分に課せられた義務だと朝子は母と暮らしてきた。いや、義務という言葉は違っている。母の介護をしながら、ひっそりと二人で暮らすのは楽しかった。一度も結婚しなかったのも、いずれこうした暮らしがくると、心の中でどこか予想していたのではないか。

けれどもチヅは、朝子の様子をちゃんと見ていたのだ。

「私はね、もう朝ちゃんには迷惑かけられない。そうかといって、シンちゃんの女と暮らすのもまっぴらだ。だから私は施設に入るよ」

「だけどさ……」

慎一は口をとがらせた。

「お母さんは、このマンションを朝ちゃんにやるつもりなんだろ。それって不公平かも……」

「情けないことを言うんじゃないよッ」

チヅは一喝した後、

「ああ、まだるっこしい。やっぱりこれがなきゃダメだ」

と入れ歯を自分でパカッとはめた。そのため言葉は非常に明瞭になり、怒りにはその方がよかった。

「私がね、このマンションのローンをすんなり払えたのはさ、朝ちゃんがいたからだよ。朝ちゃんが働いて、家計を支えてくれてたからだよ。シンちゃん、あんたは大学行かせてやったじゃないか……」

慎一はおし黙る。朝子は慎一が出た大学を必死で思い出そうとしたがダメだった。「国際」だとか「流通」がついた、とにかく長ったらしい名前だった。

同じようなことをチヅも口にした。

「高校の先生もさ、この偏差値の大学に行くよりは、専門学校へ行って技術学んだ方がいいんじゃないですか、って言ったもんさ。私も高卒で働いてもらいたかったよ。だけどね、シンちゃんはどうしても大学に行きたがってた。泣いて私に言ったんだよね。私は離婚してる、っていう弱みがあるもんだからさ、つい……」

「結局はさ、あんた、大学行って遊びたかったんだよね。大学生になって女の子ひっかけてドライブ行って、っていうやつをしたかっただけなんだよね」

朝子はつい口をはさむ。

「そうでなきゃ、どうしてあんな大学留年するかねぇ……」

大学名は思い出せないのに、留年したことははっきりと記憶が戻ってきた。

「馬鹿ヤロー、オレはバイトに忙しかったんだよ」

「私だってバイトしてたけど、ちゃんと学校出たよ。実習であんなに忙しかったけど。あんたとは気構え違うよ」

「二人ともやめな」

とチヅは大きな声で制した。そして姉弟を見つめる。

「私がシンちゃんを甘やかし過ぎた。今度のことでよくわかったよ。このマンションは朝ちゃんのものだよ。いずれ遺言にちゃんと書くから、後でガタガタ言うんじゃないよ。そしてとにかく私は施設へ行く。朝ちゃん、悪いけど私の行くとこ探しておくれ。やっぱり頼りになるのは朝ちゃんだからね」

チヅは一度言い出したら、絶対に人の言うことを聞かない。それをよく知っている朝子であるが、今回のことはあまりにも頑固だ。それも老いの兆しだろうかと、朝子は悲しく推理する。

　二日後慎一は、荷物をまとめて出ていった。なんと冷たい弟だろうと情けなくなったが、

「朝ちゃん、お母さんが施設移る時は言ってくれよ。引っ越し手伝うから」

　ちらりと肉親らしいことを言ってくれた。今はそれでよしとすることにしよう。

　朝子は家に帰るとまず、パソコンの前に座るようになった。さらに近くのブックオフに行ったら、「介護」のコーナーが出来ていてびっくりした。その中から『失敗して泣かないための施設選び』という本を買った。昨年の発行なのに、ところどころ手擦れが出来ている。朝子はこの本の元の持ち主を思った。おそらく自分のように、切羽詰まっていたに違いない。

　その本の第一章はこうだ。

「まずは地元の評判を聞きなさい」

　介護施設の評判というのは、地元の人たちがよく把握している。なぜならば就職先の少ない地方だと、息子や娘がそこで働いているというケースが多いからだ。

　だから、

「あそこの社長はケチだよ」

「食事が不味いっていうよ」

といった評価は、町の人たちから聞こう、と本には書いてあるのであるが、いったいそれをどうやって聞くのか朝子は疑問である。

一日中あたりを歩いて、商店主やタクシーの運転手に聞けというのだろうか。

ページをめくっていく。すると、

「見学を快くさせてくれるところ」

というのもある。これはよくわかる。

が、何度読み直してもよく理解出来ない箇所がある。それは入居金のくだりだ。入居金は償却されるものであるから、もし最初にゼロ円であったとすると、それは月々の支払いに加味される。だから入居金が高い安いは、サービスの内容に関わりないと書いてあるが、これは腑《ふ》に落ちない。実際日本でも一、二を争う豪華な施設で働いている者とすれば、入居金の高さにすべてが表れていると思う。が、この本の筆者は、入居金は関係がない、と言い切っているのである。

「コストパフォーマンスがいいかどうか、自分の目で確かめてみましょう」

と続きにはあり、

「こんなの、あたり前じゃん」

と朝子はなんだか腹が立ってきた。

とにかく大切なことは次の二点だ。

「朝子がしょっちゅう見舞いに行ける距離にあること」

「将来チヅが、本当の寝たきりになっても手厚く看護してもらえること」

そのためにも入居金は多少かかっても仕方ない。いくらこの本の著者が、

「関係ない」

と言い張ったとしても、朝子はやはり重大なことに思えるのである。朝子は定期で八百万近い貯金を持っている。看護師という職を持ち、独身でいたから貯められた額である。これでチヅと二人で、老後を生きていくつもりであった。そして朝子は、チヅが慎一に渡した貯金通帳の他に、もう二冊積み立て預金の通帳を持っていることを知っている。確か四百万以上ある。

これらの多くを入居金にあててもいいと朝子は考えていた。

本にはさらにこう書いてある。

「入居金は決して無理をしないように。これからの家族の生活のことを考えましょう」

とはいうものの、自ら施設に入ることを決めた親には、出来る限りのことをしてやりたい。これは家族なら誰しもが思うことではなかろうか。特に母ひとりで働いてきた姿を見てきたからなおさらだ。もし裕福な家に生まれ、親は充分に楽しく暮らしていると感じていたら、この考えは違っていたかもしれない。

助産師だったチヅは、真夜中だろうと早朝だろうと、電話があるとすぐに起きて仕度をした。二月の凍えるような夜明けに、大きな鞄《かばん》を持って出ていく母の姿が忘れられない。

「朝ちゃん、お弁当よろしくね」

「わかった」

「シンちゃんには、鮭焼いてやって。鱒はあんまり好きじゃないから」

あの母の姿を見ていた娘が、親不孝になるはずはないではないか。

瞼に熱いものを感じながら、朝子はパソコンをクリックしていく。家からすぐのところに見つかったが、これはグループホームという介護施設である。

さらに見ていくと、これぞと思うところが三つほど見つかった。ひとつは入居金が〇《ゼロ》円から千二百万円とある。あとの二つは入居金がゼロであった。だいたい月額利用料はいずれも十六万円ほどである。

最初に目をつけた施設は、プランが五つほどあり、入居金の額によって毎月の額が決まっている。最初に六百万円ほど入れると、毎月の払いは十七万円。入居金がゼロのコースだと二十五万円である。そうはいっても、やはり最初に六百万円納める方が、大切にされるのかもしれないと、朝子はあれこれ考える。チヅは歩行が不自由になったものの、頭はとてもしっかりしている。風邪もめったにひかず、体はとても丈夫だ。あと二十年は生きるのではないだろうか。だったら入居金を多く入れ、月々の支払いを軽くした方がいい。それとも……、と考えているうち、朝子は自分にぞっとする。母をこれほど愛しながら、あと何年生きるだろうかを予想し、入居金をどうしたらいいかという計算をしている。

親を施設に入れるというのは、こういうむごい思案をすることだとやっとわかった。

休みの日に、朝子は総武《そうぶ》線に乗った。千葉にある施設を見学するためである。駅からバスに乗った。このあたりは新興住宅地であるが、緑もたっぷりと残っている。停留所で降り、しばらく目を閉じ空気を吸った。もしかすると、母はこれからこの風と空を感じて生きていくのかもしれない。

どうか快いものであってほしいと思う。

玄関で時計を見た。家を出てから一時間二十分かかっている。決して近いとはいえないが、これだったらしょっちゅう来ることの出来る距離だ。

三階建ての建物は、味もそっけもないクリーム色だが、清潔といえないこともない。セブンスター・タウンと決して比べてはいけないと、朝子はさっきから自分に言い聞かせている。

自動ドアが開いた。靴箱が置かれ、スリッパ入れもあった。そのスリッパを履こうとして、朝子は顔をしかめた。看護師の常として、かなり癇性《かんしょう》である。自分ではそうではないと思っていたのであるが、人からよく指摘され、いつのまにか認めるようになっていた。誰が履いたかわからないスリッパ、特に茶色のビニールのものには我慢出来なかった。おまけに夏のこととて、朝子は麻のパンツに合わせて、素足にサンダルを履いていた。仕方なく足をスリッパに入れると、じわっとぬくもりが伝わってくるようだ。どうして自分のスリッパか、ソックスを持ってこなかったのだろうかと後悔したがもう遅い。

そのスリッパを履いて、もうひとつの自動ドアをくぐった。正面が事務所兼受付になっているようだ。窓にいちばん近い机で、中年の女が背を向けて何やら書きものをしている。

「こんにちは」

朝子は声をかけた。

「田代と申します。今日、所長さんにお目にかかることになっているんですけど」

「はい、はい。見学の方ですよね」

女はこちらを向いた。丸っこい顔や体が、セブンスター・タウンの食堂にいる丹羽さんを思い出させた。何やらほっとする。母の視線ですべてを見ているのだ。

談話室というプレートがかかった部屋に通された。女は冷たい麦茶を出してくれる。

「暑いところ大変ですね」

かすかな訛《なま》りがあった。

ややあって所長が入ってくる。年齢は六十代後半だろうか。頭が見事に禿《は》げあがっている。あまりにも艶々《つやつや》しているので、笑い出したくなってくるほどだ。蛍光灯の光をしっかりと反射していた。

「確かお入りになるのはお母さんですよね」

「そうです」

「申しわけないですが、このアンケートにちょっとご記入願えますか」

このあいだ見学した埼玉の施設でもそうだった。まだ入居の意志を決めているわけでもないのに、詳しい調査書を書かなくてはならない。それを所長は読みつつ、会話が始まる。

「なるほど、なるほど……。今は要介護3の認定で、娘さんがめんどうをみているんですよね」

「私はその要介護3、というのが不満なんですが。4でいいと思うんです」

「いやあー、この頃は認定厳しくなったから、皆さん大変ですよね」

所長はパンフレットを見せてくれる。

どこも似かよった内容だ。緑の中の明るいシルバーライフ、二十四時間介護で安心、という文字が並んでいる。要介護者二・五人につき一人の介護者、というのはまあ標準であろう。

「ちょっとご覧になりますか」

「はい、よろしくお願いします」

エレベーターで三階にあがった。プレイルームは食堂も兼ねていて、八人ほどの老人たちが食事の最中であった。車椅子の老婆に、エプロン姿の若い男が匙《さじ》で食べさせている。ちらりと見ると、白身魚にカボチャの煮つけであった。

プレイルームを囲むようにして、個室がある。三〇二と記されている引き戸を開けた。

「ここが今、空いている部屋ですね」

十八平方メートルと聞いている。入って右手にトイレ、左手に洗面所とクローゼットがある。トイレの後ろ側がベッドだ。

セブンスター・タウンよりもはるかに狭く、貧しい部屋である。が、正面の窓に緑がいっぱい拡がっている。それでよしとすべきだろうかと、朝子はあたりを見わたす。トイレの引き戸を開けてみた。手すりはあるが、ウォシュレットではなかった。

「田代さんは運がいいですよ」

と所長。

「うちはなかなか部屋が空きませんからね」

「そうなんですか……」

「そりゃそうです。うちは要介護5の方でもお引き受けいたしますしね。この料金でこのサービスのところはちょっとないでしょう」

所長は胸を張る。

「うちは、年金で入れる最高のところ、というのが売りですからね」

「でも、年金っていってもいろいろありますよねぇ」

「そうですとも」

彼の頭の艶が、さらに増したような気がする。

「うちの入居者さんで多いのは、元学校の先生です。かなりの年金を手にする方々。つまり入居者さんのレベルが高い、っていうことですね」

「じゃあ、そこにいる方々は、元学校の先生なんですか」

男性は一人だけで、他は老婆であった。ちらっと見ただけではわからない。みんなビニールの前掛けをして、黙々と昼食を口に運ぶ姿からは、個性を感じ取ることは出来なかった。しかし一人一人は、知性と良識を持った老婆たちなのかもしれない。

「この年代の女の先生は、結婚していない人が多いんですよね。そういう方は定年後しばらく一人で暮らして、うちにやってきます」

「そうですか。私の母も助産師をしていた昔の職業婦人です。ですから気が合うかもしれませんね」

「そりゃあいい。こういうところは入居者の方とうまくやっていけるかどうか、っていうのがいちばんですからね」

チヅは車椅子に乗せてもらえば、このプレイルームにやってくることが出来るだろう。ここで友人をつくってくれればいい。元教師の女たちとは、お喋りがはずむような気がする。しっかり者ではあるが、情にもろくてユーモアのセンスもある。そんな母なら、ここで人気者になるのではないだろうか……。

朝子は自分がとても楽天的になっているのを感じる。ものごとを、いいように、いいようにと必死でそちらに持っていこうとしている。

そう考えなくては、老いた母親をどうして施設に入れられるだろうか。プレイルームを見る。しんとして食事をしている彼女たちから、社交が生まれるとは到底思えなかった。

休みのたびにいろいろな施設を見学するようになった。老人介護というのは、もはや一大産業になっているらしく、ありとあらゆるものが出来ている。先日見学した埼玉の施設は、郊外の住宅地の中にあるこぶりな建物だ。ジャパネスクという趣で、部屋の中には扇や小さな金の屛風《びょうぶ》などが飾ってある。琴の音色が流れる廊下の壁は、黒い漆風になっている。その安っぽさに、朝子は辟易《へきえき》してしまった。

そしてプロの目で浴室を見てみると、一見温泉風に広くつくってあるのであるが、寝たきりの老人のための設備がなかった。要介護5も入居可能となっているが、今は比較的軽い老人たちばかりらしく、あまり先のことを考えていないのだ。

セブンスター・タウンと比較してはいけない、と、ずっと言い聞かせているが、ついついため息が出てしまう。

さんざん考えた揚句、朝子は母の〝終《つい》の棲家《すみか》〟を千葉にある「せせらぎ七福《しちふく》の里」に決めた。おそらく「セブンスター・タウン」とどこか似ている名前だったことが、心を動かしたのだ。

入居金ゼロというコースもあったのであるが、朝子は自分の貯金の中から六百万をあてた。これだと月々の払いが十二万二千円とぐっと安くなる。

希望的観測というものであるが、母のチヅは長生きしそうな気がした。そしてこれはあってはならないことであるが、将来自分に何かあった場合、母の負担は慎一のものとなる。そのためにも、少しでも月の払いは少ない方がいい。

全くいまいましいことであるが、出来の悪い弟のことをやはり気遣ってしまうのだ。

慎一に電話をすると、しばらく沈黙があった。ふた呼吸して、

「朝ちゃん、すげえ金持ってたんだな……」

低い声がした。

「少ない方だよ。私の同僚で二千万貯めてた人いたもの」

「看護師って儲かるんだなァ」

「だってさ、二十歳の時から結婚もしないで、ずっと働いてたんだよ。これですっからかんだよ」

まさか金をねだるのではと、予防線を張っておいた。

「そうか、朝ちゃん、すっからかんかあ」

そして意外な言葉があった。

「朝ちゃん、悪かったな。結局は朝ちゃんにおんぶにだっこだったな。オレ、長男なのに何も出来ないでさ」

「まあ、あんたにしては殊勝な言葉じゃん」

柄《がら》にもない弟の言葉に、鼻の奥がつうんとしたほどだ。

「そう思うんだったら、引っ越しの時に手伝ってよ。それからお母さんのとこ、しょっちゅう行ってやってよ」

「もちろんそのつもりだよ」

「それからさ、仕事も見つけなよね。そうすればお母さんも安心するから」

つい余計なことを口にしてしまう。

携帯を切って、チヅの部屋を覗《のぞ》いたらもう寝ていた。枕元に老眼鏡と「せせらぎ七福の里」のパンフレットが置かれていた。それを見ていたら、また目頭が熱くなった。ごめん、とつぶやく。

金を振り込んだ後、正式な申し込み書を持って朝子はまた千葉へ向かった。郵送も出来たのであるが、母が入居する前にこまごまと用意することがある。

テレビは四十二インチのものを、新宿の量販店で注文した。今までチヅが見ているものは、古い小型テレビである。これからはテレビをさらに見ることになるだろう。最新の大きなものを部屋に置いてやりたかった。ついでに小型の冷蔵庫も買うつもりだった、がサイズがよくわからない。部屋のクローゼットと整理棚の間に置くつもりなので、きちんと寸法を測ってからの方がいい。

メジャーを持って測っていると、所長が顔を出した。

「田代さん、来月入居になりますかね」

「そのつもりですけれど」

今月分は、契約した日から日割り計算ということになっている。それ以外にもオムツ代だの洗濯代だの細かい経費はかかるはずで、それはとうに覚悟していた。

「職員一同お待ちしていますよ。それまでにこちらでご用意しておくものはありますかね」

「教えていただいたものは全部揃えていますが」

用心深く答える。この施設の中で何か購入したら、きっと何割か高くなるに違いない。テレビの搬入の日取りなどを話していると、中年の女がお茶を持ってきてくれた。大福がついている。

「まあ、すみません」

「うちのおやつタイムですよ。洋菓子と和菓子がかわるがわる出ます」

所長の頭が例のごとくぴかっと光った。朝子は大福を手にとる。包装からして、コンビニで売っているレベルのものだなと思った。チヅは甘いものに目がない。虎屋《とらや》の羊かんが大好物だし、うさぎやのどら焼きが手に入ったりすると、いっぺんに二個食べる。これからは来るたびに、何かおやつになるものを買ってこなければならないだろうと思った。プレイルームに人影はない。どうやらおやつは、みんな自分の部屋で食べるようだ。

それにしても静かな施設だ。いくら老人ばかりだといっても静か過ぎるのではないだろうか。個室からテレビの音だけが聞こえる。

バスを使わず、駅までの道を歩いた。時間を確かめながら。これからこの道を、何十回と来ることになるだろう。

駅前に商店街がある。意外なほど活気があり、惣菜《そうざい》屋の前には短い行列が出来ていた。

この街には大学があることを朝子は思い出した。そのせいだろうか、携帯のショップが広くて大きい。電器店もあったが、店先にエアコンを並べ売り出し中であった。小さな店なのによく頑張っている。朝子の住む街では、まず文具店が消え、本屋がなくなった後は、個人経営の薬局も電器店も、いつしかチェーン店となっていった。

ふと入ってみる気になったのは、店の奥にいくつかの冷蔵庫が見えたからだ。おそらく学生相手なのだろう、小型なものも並んでいる。この大きさならば、わざわざ新宿の量販店に行かなくてもいいだろう。

中に入ると初老の男がカウンターに座っていた。

「いらっしゃい」

ニコッと笑う。今どき珍しい銀の前歯であった。

「そこの冷蔵庫を見せてくれませんか」

「ここに並んでるものでよかったら、もっと値引き出来ますよ」

もし気に入らなければ、パンフレットを見て取り寄せましょうか、と店主は言った。

「そうですねぇ……」

朝子は扉を開けて中を見る。食事は毎食つくので、中に入れるとしたら飲み物やつくだ煮の類であろう。だったらいちばん小さいものでもいいのだが、それだとあまりにもわびしい。朝子はさっき測ってきた寸法を確かめながら、中ぐらいのものを指さした。

ぐことだろう。

最新のものではないかもしれないが、綺麗なオリーブカラーだ。きっとあの部屋が華や

「これでお願いします」

かかっていた値札から、さらに五千円引いてくれた。

カウンターに座って、配送先を書いた。店主の妻らしき女が麦茶を運んできた。そして朝子の伝票を覗き込み、小さく叫んだ。

「えっ、〝せせらぎ七福の里〟……」

お父さん、と店主の方を向いた。

「お父さん、このお客さん、〝せせらぎ七福の里〟だって……」

お客さん、と店主は話しかけた。

「この冷蔵庫は、〝せせらぎ七福の里〟に配送するんですか」

「ええ、母が来月から入居するもんですから」

店主と妻は顔を見合わせた。

「やっぱり、知られてないんだねぇ……」

妻は悲し気に首を横に振る。朝子は瞬間、ざわわと体中が粟立《あわだ》った。

「私が、何を、知らない、んですか」

「お客さん、あそこは昨年まで〝アモーレの郷《さと》〟だったんですよ」

「えーっ!!」

思わず麦茶のコップを落としそうになった。〝アモーレの郷〟。この名前は忘れようとしても忘れられない。母の介護をしながら喰いいるようにニュースを見ていた。介護士たちが組織的に入居老人を虐待していたのだ。手を縛って水を欲しがる老人を嗤ったり、スリッパで頭を殴ったりしていた。親の訴えを聞いた子どもが、隠しカメラを設置したためすべてが露見し大騒ぎとなった。介護士四人は逮捕されたが、待遇面のひどさからストレスが溜まっていたとニュースは締めくくっていたものである。

「〝アモーレの郷〟って……、とっくに潰れたと思ってました」

「それは関西の〝アモーレの郷〟でしょ。あそこはフランチャイズ方式だから、脱会して別の名前にしちゃえばいいんだよ」

「その……、〝七福の里〟って、このあいだまで〝アモーレの郷〟のフランチャイズだったんですか!」

「そう、そう。あそこの経営者はね、昔っからの土地持ちでガソリンスタンドやドライブインを経営してたの。だけどさ、ガソリンスタンドが流行らなくなって、介護施設が儲かりそうだっていうんでさ、自分の土地に〝アモーレの郷〟を建てたんだよな」

店主が妻に話しかけると、待ってました、とばかりに彼女の饒舌《じょうぜつ》が始まった。

「そうだよね、あそこを経営してるじいさんはさ、金がいちばん、っていう人だからさ、アモーレやってた時もケチで有名だったよ。従業員がまるっきりいつかないの。私の知り合いの娘もさ、あそこに勤めて半年も続かなかった。そりゃあこきつかわれて、給料が安かったのよ。アモーレ事件が起こった時も、気持ちわかるよ、うちだってやりかねない、なんてみんな言ってたもの」

「で、でも、もう〝アモーレ〟のフランチャイズ脱《ぬ》けたってことですよね？　もう〝アモーレ〟とは関係ない、ってことですよね」

「だけどさ、やってることはそう変わりないんじゃないのォ」

妻は意地悪そうに片頬で笑った。朝子はこの女にいたぶられているような気がして仕方ない。こんなに人を追いつめて楽しいのだろうか。が、そうかといって、朝子は女の話を遮ったり、席を立ったりすることは出来ないのである。

「それどころかさ、アモーレよりももっとひどい、って話があるのよ」

「えっ、本当ですか」

「それがさあ……こんなこと言いたくないんだけど、お客さんはうちで冷蔵庫買ってくれたから教えてあげるけどさ」

女はフフッと曖昧で奇妙な笑いを浮かべた。

「お客さん、注意した方がいいんだけど、あそこはヘンタイの介護士がいるっていう噂なのよ」

「ヘンタイ!?」

「世の中には小学生の女の子が大好き、っていう変質者もいるけどさ、よぼよぼのお婆さんが大好きっていうヘンタイもいるんじゃないのォ」

「まさかぁ」

「寝たきりの婆さんの裸の写真をスマホで撮ってる介護士がいるっていうもの」

「そんな……」

「専らの噂だよ。そのスマホの写真をさ、パソコンに移して誰かに見られたらしいよ」

「そんなの、犯罪じゃないですか」

「だけどさ、こんな中途半端な田舎で働く介護士はなかなかいないのよ。一時間とちょっとで東京に行けるんだからさ。安い給料では人は集まらない。それで社長も目をつぶっちゃうんじゃないの」

もう限界だと、朝子は立ち上がっていた。

「ご親切にいろいろありがとうございました。それからこの冷蔵庫、取り消してください」

「お客さん、ちょっと……」

「私、あの〝七福の里〟もキャンセルすることにしましたから」

金を返してもらうのももどかしく、駅に急いだ。もう歩いていくことは考えられない。

タクシー乗場に急いだ。運転手に、

「〝せせらぎ七福の里〟」

と告げると、のんびりと返事があった。

「ああ、元の〝アモーレの郷〟だね」

第十章　実　行

セブンスター・タウンのまわりの樹々《きぎ》が、紅葉に変わろうとしていた。

この夏も記録的な暑さで、九月の終わりになっても秋の気配はなかなか訪れなかった。そのせいで色は今ひとつ冴《さ》えない。

「介護付き居室」のフロアは窓を大きく広くとり、外の風景がよく見えるようになっている。ダイニングルームとは別のプレイルームでは、老人たちがぼんやりとソファに座っていたり、介護士に助けてもらってあたりを歩行したりしている。モーツァルトが低く流れるこの部屋は、調度品もよく考えられていて、すべてクリーム色で統一されていた。やわらかな色調のリトグラフは、精神を穏やかにするために、専門家が選んだものだという。

個室はバスルームやキッチンがないため、下の階よりもぐっと狭くなっている。といっても、ソファセットが置かれ三十五平方メートルあった。

下の階の住民たちは、体が不自由になったり呆けて、介護付きのフロアへ行くことを、

「上へ行く」

といってとても怖れている。

たとえ手押し車や、時には車椅子が必要となっても、なんとか自力で今までどおりの部屋で暮らそうとやっきになるのだ。

が、朝子に言わせると、

「おふざけじゃないよ」

となる。

母のために幾つかの施設をまわってわかった。ふつうの人が入れる施設では、まず満足出来るところはないということだ。あちらとしては、規則にのっとり、出来る限りのことをしているに違いない。が、経費を削ろうと、介護職員の給料をケチったり、食事を貧しくしているところが大半だ。どこかに、

「一人暮らし出来なくなった年寄りには、このあたりでいいだろう」

という思惑が見えた。見学に行くと、お茶を出してくれる。その不味さにいつも悲しくなった。母と自分は決して贅沢に暮らしてきたわけではない。口が奢《おご》っているわけでもない。しかしお茶だけはややいいものを飲んできた。施設というところは、そうした人間のこだわりや好みをいっさい無視するところであるらしい。

あの「せせらぎ七福の里」は、入居金をすべて返してくれた。拍子抜けするぐらいあ

っさりとだ。しかし朝子の衝撃は大きく、つい他の施設も疑念の目で見てしまう。

そして出した結論は、先ほどからの、

「ふつうの人が入れるところで、まず満足出来るところはない」

なのだ。やはりどこかで手を抜いていたり、節約しようとしている。それが看護師の朝子にはよく見える。一度は目をつぶろうとしたけれども、そのしっぺ返しが、「せせらぎ七福の里」だったのだと思う。契約したところがひどいところだったのだ。

相変わらずチヅは家にいる。慎一が家を出ていったから、ヘルパーさんに来てもらう回数を増やした。チヅはそれが不満である。

「東京中で、いちばん意地が悪く、いちばん頭の悪いヘルパー」

を自分のところへ押しつけてくるというのだ。

「一日も早く、ちゃんとした施設へ行きたいよ。あの話はいったいどうなってるの」

としょっちゅう聞いてくる。

これは母の思いやりだと朝子にはわかっていた。チヅにしても、自分のうちにいたいのは山々なのであるが、姉弟の諍《いさか》いを聞いて自分から施設に入ることを決めたのだ。その心根が変わらないうちに、早く自分をどこかに送り込んで欲しいと考えている。その思いが、ヘルパーへの不満になっているのだ。

「ここは天国じゃん」

朝子はあたりを見渡す。

施設めぐりをしてきた者にとっては、このセブンスター・タウンのフロアは信じられないほどの快適さに満ちている。介護士は親切でいつも笑顔を絶やさない。あたり前だ。とてもいい給与あるいは時給を貰っているからだ。ローテーションも余裕を持って組まれている。今まで別の施設に勤めていた若い女性介護士などは、

「私、ここだったら一生勤めたい」

と言ったものだ。待遇があまりにも違い過ぎるというのである。事実一生懸命よくやってくれた。やってくれた、と過去形になるのは、つい最近妊娠がわかったからである。これをきっかけに籍を入れ、相手の故郷へ帰ることになった。

「でももし、東京に戻ることがあったら、また勤めさせてください」

とチーフの藤原訓子に言ったという。「お別れ会」があったのはおとといのことだ。

そして今日、新しい住人が階下からやってきた。

「星野喜美子《ほしのきみこ》さん、八十四歳ですね」

彼女は歩くことなく、ベッドで搬送されてやってきた。

喜美子は三ケ月前、食事の最中に突然倒れた。クモ膜下出血であった。朝からひどい頭痛がするという彼女に、友人たちが医者に行くように勧めたのであるが、市販の薬でことを済ませようとしていた矢先だった。

大音響と共に椅子ごと倒れたという。すぐ隣の提携している病院に運ばれたからよかったものの、救急車を呼んだりしたらまず助からなかっただろうと皆は言っている。

「でも、それがよかったんですかねぇ……」

訓子が、朝子にだけつぶやいた。手を尽くして一命を取りとめたものの、喜美子は意識が戻らないままだ。何かに驚いたように見開いているが、光がまるでないうつろな目。そして半開きの唇……。こちらの呼びかけにも全く反応がなかった。三ケ月間、病院で手を尽くしたが、これ以上の回復は望めないということで、元の住居である「セブンスター・タウン」に戻ってきた。ただし三階の自分の部屋ではなく、介護付き居室だ。

この時につき添ってくる家族はいなかった。たった一人の娘は、スウェーデンで暮していて、星だか植物だかの研究をしているそうだ。入院している最中に一度だけ帰国して、母親がもう口をきけない状態だとわかると、てきぱきとさまざまな処理をした。このセブンスター・タウンにもやってきて、母の居室を片づけ、上の階に移る手続きをした。そしてジェネラル・マネジャーの福田にこう告げたそうだ。

「私は当分帰国しません。母が亡くなったらお知らせください」

「割り切っているっていうか、冷たいっていうか……。話し方も外国人みたいだったそうですよ」

「死んだら教えろって……。ねぇ……」

「でも、ここはそういう人、多いかもしれませんよ。子どもと折り合いが悪くて、めったに来ない人もいるし、もう断絶しているから二度と会わない、っていう人もいるし。人間、お金があるとその分、いろいろトラブルが増えるんじゃないですかね。実の親子で遺産で争っている人、っていうのも私は知ってますよ」

「ここだけの話ですけどね」

今日の訓子はいつになくよく喋る。やはり重症の入居者を迎え入れたという興奮があるのだろう。

「八〇八号室の井上《いのうえ》さんいますよね」

「はい、はい。あのパンダ人形の方ね」

このフロアの個室の前には、小さなガラスケースが置かれている。それは少しずつ痴呆が始まった老人、近い将来始まりそうなすべての老人のために設けられたものだ。自分の部屋の番号を認識出来なくなった時のために、モノでわからせようというものだ。井上夫人は入居以来、このガラスケースに小さなパンダの人形を入れている。昔、孫から誕生日祝いに贈られたものだという。だから円満な家庭を営んでいると思っていたが、

「そんなことないんです。娘さんの話になると、もう形相が変わるぐらい」

夫が亡くなった時、二人の娘のうち、妹はおとなしく引き退がったのであるが、姉の方は最後まで分配された以上のものを主張した。

「後ろにいる夫がよくないって。なんでも親は大反対したのに、タチのよくない男と駆け落ちするみたいに結婚したそうです。それで今は貧乏してるからって、父親の遺産をあてにするって何ごとだ、って井上さんは怒ってるんですよ」

「まあ、そうはいっても、親が遺《のこ》してくれたものだから、あてにするよねぇ」

「私もそう思うんですけどね、井上さんは我慢出来なかったそうです。それで夫の残したものを全部つぎ込んで、このセブンスター・タウンに入居されたみたいですよ」

「へえー、そうだったんだ」

「月々の支払いは、預金とご主人の年金でどうにかなるって。ご主人はどっかの官庁から天下りしたんで、遺族年金がわりとあるそうです。長女はそれも狙っていたから、この高いところを選んで入居したって。日本でいちばん高いところに入居して、もうお金も振り込んだって言った時の、長女の口惜しそうな顔っていったらなかったわ、って井上さん嬉しそうに話してくれたことあります。娘は地団駄踏んでたけど、もう後の祭りよねー、って言った時の顔があまりにも怖くって、私、ぞーっとしましたよ」

「実の母娘でそんなことってあるんだねー」

朝子はため息をついた。

「そんな風にしてここに入ってこなくても……」

「遺産とかそういうことは別にして、お金持ちの家族って、どこかヒヤッと冷たいところがありますよねぇ」

「そうかァ、私はまだここに勤め出して日が浅いけど、藤原さんは出来た頃からいるもんね。いろんな人、見てるんだろうね」

「そうなんです。親御さんがボケちゃうと、お見舞いに来なくなる人、わりと多いですよ。こっちの顔もわからなくなっているのに、来たって仕方ないって。すごく忙しいんだからそういう時間もったいないって……」

「たぶんさ、せつなくてつらくってさ、親を見たくないっていう気持ちもあるんだよ」

「それもあるかもしれませんね。お金持ちのエリートって言われる人たちって、ちょっとでもみじめなものがあるといやなんですよね。すべてがパーフェクトなのに、ボケた親がいるっていうのは、我慢出来ないんじゃないですかね。ここに来るお子さんたち見ているとそう思いますよ。親の手ひとつ握らずにそそくさと帰っていく。お嫁さんなんか完全にアリバイづくり。『お義母《かあ》さま、お元気そうでよかった』とか何とか言って、二十分もいませんよ。そして帰ったら、ダンナさんに今日はお義母さんのところへいった、とか言うんじゃないですかね」

「なるほどねぇ」

プレイルームを見る。お茶の時間が始まったところだ。自分の部屋に運ばせる者がほとんどであるが、何人かはソファに座っている。認知症の老人もいるが、きちんとティーカップとお菓子が出される。今日は水羊かんで、これは麴町《こうじまち》の老舗から運ばせたものだ。

「私たち貧乏人はさァ……」

朝子は言った。

「お金の力で親を幸せに出来ないから、気持ちで幸せにしてやるしかないんだよねぇ。でもそれもお金がないために、よくめげちゃうけど」

「本当ですよね。私たちは親の苦労、間近で見てるじゃないですか。だから出来る限りのことをしてやりたいと思うんですけどね。お金がないばっかりにギスギスしちゃいます。これじゃあ共倒れになるんじゃないかって、よく思いますよ」

訓子は自分の親のめんどうもみているうえに、亡くなった夫の母親と同居しているのだ。なかなか出来ることではないと、朝子はいつも感心している。

二人で喜美子の部屋に入った。カッと目を見開いたままだ。朝子は脈を見て、血圧を測った。入院生活を経て、喜美子の体調は落ち着いている。心臓も強い。おそらくあと数年は生きることになるだろう。家族の誰からも見舞われることなしに。

「でもきっと、これからは〝下〟のお友だちがいっぱい来てくれるよね」

階下で喜美子は五年間暮らしてきたのだ。その間、友人をつくったであろう。きっと彼女たちが見舞ってくれるはずだ。

「でもね、田代さん。星野さんは〝なでしこ会〟なんですよ」

「〝なでしこ会〟ってなぁに」

「やんごとなき方々が通う学校の出身者でつくってる会ですよ」

「ああ、聞いたことがある。対抗する〝ユリの会〟っていうのもあるんでしょう」

「それで〝なでしこ会〟の方々は決めているそうです。仲間の中でもし〝上の階〟へ行く人が出たら、その人を見舞うのは絶対によそうって。みじめな姿を見るのもイヤ、見られるのも絶対にイヤ。これは鉄則だそうですよ」

「お金持ちって、本当にわけのわからないことをするよねぇ……」

　朝子は苦笑いした。

「ボケたって、寝たきりになったってさ、みんなここに縁があって集まった仲間だろうに。たまには顔を見せてやるのが人情ってもんだよねぇ」

「本当にそう思いますよ」

　頷いて訓子は、デジタルカメラを寝ている女に向ける。この行為を見るのは初めてだ。

「七福の里」の近くの、電器店の店主の妻の言葉が甦る。

〈おかしな趣味があって、老人の裸を撮るんですよ〉

「何しているの！」

「何って……？　名簿用の写真を撮っているんですよ」

「ああ、そうだったわね」

　このフロアでの居住者の名簿だ。詳しいプロフィールと共に、顔写真はパソコンに収められる。下の階の住人だった時は、おそらく笑顔の写真だったろう。今は目を開いたままのざんばら髪だ。その写真がもうじきパソコンに入る。が、今はまだ入っていない。ここに来たばかりだから。

「ちょっと待って」

　朝子は叫んだ。

「ねぇ、ここにいる人が星野さんじゃなくてもいいんだよね」

　訓子はきょとんとした顔になる。

「もしも、うちの母親と入れ替わったっていいんだよね！」

　やめてくださいよ、と笑い出した。

「そんなこと、出来るわけがないじゃないですか。だって星野喜美子さんはここにいて、今日からここで暮らすんですよ」

「でも、誰がこの人が星野さんってわかるのよ」

「えっ……」

「だってそうでしょ。今日、星野さんはここに来たばかりなんだから、顔を知っている人は誰もいないよ。ちゃんと顔を見たのは、たぶん私と藤原さんだけだよね」

えーっと訓子は目を大きく見開く。あまりのことに、朝子の言葉がまるでわからないとでもいうように。

「今さ、藤原さんは星野さんの顔写真を撮ろうとしたよね。これはパソコンに入れて、名簿をつくるためでしょ。だけどまだ入力していない。名簿はまだつくられてないんだよ」

「そ、そんな」

後ずさりするような姿勢になった。

「まさか、田代さん、本気でそんなこと考えてないですよね……」

「今思いついた。でも本気になった」

「や、やめてくださいよ」

本当に後ずさりを始めた。

「そんなこと、出来っこないじゃないですかッ」

「どうして出来ないの。だって星野さんに家族はいない。たった一人の娘はフィンランドだかスウェーデンだかにいて、死んだら教えてくれって言ってる。下の人たちも約束していて絶対に見舞いにこない。星野さんはさ、誰も来ないまま、ここで暮らすんだよ。だったら私の母親と取りかえっこしてよ」

「そんなこと、出来ませんよ」

「出来るんだってば」

朝子は相手を睨みつけた。脅していると自分でもわかる。

「うちの母親は寝たきりだけど、頭はしっかりしている。星野さんはもう意識がない。どこで暮らしたって同じだよ。私は星野さんをちゃんといい介護施設に入れる。母親を行かせようと考えていたところにね。だったら誰も損しないよね。星野さんだって、別のところでちゃんと看てもらえるんだし」

「まさか、田代さん、そんなこと、本気で考えているわけじゃないですよね……」

訓子の声が震えている。しかしその声は百パーセントの否定ではなく、中に三十パーセントの疑問が入っていることを朝子は感じとっている。

「出来ないことはないよ。だってね、藤原さんはここの介護のチーフなんだからさ。星野さんの担当になればいいことじゃない。そして写真と症状を書き換えれば済むことだよ」

「だけど、もし知られたら……」

「だから、誰が知るのよ」

「ジェネラル・マネジャーだって、時々は上に来ますよ」

「福田さんなんか、ちゃんと一人一人見たことない。あの人はね、下にいる人たちはすごく大切にしている。お金持ちのわがままな人たちばっかりだから、クレームつけられたらどうしようかっていつもビクビクしている。だけどさ、ここのフロアの人たちは、大半が呆けてるか寝たきりだよね。だからざっとまわっておしまいだよ。そんなの、知ってるでしょ」

「だけど、ですけど、他の介護士に気づかれたら……」

「だけど名簿は、ちゃんとうちの母親の顔になっている。私はきっとうまくやってみせる。母親だなんてことを絶対に気づかせないもの」

「もし、もし、バレたら……」

「バレることはないよ」

「もし、バレたら、私も田代さんもクビですよ」

「そんなの覚悟してるよ」

「警察に訴えられるかも」

「そんなことは絶対にない」

きっぱりと言った。

「よその施設見てごらん。虐待があったら大騒ぎ。マスコミに袋叩きになる。日本でいちばん豪華なここで何かあったら、もう経営にかかわってくるよ。必死で隠すに決まってる。それにさ……」

朝子は自分の顔をぐいと訓子に近づけた。そして決定的な言葉を放つ。

「藤原さんも、義理のお母さんを介護してるんでしょ。もし私の母親がうまくいったら、次はあんたのお義母さんもここに入れようよ。少しずつ身内の親をここに入れていく。そして私たちがここで看てやる。何も悪いことはしていない。ただ場所を替えてやるだけなんだよ。そして皆が幸せになるんだよ」

十月にカレンダーが変わったとたん、セブンスター・タウンの住民たちはそわそわし始める。

毎年、ハロウィーンパーティーが盛大に行われるのである。

最初はカボチャを飾り、仮装したスタッフがお菓子を配る、というこぢんまりしたものであったのだが、住人たちの多くが、

「自分たちも楽しみたい」

と言い出したのだ。

金も時間もたっぷりある彼らは、仮装に大層凝り出した。量販店で売っているグッズなど見向きもしない。クレオパトラやさむらい、平安時代の女官など、格好は年々エスカレートするばかりである。これは未《いま》だに相談役をやっている、某テレビ局の元社長が、

「僕は衣装部に行けば何でも借りられるから」

と自慢したのがきっかけだ。

元証券会社会長は、昔のよしみで新橋の芸者から黒の正装を借りた。が、これを自分ではなく妻に着せたのは、やはり良識というものであろう。自分は幇間《ほうかん》の扮装《ふんそう》をした。会長夫人は日本風のなかなかの美人であったので、鬘《かつら》と黒のおひきずりの衣装という芸者姿がよく似合い、皆の絶賛を浴びた。

住人の一人に、元本物の芸者がいて、

「着つけと動きがまるでなっちゃいない。あんな芸者がいるもんか」

と陰で憤慨していたということであるが、これはあくまでも噂にとどまった。

パーティーはホールで行われ、シャンパンとカナッペがふるまわれるが、四年前から男たちが酒を持ち込むようになった。とても足りないというのだ。

そして酒に酔った何人かが、仮装したまま外に出て、広尾の街を練りまわった。これはさすがに問題となり、

「何かあった時の責任をとれないから」

ということで禁止になった。

しかし、これにひるむような老人たちではない。昨年は元気な四人が、大人気のアイドルグループに扮し、歌って踊るシーンもあった。バックに、タレントの卵の少年たちを従えていたから皆驚いた。つき合いのある、芸能プロダクションに頼んだというのである。仮装はいつのまにか、自分たちの金やコネを誇示するものとなっているのである

が、もはや止めることは出来ない。

「今年は愛子さんは何になるんですか」

　昼食の最中、医師の岡田が、倉田愛子に話しかける。愛子は昨年、大好きなオペラの〝椿姫《つばきひめ》〟に扮したのであるが、別の女性の〝マリー・アントワネット〟の前ではややかすんでしまった。

「私、もう今年からやめようかと思って」

　口をとがらせてつんと肩をすくめた。こういうしぐさがなかなか愛らしい老婦人だ。

「皆さん、どんどんすごいことになっているんですもの。それに私、もう貸衣装屋さんに行って、あれこれ選んだりするのも疲れたわ」

「また僕が車でお連れしますよ」

「それにね、お店の人たちの『このお婆さん、なんでこんなものを借りてくんだ？』っていう目つきが、私、イヤでイヤでたまりません」

「そんなこと、誰が思うもんですか」

　岡田は目を丸くした。

「それにヴァイオレットの白い衣装……」

「ヴィオレッタ！」

「失礼、そのヴィ、ヴィ……、椿姫の白い衣装、本当にお似合いでしたよ。縦ロールの髪だって愛子さんだから素敵で、本当のフランス人みたいなんですよ」

「イヤですわ。あれは仮装だからかぶったんで、ふつうにあんなのをしていたら、それこそ頭のおかしいお婆さん、ってことになりますもの」

「いや、いや、あんな風に白いドレスと縦ロールが似合う日本女性なんか、めったにいるもんじゃない。失礼だけど、川口《かわぐち》さんのマリー・アントワネットには、みんなおかしくて笑っちゃいました。本当の仮装です。ですけど愛子さんの美しさには、みんなしんとしてしまったじゃないですか」

「そんな……。私だって仮装したとっぴょうしもないお婆さんですわ……」

愛子の機嫌がすっかりよくなっている。

「僕はね、今年、愛子さんのためにすごくいいアイデアを思いついたんですよ」

「まあ、何かしら」

「東京オリンピックもあることですし、アテネの女神なんかどうかと」

「女神ねえ……」

まんざらでもなさそうだ。

「でも、肩がむき出しになるし……、どういたしましょう。あら遠藤さんだわ」

愛子が気に入っている遠藤が、ちょうどダイニングに入ってくるところであった。

遠藤は料理を運ぶ丹羽さつきに向かって、ここに座るよ、という合図をした。ランチの時間は終わりかけていて、空いているテーブルはいくつもあった。が、遠藤はいつも遠慮して、二人がけのテーブルに座るのである。

「遠藤さん、もうどなたも来ませんから、広いテーブルに座ってくださいよ」

「いいよ、いいよ。こっちの方が落ち着くからさ」

微笑む遠藤が、どこか変わったことにさつきは気づいた。服装のせいだ。男性誌の編集長をしていた彼は、とてもセンスのいいことで知られていた。ダイニングにやってくる時は必ずジャケットを羽織っていたが、取り合わせがとてもいい。濃紺のジャケットの下に淡いピンクのシャツだったり、白麻のジャケットには、ブルーのピンストライプのシャツを組み合わせていた。

が、今日は茶色の毛織りの下に、白いシャツを着ている。ふつうの爺さんならあたり前の服装かもしれないが、遠藤が着ていると野暮ったさが先に立つ。おまけにズボンが黒なのでどこかもっさりしてしまう。

「今日のランチは鶏の中華風煮込みと、ワカメのスープです。かき揚げうどんもご用意出来ますけど」

「それじゃあ、うどんの方を頼もうかな……」

「はい、わかりました」

「あっ、さつきさん、ちょっと待ってて」

遠藤は胸元から手帳を取り出した。

「僕、今日は朝食に何を食べたかな……」

「えっ」

「今、医者に食べたものを全部書き出せ、って言われてるんだけど、この頃年のせいで、何を食べたかすぐ忘れちゃうんだよ」

「やだー、遠藤さんたら」

さつきは笑って、肩をぶつふりをした。

「今朝は洋食セットにして、トーストを二枚召し上がりましたよ」

「えーと、何時頃だっけ」

「八時二十分頃じゃないですかね。朝ドラを見た方がちょうどいらっしゃる時間ですよ。だからちょっと混み始めて……」

「そうだった、そうだった」

遠藤は手帳に書き込み始めた。小さな字でびっしり綴《つづ》られている。

「遠藤さん、ずうっと和食だったのに、今日は洋食だったんですよ」

その時、離れたテーブルで、岡田と倉田愛子が手招きしているのを見た。人の上に立って生きてきた人の常として、こういう時、彼らは直接遠藤に大声で話しかけたりしない。ウエイトレスのさつきをよぶのだ。

彼女はすぐに戻ってきて言った。

「あの、岡田さんたちが、お食事を終えたら一緒にコーヒーはいかがですかと」

「そうだよね、岡田さんだよね。そしてコーヒー」

遠藤は深く頷き、手帳にまた記した。

「えー、コーヒーまでちゃんと記入しなきゃいけないんですか」

「うん……。僕は糖尿の気もあったりするんで、医者がとてもうるさいんだよ」

「えー、言ってくださいよ。うちは白米じゃなくて、五穀米に替えることも出来るんですから」

「そうだね、今度からそうするよ。ありがとう」

かき揚げうどんを、時間をかけて遠藤は食べ始める。それを遠くに眺めながら、岡田と愛子はまたとりとめもないお喋りを続けている。あまりにも男性たちに人気があるために、愛子はどの女性グループにも属していない。施設内の音楽グループ〝セブンスターズ〟のピアニストとしての活躍も派手過ぎるのだ。その代わり、自分の取りまきの男たちと、食事をしたりお茶を飲んだりするのが習慣だ。

話題は再びハロウィーンの仮装パーティーに戻った。

「今年の目玉は、何といっても、山口さんたちがどんな格好をなさるかということよね」

昨年のこと、山口隆《やまぐちたかし》と阿部純子《あべじゅんこ》は、波平《なみへい》とフネさんに扮し、手を繋いで現れた。それはどれほど皆を驚かせたことであろうか。

山口は見事な禿頭《とくとう》であったが、それをからかったりすることは断じて許されない雰囲気を持っていた。旧通産省から大手商社へ天下りし、副会長まで務めた。今でもいくつかの企業の顧問をしている、謹厳実直を絵に描いたような男だ。その彼が丸眼鏡にちょび髭《ひげ》をつけ、着流しに下駄《げた》という波平さんに扮しているのである。

人々はそれを、傍で割烹着姿《かっぽうぎ》でニコニコ笑っているフネさん、阿部純子のおかげだと噂した。純子との恋が山口をこのように変えたのだと。

山口は七十八歳、純子は八十一歳だ。年上であるが、肌が綺麗で小柄な彼女は、年よりもずっと若く見える。

今までも「セブンスター・タウン」では、いくつかの恋愛模様が繰りひろげられていた。朝、誰それの部屋から、誰それが出てきたというのは、皆の、特に女たちの格好の話題であった。

三角関係が原因で、ここを退所していった者もいる。生活が同じ場所で起こる恋愛のもつれは、ねじれにねじれ、ついには収拾がつかなくなってしまうのだ。

こうしたことを予想してか、セブンスター・タウンには規則の中に、

「入居者同士、お互いの部屋に入らないこと」

というものがある。お喋りをしたり、お茶を飲んだりするのなら、ロビィやダイニン

グでどうぞ、というわけだ。部屋に出入りされると、トラブルの種になりかねない。が、同性同士ならこの規則は守られるが、異性となると通用しない。たまに交際中の相手のところに〝外泊〟する様子が目撃されている。

そこへいくと山口と純子のつき合いは、最初から好感を持って迎えられていた。なぜならば二人とも堂々と交際を宣言したからである。

「山口さんはあの時確か、誰かの歌を引用してましたね」

と岡田。

「え、それ、何ですの」

「いやあ、僕も文学的なことはわからないんですが、昔有名な歌人が、老いらくの恋は怖るることなし、とか言ったとか。私も全く同じ心境です、って言ってましたよ」

「有名な歌人って、斎藤茂吉《さいとうもきち》かしら。確かあの人も、奥さん以外の女の人を好きになったのよね。いいえ、〝老いらくの恋〟、っていう言葉を言ったのは別の人よ」

文学少女でもあった愛子は、こういうことに詳しいのだ。ちょっと待って、とスマホを取り出す。セブンスター・タウンでは、スマホとガラケーの率は、ほぼ半々であるが、愛子はスマホ派であった。

「そうよ、川田順《かわだじゅん》よ。ここに書いてありますわ。『墓場に近き老いらくの、恋は怖るる何ものもなし』……。山口さんがおっしゃったのはこのことでしょう」

「そうです、そうです。『老いらくの、恋は怖るる何ものもなし』……。いい言葉ですなぁ」

　岡田は愛子をじっと見つめる。

「怖るる何ものもなし」と言いきった山口は、家族に純子との入籍を切り出したのだ。しかしこれは家族の大反対を受けた。

　父親と同じように官僚の道を歩んでいる長男は「呆けているのではないか」と怒り出し、長女の方は恥ずかしいと言って泣いたそうである。

「山口さんの場合は、財産うんぬんというよりも世間体なんでしょうな」

「でもいいじゃありませんか。山口さんはとっくに奥さんを亡くしてらっしゃるんでしょう。今ここで、人生の伴侶を見つけ、残りの日々を楽しく過ごそうとしているなら、ご家族としては祝福すべきだと思いますわ」

「いや、いや、それは年寄りの論理というものでしょう」

「そうかしら」

　年寄り、と言われて愛子はむっとした表情だ。

「家族にとってみれば、年とった親が再婚するっていうのは、とてもイヤなもんらしいですよ。いや、恋愛する、というのも耐えがたい。これはもうメンタルなもんでしょう。私の場合もそうでしたよ」

岡田は深刻そうに首を横に振ったが、鼻がかすかに動き得意さを隠せない。

「まあ、岡田さんにもそんなことがあったの？」

「そうなんですよ。僕の場合は財産もちゃんと処置して、お前たちには決して迷惑をかけない、って言ったんですが、子どもたちに大反対されました。ですから相手とは泣く泣く別れましたよ。今でも考えることがあります。あの時僕が力ずくでことを行っていれば、今頃二人で幸せに暮らしていたのかなあって……」

「まあ、それはお気の毒でしたわね」

本当のことを言えば、岡田はさんざん貢がされた揚句、クラブママから捨てられたのである。その際もたっぷり手切れ金を取られた。

しかし銀座の女性とつき合い、一時は同棲をした日々は、岡田の記憶の中でさん然と輝いている。その成功譚《せいこうたん》をちらっと愛子に語ることが出来、岡田は満足気だ。

「いろいろ悩んだ末ここに来ましたけど、僕は本当によかったと思ってるんですよ。愛子さんはじめ、たくさんの方と知り合えました。そういえば、ある作家がこんなことを書いていましたよ。人は過去を振り返った時、どんな仕事をしたかがものさしになるんじゃない。どんな女とつき合ったかが年の数字と一緒に記憶されていくんだって。もっともこの作家は、年とっても艶福家で知られていましたけれどね」

「男の方っていうのは羨ましいわ……」

愛子はため息をつく。

「私の時代は、大学三年か四年で婚約、卒業を待って結婚、っていうのがあたり前でしたもの。過去を振り返ろうとしても、夫しかおりません」

「いや、いや、愛子さんの美しさと若さなら、今でも誰かを記憶に入れることが出来ますよ」

「いいえ、今さら……」

「そんなことはありませんよ」

「それに、あの……」

ここでほんのりと顔を赤らめた。

「山口さんたちだって、恋愛なさっている、と言っても本当の恋愛じゃございませんでしょう」

「えっ、どういうことですか」

「その……男女の関係なんておありなんでしょうか。手を握ったり、その、接吻《せっぷん》なさることがせいぜいのはずです」

「そんなことはないでしょおー」

岡田は不自然に反応してみせた。

「山口さんはお酒飲んでる時に、僕たちに言いましたよ。そりゃあ、若い頃と同じわけにはいかないけど」

「いかないけど?」

「ちゃんとセックスしてる、っていうことでしょう」

「まあ」

　愛子は大きく目を見張る。

「そんなこと信じられません」

「愛子さんは、週刊誌お読みにならないからご存じないでしょうが、最近はそういう記事ばっかりですよ。年とってもどうしたらセックスが楽しめるかとか……」

「でも問題は女の方じゃありませんか。純子さんは確か、八十を過ぎてらっしゃるはず。私でしたら、もしそんなことがあったとしたら自決いたします」

「自決ですか!?」

「そうです。もし好きな方が出来ても、この皺だらけの老いた裸を絶対に見せたくないし、そんなことがあったら死んでしまいます」

「愛子さん、別に死ななくたっていいじゃありませんか」

「だって、私を好きになってくれた方に、私のこの体を見せて、幻滅させたくありませんもの……」

「愛子さん……」

岡田は感動していた。彼はこの美しい老婦人の、ういういしいところが好きでたまらない。

「僕は思うんですけれど、こんな年で恋愛したとしたら、お互いよぼよぼの体も受け入れるんじゃないでしょうかね」

「そうかしら……」

「山口さんも酔った時に言っていました。純子さんの恥ずかしがるところがとても可愛いって。愛子さんを愛する男の人も、同じようなところに惹《ひ》かれると思います」

「でもね、私は、女としての美意識もちゃんと持っていなくてはと思いますの。その方を好きだけど、醜い自分の部分を見せたくはない。そう思いながら、心と心で結ばれる。これも恋だと思いますの……。あっ、遠藤さんがいらしたわ」

愛子は微笑みながら、優雅な手つきで遠藤に椅子を勧めた。

「遠藤さん、お久しぶりね」

「ちょっと旅行に出ていたものですから」

「旅行なんていいですわね。いったいどこに行ってらしたの」

「ちょっと待ってください」

彼は胸元からさっきの手帳を取り出した。外国製らしく綺麗なベージュの革である。

「宮崎ですね。父親とお袋の墓まいりをしてきたんです」

「おほほ、いやだわ、遠藤さん。手帳を見なくっちゃ思い出せないなんて」

「この頃、ちょっと呆けてきましてね、宮崎へ行ったのは、先週だかその前だか、ちょっとわからなくなったんですよ」

「この頃僕にもそういうことがありますよ」

岡田があいづちをうつ。

「友人と夕食をとったのは、今週だったか、先週だったか、ちょっと思い出せなくなる。それで手帳を見て、ああ、そうだったかと確かめる。だけど夕食をとったことを憶えているなら、呆けてはいないらしいですよ」

「イヤだわ、二人とも。まだ呆ける年じゃないし、ここでは〝呆ける〟は禁句のはずでしょ。さあ、ハロウィーンの相談をいたしましょう」

「ハロウィーンって」

遠藤はけげんそうな顔をした。ハロウィーンという言葉を初めて聞くかのように。

「そうよね、遠藤さんはまだ経験されてないのよね。十月の最後の日に、ここで仮装パーティーがありますの」

「仮装……、パーティー……ですか」

「やだわ、遠藤さんったら、そんなにびっくりなさって」

「そりゃ、そうですよね。爺さん、婆さんたちが集まって、仮装パーティーって言ったらちょっとひきますよね」

「い、いや、そんな」

「だけどね、私たちこのハロウィーンに、いつのまにか命をかけるようになりましたのよ」

「遠藤さんも、そりゃあびっくりしますすよ。みんな何日もかけて準備して、いろんな格好をするんです」

「それは楽しそうですね」

「でしょう」

愛子ははしゃいだ声を出す。

「遠藤さんも今のうちに、これをやる、っておっしゃった方がいいわよ。人気の仮装はみんながやりたがるから」

「そう、そう、昨年はラケット持ってる人が二人いましたな。言われなきゃ、錦織《にしこり》だなんて全くわかりませんでしたが」

「遠藤さんは背がお高いから、ヨーロッパの貴族なんか素敵だと思うわ」

「何か思いついたらおっしゃってくださいよ。車で〝東京衣裳《いしょう》〟にお連れします」

「貴族ですか……」

遠藤はいつのまにか、額に汗をかいている。困惑しきってとてもつらそうだ。岡田と愛子は思わず顔を見合わせた。

「いやだわ、遠藤さん。そのお気持ちがあれば、という話ですわよ」

「もちろん、ただパーティーに出るだけだっていいんですよ」

「何のことか、僕にはさっぱりわかりません……」

「そりゃ、そうよね。突然仮装しろとか、貴族になれとか、遠藤さんびっくりして、すっかり怯えてしまったわ」

「全く、ここは何てとんでもないところかと思われたかもしれませんな。いやあ、失敬、失敬」

「いやあ、そんなことはないですが……。ちょっと失礼します」

けげんそうな二人を置いて、遠藤は立ち上がった。そしてエレベーターに向かって歩いていく。それをさつきは目で追っていた。

「なんか歩き方がヘン……」

背が高い遠藤は、大股で歩くのが常だった。エレベーターが混んでいる時など、すぐに階段をかけ上がっていく。その遠藤がゆっくりとぎこちなく歩いていくのだ。

年寄りが頼りなく歩き出したら、何かのサインだ、ということをさつきは経験上知っている。食器を片づける手を休め、行方を見守った。

遠藤は不意に右に曲がった。そこにはトイレがある。気分が悪くなったのかと不安になった。食器を置いて、すぐに向かう。何かあったら、職員は異性のトイレでも入っていいことになっている。

「遠藤さん、大丈夫ですか。入りますよ」

ドアを開けた。そこに遠藤が放心したように立っていた。ズボンの前が黒く濡れ、足元に水たまりが出来ていた。

「大丈夫ですよ、大丈夫ですから」

動転しているのは自分の方だと思った。他の年寄りならいざ知らず、まだ七十代でダンディな遠藤である。いつも颯爽とした彼が、目の前でお漏らしをしていたのだ。

「何だかわからないんだよ……」

彼はつぶやいた。

「小便をしようと思ってここに来たのに……」

おそらくジッパーをおろすのを忘れたのだ。遠藤が呆け始めているのは、さつきにとってショックである。しかしそんなことを言っている場合ではない。

清掃用具が入っている棚のドアを開け、雑巾をとり出した。さっさと遠藤の股のところを拭き、床もぬぐった。

「遠藤さん、このまま部屋に帰りましょう。ズボンが黒いから気づかれませんよ。さっ、早く」

さつきがまず考えたことは、遠藤の名誉を守らなくては、ということである。お漏らしをした、ということを他の入居者に知られてはならない。

下半身からアンモニア臭がぷんぷんするので、エレベーターに乗るのはやめた。階段を使って遠藤の部屋の前まで来た。確か三〇八号室だ。

「さっ、鍵を貸してください」

「鍵？」

遠藤は尋ねた。まるでわからないという風に。

鍵はポケットに入っていた。

広い1LDKである。綺麗に整頓されているのは、クリーニングサービスを頼んでいるからだろう。

「遠藤さん、着替えどこ」

それには答えない。さつきは遠藤をバスルームに入れると、勝手にウオークインクローゼットに入った。引き出しを開けていくと下着が見つかった。遠藤はボクサータイプのパンツをはいていた。ズボンはかかっているものを持って、さつきはバスルームをノックする。シャワーの音がしたので安心した。

「遠藤さん、ここに下着置くね。勝手に探しちゃった。気分悪そうだったから」

「ありがとう……」

シャワーの音がやんだ。

「あの、さつきさん、ちょっと待っててくれるかな」

「わかった」

ダイニングはランチタイムが終わり、スタッフがまかないを食べ始める時間だ。十分や二十分はどうということはないだろう。

さつきはソファに座り、あたりを見渡す。写真立てがいくつかある。そのほとんどが犬と一緒だった。何という犬種なのだろうか。キツネのような顔をした大型犬である。バミューダパンツの遠藤は、陽に灼《や》けて精悍《せいかん》そのものである。お漏らしをしてそろそろと歩く遠藤とは別人だ。

さつきはリリーのことを思い出した。甘ったれて可愛かったリリー。コンシェルジュの邦子のところへ貰われていった。元気で暮らしているということだが本当だろうか。最近邦子とはあまり話していない。あたり前だ。あんなことがあったからだ。彼女の呆けた父親を空いている部屋にこっそり入れたばかりに大変なことになってしまった。福田は今もさつきのことを目の敵《かたき》にしている。出会っても、目を合わせようともしない。

まあジェネラル・マネジャーとは、めったに会うこともないのでそう気にすることもなかった。気になるのは邦子のことだ。あの後父親を自分のところにまた引き取ったそうである。今、施設を探しているということであるが、

「兄嫁の思うツボだと思うと口惜しくてたまらない」

と語った。父の介護を嫌って家出した兄嫁のことを考えると、夜も眠れないという。

さつきは犬と一緒の、遠藤の写真を見る。まるで雑誌のモデルのようだ。ハンサムでおしゃれである。

遠藤は本当にこのまま呆けてしまうのだろうか。

それはあまりにも可哀想な気がする。彼はここに入居してまだ一年足らずだ。セブンスター・タウンでの快適な日々をそう味わうことなく、すぐに「上の階」へ行ってしまうのは可哀想すぎると思った。

「頑張るしかないじゃん」

思わずつぶやいた。しかしどう頑張るというのだろうか。呆けてしまったら、もう抗《あらが》うことは出来ない。なりゆきにまかすしかない、ということを自分はよく知っているではないか……。

バスルームのドアが開いて、遠藤が出てきた。湯気とよいにおいと共にこちらに近寄ってくる。さつきが渡したズボンをはいていた。

「さつきさん、さっきはありがとう」

驚いた。しっかりした声だ。

「だけどさつきさん、信じて欲しいんだけどこんなこと初めてなんだよ」

「わかってるったら」

手を振った。

「気にしなくたっていいよ。年をとったらさ、嫌でも失敗はしちゃうんだからさ」

「でもさつきさんがいなかったら、いったいどうなってたんだろう……」

ソファに腰をおろし、深いため息を漏らした。さつきにはわかる。こういう下《しも》の失敗を初めてしたら、本人がどれほど傷つくか、ということをだ。

「遠藤さん、大丈夫だってば。私たち誰にも見られてなかったよ。遠藤さんは黙ってる。パンツを洗たく機に入れる。これですべてOKだよ」

明るく言ったのだが、遠藤は暗く沈んだままだ。

「さつきさん、僕はこれからどうしたらいいんだろう」

「オムツをするしか仕方ないじゃん」

「オムツ……」

遠藤は怖ろしいことを聞いたように、大きく目を見開いた。

「そんな顔しなくたっていいよ。ここでオムツしている人、結構いるよ。今はさ、スリムで外からバレないのいっぱい出てるしさ」

「僕が、オムツをするのか……」

遠藤はまじまじとさつきを見つめた。皺に囲まれているけれど、まだ形のいい目があきらかに怯えている。

「しっかたないじゃん！」

肩をポンと叩いた。

「うちのお母さんがいつも言ってるよ。人間はさ、生まれてきてオムツをして、死ぬ時もオムツをする。人はぐるっと回ってる。もうこれは仕方がないことなんだって」

「………」

「そんなにショックなの？　わかった。私が買ってきてあげる。初心者用のうんと薄いやつ。初心者用って言い方おかしいかな？　まっ、いちばん快適なのを買ってきてあげるよ」

「えっ、何を買ってきてくれるの？」

「何って……」

さつきは驚いた。今、オムツの話をしたばかりではないか。

「オムツじゃん。今、オムツの話してたじゃん」

「そうだよね……。オムツだよね……」

遠藤は前かがみになり両手で顔をおおった。どのくらいの時間がたったろうか。やがて彼はゆっくりと、「いない、いないバー」をするように手を放した。

「あのね、さつきさん。実は僕、アルツハイマーなんだよ」

「へえー」

アルツハイマーというのは、ふつうのもの忘れよりもずっと性質《たち》が悪いということをさつきは知っていた。年とって脳が萎縮していくのではない。脳の病気なのだ。まだ若い働き盛りの人を襲うこともある。すべての記憶を失くし、最後は自分のこともわからなくなってしまうという。

「遠藤さん、まだ若いのに……」

「アルツハイマーだって診断されたのは二年前だよ。ショック、なんていうもんじゃなかった。たったひとつの救いは、進行が遅いって言われたことだ。それから僕は大忙しですべてのことをやり遂げた。マンションを売って、財産を頼む弁護士を雇って、それから最愛のユキと別れたんだよ」

ユキは女の人ではなく、犬のことだろう。なぜかすぐにわかった。

「この頃、自分が十分前に何をしたか、その記憶がぽんととんでしまうことがある。だけどユキの名前だけは忘れないんだ」

「その犬のこと、本当に可愛がってたんだね」

「ああ、僕が本当に愛したのはユキだけかもしれない……」

「ちょっと、ちょっとオ」

さつきは思いきり相手の肩をぶつ。

「犬だけを愛してた、なんて悲しいことを言うのやめなよ。お父さんやお母さんだっていたんだろうし、恋人だっていたんだろ」

「僕の両親は、離婚してるんだよ。僕が十二歳の時だった。どっちも恋人が出来たんだ」

「ふうーん」

「それで僕は祖父母のところに引き取られた。祖父は大きな製紙会社のオーナーだったから何の不自由もしなかったよ。僕がここに入所出来たのも、祖父の株を売り払ったおかげだよ」

「恋人はいたんでしょ。遠藤さん、モテそうだし。ここで遠藤さんのファン多いよ。といってもさ、お婆さんばっかりだけど」

「ありがとう」

「だからさ、さっきみたいなとこ見られたら大変だ。やっぱりしようよ、オムツ」

「わかった。オムツだね」

「あっ、ちゃんと憶えてるじゃん。さっきから話してるけど、遠藤さんしっかりしてるよ。ふつうに会話出来てるよ」

「それがこの病気の特徴だよ。最初はふつうにちゃんと話は出来る。だけどじわじわと少しずつ記憶が消えていくんだ。それが何から消えていくのかわからない。だから僕は手あたり次第にメモをするようにしてるんだ。壁にもメモ用紙を貼っておいたけど、掃除の人に見られるとイヤだから剝がしといた」

「そうか、それで何時にご飯食べたとか……」

「そうなんだよ。この頃、不意に記憶がとんでしまう。今喋っているのは、いったい誰なのかわからなくなってしまう」

「さっき遠藤さんが話してたのは、岡田さんと倉田さんだよ。女の人が倉田さん。二人ともいい人だし、人のことを探るような人じゃないから大丈夫」

ああ、そうだ岡田さんだよなと、遠藤は悲し気に頷いた。

「僕が女の人とちゃんと関係を結べなかったのは、両親の離婚のせいだと思ってた。長く一緒に暮らした人がいたけど駄目だった。でもそれは、親のせいじゃない、いつかこんな病気になるのを、どこかで予感してたんだろうな……」

そして、つぶやく。

「誰の顔も思い出せず、自分が誰かもわからず、一人死んでいくんだ……」

「ちょっとォ、遠藤さん」

さつきは大きな声を出す。

「ちょっとォ、元気出しなよ。私だって独り者だし、たった一人の身内の母親はさ、この頃しょぼしょぼして元気ない。たぶん私も一人で死んでくと思うけど、今からくよくよしても仕方ないって、いつも自分に言いきかせてるよ。それに私は貧乏人だけど、遠藤さんはお金持ちだ。もし病気が進んでも、ここでちゃんとめんどうみてくれるはずだよ。ふつうの人からみたら、ずっとずっと恵まれてるよ。それにさ、きっともうちょっとしたら、アルツハイマーに効く薬も出来るって、このあいだテレビでやってたよ」

「そんなの、ずっと前から言われてるけど、何も始まってない」

「そんなことないよ。私さ、仕事柄、そうした老人医療のニュースや番組、ちゃんと見てるんだから。確かに言ってたよ」

　さつきは得意そうに口角をきゅっと上げた。

「だから遠藤さんも希望持ってさ、病気が進むまではここで楽しくやろうよ」

「楽しくやろうも何も、僕はここにいる人がだんだんわからなくなってきた。さっきは仲よくしていた岡田さんの名前も出てこなかったし、いったいどこの誰だろうと思った。だけど……」

「けど？」

「さつきさんだけは、いつもちゃんとわかるんだよ」

「やっぱり美人は、ちゃんと憶えてるんだね」

　さつきはやや芝居がかって、何度も大きく頷いた後、

「っていうか、やっぱりご飯を運んでくる人は憶えてるんだよ。人間、やっぱり食べ物なんだねぇー」

「そんなことはないよ。ダイニングでも、他のウエイトレスは全く憶えてない」

「わかった、遠藤さん。これから私がフォローしてあげるよ。あの人は誰で、これから何があるのかを教えてあげる」

「そうはいっても限界があるよ……」

「いずれは〝上〟に行くってこと?」

「そうだね。そのことはもう福田さんにも最初から話してある。こちらの生活に支障をきたすことがあったら、すぐに上のフロアに引っ越しますって……」

「ダメ、ダメ、あんな福田のタヌキに相談したって!」

さつきは福田との闘争を忘れてはいない。

「あの時、私も汚い手を使ったけど仕方ないよね。ああいうジジイには、あのくらいのことしなきゃ」

「えっ、何のこと」

「いや、いや、何でもない」

さつきは大きく手を振った。

「あのさ、遠藤さん。福田の言うこと聞いて、すぐに〝上〟に行っちゃダメ。あそこは寝たきりの人や、認知症がかなり進んだ人が行くところだよ」

「僕も似たようなもんだよ」

「そんなことはない。遠藤さんは時々記憶がとぶだけだろ。今だってふつうに喋ってるじゃん」

「本当だね。不思議だ。昔のこともちゃんと言えるし」

「そうだろ。だからギリギリまでここにいて、みんなと楽しくやろうよ。あのね、ぶっちゃけた話、福田は早く、下の階の人が上に行ってくれたらいいと思ってるんだ」

「そうなんだ」

「そうだよ。ここは人気あってさ、百二十人待ちって聞いたことがある。お金持ってる人が、六十五歳になるなり予約してるんだよ。だから部屋がない。そこへいくとさ、〝上〟はまだスペースがいっぱいある。ここは出来て九年たったけど、〝上〟に行く人は少ないんだって。だから福田は何かあると、すぐ上に行かせたがるんだよ。でもさ、遠藤さん、そのテにのっちゃダメだよ。出来る限り、ここにいて楽しもうよ」

「そんなことが出来るかな……」

「出来るってば。その代わり部屋に閉じ籠もってちゃダメだよ。ちゃんとみんなといろいろなことやった方がいい。そうだよ、今度のハロウィーンパーティー参加しようよ。新入りで遠藤さんは注目の的《まと》なんだから、ちゃんと仮装しなきゃダメだよ」

「仮装パーティー、仮装パーティー……」

遠藤はせわしなく手帳をめくった。先ほどのメモを確かめているのだ。

「わかった。ハロウィーンの時、パーティーでみんな好きな格好をするんだよね」

「そうだよ。毎年毎年すごいことになってるけど、もう誰も止められない」

「仮装は僕も得意だよ」

遠藤はふっと遠くを見る。

「バブルの時、しょっちゅういろんなことをしていた。あの頃、ハロウィーンはまだ盛んじゃなかったけど、誰かの誕生日パーティーとかで、みんな馬鹿げた大騒ぎをしたもんだよ……」

「バブルね。ああ、そんなことあったよね。でも私になんか、いい思い出何にもないよね。うちが地上げにあいそうになって大変だったんだよ」

「まあ、僕は独身だったから気楽なもんだよ。ボーナスは十二ケ月出て、経費は遣いたい放題。『バック・トゥ・ザ・フューチャー』やるんでさ、友だちに頼んで車をそれらしくペイントしてもらって……」

「なんかさ、遠藤さん、いきいきしてきたよ」

「三十年前のことははっきり思い出せるのに、十分前のことはまるで憶えていない」

「ま、いいじゃん。楽しいことだけを思い出すっていうのも」

「そんな他人ごとで言うの、やめてくれよ」

さつきを睨みつけたが、それは初めて見るほどの険しさであった。先ほどから遠藤の表情が、大きく変わっていることにさつきは気づいている。ひどく疲れているように見えているかと思うと、急に生気を取り戻すのだ。

「人は思い出だけで生きていけるわけがないだろ。僕は、今、ここで人として生きなきゃいけないんだ」

「そうだよね。ごめん、ごめん、悪かったよ」

「アルツハイマーと診断された僕の気持ち、おそらくわかってくれないと思うよ。一時は死ぬことも考えたんだ」

「やめなよ、そんなこと言うのさ」

「いや、本当だ。朝起きると、部屋の窓が開いていることが何度もあった。なぜだろうって考えると、夜中に飛び降りようと思ったからなんだ。でも、そのことも憶えていない。見るとユキが、不安そうな顔でこっちを見てる。あぁ、ユキが必死で止めてくれたんだなってわかる」

「そういう話、本当に泣けるよ……」

「そして僕は心を決めた。今、僕が死んだら家族もいない。遠い親戚が勝手なことして、おそらくユキは保健所行くだろうって……」

「そうなんだよ。飼い主のいなくなった犬や猫はさ、本当に可哀想なんだよ」

「必死でユキの行き先を見つけたよ。ユキみたいな大型犬は、貰ってくれるところはまずないんだ。フェイスブックで必死に呼びかけた。そうしたら長野でペンションやってる大学時代の友人が、飼ってもいいって言ってくれたんだ」

「そこに預けたんだね」

「いや、貰ってもらった。その代わり、彼のペンションの屋根の修理代を払うことにしたけどね」

「なんか、イヤな感じだねぇー」

「いや、僕から申し出たんだ。ユキはとても贅沢に育っている。かなり金のかかるコなんだ。別れる時は……」

そこで遠藤は黙りこくる。そのことについて苦しんでいるのか、記憶が途切れたのかさつきにはよくわからない。

今度は大きな声で言ってみた。

「ところで」

ああ「ところで」というのは、とてもいい言葉だなと初めてさつきは思った。今までの暗い話はいったん終わろうとストップをかける。前向きの話をしようではないかという合図だ。

「遠藤さん、ハロウィーンの仮装、どうするの？」

「えっ、ハロウィーン？」

彼はやはり記憶がとんでいるのだ。

「ほら、仮装するパーティーだよ。ここの人たちはたいてい出るよ」

「さつきさん、僕はとてもそんなものに出る自信ないよ……」

大きく首を振った。

「さっき会った人が誰だか、まるで憶えられないんだ」

「でもさ、パーティーには出る気ある？」

「いや、それは……」

「はっきり言ってさ、遠藤さん、その病気のこと、まだみんなに知られたくないんでしょう」

「ああ、あと一年、いや半年でいい。ふつうにここで暮らしたいんだ」

「じゃ、出なよ、パーティー」

二人はいろいろな相談をした。

「テレビで芸能人が耳につけてるのあるよね？　インカムっていうの？　あれを買ってきたらどうかな。私が離れたところでいろんなことを教えるよ。そうしたらパーティーで会った人とも、スムーズに話出来るんじゃない」

「そんなこと、出来るかな……」

「大丈夫よ。ほら、楽天《らくてん》で見たら、そんなに高くない。コードを隠すには、長いカツラしたらどうかな」

「カツラって……」

遠藤は怯えたようにさつきを見る。

「まさか、女装しろ、っていうんじゃないよね」

「まさかァ。ジョニー・デップの海賊なんかいいかなあと思って。ほら、遠藤さん彫りが深いから、ちょっと髭つけてメイクすればジョニー・デップに似てくるよ」

「ジョニー・デップ、ジョニー・デップ」

遠藤はすごい勢いでグーグルで探す。やがて画像が出てきた。

「ああ、この人だ。ジョニー・デップ……。『パイレーツ・オブ・カリビアン』に出ていたね。僕はこの映画が大好きだった」

「そう、そう、その時の海賊の格好でいいんじゃない……。ほら、これカッコいいじゃん」

「この衣装だと、なまじの貸衣装は無理かもしれないな。オリジナルでつくった方がいいかもしれない」

遠藤はいかにも元編集者という口調になった。

「知り合いに頼めるかも」

「じゃあ、それがいいよ。遠藤さんにぴったりだよ」

「さつきさんは……」

「私は裏方のウエイトレスだからたいしたことはしない。ウサギの耳つけるぐらいがせいぜい」

「それならいっそのこと、バニーガールになればいいのに」

アハハと二人は笑い合った。

「そんなことしたら、ここの男の人たち、みんな鼻血出して大変だよ」

「そうだね。そうかもしれないね」

「だけど貸衣装屋さんで、私も何か借りてこようかな。そうだ。アリスになってみよう」

「そうだ、ジョニー・デップは『アリス・イン・ワンダーランド』もやってたね」


セブンスター・タウンの、ハロウィーンパーティーは、十月三十日に行われた。次の三十一日にすると、街でもたくさんの催しが開かれている。それにつられて老人に扮装したまま〝脱出する〟のを防ぐためだ。

辛抱がきかない老人たちは、定刻の五時よりもずっと早くホールに集まってきた。一刻も早く、自分の仮装を誉めてもらいたくてたまらないのだ。

着ぐるみを着て、やたらそこらを飛びまわる者がいる。

「ポケモンGOですよ」

と種明かしして、場内は大いに沸いたが、体力がすぐに尽きてソファに座り込んでしまった。

話題のカップル、山口隆と阿部純子は、昨年よりもさらに凝っていた。ボルサリーノをかぶり、白いスーツ姿のギャングと、情婦といういでたちだ。純子の衣装は、ビーズのいっぱいついたミニドレスである。

「こんなものを着て、本当に恥ずかしいわ……」

と純子は恥ずかしがっていたが、山口は平然としている。

「だって純子さんの脚はとっても綺麗だから、見せてもいいんだよ」

肌色の厚いタイツにくるまれた恋人の脚を、喰い入るように見つめる。

そうした二人を、岡田と愛子は少し離れたところから眺めていた。

「『老いらくの恋は、怖るる何ものもなし』とはよく言ったもんですよなあ。人が嗤ったっていいんですよ、自分たちが幸せで楽しいのならばそれでいい。僕は何だか本当の恋が出来るのは、実は年寄りなんじゃないか、って考えるようになりましたよ。若い者が、くっついたり離れたりするのは、あれはただ生物の当然の行為。カブト虫が交尾するのと同じようなもんですよ」

「どうしてカブト虫が出てくるかわかりませんわ」

「イヤ、今、ちょっと思いついたんですよ」

そういう岡田は、ナポレオンの格好をしている。貸衣装屋に行ったら、まっ先に目についたものだ。愛子はオリンピックイヤーということで、ギリシャの女神の白い衣装を選んだ。

といっても、露出の多い衣装を高齢の彼女が着られるわけもなく、下に白いブラウスを合わせているので、一見するとネグリジェのようになってしまった。

その他にも真田幸村《さなだゆきむら》、忍者サスケたちが楽しそうにビールを飲み交わしている。エイトマンやとんま天狗《てんぐ》、赤胴鈴之助《あかどうすずのすけ》などといった、懐かしいヒーローたちが登場するのも、この施設ならではだ。

女性たちの仮装では、やはりお姫さまが人気がある。白雪姫《しらゆきひめ》は今年三人もかち合ってしまった。ちびまる子ちゃんに挑戦するのは、案外女より男の方だ。そして今年は仲よしの三人組の男性が、本格的なナースの格好をし、聴診器をふりまわしながら派手なパフォーマンスで皆を笑わせた。

「医者はどうも楽しめませんな」

岡田はげんなりとした表情だ。

「病院でいつもおっかないナースたちに、やりこめられていますからなぁ」

「ですけど、皆さん、とってもお似合いじゃありませんこと」

「よくあんな大きな制服ありましたなァ」

「貸衣装屋さんかしら。それともどこかの病院で借りたのかしら」

「いや、いや、ふつうの病院で、あのサイズを揃えるのは大変だったでしょう」

やがてＢＧＭは、七〇年代のブラックソウルミュージックになっていく。仮装パーティーは、踊れるようにして欲しい、という要望によったものだ。

「愛子さん、踊りましょう」

「ステップ、忘れましたわ」

「いや、これはチークダンスのためのものですから、体を動かしていれば……」

「チークだなんて、そんな……」

「いや、いや、僕たちも『怖るる何ものもなし』の精神でいきましょう」

やがてホールの真ん中には、踊るカップルが集まり始めた。といっても、男性の数がぐっと少ないため、ふざけて同性と踊る者も多い。女と女ではない、男と男である。なまじここで意中の女性を誘ったりすると、あぶれる女性が出てきて、今後気まずいことが起こるだろうということを、みんなわかっているのである。

ナース姿の男性と、三ツ編みの女学生姿の男性とが、わざと艶っぽく踊り始めて、女たちは悲鳴をあげる。嬌声《きようせい》というものだ。

「今だよ、遠藤さん」

さつきはインカムのマイクに向かって言った。

さつきはアリスの格好をして、部屋の隅にいる。申しわけ程度に、飲み物を持った盆を手にしているのは、人からあまり話しかけられないようにしているためだ。

遠藤が扮した海賊が中央に進むとどよめきが起こった。ジョニー・デップ風の化粧は、遠藤が昔なじみのヘアメイクに頼んだものだ。ゲイの彼のことは、なぜかはっきりと憶えていた。

「まあ、どなた？　素敵ね」

「ほら、映画に出てきたあの俳優にそっくりよ」

というささやきはやがて、

「遠藤さんよ」

「遠藤さんじゃないかしら」

という歓声に変わった。

「遠藤さん、いい感じだよー。あのねー、右にいるクレオパトラらしき人は、川口さん、川口さんだよ……」

さつきはインカムの小さなマイクに向かってつぶやく。

「あのさ、手にチュッしてあげなよ。それから、川口さん、相変わらずお美しいですねって……。そういうこと、ものすごく喜ぶ人だから」

やがてそのあたりから、川口みちの楽し気な声があがった。

「キャーッ、どうしましょう」

「川口さんの隣にも、お世辞言わなきゃ、中国人の女の子の格好してる人……。私は知らないけどフイチンさんだって。森川《もりかわ》さん、森川さんに、可愛いですねーって言って」

続いて森川千代の笑い声が起こる。

「左側にいる坂本龍馬《さかもとりょうま》は、木原《きはら》さんだよ。男のボスだから、こっちにも挨拶を……。やっ、カッコいいですね、木原さん、って言ってあげればご機嫌だから」

遠藤のまわりには人だかりが出来ている。注目の新入りということもあるが、海賊の扮装があまりにもきまっているので、皆驚きの声をあげる。

「そうしてると、本当に外国人のようですなあ」

さつきはさりげなく近寄っていく。遠藤は沈黙していた。これについてうまく反応出来ないようだ。ささやいた。

「化粧のせいですよ」

「化粧のせいですよ」

「本職にやってもらいましたから」

「本職にやってもらいましたからね」

「なるほど、だからこんなに上手に化けられるんですな」

「でも、遠藤さんみたいに、彫りが深くないと、こんな外国人みたいになれませんよ」

と言うのは、川口みちである。クレオパトラに仮装する、などというのは、よほど自分の美貌に自信がないと出来ないことであろう。

今年七十六歳の川口みちは、昔、東映のニューフェイスで、映画にも何本か出ていた。といっても、四番手、五番手ぐらいの役であったが、運のいいことに彼女は、映画館を幾つも所有する大金持ちに見初められて結婚した。しかしすぐに離婚ということになったのであるが、次は不動産業者と再婚した。こちらの方とは死別して、次はゲーム会社の創業者である。いわば日本の金持ちの歴史を体現してきたようなみちであるが、三番めの夫は二年前に心臓病で亡くなった。彼は前妻との間に四人も子どもがいたが、それでもみちには莫大《ばくだい》な財産が残された。おそらくセブンスター・タウンの中でも、一、二を争うほどの金持ちであろうと皆は噂している。

しかも彼女はまだ女の色香をたっぷりと残している。しょっちゅう海外旅行をしているが、先日はイタリアでさんざん口説かれたと自慢していた。金と同じぐらい、自分の美貌にも自信を持っているのだ。

「踊りましょう」

彼女は言った。

「ねえ、遠藤さん、踊りましょうよ」

遠藤はさつきの方を振り向いた。困惑している表情だ。

「踊りなよ」

さつきは言った。

「濃厚なチークをしてあげたら？　きっと喜ばれるよ」

遠藤は首をふる。

「ダメ、ダメ、このくらいのことはしなよ」

遠藤はみちの手をひいて、ダンスの輪の中に入っていった。拍手がわき上がる。

クレオパトラは、〇・五センチほどのアイラインをしていたが、ねっとりとした視線を遠藤におくっている。

「お似合いだよ」

とさつきはおかしくなってくる。

「あのね、遠藤さんは前から川口さんに気があったんだよ……。だからさ、チークしながらこう言いなよ。川口さん、本当に美しい。クレオパトラがぴったりですね」

「…………」

「この後、ちょっと二人で庭に出てみませんか」

「…………」

遠藤の反応がない。

「もおー、どうして私の言うとおりにしないワケ!?」

「もおー、どうして私の言うとおりにしないワケ!?」

「はあー?」

みちの声がした。

「私、ちゃんとステップ踏んでますよ」

「そういうことじゃなくて」

「そういうことじゃなくて」

ここだけは遠藤は忠実にオウム返しになる。さつきはあわてて叫んだ。

「もうダンスやめて」

「もうダンスやめて」

失礼ね、とみちは睨みつけた。

「いつだってやめますよ。何よ、えらそうに」

遠藤の手をふり払った。

「気分悪いわね。ダンスしたくないなら言えばいいのに」

「そうだよ、ちょっと遠藤さん、失礼じゃないか」

坂本龍馬が割って入る。よく手入れされた顎髭を持つ龍馬だ。

「ヤバい。さっき挨拶した男のボスの木原さん。この人は本当に川口さんに気があるんだよ。いつも追っかけまわしてる」

「本当に川口さんに気があるよね。いつも追っかけまわして」

「何だと」

髭がぶるぶると震えた。

「君、本当に失敬じゃないか。新入りのくせに。人に向かって言っていいことと悪いことあるだろッ」

「ちょっと、遠藤さん、謝りな、謝りなってばさ」

「謝りな、謝るんだよ」

遠藤は呑気に、さつきがささやく言葉を繰り返す。

「なんだとー、お前」

龍馬の顔が怒りのために赤くなってきた。龍馬が右手で殴りかかる。それを実に見事に遠藤はよけた。

その右手は、男同士でチークを踊る三ツ編みの女学生の背にあたった。

「痛い、何するんだよ」

「いや、間違えた」

「何が間違えただよ、このヤロー」

女たちの悲鳴があがった。女学生が龍馬にパンチをくらわせたのである。

「やめなさいよ」

「ちょっとォ、誰かァ！」

するとと女学生と踊っていたナースが、止めに入ろうとしたちびまる子ちゃんの頭をぽかりと叩く。

「何だよ、このやろー」

ちびまる子ちゃんの右手が、ナースの腹に一撃を入れる。

「やりやがったな」

男たちの乱闘が始まった。もっとやれ、やれと火をつける者たちも出てきて、あたりは騒然とし始めた。

「お前、待て。やい、ジョニー・デップ！」

遠藤が後ろの衿首をつかまれる。

「お前から始めたんだから、責任取れよ」

牧師の格好をしているくせに乱暴な男は、遠藤に殴りかかろうとする。その時、突然崩れ落ちた。さつきだ。さつきが後ろから彼の膝にケリを入れたのだ。

「遠藤さん、こっち、こっち」

さつきは遠藤の腕をつかむ。そして喧騒《けんそう》の渦の中からひっぱり出した。

「早く、逃げた方がいいよ」

そのまま二人はホールを出た。エレベーターを降り小走りにロビィをつっきった。運のいいことに、今日のコンシェルジュは細川邦子だ。二人を見て微笑む。

「誰だかわからなかった。とってもお似合いですよ」

「なんかさ、ホールがえらいことになってるよ」

「えっ、どうして。何？　何？」

それには答えず、二人は扉を開け庭へ向かった。藤棚のテラス席は、喫煙者のための憩いの場所になっているのであるが、今は誰もいない。暗闇の中で水銀灯のあかりが、色づいた木の枝を浮かびあがらせていた。さつきは木のベンチに座り、息を整えてから大きな声で言う。

「あー、めちゃくちゃ楽しかったねぇ」

「僕もだよ」

さつきは声をたてて笑い出す。ジョニー・デップの髭が半分取れかかっていたのだ。

「さつきさん、ひどいじゃないか」

遠藤は取れかかった髭をびりりと取った。そうすると片方だけの髭の間抜けな顔になり、さつきはまた笑った。

「途中からインカムで、随分出鱈目なことを言ってたね。僕が川口みちさんに気があったって」

「あれ、そうだっけ」

「とぼけちゃって、ひどいよ。僕の記憶がいくら失くなってるといっても、センスはまだ残ってるよ。あんな婆さんを好きになるはずはない」

「婆さんだって。自分だって爺さんじゃん」

「そりゃ、そうだけど、あちらは婆さんになることに必死に抵抗している婆さんだ。だいたいあの年でクレオパトラだなんて、ちょっと図々しくないかい？」

「そりゃ、そうだけど、いいじゃん。仮装パーティーなんだもの。みんなが自分の好きなもの、なりたいものの格好する。川口さんは美人だから、クレオパトラ似合ってたじゃん」

「本当にそう思ってるのかい？」

「まっ、従業員だから言えないこともいっぱいあるけどね」

「そら、みろ」

二人は同時に笑い声をたてた。

「だけど大丈夫なのか。なんかこぜり合いが始まったけど」

「いいの、いいの……」

手を振る。

「あのさ、チョー自分勝手な年寄りが一緒に暮らしてんだよ。たまにはさ、ガスを抜いてあげなきゃ」

「ガスを抜くねぇ……」

「そうだよ、うちにはさ、昔職人さんが何人かいたんだよ。たまにさ、ケンカが始まるとうちのお父さんは、もっとやれ、やれって。力のあり余ってる若い男が一緒にいて、たまにケンカをしない方がおかしいって。男は女ほど口がうまくまわらないから、すぐポカポカって手を出す。それがあたり前だって、そうやってガスを抜いていかないと、人間関係はうまくまわらないってさ」

「なるほどねぇ。だけどおかしかったなァ」

「女学生と龍馬がいきなり殴り合いだもんね」

「今、ここに来ておかしさがこみ上げてくるよ。こんなに笑ったの、何年ぶりだろう。本当におかしくて、楽しかったよ」

さつきさん、と遠藤は口調を変えた。

「僕と結婚してくれないかな」

「えーっ」

さつきはきょとんとした顔で、遠藤を見つめる。

「今、何て言ったワケ?」

「だから、僕と結婚してくれないか」

「マジかよ……」

驚きのあまり、非常に下品な言い方をした。

「それ、本気で言ってるとは思えないね」

「いや、実はずっと考えてたんだ。この何ケ月、他の人のことは忘れていっても、さつきさんのことはちゃんと憶えてる。さつきさんと喋ったこともみんな憶えてる。そしていつもさつきさんを頼りにして、ダイニングにいっても、すぐに姿を探してるんだ」

「それって、介護人のスカウトなワケ？」

「いや、違うよ。さつきさんといると本当に楽しいんだよ。今だって、こんなに笑ったのは何年ぶりかだよ。さつきさん、お願いだ。僕はあとどのくらい正気でいられるかわからない。それまで僕を支えてくれないかな」

「うーん……」

さつきは大きく呼吸した。

「あんまり突然で、返事を、って言われてもねえ。それにさ、私、遠藤さんのことは好きだけど、結婚するほど好きか、って言われるとちょっと考えるよね」

「ごめん、迷惑なのはわかってるよ」

「別に迷惑じゃないよ。プロポーズされたのは初めてだからさ、嬉しくないこともないし……」

「え？　そうなの？　意外だな」

「そうだよ。私なんかブスだし、気も強いからさ、誰も寄ってこないんだ。お母さんはさ、私は男を見る目がない、って言うけどさ、そうじゃないんだ。私さァ、高校生の頃から、私となんかつき合ってくれるんなら、まっ、カラダめあてだろうな、それでもさ、恋人、いないよりいた方がずっとマシだし、と思ってたけど、そっちの方も来なかったよね」

「若い男の子は見る目がないんだ。僕も若い頃そうだった。だけどね、年をとってやっと本当に大切なものがわかってくるんだよ。あっ、ごめん。そうだよね。僕はさつきさんよりずっと年上の爺さんだ。結婚してくれなんて気味悪いよね」

「そんなことないよ。遠藤さんは年よりもずっと若いし、さっきジョニー・デップの海賊になって現れた時はさ、女の入居者、みんなクラクラしてたもん。私もかなりカッコいいなと思った」

「ありがとう。僕もさつきさん、本当に可愛いと思う。笑顔が素敵だし、ちょっと口が悪いところも楽しいし……」

「そう思うの、遠藤さんが今までつき合った女の人のこと、みんな忘れてるからだよ。雑誌の編集長やっていたんだから、まわりにはモデルや女優さん、いっぱいいたって岡田さんが言ってたよ」

「そうかもしれない。だけど僕は、彼女たちの顔を誰一人思い出すことが出来ないいんだよ」

「ほら、そうじゃん！」

さつきは叫んだ。なぜだか、口惜しさと怒りとが胸にこみ上げてくる。

「他のいっぱいいた女のことは、みーんな病気で忘れちゃった。今、ちゃんとわかるのは、目の前にいる私だけ。だから結婚してくれなんて勝手だよ。あんまりだよ。それでさ、はい、わかりました、なんて言う女、世の中にいるのかね。私にだって、プライドっていうもんがあるんだよ」

「だけど、さつきさん、今の僕には君しかいないんだよ」

遠藤は突然さつきの手を握った。夜の闇の中にいるのに、意外と温かい手であった。

「手を握るだけだよ」

さつきはおごそかに言う。

「ドラマだとさ、ここでキスしてすべてＯＫ、っていうことになるんだろうけどさ、現実はそんなに甘くないよ」

「わかってるよ。さつきさん、はっきり言うよ。僕が君と結婚したいのは、病気のせいじゃない。だってそうだろ、病気のめんどうみさせようとしてプロポーズするなら、こんな失礼なことはないだろ」

「そりゃそうだ」

「確かに、他に女の人はいっぱいいた。だけど僕は今まで、誰にも結婚を申し込んだことはない」

「本当かねえ」

「そのことははっきり憶えてる。さつきさんが結婚申し込まれるの初めてなら、僕も結婚を申し込むのは初めてなんだ。アルツハイマーになって、死ぬほどの恐怖と闘っている時、君の笑顔が救いだった。だから一緒になって欲しい」

ホールからの音楽と笑い声が、さっきよりもはっきりと聞こえる。おそらく窓を開けたのだろう。

「僕はたぶん、近いうちに〝上の階〟に行くだろう。それまでの間、一緒に過ごしてくれないか。こんなことを言うのはイヤらしいけれど、僕はここの月々の経費を払ってもまだ残るぐらいのものは持っている。だから迷惑はかけないよ」

「私は、別にそんなこと気にしてないよ」

「わかってる、わかってるよ。だから言うんだよ。僕が死んだ後も、ちょっとしたものは残せる。僕は病気がわかった時、知り合いの弁護士と相談して株も不動産も現金にしておいた」

「あんた、しつこいよ。私はお金のことなんかどうだっていいんだから」

「いや、それからさ、もうひとつイヤらしいこと言うとさ、僕と結婚すればさ、さつきさんはセブンスター・タウンの住民になれるじゃないか。ダイニングのウエイトレスじゃなくてさ、住民として、僕の妻として、ほら、みんなと楽しくやろうよ」

彼は建物の上を指さした。もうとっくに喧嘩は終わったのだろう。聞こえてくるのは楽し気なざわめきだけだ。

「馬鹿馬鹿しい。ここの人たちが私を受《う》け容《い》れるわけないじゃん」

「僕が守るよ。もしさつきさんがここで暮らすのがイヤなら、どこかに部屋を借りたっていいんだ」

「どういうこと？」

「いや、今、思いついたんだ。僕はもうここの部屋の権利を買っている。死ぬまで権利がある。権利を持っていても、別のところに住んでいる人は何人もいるだろ。だからギリギリ僕が壊れてしまうまで、二人でどこかで住んだっていいんだ」

「やっぱり私は、介護人の代わりかよ」

「本当にわかんない人だなァ……」

遠藤は深いため息をつく。

「僕が正気を保てるのはあと少しだ。それまで君と楽しく暮らしたいんだよ」

「うーん……」

さつきは呻吟《しんぎん》した。それは求婚の場にふさわしくない行為だった。

「私はまだどっか信用出来ないんだよな。だからこうしよう。一週間後のこの時間、ここで会おうよ。その時に、えっ、何だっけ？　と言わないかどうか確認したいんだよね」

その間遠藤は、ほとんど自分の部屋から出ようとはしなかった。たまにダイニングにやってきても、そそくさと食事を済ませて帰っていく。

それをハロウィーンパーティーの喧嘩のせいだと思う人は多く、同情の声があがった。

「だってあれは、遠藤さんのせいじゃないんでしょ。突然川口さんが怒り出したっていいますよ」

愛子は川口みちのことが嫌いなのだ。美しさでは双璧をなす二人であるが、あちらは元女優という派手な経歴で、いつも男たちを従えている。それも気にくわない。

「それに、男の方たちも、喧嘩をした後、なんだか楽しそうだったじゃないですか」

「そうそう、木原さんの坂本龍馬はカツラが取れてしまいましたが、あれにはみんな大笑いでしたな」

と岡田。

「男というのは、子どもも大人も、時にワーッとつかみかかってみたくなる衝動にかられますからなァ。私も出来たら、あの乱闘の中に加わりたくなりましたよ」

「だから遠藤さんはちっとも悪くないんですよ。それなのに、あんなにしょげてしまって本当にお気の毒だわ」

ねえ、ちょっとと、さつきを手招きする。

「遠藤さん、今、お部屋を出ていったけど呼びとめてくださる。また、いつものように食後のコーヒー、一緒にしましょうって」

「でもね、遠藤さん、無理みたいですよね。なんかこっちに来たくないようですよ」

もし愛子や岡田が鋭い人間であったら、この中年のウエイトレスの言葉に、ややぞんざいなものを感じとったことであろう。

「今はあんまり、人と話をしたくないって、ああやってご飯を食べると、すぐに部屋に帰っちゃうんですよ」

「お気の毒だわー」

愛子はくっきりペンシルで描いた眉をひそめる。

「ご自分のせいで、喧嘩が始まったって、すっかりしょげてらっしゃるんですもの。どんなにおつらいかしら。なんとかしてさしあげたいわ」

「愛子さんは本当に優しいですね」

少々嫉妬が混じっている岡田の声だ。

「遠藤さんのことをずっと気にしてるんですからね」

その日は朝から雨が降っていた。そのためか陽が落ちるのが早い。五時になるとあたりは薄暗くなっていった。

約束の六時に、さつきはビニール傘をさしてテラスに向かった。紺色の傘が見える。遠藤だということはすぐにわかった。傘は高い位置にあったからである。

「はーい、こんばんはー」

さつきは近づきながら、軽口を叩いた。

「はーい、遠藤さん、私が誰だかわかりますかァ」

「そのくらいわかるよ。馬鹿にするな」

「失礼、失礼。あんた誰ですか、って言われたらどうしようかと思って」

「病気のことを、茶化さないで欲しい」

遠藤はこちらを見る。プロポーズをしたばかりとは思えないほどの厳しい顔だ。

「記憶が失くなっていくというのが、どんなにつらいことかわからないと思うけど」

「ちょっと、そんな怖い顔しなくたっていいじゃん。毎日そんな顔されるかと思うとぞっとするよ」

「申しわけない。だけどさつきさんが、僕のことをからかうからだよ」

「だけどさ、不安材料いっぱいあるからさ。何か言ってみたくなるんだよね」

「もちろん、こんな僕にプロポーズなんかする資格がないのはわかってるよ。でも僕は、この先、さつきさんと暮らしたいんだ。ほら」

遠藤は前に進む。そしてさつきの両肩を抱く。傘が後ろに飛んだ。キスをした。

「さつきさん、僕と結婚してくれませんか」

「いいけどさ、ひとつ条件が」

「何でも聞くよ」

「遠藤さん、うちのお母さんと結婚してくれないかな」

しばらく沈黙があった。傘をささない遠藤の髪は次第に濡れてきた。

「意味がまるでわからない……」

「そりゃ、そうだよね」

他人ごとのように言う。

「うちのお母さん、自宅を引っ越して狭いハイツに住むようになってから、元気ないしさ。言うこともとんちんかんになった。犬がいなくなったのも大きいかもね。遠藤さんのユキもそうだけど、犬の存在ってすごいよ。人間より上かもしれない。それで私は考えたんだ。お母さんをセブンスター・タウンに入れようって」

「さつきさんの言っていることがまるでわからないよ……」

遠藤は苦し気につぶやいた。

「僕はもしかすると、君のお母さんに会ったことがあるんだろうか。そして何か約束をしたんだろうか……」

「ううん、一度も会ってないよ」

「じゃあ、どうして」

「こういうことなんだよ。あのさ、遠藤さん、私と結婚するっていっても、セックスなんてないよね」

「えっ、それはまあ……、年だし……」

ひどく狼狽し始めた。

「ごめん。実はこの病気になってから、あちらの方はまるでダメなんだ」

「いいよ、それはさ、予想ついてたし。そんなことだと思ってたよ」

さつきはにっこりと笑い、うんうんと頷いた。

「だったらさ、別にうちのお母さんと結婚してくれてもいいワケだし……」

「それはないよ。そんなことはあり得ない……」

「そうだよねぇ。それはあんまりだしさ」

「さつきさん、君は僕のことをからかってるのかい」

「いやあ、ごめん、ごめん。それでさあ」

ゆっくりと語り始めた。

「あのね、私、ここの規約調べたんだ。するとさ、たったひと言、入居者が結婚した場合は、配偶者も同居が認められる、っていうのしかない。あのね、七十、八十の人が結婚するはずない、っていう前提なんだよね」

「………」

「っていうことはさ、カタチだけでもうちのお母さんと結婚してくれれば、お母さんはここに住めるってワケ。お母さんはここのセブンスター・タウンの住民になれるってワケだよ」

「で、僕はここで君のお母さんと暮らすのかい。一度も会ったことがない、君のお母さんと」

「違うよ。それで私はいろいろ考えたんだ」

さつきは得意そうに鼻をすすった。

「ここはさ、権利だけ買って住まない人がいっぱいいる。だからさ、遠藤さんはここに奥さんだけ置いて、自分は別のところに住むワケ。もちろん私と一緒だよ。申しわけないことをしてるから、私は一生懸命尽くすよ。二人でどっかで愛の巣をつくる。そしていよいよとなったら、遠藤さんはここに帰る。いいアイデアだろ」

「それじゃあ、僕はいったいどこに住めばいいんだよ」

遠藤は悲しげな声をあげた。本当に混乱しているのがわかる。顔には汗が噴き出しているほどだ。

「だからさ、私はいろいろ考えたワケ。いい、もう一回、よおく聞いてよ。遠藤さんはうちのお母さんと結婚する。年齢も釣り合ってると思うよ。それにうちのお母さん、わりと美人だったんだよ。昔の写真見ると悪くないもん。私は似なかったんだけどさ、アハハ……」

「僕は、君のお母さんに会ってない……」

遠藤のささやかな抗議は、さつきの、

「気にしない、気にしない……」

という手ぶりによって消されてしまった。

「いずれ会わせるからさ」

「…………」

「それでさ、遠藤さんの奥さんになったうちのお母さんは、堂々とここのセブンスター・タウンの住民になる。きっといろいろ意地悪されるだろうけど、それにめげるようなお母さんじゃないからさ、大丈夫。本当は遠藤さんがうちのお母さんと暮らしてくればいいいんだけど」

「冗談だろ……」

「冗談、冗談。でも、うちのお母さん、私と性格がそっくりで面白いよ。どうせセックスしないなら、それでもいいと思うけど、まぁ、そうはいかないからさ、遠藤さんは私と暮らそうよ。どこかさ、部屋を借りてさ……。まぁ、今いるハイツだとあんまりだから、どっかマンション借りてくれるよねぇ。あのさ、お金のことを言うのすごおくイヤだけど、そのくらいのお金あるよね。だってこのあいだそう言ったし」

「ああ……」

彼はもうすべてを諦めたように、力なく答えた。

「だったらさ、犬を飼えるところ探してさ、ユキを引き取ろうよ」

「ユキ！」

「あっ、顔が変わった。すごく嬉しそう。だったら私も、預かってもらってるリリーを引き取るよ。そうだよ、私たちと犬二匹、楽しく暮らそう。ねっ、私、ひどい条件出してるわけじゃないよね。これでＯＫだよね」

「まあね……」

「じゃあさ、遠藤さん、一筆書いてね。後で絶対にめんどうなこと起こるはずだからさ」

第十一章　みんなで

鍵を開けて、父親の姿を見るとホッとする。滋は背を向けてテレビを見ているところだった。

いつもと変わらないテレビの画面。ひな壇に座ったタレントたちが早口で何かを喋り、それを皆がはやしたてる。意味のない会話が続いている。しかし明るい絵があり、人の話し声がするというのは、まだ救われる光景だ。

邦子は時々思うことがある。テレビがない昔の人は、どうやって老人を一人にしていたのだろうか。沈黙の中、老人たちは淋しくつらい思いをしたのではないだろうか。いや、案外孤独の中に遊んでいたのかもしれない。

邦子はどさりとハンドバッグをテーブルの上に置いた。狭い部屋の中で、それは思いのほか大きな音をたてる。まるで邦子の抗議の声のようにも聞こえるが仕方ない。

父親の放尿事件で万策尽きたと思った邦子であるが、必死でひとつの方法を考えついた。それは家から歩いて五分のワンルームマンションに、滋を住まわせる、ということであった。老人の一人暮らしに部屋は貸さないと聞いていたので、邦子の名前にした。家賃の六万八千円とヘルパーの料金は、月々の自分のパートの給料から出している。そして夜はここに泊まるようにした。

ベッドの横に布団を敷いて寝る。あまりにも狭いので、テーブルを移動させなければならない。

その前にいったん家に帰る。この時は思わず小走りになる。時間がある時につくって冷凍にしているものに、邦子は細かい指示をしておいた。

「ハンバーグはそのままじゃなくて、煮込みハンバーグにして」

「豚肉はチルドに戻してあるから、それをキャベツで炒《いた》めて」

が、たいていは守られていない。コンビニ弁当の空《から》があることもしばしばだ。

「だってめんどうくさかったんだもん」

「帰りが遅くなっちゃって」

などと平然と言う娘に腹を立て、その後悲しくなった。高校三年生といえば十八歳である。昔なら結婚していた年であろう。それは古めかしすぎるとしても、母親の右腕になってもいい頃だ。家事をまるで教えてこなかった自分に、まず非がある。

「勉強があるから」

と言われれば黙ってしまった。専業主婦をしていた時間も長かったし、パートをしていた時も、夕飯までに帰れることを優先した。その結果がこうなのだ。家族の非常時だというのに、まるで協力しようとはしない。

進んでやってくれることといったら犬の世話ぐらいだ。散歩は喜んでする。前から可愛い犬を連れて歩きたがっていたからに他ならない。

「いったいいつまで、こんなことが続くんだ」

夫に問われれば、

「わかりません」

と言う他なかった。

「たぶん、うちの父が死ぬまでかしら」

と答えれば、その後黙っていたが、最近はこう続く。

「君のお父さんが亡くなるまで、オレに我慢しろっていうのか」

「そうですよ。それがイヤなら離婚してくださいよ」

夫婦はしばらく睨み合う。

離婚なんか出来るものか、と邦子は夫のことを見くびっている。世間体を気にする気の弱い男なのだ。金があるわけでもないし、男ぶりもふつうだ。再婚など無理だと自分でもわかっているに違いない。

親の介護などというものは、みんなこんなものであろう。雑誌の特集でやるように、

「将来を見通して」

などということが出来る者が何人いるだろうか。次から次へと災難が降ってかかる。いや人生の順序そのものが、うまくいかないようになっているのだ。親が倒れたり呆けたりする時は、たいてい夫の定年退職期と重なる。一部の大層出世する人を除いて、みんな勤め人の悲哀を感じる時だ。二度めの就職などうまくいくはずがない。信じられないような給料や待遇を提示され、屈辱に身を震わせる。自分の親ならともかく、妻の親にやさしく出来るはずはなかった。だから夫の仕打ちを許さなければと思う。しかし忘れまい。

夜、父の傍に布団を敷いて寝る時に邦子は夢想する。自分と父親にひどい仕打ちをした人々、夫、姑、兄、兄嫁たちに小さな復讐《ふくしゅう》をするつもりだ。それぞれの程度に応じたものをだ。特に許せないのは兄嫁である。

二十年後、どこかの施設にいる彼女を想像する。意地の悪い女のことだから、娘にもそっぽを向かれているはずだ。兄はなぜか先に死んだことになっている。

自分の年金だけで、兄嫁はひどくみじめな生活をしている。大部屋に入り、同室の者たちともそりが合わない。兄嫁はたまに自分のところに連絡してくる。

「邦子さん、たまには訪ねてきてくれないかしら。それから少しお金を貸してくれたら嬉しいんだけど……」

その時、こう言ってやるのだ。

「お義姉《ねえ》さん、よくそんな口がきけますね。うちの父にあれだけの仕打ちをしたのは、いったいどこのどなたでしょうか」

しかしそんな日がいったい本当にくるんだろうか。もし自分が先に呆けてしまったらどうしようか。あの果菜が手厚く介護してくれるとはとても思えない。ちゃんと躾《しつけ》をしてきたつもりだったのに、あの気のきかなさ、やさしさのなさは、いったいどういうことなのだろうか。子育てももしかすると復讐される、ということかもしれない。ちゃんと育てることが出来なかった過去の自分に、未来の自分が復讐されるのだ。

その時、暗闇の中で父の声がした。

「ミズシマへ行くのは、仕事に決まってるだろう」

「ミズシマがどうしたの、お父さん」

呆けた者が何かわけのわからないことをつぶやいても、必ず反応してやるようにと本に書いてあった。

「そんなはずないでしょう」

「何を言ってんのよ」

などと叱るのはタブーなのだそうだ。

「お前はミズシマへ出張に行くというと、いつもイヤな顔をする。それはよくない」

どうやら死んだ母に向かって言っているようだ。

「ミズシマ、水島ですよね」

水島という名には憶えがある。石油関係の仕事をしていた父が、時々訪れていたところだ。そういえば父の仕事に合わせて、岡山の倉敷に皆で旅行に行ったことがある。邦子が小学校の時だ。確か会社が黒塗りの車を出してくれ、皆でそれに乗った。子ども心にも、父親はえらい人だと思った記憶がある。

「もうヨウコとは別れたのだから」

「えっ」

ヨウコとはいったい誰だろうか。別れるということは……。すぐに理解出来た。

「水島にいたヨウコさんですね」

滋は何も答えず大きく頷いた。その様子にかすかな得意さがあった。

邦子は何だかおかしくなってくる。父は水島に女がいたのだ。母が生きていて父が壮健だったら、たまらない嫌悪を持っただろう。しかし今は紙オムツをし、トイレに行くのに誰かに手を借りなければいけない父なのだ。

「楽しかったですか。よかったですね」

心からそう言った自分に偽りはない。いつもガミガミと母を叱り、ゴルフ以外これといった趣味も持たなかった。面白味のまるでないつまらない父親だと思っていたのだが、過去にそんなことがあったのだ。

が、そんなやさしい気持ちは、ふと兄嫁の声で消される。

「色ボケしてるのよ。私を襲おうとしたのよ」

もしかすると、父は昔から好色な男だったのか。自分だけが知らなかったのだろうか。いや、そんなことはない。父の浮気など母から聞いたこともなかった。

「邦子、小便だ」

「はい、はい、ちょっと待って」

枕元に置いていたカーディガンを羽織る。いつのまにか、立ち上がる時、よっこいしょと発していた。

パジャマとオムツとをおろし、便器に座らせた。以前は立ってオシッコをしていたが、下半身がふらつくのである時から座らせるようにした。

「まるで女のようだ」

と最初のうちは文句を言っていたが、この頃はおとなしく座る。

座っているうち、小便ではなく大便になってしまうこともある。今がそうらしい。臭気が拡がった。尻は自分で拭いた。その後はウォシュレットを使う。調整してやるのは邦子だ。

「もういいですか……。もう充分ですか」

「ああ……」

スイッチを切り、滋は立ち上がる。軽く紙で水気を取り、パンツ型オムツをもう一度はかせる。

「お父さん、夜はこれにオシッコをしてもいいんですよ」

「好きじゃない」

「ああ、そうでしたね」

もう何度言っても無駄だと思うものの、つい聞いてしまう。夜中に何度かトイレに起こされることがどれほどつらいか、おそらく父にはわからないだろう。

父を立たせ、便器の中を覗くと、しっかりとしたバナナ状のものが水の中に沈んでいた。

「お父さん、いいウンチしたね。よかったわ」

便秘の時は大変だ。薬を飲ませ、頃合いを見はからってトイレへつれていかなくてはならない。一度下痢便が紙オムツからもれて、シーツも汚してしまった。

しかしまだトイレに行くことが出来るのは、なんという幸せだろうと邦子は思う。世の中には寝たきりで、大小便をオムツの中にする老人がいくらでもいるのだ。

介護というのは、自力でものを出せるかどうかで大きな境界線が出来るような気がする。自分の親の排泄物を拭うところから、いろいろな苦悩や疲れが始まるのだ。滋の場

合、その日は近い。が、邦子は覚悟出来ていないのである。友人たちは、

「慣れれば何とかなる。やるしかないもの」

と言うが本当だろうか。


晩秋の気持ちよい午後であった。裏の公園のイチョウがすっかり色づいて、黄金色に輝いている。

このイチョウの木々の美しさはよく知られていて、この季節は散歩する人が絶えない。が、銀杏《ぎんなん》を拾う人がいないので、あたりに悪臭漂うことがあった。落ちた実の果肉が腐り始めるのだ。

セブンスター・タウンの上の階から、三人が車椅子に乗って降りてきた。今日は天気がいいので、公園を歩くのだろう。車椅子を押している者の中に、邦子は田代朝子の顔を見つけた。さつきに紹介され、三人でお昼をとったことがある。

「お散歩ですね」

にっこりと笑いかける。

「今日はいい天気だから、歩くのは気持ちいいでしょうね」

「そ、そ、そうですね」

なぜかちょっとあわてた様子だ。

「こんにちはー」

邦子は腰をかがめて、車椅子の老婆に話しかけた。この施設に勤め始めてから、年寄りと会話を交わすのがうまくなった。出来るだけ大きな声で、区切って、はっきりと発音する。おかげで父親との会話でも役立っている。そして車椅子の老人の場合は、しゃがんで相手の目の高さに合わせるのだ。

車椅子に乗っている老婆は、陽よけのためかつばの広い帽子を被《かぶ》っている。だからよほど顔を近づけなければならなかった。

老婆はしっかりした目をしていた。濁ってもいない。上の階でもこういう者がいる。認知症ではないけれど、体の自由がきかず、下の階で一人暮らしをすることが出来ないのだ。

「今日は天気がよくてよかったですね。お散歩には最高ですね」

老婆の目が光った。かすかに頷いたような気がした。しかし言葉は発しない。やはりボケているのかと邦子は立ち上がる。

「いってらっしゃいませ」

車椅子の女に頭を下げた。

「いってきます」

返事をしたのは朝子の方だ。邦子は車椅子とそれを押す女を見送り、元の場所に戻った。入れ替わりに宅配便の車が来るのが見えたからだ。受け取ったものを整理していると携帯が鳴った。

他の二人から離れたところに、朝子は車椅子を停めた。おりから風が吹いて、イチョウがはらはらと二人の上に降りそそいだ。

「ああ、いい気持ちだ」

チヅが帽子の紐《ひも》に手をかけようとした。

「帽子を取らないで」

朝子は小さく叫んだ。

「あそこを出る時は要注意だよ。この公園も誰かが散歩しているかもしれない。私たち二人でいるところを見られたらアウトだよ。顔がそっくりだからね」

「そんなことはない。朝ちゃんはお父さん似だよ」

と言われても、小学校六年の時に離婚した父を、朝子は写真でしか知らない。父親の悪口を言わなかった代わりに、チヅは会わせてくれなかったからである。

「このあいだ若い介護士にさ、田代さんが星野さんの部屋に入ると、楽しそうな声が聞こえてきましたね、なんて言われてドキッとしたよ。あの方、私になんかはあまり話さないけど、なんて言われちゃってさ」

「朝ちゃんは何て答えたんだい」

「ちょっと認知症はあるけど、受け答えのすごく面白い人でつい笑っちゃうのよ、って誤魔化したけど」

「こんなこと、いつまで続くのかねぇ」

チヅは空を眺めた。

「いきなりここに連れてこられた時は、わけが全くわからなかったよ。星野さんっていう人になれって言われてもさ。だけど三日いたらあまりにも快適で……」

「そりゃそうだよ。日本でいちばんのところだもの」

「部屋は綺麗でテレビも大画面だ。ご飯もおいしい。何より毎日朝ちゃんが来てめんどうみてくれる。朝ちゃんが来ない時は、チーフの藤原さんが親切にしてくれる。あそこは天国だよ。本当にそう思ってるよ。だけどこれはズルいことなんだろう。もし見つかったりしたら、朝ちゃんは大変なんだろう」

「大丈夫よ」

朝子はキッと睨んだ。

「私はすごくうまくやってるもの。あのね、私が理事長に特別気に入られてるから、こっそり空いた部屋を格安に使わせてもらってる。他の人に知られたら大変なことになる。でも大丈夫だよ。バレないように別の人の名前にしてるもの」

「でもさっきはちょっとドキッとしたよ。受付の女の人が、私の顔をのぞき込むからさ」

「あの人はただ、丁寧にしようとして、身をかがめただけだよ」

「でも気づいたかもしれないよ。私の顔、朝ちゃんにそっくりだって」

「たった今、私はお父さん似だって言ったくせに」

朝子は苦笑しながら、母親の肩についたイチョウの葉をつまんだ。

「いずれにしたって、私は怖いよ。毎日があんまり快適でさ。こりゃあ、私みたいな貧乏人がいるとこじゃないって思うよ」

「お母さんはいたっていいんだよ。部屋は空いているし、お母さんは行くとこがなくて困っていた。だからちょっと融通をきかせてもらっているだけなんだから」

さあ、帰ろうか、と朝子はベンチから立ち上がった。セブンスター・タウンの建物に向かって歩き出した時、向こうの信号を横切る邦子を見た。制服のまま、ハンドバッグだけを持っている。その急ぎ方が尋常ではなかった。

「あっ、細川さんだ。いったいどこへ行くんだろう」

「さっきの人だよね」

親子で行方を見つめた。

携帯の発信者を見た時、邦子は息がとまりそうになった。滋を担当しているヘルパーからであった。

「細川さん、お父さん、どこかにお出かけですか。今、お部屋に行ったんですが、いらっしゃいませんでしたよ」

「そんなことありません。部屋、ちゃんと見てくれましたかッ」

といってもワンルームである。十畳ほどの部屋の他は、ユニットのバスルームがあるだけだ。

「どこにもいらっしゃいませんよ」

「私は鍵を閉めてきましたが」

「鍵は開いていました」

内から簡単に開く鍵であるが、今まで父は触れたことがないので安心していた。

「とりあえず私、すぐそちらに向かいます」

「そうしてください。でも私は次にまわるところがあるので、時間が来たら失礼しますが」

あなた、それどころじゃないでしょ。父がどこかへ行ったんですよ、と邦子は怒鳴りたくなったがぐっとこらえた。ヘルパーが一日に何軒もまわっているのを知っているからだ。

もう一人受付にいる女に声をかけた。今日は田辺が非番でいない。彼女だったら無理をきいてくれるのだが、森山《もりやま》という女は入ったばかりで気心が知れていなかった。

「森山さん、悪いけど、私、これからすぐに病気の父親のところに行かなきゃいけないの。悪いけど一人でいてくれる」

「えー、そんなこと急に言われても困りますよ。私、あと一時間であがりです」

「悪いけど、夕方までいてくれない。ここは二人いないとまずいのよ」

「困りますよ、私にも予定がありますから」

「森山さん、独身？」

「バツイチで子どももいますけど……」

「だったら、子どもが急に熱出して帰らなきゃならないこともあるでしょ。お互いさま！」

最後は怒鳴って出てきてしまった。あまりにも急いだので、制服を着替える間もなかった。気づくと地下鉄の窓に、硬い表情の中年女が映っている。お使いに出たＯＬのように見えないかと思ったが、そんなことはないだろう。お使いに行かされるＯＬはもっと若いはずだ……。動転した疲れで、邦子は空いたばかりの席にどたっと腰をおろす。

マンションへ戻ると、ヘルパーが待っていてくれた。

「緊急事態ですから、急きょ別の人に替わってもらいました」

「ありがとうございます」

有り難くて涙が出てきそうだ。ヘルパーは五十代で、いちばん頼りになる年代である。

おそらく自分も、親の介護で苦労したことがあるに違いない。

二人で管理人のところへ行ってみた。彼はちょうど階段を掃除していたので出ていく者を見ていないという。

「警察に連絡した方がいいんじゃないの」

他人ごとのような言い方に、邦子はむっとした。

「きっと近くをうろうろしてると思うんですよ。あんまり大ごとにしたくないですし」

「私、駅の方を見てみますよ」

ヘルパーが駆け出したので、管理人もしぶしぶという感じで腰をあげた。

「おたく、よくおじいちゃんと小学校の土手の方に行くよね。あっちの方を見てみるよ」

「ありがとうございます。私、商店街を見てみますので」

滋は買い物が大好きである。商店街に連れていってやると、電器屋をのぞいたり、コンビニで小さな買い物をしたりする。おそらく一人で狭い通りをふらふらと歩いているのだろう。そう思いたかった。

小走りで商店街をまわる。顔なじみのコンビニの店長や、花屋の店員に尋ねた。

「うちのおじいちゃん、知りませんか？」

「さあ……」

みんな首を横に振るばかりだ。マンションに戻ってみると、もう管理人は所定の場所に座り、ヘルパーと何やら話をしていた。

「やっぱり警察に行った方がいい」

命令口調だ。

「徘徊する老人、この頃よく交通事故に遭うんだから」

「そんな……」

「このあいだも、列車停めちゃった年寄りがいてさ、奥さんが鉄道会社からものすごい額請求された話、知ってるよね。何かある前に本当に捜してもらった方がいいよ」

「でも、もう少し待ってみますよ」

警察がからんでくると思うとぞっとする。

このところゆっくりと痴呆が進んでいくのがわかる。しかし滋は時々正気に戻り、その時は昔の父親とまるで変わらないのだ。

「お前には本当に迷惑をかける。だが頼れるのはお前だけだ」

としみじみ言ったこともあり、あの時はじーんとした。昔から優しい言葉をかけてもらったことがないだけに、驚くと同時に悲しくなった。あの誇り高い父親が、ここまで弱気になっているのかと。

しかし呆けた人間から聞く感謝の言葉は、宝石のような重みを持つ。あれがあるからこそ、介護を続けていられるような気がする。

いったん家を出たものの、滋はすぐに正気をとり戻すのではないだろうか。そうすれば住んで間もないけれど、このマンションへの道も憶えているはずだ……。

「奥さん、早い方がいいよ」

管理人は執拗《しつよう》だ。

「何かあってからじゃ遅いよ。そもそもさ、こんなところに呆けた老人を一人置いとくの、無理だよ。だいいち契約違反だしね」

「一人じゃありませんよ」

つい大きな声が出た。

「私が毎晩一緒にいるようにしてますよ」

「だけど、昼間は一人でしょ」

「その時はヘルパーさんが……」

「ヘルパーさんだって、毎日来るわけじゃないよね。だったら、こんな狭いとこに老人を一人置いとくなんて無理。ここはね、忙しく働いてて、うちに寝に帰るだけの人が住むとこなんだよ。老人置く間取りになってないの」

そんなことはわかっている。しかし居場所がないからこうなったのだ。

「奥さん、本当に早く警察に連絡しなよ。そうでなきゃ大変なことになるよ」

「わかりました……。でも八時まで待ってくれますか」

父が不意に帰ってきそうな気がするのだ。

「強情な人だなあ……」

首を横に振った。

「警察は別に逮捕するわけじゃないんだよ。保護をしてくれるんだよ」

「そんなこと、わかってます」

「細川さん、申しわけないですけど」

ヘルパーが立ち上がった。

「私、そろそろ行かないと。最後のお宅だけは、替わりが見つからないんですよ」


八時まで待って、邦子は近くの警察へ出向いた。

警察に嫌悪を抱いているわけではない。ただ警察に届け出をすると、父の行方不明が大ごとになってしまうのは間違いない。このことが、夫や姑に知られたらどうなるのか、たやすく予想出来た。行き場のなくなった父親を、自宅から近いワンルームに住まわせる。自分のとった苦肉の策が、このことによって壊れてしまうかもしれない。

勇気をふり絞って出かけた警察署であるが、担当者はこういうことには慣れているらしく、

「ご苦労さまです。じゃ、まずこれを書いてください」

淡々と行方不明者届の用紙を渡された。

「えーと、お父さんの服装、もっと詳しく教えてください」

「はい。白いポロシャツに、グレイのもっこりした感じのカーディガン。それから黒いズボンをはいていました」

朝着せた服装だ。少しでも小綺麗にしていてもらいたくて、着替えはまめにさせている。下着も喧嘩ごしで、朝着替えさせたばかりだ。

「ふーん、靴はどうだったんですか、靴は」

「それが……。私が家を出る時は、うちの中にいてテレビを見ていたので」

「でも失くなっている靴があるでしょう。それが履いていった靴ですよ」

そういえば、昨日まで玄関にあったギョーザ靴が消えている。きっとそれを履いていったのだろう。

「ギョーザ靴って何ですか」

「ほら、ここのところがギョーザのふちのようになっている靴です」

何かのパンフレットの隅に、イラストを描いた。

「なるほど、こういう靴ですね」

頬をかすかにゆるめる担当の警官は、五十代の後半とみた。

そしてこんな話をしてくれた。

徘徊する老人というと、とぼとぼ歩く印象があるが、中にはものすごいスピードで歩く者がいるという。

「何か奇妙な力を授かったような速さなんですよ。岡山でいなくなった八十代の男性が、三日後神戸で見つかったことがあります。不眠不休で歩き続けたらしいんですよ」

「今のうちの父に、そんな体力はないと思いますよ」

老人のひとり歩きなど、すぐに見つかると思っていたのに、警察からの電話は夜半になってもこなかった。

十時を過ぎた時、兄の三樹男に連絡をした。

「出かけたきり、まだ帰ってこないってことなんだろ」

この男はどうして、ものごとを軽く考えるのかと腹が立つというより、胸がむかむかしてくる。

「徘徊よ。行方不明なんですよ。もう六時間以上たっているんだから」

「近くを見たのか」

「あたり前じゃないの。管理人さん、ヘルパーさん、みんなが手分けして近所を見てくれたわよ。他人が、心配してあちこち捜してくれたのよ」

嫌味を言ったが、それがこたえるような相手ではないと思い、はっきりと命じた。

「お兄ちゃん、すぐここに来てください。親のいち大事なんですよ、すぐ来て」

ワンルームも見せるつもりであった。家にもいられなくなったこの二ケ月というもの、自分がどれほど必死でやってきたか。兄と兄嫁は、父を家から追い出したのだ。それもちゃんとした施設に入れたならともかく、その場しのぎの〝介護レスキュー〟に父を入れた。その劣悪さにびっくりした邦子は、すぐに自分の家に連れてきたのである。しかし狭いマンションでの同居がうまくいくはずはない。

家から歩いてすぐのワンルームを借り、夜はここに泊まる、というのは追いつめられた邦子が考えた策だ。ワンルームの家賃もヘルパーに払う報酬も、みんな邦子が払ってきた。パートで稼いだ金で。父の財産を何も貰えない自分がだ。

邦子は自分のけなげさ、立派さに涙が出てくることもある。この頃ようやくわかった。介護は優しい人間が負けるのだ。

親を思いやる心を持ち、常識や気配りがある方が負ける。こういう人間は、争うことを放棄してしまうからだ。親のことできょうだいといがみ合うのはイヤだ、とあたり前のことを考えた方が損をするのである。

そしてこれがつらいところであるが、争っている間にも、親は年をとり、呆けていき、体が動かなくなっていく。

誰かがしなくてはならない。

こう思った方が負ける。つらいめに遭う。損ばかりして口惜し涙を流すのである。

ちょうどいい機会だから、兄にこのワンルームを見せ、ああも言おう、こうも言おう、と待ち構えていたが、兄に電話してすぐに警察から連絡があった。

「新宿で見つかりました」

「新宿ですか」

驚いた。ここから電車で三十分かかるところである。

「歩いていったんですか」

「いいえ、電車です」

「でも、お金は持っていないはずですし……」

「Ｓｕｉｃａを持ってましたよ。そんなことより、ちょっと困ったことがありましてね」

「えっ、ケガでもしたんですか！」

「いや、そんなことじゃないんですけどね……。至急、中央新宿署までいらしてください」

「はい、わかりました」

一刻も早く行きたいので、ちょうど走っていたタクシーを停めた。新宿までタクシー代がいったいいくらかかるのか見当もつかない。が、もうどうにでもなれ、という気持ちが邦子の中に出てきているのも事実なのだ。

家賃や父の生活費で、パート代はほとんど消えてしまう。これはきちんと明細をつけている。いずれは父の年金で相殺してもらうつもりだが、兄嫁が出てきたらわからない。いつものあの理不尽さにカッとして、自分のことだから、

「お父さんのことは、あんたになんかビタ一文出させない」

などといったことを口走ってしまいそうだ。

とにかく金は、毎日音をたてて流れていく。これについて考えていたら、どうして自分だけが背負う介護などやっていけるだろうか。

五千円を超えた深夜メーターを見ながら、邦子は、

「もってけ、ドロボー」

といった気分になる。

警察が口にした、

「ちょっと困ったことがありましてね」

という言葉も深く考えないようにしていた。たぶんお漏らしをしていたか、服をひどく汚しているに違いない。着替えを持ってきた。

その合間にもせわしなくメールをうつ。

「お兄ちゃん、行くのは中央新宿警察署の方ですよ。ケチしないでタクシーで来てくださいね。私だってタクシーで向かっているんだからね」

警察署に行くのは今日二回めだ。今まで一度も行ったことがなかったのに、さきほどの一回めで、最初誰に話しかければいいかもわかるようになった。

「あのう、父親が保護されたようなんですが」

眼鏡をかけた年配の警官が、

「ホゴねえ」

と首を斜めにして繰り返す。意味がわからないのかと思ったが、

「徘徊されてたってことですね」

と念を押された。

「そうです、そうです」

「それならば、ここをまっすぐ行って、扉があるから、そこを開けてまた少し行って右のドアを開けてください」

言われたとおりに歩いてドアを開けると、滋が一人椅子に座っていて、その前で女性警官が書きものをしていた。

「お父さん」

思わず駆け寄る。しゃがんで手をさすった。晩秋だというのに、こんな薄いカーディガンでは、さぞかし寒かったろうと思う。

「大平さん、よかったですね、娘さんがお迎えにきてくれましたよ」

女性警官はとても若く、二十代はじめにしか見えない。その若さが、邦子に軽い反ぱつのようなものを抱かせる。

「大平さん、歌舞伎町を歩いていたんですよ」

「歌舞伎町ですか。まるで縁のないところですけど」

それは本当だ。景気のよかった頃、一部上場の部長をしていた滋が飲むところといえば、銀座か赤坂だったはずだ。たまにそういう店からお中元やお歳暮が届いて、父が自慢そうにしていたのを思い出す。

「お父さん、いったいどうして歌舞伎町になんか行ったんですか」

大きな声で問うてみたが滋は答えない。最近こうしたことが増えている。自分の都合の悪いことは、頑として口を閉ざすのだ。

「いきなりお尻を触ったんですよ」

「誰がですか」

「大平さんですよ」

若い娘は眉ひとつ動かさずに言った。

「店の前に立っていたおねえさんに触ったんです。キャーッって叫んで、ちょっとした騒ぎになったようですが、呆けたお年寄りだということでたいしたことにはならなかったようです」

父が見知らぬ女の尻に触ったという。

まさか、とは思わず、やっぱり、と頷いた自分が哀しい。心のどこかで、いつかそんな日がくると考えていたのではないだろうか。

区役所の相談所で教えてもらった。呆けた老人の関心とエネルギーが、性的な方に向かうのはよくあることだ。滋の場合、風呂に入って全裸になった時に歯止めがきかなくなった。そして兄嫁を襲った、というのである。

その後、滋の行動にはそうしたものが見られない。もしやヘルパーに、何かおかしなことをしていやしないかと心配しているのであるが、苦情を聞いたことがない。もしかすると急に進んだ呆けと老いとが、父の男性としての本能を萎縮させているかと思っていたのだが、そんなことはなかったようだ。街に出て他人の女性に不埒な行為をしたというのである。情けなさで邦子は涙が出てきそうだ。

「あの、父はこの後どうなるんですか。留置場に入るんでしょうか」

「そんなことはありません」

若い女性警官は静かに首を横に振った。

「女性から被害届が出ていません。運のいいことに、その女性は同じ年齢のお祖父《じい》さんがいるそうで、こんなジイさんなら仕方ないか、って許してくれたんですよ」

「そうですか……後ほど私がおわびに行った方がいいですかね」

「まあ、それも相手の女性にしたらめんどうくさいかもしれません。状況を警官にしつこく聞かれるのも嫌でしょうし」

意味がわかった。おそらくその若い女性は水商売の人で、滋に対して違法な客引き行為をしていたのだろう。

「ですから、このままお帰りになっても構いませんが、ちょっと書類にいろいろ書いてもらえますかね」

「わかりました」

その時足音がしてドアが開いた。三樹男であった。しばらく会わない間に、髪型が変わり顔が少しむくんだようだ。義姉はもう帰っているはずなのに、このじじむささはどうしたことであろうか。

「兄です」

いろいろな思いを込めて、女性警官に紹介した。

「あっ、どうも」

と三樹男。

「父がめんどうをおかけしました」

「それどころじゃないのよ」

とがった声が出た。

「お父さんが大変なことをしたのよ」

「大変なことって……」

「歌舞伎町まで行って、道路に立っていた女の人のお尻を触ったんですって」

「まさか」

三樹男の反応は邦子とは違う。

「そんなことをしたら犯罪じゃないか。えッ、お父さん、本当にやったのか」

滋の前に立つ。肩でも揺さぶりそうな勢いだ。

「お兄ちゃん、やめなよ」

「まあ、お年寄りですし」

邦子と警官が同時に叫んだ。

「相手の方も、その、ちょっと呆けかかった年寄りなら仕方ないって許してくださったんですよ」

「そうですか……」

ほっとしたのが肩の動きでわかる。新聞沙汰にでもなったらどうしようかと案じていたのだろう。

「えーと、息子さんと同居してらっしゃるんですか」

「いいえ、別居ですよ」

邦子が思いきり嫌味を込めて答えた。

「それなら……」

「私です。私と一緒に生活してるんです」

「だったら娘さんが、今後気をつけてくださいね。一人で動かれると交通事故に遭わないとも限りませんよ」

「わかっています」

ややや好意を持ち始めた警官であったが、今の口調は高圧的で邦子はむっとする。どうしてこんな若い女が一人で対応しているのか。彼女の上司は出てこないのかと思ったとたん、奥のドアから長身の中年男が顔を出した。

「山崎《やまざき》さん、もう書類書いてもらった？」

「まだでーす」

女性警官はなぜか急に語尾を伸ばし始めた。若い女の子という自分の立場を意識したのか。

「あのさ、家族の人、本当に気をつけてくださいよ」

男の警官は三樹男と邦子に、もう一度同じことを繰り返す。裏で聞いていたのではと思うほどだ。

「一人でふらふら歩けば、交通事故にも遭いますからね」

警官の言葉はいわゆる〝戒告〟というものであろうか。兄はじっと聞いている。これはいいことだと邦子は考える。やっとことの重大さをわかってくれたのだ。

「それじゃあ……」

警官は言う。

「それじゃあ、お帰りください」

そして滋に向かってこう声をかけた。

「おじいちゃん、もう二度とこういうことをしちゃダメだよ。これからはおうちの人の言うことをよく聞いて……」

まるで子どもに言い聞かせるかのようだ。邦子の中で怒りがわく。どうして自分の父が、こんな屈辱を受けなければならないのだ。

何でも知っていた父。英語も喋ることが出来た。数学の宿題を教えてくれたのも父だった。お正月には部下の人たちが来て言ったものだ。

「大平部長の下で働けて幸せです」

そして中学生か高校生だった兄に言ったものだ。

「三樹男ちゃんも、こんなお父さんを持って幸せだよ。誇りに思うべきだよ」

あの時兄は、頰を染めて頷いたはずではないか。

それなのに今、父は呆けかかった老人となってここにいる。そしてあろうことか、見

知らぬ女性の尻を触り、交番につき出されたのだ。子どもとしてこんなつらいことはないはずだった。しかしもう半分諦めて、

「仕方ない」

と思っている自分がいる。そのことにも邦子は腹を立てているのである。

「お父さん、そろそろ行きましょうか」

警官が喋り終わるのを待って立ち上がった。

「その前にお手洗いをお借りしましょうね」

「行きたくない」

滋ははっきりと言った。

「こんなところの便所は使いたくないのだ」

「さっき行きましたよ」

と女性警官。

「えっ、一人でですか」

知らないところや夜中は、絶対に一人で行けないはずであった。

「いいえ、逃亡の怖れもあるので、ドアの前まではつき添ってましたが」

彼女は邦子の神経を逆撫でするようなことを平気で言うのだ。逃亡と……。

ワンルームで、邦子と兄は向かい合っている。

父の滋はよほど疲れたのだろう、パジャマに着替えるとすぐに寝入ってしまった。その前に、

「お父さん、オシッコ大丈夫？」

「ちょっと水を飲んでみようか。少しだけ」

いつもよりも丁寧にめんどうをみるのは、もちろん兄の三樹男に見せつけるためである。

父の寝息を確かめてから、話を切り出した。

「お兄ちゃん、このワンルームが私とお父さんが住んでいるところよ」

「知らなかったよ。お父さんはお前のうちにいると思ってた……」

「お兄ちゃん、私のうちは2ＬＤＫのマンションだよッ」

いけない、と思いながらつい声が荒くなる。

「年頃の娘もいるし、うちの夫が何でもハイハイ聞く人かどうか、お兄ちゃん知ってるでしょ。おまけにあのマザコン夫には、うるさいお母さんがついているんだよ。すぐに電話がかかってきたわよ。どうしてうちの息子が引き取らなきゃいけないいんだって……」

「そうだったのか……」

「知らない、なんて言わせないよ。私、何回かメールうってるもの」

「ちゃんと返事しただろ」

「わかった、もう少し待ってくれ、っていうのが返事になるのかしらね」

途中でテレビをつけた。狭いワンルームで言い争いをすると、隣の部屋に聞こえることを知っているからだ。隣は独身のサラリーマンで、帰りがとても遅い。しかしもう部屋にいるらしく気配がする。もう十二時を過ぎていた。

「お兄ちゃん、私はもう限界だよ」

「………」

「お義姉さんにはもう何も期待しない。もうお父さんを施設に入れるしかないんだよ。ちょっとでもいいとこと思ってたけど仕方ない。入居金ゼロ、年金で入れるとこ探そう」

「年金かあ……」

三樹男は深いため息をついた。

「そうだよ。私も日本で最高の施設に勤めててさ、こんなところにお父さんを住まわせたらどんなにいいだろうと思ったことがある」

そのために、空き部屋にこっそり滋を泊まらせようとしたことがあるのだが、そんなことを兄に言う必要はないだろう。

「だけどわかったよ。こんなところに住めるのは、ほんのひと握りのお金持ちなんだって。人生の成功者が最後に住むところだって。うちのお父さんみたいなサラリーマンは、いくら頑張っても無理だよ。だから子どもたちが力を合わせて、少しでもいい施設に入れようと思ったけど、お義姉さんがあの調子なら諦めた。お義姉さんは引き取るのもイヤ、お父さんが施設に入るために家を売るのもイヤ、って言ってるんだから、もうどうしようもないよね」

邦子の饒舌を黙って聞いている。

「お父さん引き取って、私が一人で頑張ってきた。でももう限界だよ。どうしようもない。もうこうなったら施設に入れるしかないんだよ。今日みたいなことがあったら、私はもうどうしたらいいかわからないもの」

「そりゃ、そうだ……」

小さな声で応えた。

「お兄ちゃん、お父さんの預金いくらあるの」

ずばり聞いた。

「生きているうちからお金のこと言うの、本当にイヤだった。だけどもう何もかもぶちまけて話そうよ。いくら有り金はたいて家を新築したって言っても二十年前のことだよ。その後、お父さんは年金の他に企業年金だって貰ってたよ。お兄ちゃんは土地と家の他、何もない、って言ってたけどないはずないよ。ねえ、お父さんの預金どのくらいあるの？」

「それが……」

　三樹男は苦し気な表情になる。

「最近になって登喜子が二世帯住宅と言い出した。それが帰ってくる条件だったんだよ。なんでも土地さえあれば、娘の婿がローン組めるとか」

「それで……」

「そうかといって、頭金がなければローンも苦しい。登喜子に言われてオレも有り金はたいたんだ。実は親父の預金は……、昨年オレが生前贈与っていう形で受け取ってる。お前は嫁に行ったんだしもういいかと……」


　その部屋のことを聞いたのは、入居者からだ。

　カウンターの前で男性の入居者二人が呼んだタクシーを待っている間、話していた。

「このところやけに眠れなくて困っちゃうんだよ。今日だって目が覚めて三時で、その後もずうっと起きてたよ」

「年をとるとそんなもんだよ」

「明日あたりクリニックに行って、薬を貰ってこようかなって」

「そんなことしなくたって、〝上〟に行けばいいよ」

「えっ、〝上〟？」

「そう、そう、看護師がいつもいるんだから、頼めば睡眠薬ぐらいすぐにくれるよ」

「〝上〟かァ……。ボケたり寝たきりになると行くところだろ。あそこに行くのは気がすすまないなァ」

「廊下に行ってさ、看護師さん呼び出せばいいよ。ストックルームからひょいと出してくれるよ」

「ストックルームなんてあるのか」

「そりゃそうさ、これだけ年寄りがいるんだから、薬だっていっぱいあるさ。すぐにおダブツさせてくれるのもあるって話だ」

二人が笑い声をたてたところでタクシーが到着した。

その日は遅番で、邦子は八時までカウンターの前にいた。この時間になると人の出入りはほとんどない。正面玄関を閉め、通用口でガードマンが朝まで待機する。

邦子は制服のままでエレベーターをあがる。食事を終えた何人かと一緒になった。

「細川さん、今、お仕事おわりなの。お疲れさま」

と声をかけてくれるが、制服姿の邦子が上に向かっていることに不審がる人は誰もいない。

最上階についた。この階は他の階とまるで違っている。エレベーターを出てもいったん壁があり、そこに扉があるという二重の構造になっている。が、閉塞感をつくらないようにところどころガラス張りで、そこからロビィを静かに歩く老人の姿が見えた。彼らには介護人、あるいは看護師が優し気につき添っている。それをちらっと見ながら、邦子は廊下を一周した。何も記されていないドアがあった。ここだろうと見当をつける。

ガチャガチャとノブをまわしてみる。鍵がかけられていた。やはりこの中には、重要な薬がしまわれているのだと邦子は確信を持った。

どうやらフロアの内側から入るしかないのだ。エレベーターの前に戻って、試しに入り口の扉の前に立ってみた。自動ドアですぐに開く。二重構造の入り口の扉は、外に出るためにはロックをはずすが、入ってくるのは容易である。認知症の老人が勝手に出ていくのを防ぐためだろう。

最上階のこの部屋に来たのは初めてである。下の住人たちが〝上〟と怖れている、自立出来ない老人たちのフロアであるが、なんと広くて快適な空間であろうか。

かすかにクラシックが流れている。壁にかかっている水彩画やエッチングはすべて本物だと聞いたことがある。広いフロアのあちこちで、老人たちが寛いでいた。就寝までのひとときをてんでに過ごしているのだろう。ある者は空を見つめていたし、ある者は歩行器を使ってゆっくりと進んでいく。彼らにつき添う介護士はピンク色の制服だ。男性はブルーを着ていた。白い制服は看護師である。みな邦子を見ても、そうけげんな顔をしない。邦子も制服を着ているからだ。

一人だけ若い女性が声をかけてきた。

「何かご用でしょうか」

とっさにただ一人知っている者の名をあげた。

「田代さんと待ち合わせをしているので」

平然と嘘をついた。

「ああ、そうですか」

彼女はすぐ去っていった。やがて老人たちは介護士につき添われて、それぞれの個室に入っていく。

フロアは人がいなくなった。邦子は右側を行く。生の花と詩集が置かれた本棚の後ろにドアがある。先ほどの部屋の内側のドアだ。ノブをまわすと今度は簡単に開いた。

中に入っていく。あかりをつける。三畳ほどの部屋だ。まず目に入ってきたのは、棚のティッシュペーパーや紙オムツであった。薬もある。箱に入れられたまま、整然と置かれているが、何が何だかわからない。ほとんどのものは横文字だったし、日本語のものは意味がわからなかった。一箱とって眺めてみる。「クエン酸マグネシウム」という文字を読んだ時、後ろで音がした。田代朝子が立っていた。

「細川さん、何をしてるの?」

近づいてきた。

そうだ、看護師の朝子に聞こうと思った。

「人がすぐ死ぬ薬を探しているの。どれかしら」

「あんた、何言ってんのよ！」

いきなり腕をつかまれた。ちょっとォ、と揺さぶられた。

「そんなもんがここにあるわけないじゃないのッ！　あんた、自殺する気なのッ？」

「私じゃありませんよ……」

邦子は答えた。

「兄嫁を殺したいんですよ。本当です。包丁で刺すのは怖いから、薬で殺そうと思って」

「ちょっと、細川さん、しっかりしなさい。かなりヘンだよ。ちょっと、ちょっと、こっちにいらっしゃいよ」

手をひっぱられた。部屋の外に出る。フロアをつっきるとまたドアがあり、朝子はそこを開けた。ベッドがある広い部屋である。邦子はソファに座らされた。

「ちょっとそこで待ってて。動かないで」

やがて朝子は温かい飲み物を持ってきてくれた。コーヒーでも牛乳でもないが甘い味がした。やがてとろりとした眠気がやってきて、邦子の意識はなくなった。目が覚めるとブランケットをかけられていた。傍らの椅子に朝子が座っていた。やってきて脈を測る。

「一時間ぐらいだよ」

寝ていた時間らしい。

「遅くなってお父さん、大丈夫なの」

まずそのことを聞いてくれた朝子のやさしさに、邦子は涙が出てきそうになった。

「今日はヘルパーさんが来て、夕飯の用意をしてくれているから、大丈夫……」

「だったらよかった。もう少しここにいなよ。さっきの細川さん、本当におかしかったもの。人間追い詰められるとこういう顔になるっていう見本してた」

「そうかもしれない」

「細川さん、何があったか知らないけどさ、もうちょっと休んだ方がいいよ。細川さんってきっちりしてそうに見えるけど、こういう人ってとことん思い詰めるからさ」

「思い詰めるも何も……」

邦子は目をあげた。

「あれこれ考えずにまずやってみようと思った。とにかく父を見捨てるもんかと。他の人を恨んじゃいけないって思ってた」

「だけど兄嫁さんのこと、本当に恨んだんだね」

「そうなの。兄嫁っていうのは、ちょっと信じられない性格の持ち主なの。もともと両親は気に入ってなかった。亡くなった母は、最後までどうしてあんな女と、とずっと言ってたもの。そういうことを兄嫁はずっと憶えてたのよ。そうでなかったら、父親にあんな仕打ちをするはずないもの。めんどうはみたくないって言い出した。じゃあ、この家を売って施設に、って言ったら私たちはどこへ住むのよ、って文句を言って……」

あっとここで邦子は言い澱《よど》む。

「ごめんなさいね、こんな家族の愚痴をくどくど言ったりして……」

「細川さんさあ……」

朝子は苦笑した。

「愚痴も何もないじゃん。さっきみたいなすごい形相を私に見せたんだよ、もうここで吐き出しちゃいなよ。私思うにさ、細川さんってこういうこと愚痴る相手、なかなかいなかったでしょう。だから中に溜め込んでいったんじゃないの。私でよかったらとことん聞くから、今ちゃんと話しなよ」

「でも、迷惑じゃ……」

「さっきみたいに、薬盗まれるよりはずっと迷惑じゃないよ」

「あの、本当にこんなことを話すのはうちの恥なんですけど」

「あのさ、細川さん、あんたのそういう態度がよくないよ。みーんな家の恥を抱えてんの。細川さんのうちだけが特別じゃないんだからね」

「ありがとう……」

邦子は語り出した。兄嫁が突然家を出て行った日からのことをだ。親の介護でつらいのは、自分の夫がいかに冷たい人間かということをとことん知ることである。前々から情の薄いところはあると思っていた。自分の母親以外には。自分たち夫婦は危ういバランスで立っていたのだ。父がおかしくなってから味方になったり、手助けをしてくれる人は誰もいなかった。それどころか、それを機に人間の醜さが爆発した。

兄嫁の信じられない行動は、いったいどうしたことだろう。自分の幸せしか考えていない。そのためには父の家どころか預金もすべて手に入れようとしているのだ。

「人をこれほど憎いと思ったのは初めてだわ」

「細川さん、本当に兄嫁さんを殺したいと思ったの」

「そうですよ」

邦子は頷く。

「そうでもしないと、私が壊れてしまうもの。あの人が憎くて憎くて、頭と心がパンクしそうなの」

「まあ、私も弟をぽかすかやるよ。実の弟でも本当に憎らしいと思うから、細川さんの気持ちもわからないじゃないけど。でもさ、細川さんが殺人犯になったら、ご主人や娘さんはどうなるわけ？」

「そんなことまで考えてなかった……」

「そりゃそうだろうけどさ、まあ、さっきは正気じゃなかったよ。どう？　少しは落ち着いた」

「まあ、何とか」

「だけどさ驚いたよ。細川さんっておとなしい、いいとこの奥さん風なのに、さっきはものすごい形相でコソ泥してるんだもの」

「田代さん、コソ泥なんて人聞きの悪いこと言わないで」

「殺人犯よりマシだよ」

しかし邦子は笑うことはなかった。

「細川さん、ちょっとおいでよ」

朝子はドアを開けた。二人は外に出る。すっかり静かになったフロアの前に、いくつかのドアが並んでいる。階下の1LDKに比べるとかなり狭くなるけれども、ここの個室も最新の設備がなされている。電動のベッドに、手すりのついた広いトイレは清潔このうえない。それでもトイレに行けない者のためには、ポータブルが用意されるが、これはNASAが開発に加わったといわれる無臭水洗式である。

ソファと大型テレビも用意されていて、まるでブランド病院の特別室のようだ。もちろん動ける者は、広いフロアに出て自由に過ごせるようになっている。

そのうちのひとつのドアを、朝子はノックした。

「看護師の田代です。いいですか」

返事を待たずに中に入った。老婆が一人、テレビを見ているところであった。女性週刊誌も手元に置いている。散歩の時の老婆だとすぐにわかった。車椅子を押す朝子が帽子をかぶせ、顔を隠すようにしていたから憶えている。彼女は嬉し気に声を発した。

「朝ちゃん、どこに行ってたの」

朝ちゃん……。随分親し気だなと思ったとたん、朝子がこう呼びかけた。

「お母さん」

「えっ!?」

「お母さん、ここの受付にいる細川邦子さんだよ」

「まあ、まあ……。娘がいつもお世話になっておりまして」

老婆は微笑んだ。頭はしっかりしている。呆けて娘と間違えているのかと思ったがそうではないらしい。

「えっ、お母さん、ここにいるの」

「そうだよ」

「ちょっと、ちょっと」

邦子は朝子の袖をひっぱり、部屋の隅に行った。

「ねえ、ここって従業員割引ってあるの？」

「まさか」

「本当に失礼な質問だと思うけど、田代さんのおうちって……その、資産家でいらっしゃるの？」

「別に、資産家でいらっしゃらないよ。母親は昔離婚した後、助産師やって私たちきょうだいを育ててくれたんだよ」

「だったら、どうして、ここにいるの！」

思わず邦子は叫んだ。

「田代さんのお母さんが、どうしてここにいるの!?」

「シィ、そんなに大きな声を出さないでよ。呆けてる、って言っても両隣いるんだから。もちろんズルいことして、うちの母親をここに入れたにきまってるでしょ」

「どうして、そんなことが出来るのよッ」

「すり替えたんだよ」

朝子はこともなげに言った。ショートカットの女のしっかりした顔つきを、邦子は唖《あ》然《ぜん》として見つめる。

「二ケ月前、クモ膜下出血で意識が戻らない女性が下から上がってきた。身寄りは娘だけで海外に住んでいる。確かスウェーデンだった。その娘は言ったんだ。もう私が誰かもわからないし、来る必要もない。死んだら連絡してくださいって。だから私は思ったわけ。こういう人は別にどこの施設でも同じだろう、こんなにいいところに住む必要もないって。だからその人に、うちの母親が行くはずだった千葉の施設に行ってもらった。その代わり、母親がこっちに来たってわけ」

「それって犯罪じゃないの……」

邦子は自分の声が震えているのがわかった。

「そうだよ、犯罪だよ。でも人殺しするよりはずっといいんじゃないの」

また、ちょっとおいでと、朝子は邦子を外に連れ出す。

三つ先のドアをノックした。

「看護師の田代ですけど」

「どうぞ」

この部屋では、老婆と中年の女が一緒にテレビを見ているところであった。この老婆は朝子の母よりも少し若いかもしれない。

「介護士のチーフの藤原さんとお義母《かあ》さんだよ」

朝子の紹介に、藤原訓子はとまどった顔を見せる。

「田代さん、そんなにはっきり言って……」

「いいの、いいの。この人も私たちの仲間だからさ」

仲間とはいったいどういうことなのか。邦子の頭は混乱するばかりである。

「藤原さんちは、亡くなったご主人のお母さんを、子どもさん二人とみてたんだよ。だけどさ、高校生と中学生の子どもには酷なことだよね。ずっと部活も出来なかったっていうもん。だからさ、私は藤原さんもこっちに引っ張り込んだってわけ」

「そんなこと言っても……」

次第に小声になるのは、訓子たちに聞かせまいとするためだ。

「これは立派な犯罪ですよ。こんなことがバレたら大変なことになりますよ」

「あのさ、私聞いたんだけど、細川さんって空いてる部屋にお父さんを入れたんだってね」

「それは……」

「いいよ、いいよ。私だって同じことしたかもしれない。細川さん、切羽詰まってやったことでしょ。その時はそれしか考えられなかったんだよね。ここは私と介護のチーフの藤原さんが同じことをしてるんだ。私たちがいる限りバレることは絶対にないよ」

「でもバレたら……」

「その時はその時だよ。だってさ、細川さん、さっき人を殺そうとしてたんだよ。人殺しをするぐらいの気持ちでいたら何だって出来るはずだよ。もうじき階下から、認知症の男性があがってくる。身寄りがない人だったら、これは大きなチャンス、チャンスだよ」

「そんなにうまくいくはずないでしょ」

自分の声がとても震えているのがわかる。

「そんなこと、不可能でしょ」

非難しているわけでもない、否定しているわけでもない。なぜなら疑問を重ねているからだ。

「バレるって……。もし誰かに気づかれたらどうするの？」

「大丈夫だよ、看護師の私とチーフの藤原さんがやっていることなんだから。名簿の顔写真さえ同じならば、誰も不思議に思わない。辻褄《つじつま》の合っていないこと言ってもさ、ボケたと思われるだけだよ」

「だけど他の人に気づかれたら……」

「自分の親の担当は、自分たちでするようにしているもの。他の看護師や介護士が来ることがあるけれど、その時はあたりさわりのないことを言えばいいんだから」

「でもうちの父親は、きっとバレるわ」

声はまだ震えている。

「まだらボケっていうのかしら。しっかりしている時もある。その時に自分の名前を言ったりすると思う」

「大丈夫だよ」

朝子はにっこりと笑った。

「介護士があと三人、私たちの味方になってくれるんだ。三人とも親のことですごおく苦労しているんだよ。薄々気づき始めたんで、このことを持ちかけたら大喜びで協力してくれることになったんだ」

「すり替えられた人はどこへ行くの？」

「栃木県の施設だよ。ここは重度の年寄りでも引き受けてくれるところで、月々の支払いも安い。年金で入れるぐらいだよ。ここでちゃんと手厚い介護をしてくれるから、何も心配することはないよ」

「でも、本当にそんなことが出来るの」

「あのね、細川さん、私はあなたにそんなに親切にしてあげるいわれはないんだけど、さっきの、人を殺したい、っていう迫力に負けたわけ。それでつい、私たちの秘密を教えてあげたんだ」

「ありがとう」

　思わず礼を言い、それで承諾したことになった。

「介護士三人の親は、みんなお母さんなんだ。今度下から上がってくるのは男性だから、細川さんに順番がくる。いい？　これから私の言うとおりにして頂戴」

第十二章　アクシデント

「ふざけるんじゃないよッ」

ヨシ子は本気で怒っている。目の前にはさつきと遠藤がいる。今日初めて母に会わせたのだ。

「私が結婚？　どうして私が年下の、知らない男としなきゃならないのさ」

「だからさあ、偽装結婚、偽装結婚」

さつきは手の甲を下げながら「さあー」と長く発音した。

「いま詳しく話したじゃん。私はこの遠藤さんと結婚する。そうすると奥さんとしてあのセブンスターに住める。だけどさ、私はまだ若くて五十を過ぎたばっかりだからさ、お母さんが遠藤さんと籍だけ入れる。そして奥さんとしてセブンスターで暮らす。私は遠藤さんと二人、どこかのマンションを借りる。こうすればさ、三人ハッピーで万々歳じゃん」

「あんたさ、親に偽装結婚勧める娘がどこにいるんだよ」

「ここにいるよ」

　とさつき。

「籍なんてさ、どうってことないじゃん。タカが紙切れ一枚のことじゃん。別にお母さんは遠藤さんと暮らすわけじゃないいんだよ。届け出用紙なんか、私がパッパッと書いてあげるよ」

「馬鹿馬鹿しい」

　ヨシ子は娘を睨みつけた。このところ脚の具合が悪くて医者に通っているが、頭も瞳も何の濁りもない。

「この年になって、苗字《みょうじ》を変えるなんて、そんなみっともないこと、誰が出来ますか、って言うの」

「遠藤さん、入り婿になってていいいって」

「えっ」

「私に約束してくれたんだ。自分には身内がないから、苗字なんかどうだっていい、私がそう言うなら、うちにお婿に来てくれるって。だからさ、お母さんは丹羽のまんまでいいいんだよ。ねえ、ちょっと、お母さん、聞いてる？」

　ヨシ子はもうさつきの話を聞いていない。ぴたりと遠藤に焦点をあて、じっと見つめている。

「遠藤さん、っておっしゃいましたね」

「はい……」

「いったいこのコの、どこが気に入ったんですか。私はさっきから、この話、怪しい、怪しいと思って聞いています。さつきはご覧のとおり器量も悪い。そんなことまでして欲しい娘でもないでしょう」

「いいえ、お母さん、それは違います」

遠藤は力を込めて言った。

「僕は、さつきさんじゃないとダメなんです」

「へえーっ!!」

母親でなかったら、思わずひっぱたきたくなるような驚きの声であった。

「そんなことを言うような、男の人が現れるなんてね。いえね、このコは気だてはいいんだけど、ご面相がこのとおりで」

「そんなことはありません、さつきさんはとても可愛いです」

その後、彼は母親がひっくり返るような発言をした。

「ユキにそっくりですから」

ヨシ子がええっ！　と、さっきとは違う驚愕《きょうがく》の声をあげた。

「ユキって誰なの、愛人なの!?」

「お母さん、飼ってた犬のことだよ」

「何、あんた、犬にそっくりだって言われて喜んでるのかい」

「でも、すごく可愛がっていたっていうし……」

「ひどかないかい。それでも飼い犬に似てるって、ちょっと、あんたさ、いくら何でも人の娘を犬に似ていて可愛いって……」

「しかし、僕のどんどん失くなっていく記憶の中で、ユキとさつきさんだけは絶対に消えないんですよ。この二つが、どしーんと真ん中にあるんです」

「ちょっと、この人、何を言ってるかまるでわからないよ」

「あのね、それはこういうことなの」

さつきは説明した。実は母親にいちばん話しづらかった遠藤の病のことである。やがて途中で、ヨシ子は静かに言った。

「さっちゃん、それはいけないよ」

「えっ」

「これは結婚じゃないよ」

「どういうことよ」

「あんたさ、人の弱みにつけ込んでいるじゃないか。この遠藤さんはアルツハイマーになって、どんどん記憶を失くしてるんだろ。それで人に頼りたくて仕方ない。どういうわけだか、さっちゃんのことだけは憶えている。それをいいことにさ、あんた、この人の奥さんになって、あわよくば財産貰って、いい暮らししようと思ってる。それはいけないよ。さっちゃん、結婚なんてそんなもんじゃない。ズルをしちゃいけないんだ。私とお父さん見てて、わかってると思ったけどね」

ヨシ子の目がうるみ始めた。

「そりゃあ、貧乏って嫌だよね。お金だって欲しいさ。だけどさ、私やお父さんは、さっちゃんに一度だってイヤな思いをさせたことないと思うよ。あんたが欲しいものは、道理が通ったら買ってやった。あんたが行きたい、っていうんだったら大学にだって行かせるつもりだったよ……」

「ちょっと、ストップ、ストップ」

さつきは遮る。

「お母さんの言いたいことはよくわかるよ。だけど私は、この人を騙しているわけじゃないよ。本当にこの人を幸せにしてやりたいと思うから結婚したい、と思ったんだってば」

「だったら、どうして私と結婚しろ、って言うんだよ。おかしいだろ。もしさっちゃんが本当にこの人を好きになったら、他の女の人と結婚するなんて我慢出来ないはずだよ」

「お母さんとならいいよ」

「よしとくれ、気持ち悪い」

ヨシ子は本気で怒鳴った。

「世間じゃ、こういうの親子ナントカ、って言うんだよ」

「親子ナントカって何よ」

「ほら、親子丼ってやつだよ」

「やめてよ、気持ち悪い」

「そうだろ、あんたの言ってるのってそういうことなんだよ」

「お母さん違うよ」

さつきはこぶしで、ドンとテーブルを叩いた。遠藤はといえば、先ほどから二人のなりゆきを息を呑んで見つめている。

「私と遠藤さんはね、お母さんがどうやったらいちばん幸せになれるか、ちゃんと考えたわけ。いい？　お母さん、形だけ遠藤さんの奥さんになればさ、日本一デラックスな施設に入って、死ぬまでぬくぬくで暮らせるんだよ。こんなのすごくラッキーだよね。このラッキーを逃すことないんだよ。貧乏人がさ、頭を使っていいことしようってあたり前のことじゃん」

「私はさ、あんたの育て方間違えたみたいだね」

ぷんと横を向いた。

「うまい話がころがり込んだからって、私はラッキー、なんて喜ぶはしたないことはしたくないんだよ」

「ちょっとオ、この強情っぱり！」

「あんたみたいにずる賢いよりはずっといいよ」

「何よ、その言い方。私はお母さんのことを考えてるのにさ！」

さつきの目から涙がふき出す。

「私、お母さんのこと思って、一生懸命考えたんだよ」

「だから、それが余計なお世話だって言うんだよ」

「何だって！」

「ちょっと二人とも待ってください」

と声を出したのは遠藤であった。

「もうちょっと落ち着きましょう……。でも、お話を聞いていると、お母さんに分《ぶ》があるような気がします」

「ちょっとオ、遠藤さん」

「僕はちょっと感動しているんですよ。お母さんは本当にまっとうな方だって。お母さんがもうちょっと若かったら、本当にプロポーズしていたかもしれません」

「やだ、この人って口がうまいんだね」

ヨシ子は頬を赤らめた。

「さつきさん、やっぱりお母さんと僕が結婚するっていうのはおかしいですよ」

「何よ、何で今頃そんなことを言い出すのさ」

「僕はさつきさんに少しひきずられたところがあるかもしれません。ちょっと待ってくださいね……」

遠藤は男用のトートバッグから一冊の手帳を取り出した。中を拡げる。

「もうすぐに忘れるので、こういう風に記録しています。これが僕の全財産です」

そこには大きな数字がいくつか並んでいた。

「すごいねえ」

「あるとこにはあるんだね」

「ほとんどが祖父から受け継いだものです。いずれこの信託銀行に預けてあるもので、お母さんに快適なところに住んでもらうのはどうですか。セブンスターほどではなくても、いいところはありますよ。僕の妻ということではなく、僕の義母《はは》ということなら、受け入れてくれるでしょう。僕は息子になるんですから」

「ふ、ふざけないでくれ」

福田の顔が、怒りと驚きとで大きくゆがんでいる。ふ、ふ、と最初の音もなかなか出てこなかった。

「遠藤さんと、結婚したって！」

「そう。昨日区役所に婚姻届出しました」

さつきはそっと、傍らにいる遠藤の手を握った。

「そういうことは、多分出来ないと思う」

と悲観的なことを口にしていた遠藤であるが、区役所の帰りに二人で泊まった高級ホテルで、無事に〝初夜〟を済ませたのである。

「そんなわけで、私も主人の部屋で一緒に暮らさせていただきます」

「お、お前！」

福田は声を出そうとするあまり、鼻で大きく深呼吸した。

「また何か企《たくら》んでいるんだな。お前はこのセブンスターをめちゃくちゃにする気なんだろう」

「ちょっとオ、福田さん、入居者の奥さんにお前呼ばわりはないんじゃないの」

「うるさい。お前は遠藤さんがどういう人かわかって、こういうことを企んだんだな。こんなことをされたら、うちの信用はめちゃめちゃだ」

「ちょっと……」

遠藤はさつきの耳元でささやいた。

「この人は誰だっけ。さっき教えてもらったけど忘れちゃった」

「メモ、メモだよ。さっき私が言ってたことをメモしてたじゃん」

「あぁ、そうだった、そうだった」

遠藤はもはや生きていくに欠かせなくなっている、小さなメモ帳を取り出した。そこにはこう記されているはずだ。

「福田　セブンスターのジェネラル・マネジャー。銀行からやってきたすごく嫌なやつ。自分の保身とお金持ちのことしか考えていない」

「ねえ、遠藤さん」

福田は急に口調をあらためた。

「私はあなたの財産と今後の生活を守る義務があります。あなたがここに入居なさる時、弁護士さんと三人でいろいろ話し合いましたよね。もしあなたの病気が今後進んだ場合、すみやかに上の介護付き住居の方にお移りいただく。その間の費用のことも、全部三人で相談しましたね。それが今になって、どうしてこんな女と……」

「どうして……って、私とさつきさんはとても気が合いますし、一緒にいてとても楽しいんです。ですから私の方からプロポーズして、結婚することにしました」

「その調子、その調子……」

さつきは頷いた。福田に向かって喋ることもさっき打ち合わせし、メモに書かせていたのだ。彼はこの後、こう言うことになっている。

「私はさつきさんを深く愛しているんです」

遠藤はやや照れながらもきちんと発音した。

「遠藤さん、これはまずいですよ」

やや落ち着きを取り戻した福田は、深いため息をついた。

「入居者の方が、うちの従業員と結婚するなんて今まで例がありません。それに、この、丹羽さんという人は、今までも問題を起こしていますし……」

「問題なんてたいしたことないじゃん」

さつきはきっと睨みつける。

「ねえ、遠藤さん、どんな場所にもルールというものがあります。そのルールが守られてこそ、快適な場所というものは保たれるんですよ。特にここのように、富裕層の社会的地位がある方々がいらっしゃるところは、私たちがどれほど気を遣っても遣い過ぎるということはありません。ですけど、この、その、あなたの奥さんになったとかいう人は、今までここのウエイトレスをしていたんですよ。そういう人が入居者となったら、他の人はどう思いますかね」

「あっ、そういうのはすごい差別発言だと思うね」

「あんたは黙ってなさい。私は遠藤さんと話してるんです。しかもこの女はとんでもないずる賢い手を使ってるんですよ」

「ずる賢いって、どういうことでしょうか」

遠藤がおもむろに聞く。最近ふっと会話が途切れることもあるが、こうした瞬時の対応は昔の切れ味をみせる。

「ずる賢い、というのは、私の妻に向かって失礼ではないですか。場合によっては許しませんよ」

「そうだ、そうだよ」

とさつき。

「福田さん、言っときますけど、私たちはこれから結婚するんじゃありませんよ。ちゃんと籍を入れたんですから、私は遠藤さつきなんですよ」

「ちょっとオ、遠藤さん」

顔をゆがめた福田は、夫の遠藤の方にすがろうとした。

「失礼ながらあなたはご病気です。冷静な判断を欠いていますよ。あなたの奥さんになった女は、このセブンスターの部屋を狙っているんですよ。だからあなたに近づいて、まんまと籍を入れたんじゃないですかッ」

「ちょっとオ、ヘンなこと言わないでよッ」

さつきは立ち上がった。

「私はさ、この人になんかまるで興味がなかったんだよ。近づいてきたのはこの人なんだよ。それでさ、どうしても結婚してくれ、残りの人生を共に過ごしたい、っていうから私も情にほだされたんだよ。それなのにさ、私を結婚詐欺みたいに言うの、ひどいじゃないの。今はさ、私たちちゃんと愛し合ってるんだから。れっきとした夫婦なんだから」

「愛し合ってる、だって。聞いて呆れるね」

「なんだって」

「あんたみたいな人間が、奥さんづらしてこのセブンスターに入ってきたら、めちゃくちゃなことになるんだよ。丹羽さん、いいかい？」

旧姓をことさらはっきりと発音した。

「人間には、分相応ってことがあるんだ。分不相応な者がね、ずる賢いことをして、自分よりずっと上の場所に入り込もうなんて、それは許されないことなんだよ」

「ふざけないでよ。ここにいる人たちと、私たちとどこが違うって言うのよ」

この施設にいる人たちに聞かせるがごとく、さつきは大声を張り上げる。

「単に運がいいっていうだけじゃん。男の人たちは、そりゃ多少頑張ったかもしれないけどさ、奥さんたちはどうよ、偶然結婚した男が出世しただけじゃん。エバるんじゃゃないよ。絶対にここに越してきてやる。誰にも止める権利はないよ。ここに住んでみせるからね」


まだ幾つかの段ボールをそのままに、遠藤とさつきはテレビを見ている。

画面では精悍な顔立ちの俳優が、女性に向かってつぶやいている。

「君のことを愛している。だけど君の罪を許すわけにはいかないよ」

ふうーんとさつきは深いため息をついた。

「そういうことだったんだねえ……」

「ちょっと、さつきさん、いいかな」

遠藤が遠慮がちに声をかけた。

「彼はどうして、こんなことを言っているの。彼女は何か悪いことをしたの？」

「そうか、ごめん、ごめん。遠藤さんは、ＣＭ前のことを憶えていないものね。この男は事件を追う刑事でさ、殺された被害者の娘と仲よくなるんだけどさ、びっくりだよ。娘が財産狙いでお父さんを殺してるんだもの」

「そういうあら筋なのか。僕には全くわからないよ」

「そうだよね。このドラマはさ、ストーリィがこみ入ってるからさ、わかりづらいものね。やっぱりドラマよりバラエティだね」

チャンネルを変えた。ひな壇に並んだタレントたちが、てんでに面白いことを口にし、さつきは笑いころげる。

「また、さつきさん、いいかな」

「いいよォ、何でも聞いて」

「この真ん中にいる男の人は、どうしてこんなにいばっていて、隣の女の人にひどいことを言うのかな」

「ああ、この人、毒舌で売ってるんだよ。人の悪口言うのがうまいからさ、すごく人気あるんだよ。隣の女の子は芸人で、怒ってるふりをしてるけど、こういうのはイジられてナンボの世界なんじゃないの」

「そうか。それを知ると、ちょっとは愉快になってくるかな」

「そう、よかった。それじゃ笑おうよ。せーの」

二人はアハハハと声を合わせて笑った。

「だけどさ、最高だよね。こうして二人でさ、柿の種とポテトチップでビール飲みながら、テレビぼーっと見てるのはさ」

「僕は今までも、一人でテレビを見ていたけれど、少しも楽しくなかったよ。何を見ても辻褄や情況がまるでわからなくなっていたからね」

「私もさ、この時間はずうっと働いてたから、こんなにまったりしたことはないよ」

「なんか、本当に幸せだよね」

さつきは顔を、遠藤の肩にあずけた。テレビでは、今度は別のゲストが出てきて、一人で喋りまくっている。

「結婚がこんなにいいもんだとは思わなかったよ」

「実は僕もだよ」

「えーっ、あたしたちって、気が合うじゃん！」

さつきが驚いたふりをして、遠藤は微笑む。

「でもさ、考えてみると、私たちどちらも初婚なんだよ。二人合わせて百二十いくつなのにさ、初婚同士のカップル！」

「本当だ」

「ま、いろんなことがあったけど、私は遠藤さんとめぐり合うために、ずっと独りでいたんだーなんちゃって」

少し照れる。

「だけど僕は、さつきさんに本当に悪いと思ってるんだよ」

「そんなことないってば」

「僕は少しずつ壊れていってるんだろ。さつきさんが必死でカバーしてくれてるの、僕だってわかるよ」

「カバーなんかしてないよ。遠藤さんが忘れたことを、私が知ってたら教えてあげるだけだよ」

「その忘れていることが、どんどん多くなっている。生きてるのが怖いぐらいだ」

「ほら、またそういうネガティブなことばっかり言ってる。お医者さんも言ってたじゃん。ネガティブなことを考えるの、この病気にすごく悪いって。遠藤さん、もっと楽しく元気なことを考えようよ。私と結婚したからには、つまんないこと言わせないよ」

「さつきさん、いい加減、その遠藤さんって呼ぶのやめてくれないかな」

「じゃあ、何て呼べばいいの」

「だから、僕の下の名前を呼んでくれれば……。僕は親しい人たちから……。ああ、僕はどうしても思い出せない！」

顔を手で覆ってしまった。

「いいじゃん、今のうちは私も遠藤さんって呼ぶよ……。あっ、ちょっと待ってて。鳴ってるから」

バッグに入れたままにしておいたスマホから、ミスチルのメロディが聞こえてきた。

「もしもし、わたくし、倉田愛子ですわ」

「あっ、倉田さん」

「お二人でちょっと麻雀《マージャン》ルームにいらしてくださらない」

「なんだろう、用事って。倉田さんのことだから、まさかガンつけられる、ってことはないと思うけど……」

「倉田さんって、愛子さんのことだよね」

「そう、ちゃんと思い出したね」

さつきは手を叩いた。

「愛子さんとは、いろいろ仲よくしてもらっていたし」

「じゃ、いつも一緒にいた岡田さんは」

「それは、ちょっと……」

「なんだ、遠藤さんは美人だけは憶えているんだね」

「そうかもしれない」

「私が美人妻でよかったよ。さ、行こうか」

二人で手を握って歩き始めた。麻雀ルームは浴場の隣にある。各部屋のバスルームとは別の、温泉好きの老人たちのための本格的施設だ。ふだんは「男湯」「女湯」という大きな暖簾がかかっているが、今は時間が終わってはずされていた。

二人が部屋に入っていくと、小さな拍手とクラッカーがとんだ。

「結婚おめでとう！」

「おめでとう！」

そこにいたのは倉田夫人と岡田。そして意外にも噂のカップル、山口隆と阿部純子である。二人はお揃いのグリーンのニットを着ていた。

「私たちでささやかなお祝いをしようと思って。本当にささやかなんですけどね」

倉田夫人は綺麗にネイルした手で、鮨桶《すしおけ》のラップをはずした。出前を頼んだものらしい。あとはサキイカ、ナッツといった簡単なものに、ビールとワインが並んでいる。

「そう、これはチーフからの差し入れ。どうしても来られないからって」

シャンパンであった。

「こんなことをしてもらうと……」

さつきの目がうるんできた。

「私、さんざん意地悪されているから、まさか、こんなことをしてもらえるとは思ってもみませんでした……」

「どうせ福田さんでしょう」

阿部純子は、ねえ、と恋人の方を見上げた。

「あの人って、私たちの結婚にも反対したんですよ。別に籍を入れなくてもいいじゃないですか、とか何とか。子どもたちの味方して。私が思うに、夫婦用の居室を使われたくないんですよ」

「それはちょっと考え過ぎだろ」

山口はたしなめる。

「夫婦用居室を使わせたくないから、結婚を反対した、っていうのは、いくら何でも……」

「いいえ、そうにきまってます」

純子は顔に似合わず強い気性のようだ。きっぱり言いきる。

「単身用住居よりも、夫婦用の住居の方が、数が少ないためにウェイティングがずっと多いんですよ」

「だからといって、ジェネラル・マネジャーが、居住者の結婚に反対はせんだろう。僕たちはお客なんだからね」

「だけど私たちが結婚して、特例をつくるのがイヤだったんですよ。待っている人を飛び越して夫婦用に入るんですからね」

「そのくらいのことで、ジェネラル・マネジャーが、我々の結婚に口をはさむ権利はないじゃないか」

「だけど、あの人はやるんですよ」

何か思い出したのか、純子の声のトーンが上がった。

「うちの子どもたちを使って、ねちねちと。やっぱり籍は入れない方がいいとか、お互いの部屋を出入りする方がいいとか、なんだかんだ言って、結局私たちは押し切られてしまったんですよ。私たちの心のどこかに、こんな年をして結婚なんて恥ずかしい、って思うところがありました。福田さんはそれがわかってて、ああいう手を使ったんですよ」

「ストップ」

とさつき。

「阿部さん、お気持ちはよくわかりますけど、今は私たちの結婚パーティーってことでひとつよろしく」

「そうね、いやだわ、私。こんなにいきり立って。どうか許してくださいね。隆さんもごめんなさい」

「いいんだよ、そんな……」

山口は目尻を下げて、素直になった恋人を見つめている。

「でもね、私、口惜しくってたまらないの。世間体とか、子どもたちの反対で、結局は籍を入れなかったのよ。だからね、さつきさんたちが羨ましいわ。ちゃんと自分たちの意志を貫いたんですものね。おえらいわ」

「いや、そんな。それほどでも」

さつきは遠藤と顔を見合わせるが、反応はない。

「私たちも正式な夫婦になりたかったんですが、結局は子どもたちに押し切られてしまいましたよ」

先ほどさつきが、

「私たちの結婚パーティーですから」

と念を押したにもかかわらず、山口は執拗にそのことを言いつのる。

「でも、今からでも遅くないんじゃないですかア」

と、これについて諦め始めたさつきは、トロを頰張りながら言う。

「お二人の気持ちが変わらなければ、きっと入籍出来ますよ」

「それがね、私は念書を取られたんですよ」

「えー、念書」

愛子と岡田も驚きの声をあげる。

「ご自分のお子さんにかしら」

「ええ、そうなんです。今後婚姻はしないってね。法的にどれほどの効果があるかわかりませんが、とにかく結婚しないでくれって、息子に泣きながら書かされましたの」

「息子というのは複雑ですからなあ」

と山口がしみじみと言う。

「自分の母親が、いい年をして他の男のものになるのがイヤなんでしょう。それに我々の場合は正直、金もからんでいますからな」

「そりゃあ大変だ……」

さつきはひとりごちた。

「入籍だけして、金にまつわることはお互いいっさい放棄することにするからといっても承知しないんですよ。相続の時に、きっと何か起こるって疑っているんでしょうな。わが子ながら情けなくなりますよ」

「息子たちに、お母さんの葬式の時は、別の男の姓でやるのか、なんて詰め寄られたりして、それで私たちは、まあ、籍は入れないままでということにしました。そこへいくと、遠藤さん、さつきさんはおえらいわ。ちゃんと自分の意志を通したんですから」

純子が、やっと話をさつきの方に戻してくれた。

「これだけ反対されても、お二人は結婚を貫いたんですからね」

「僕が独りなのがよかったかもしれませんね」

遠藤の発言に、さつき以外の人々は少なからず驚いた。もうかなりアルツハイマーの症状が進んでいると聞かされていたからである。

「僕は早い時期に両親を亡くしましたし、きょうだいもいません。結婚を今まで一度もしていませんから、身内というものがいなかったんです。さつきさんは、初めて持たいと思った家族なんですよ」

「素晴らしいわ」

倉田夫人が拍手をした。

「いろんなことがあっても、家族は一度は持つべきものですもの。私は子どもが出来ませんでしたので、家族というものは亡くなった主人一人ですわ。今は主人との思い出で生きていっているようなものです。家族を持たなかったら、その思い出もつくれませんでした」

「これからも思い出はつくれますよ」

純子は倉田夫人の手をとる。夫人はいつものように、袖口にフリルのついたブラウスを着ていたので、生地ごと握ることになった。

「倉田さん、年をとっていくのは悲しいものですわね。ねえ、そうでしょう。あなたも私もこのあいだまで女学生で、夢みがちな少女だったはずですわ。自分が八十のお婆さんになるなんて考えもしなかった。そしてあっという間にそうなってしまった。でも悲しがって思い出の中にばかりひたってはいられません。だって私たち、今、確実に生きているんですもの。生きるっていうことは、新しい何かを毎日つかむことですわよね」

「その新しい何かを、純子さんはつかんだのね。山口さんと恋をしてらっしゃるんですものね」

「そうですわ、こんなお婆ちゃんを愛してくれる人が現れるなんて、私、想像もしたことはありませんでした。茶飲み友だちの発展したものだと思っていましたけれどもね、隆さんを恋しい、と思う気持ちはまさしく恋ですの。隆さんの笑い声を聞いて、笑顔を見る。そして私をいとおし気に見つめてくれる顔を見ると、私、本当に幸せだと思いますの。ほら、私たちの時代はみんな見合いでございましょう。恋愛なんてしたことがありませんでしょう。恋というものを知らずにこの年まで生きてきたのに、これが恋だってはっきりわかるから不思議ですわね……」

「あら、私の場合は恋愛でしたのよ」

倉田夫人は誇らし気に、純子の饒舌を遮った。

「私が音大生の頃に知り合いましたのよ。あの頃、昔から広いおうちを持っている方のところで、年頃の男女を集めてパーティーをしてくれませんでしたか」

「ありました、ありましたわ」

と純子。

「私も女子大に通っている頃に、親に連れていかれました。確か大学の教授のおたくで、月に二度若い男女が集まりますの。お酒は出ないで、皆でレコードを聞いて、その後ダンスパーティーをいたしました」

「まあ、ダンスを踊られたの。それはとても進んだパーティーですわ。私たちは有名な音楽評論家の高輪《たかなわ》のお邸《やしき》でした。焼け残った、それはそれは大きなおたくでしたわね。そこで紅茶をいただきながら、やっぱりレコードを聞きますの。男の方は東大生か若い外交官でした。みんな音楽好きの人たちばかりで、レコードを聞いた後は、感想を言い合いますの。私はそこで主人と知り合いましたの。そう、戦後初めて宝塚劇場に、ウィーン・フィルがやってきた時に、主人が聞きに行きましょうと誘ってくれて、それが始まりですわ」

「あら、倉田さん、それは形を変えた見合いですわよ。今思うとあのパーティーは、良家の子女を集めたお見合い会ですもの」

「そういえばそうかもしれませんけれどもね……」

倉田夫人は口惜しそうだ。

「まあ、見合いでも、恋愛でもどっちでもいいんじゃないですか」

岡田がワインをグラスに注ぐ。

「愛子さんや純子さんを、こんなに魅力的な女性にしたのは、亡くなったご主人なんですから」

「まあ」

「そんな……」

二人の老婦人は顔を赤らめる。

「いや、いや。僕はお二人のご主人は素晴らしい方だったと思いますよ。山口さん、そうでしょう。そう言ってもいいですよね」

「もちろん」

大きく頷く。

「純子さんをここに連れてきてくれたんですからね」

「そうですよ。お二人ともずうっとお金には苦労しなかった。それは今のお二人の美しさを見ればよくわかります。お金に一生苦労しなかった女性だけが、こういう風に臈《ろう》たけたご婦人になるんですよ」

「そんなことありませんわ、岡田さん。うちの主人が、若い時外務省からいただくお給料ときたらもうお話にならないほどで……」

「そんなのは貧乏のうちに入りませんよ」

ときっぱり。

「愛子さんをこのセブンスターに入れるだけのものを、ちゃんとお遺しになったんですからね。純子さんもそうでしょう」

「ええ、そうです。サラリーマン社長でしたけれども、株や土地に頭を使って、私や子どもにちゃんと遺してくれましたわ」

「そうですよ。お二人がここにいらっしゃるということは、ご主人の愛情のあかしなんですよ。そして純子さんは、またここであらたな愛情をつかんだ」

「そういうことになりますわね」

山口と顔を見合わす。いつのまにか二人は、ぴったりと寄り添っているのである。

「そして今、さつきさんも遠藤さんの愛情によって、セブンスターの住民となった。これについて、いろいろ言っている者がいるが、いいじゃないですか。二人は確かに愛し合っているんですから」

少し岡田は酔ってきたらしい。

「遠藤さんは、病気が進むギリギリのところでさつきさんを選んだ。彼の本能が、このたくましくて賢い女性を選んだんですよ」

「どうして……」

さつきはいつのまにか、鮨をつまむ手をとめ、ぽかんと一同を眺めている。

「どうして……」

声が震えている。

「どうして、そんなに皆さん、私に親切なんですか。皆さんだけだよ、こんなに優しくしてくれたのは……。昨日だって荷物を運ぶ時、ここの人たち、私のことをじっと睨んでいた。病気の年寄りを騙して奥さんになって、そしてここで暮らす気なんだ。冗談じゃない。口をきいてやるもんか。あの人たちそんな目をしていた。それなのにどうして、皆さんだけは私にこんなに親切なんですか。こんなに優しくしてくれて……」

　こぶしで涙をふいた。

「いくら図々しい私でも、あの目に耐えられるか、ずっと不安だったんですよ。部屋から出たくないって思ってたぐらい。でもこんなに優しくされるなんて、本当に本当に嬉しい」

「さつきさん、どうしたんですか」

　遠藤が寄ってきた。口元には曖昧な微笑をうかべている。状況がつかめない時の彼の癖だ。どうしてここにいるのか、ここにいる人たちは誰なのか、ほとんどわかっていないに違いない。

「どうして泣いているの。なんかつらいことがあったの？」

　さつきはかぶりをふり、そのまま遠藤の胸に顔を埋《うず》めた。そしてしくしく泣き始めた。

「とってもお似合いの二人じゃありませんか、ねえ、倉田さん」

「本当。さつきさんはかわいらしい奥さまよね」

　実はと、愛子は語り出す。

「ハロウィーンパーティーがあって一週間後ぐらいだったわ。私たち四人が、遠藤さんに呼ばれたの。そこでね、さつきさんとの結婚を打ち明けられたの」

「最初はびっくりしたわ。隆さんもびっくりして。ねぇ……」

「正直言って、それはやめた方がいいんじゃないかって忠告した。環境が違った二人の結婚というのはむずかしいし、ウエイトレスをしていたあなたを、ここの住民が仲間として受け容れるとは到底思えなかったしね」

「だけど遠藤さんはおっしゃったの。もう自分は心を決めたって……」

純子はそこで言葉を区切った。

「遠藤さんはね、ご自分の病気のことも打ち明けられたわ。今日はとても頭がクリアで、こんなお願いごとが出来ますが、実はあなた方が誰なのかもよくわかっていない。昨日彼女に、セブンスターで、いちばん君に親切なのは誰なのか何気なく聞いたら、あなたたち四人の名を挙げたんです。自分はもうじき壊れていって、上の階に行くことになると思います。そうしたら、どうかさつきと仲よくしてやってくださいって……」

「遠藤さんが、そんなことを……」

「私たち四人、話し合ったのよ。わけがよくわからなかったし、あなた方の結婚の事情もなんだか不思議だったし……。だけど純子さんと山口さんがね」

「そうなの。遠藤さんがそれだけおっしゃったのなら、私たちで力になりましょうって」

「僕はまだ、釈然としないところもあるけれど、純子さんがそこまで言うのならば、わかった、僕も出来るだけのことをしようって」

「ありがとうございます」

さつきはペコリとお辞儀をした。

「私は今は純粋に遠藤さんのために、ここで頑張ろうと思ってます」

「それがいい、それがいい」

岡田が赤ワインを注いだグラスをさつきに差し出す。

「だけどさつきちゃんは、よくわかっていると思うけど、ここにいる人たちにとって、セブンスターに住んでいるっていうことは、最大で最後のプライドなんだよ。そのルールを破った者を決してみんなは歓迎しないと思うよ。でもその気持ちを決して怒っちゃいけないよ。だってみんな年寄りなんだもの」

「わかってます」

「愛子さんと純子さんは特別だと思った方がいい。女ほどそういうことにこだわるんだよ。まあ、仕方ないよ、年寄りってそういうもんだからさ」

自分に言い聞かせるようにつぶやいた。

「どんなに金持ってたって、年寄りは悲しいさ。持ってるもんを手放すだけだもの。もう新しいものは手に出来ないんだからね。だけどこの二人は何か手にしたんだよ」

鮨桶はすぐに空になった。ほとんどさつきがたいらげた。

「やっぱり美味しいですねぇ」

ごくんとビールを飲み干す。

「私がいつも食べている持ち帰り鮨とはまるで違います。やっぱり松鮨《まつずし》はおいしいですねぇ」

松鮨というのは、セブンスターのすぐ近くにある高級店である。銀座並みの料金をとるということで、もちろんさつきは行ったことがない。出前もしない方針であったのだが、顧客が次々とセブンスターに入居したことで、ここだけは特別に届けてくれるのである。

「今度お二人でいらっしゃればいいじゃないの」

と倉田夫人。

「わたくし、岡田さんと遠藤さんの三人で、何度か行ったことがありますよ。遠藤さんもあそこのお鮨気に入られたはずよ」

「それがですね……。これが……」

さつきは親指とひとさし指とで丸をつくるという、いささか下品なポーズをした。

「私たち、節約しなくちゃ。遠藤さんの今後の治療のこともあるし……」

「そんなはずはないでしょう」

優秀な官僚であった山口は、こういう時口をはさまずにいられない。

「私は遠藤さんから聞いています。財産は弁護士によってきちんと管理され、月々のものは自分の口座に振り込まれるようにしたと。遠藤さんはとてもそういうところ慎重でしたよ。お金にお困りになる、なんていうことは考えられませんね」

「それがここだけの話ですけどね……」

さつきは遠藤の方をちらっと見る。みんなとの会話についていけず、部屋の隅にあるテレビを見ている最中であった。

「後見人になっているその弁護士が、私との結婚は無効だの、何だのと言い始めて、お金を差しおさえてるんですよ」

「まあ、そんなことがありますの」

「へえー、驚いたな」

その場にいる人たちは、一様に驚きの声をあげる。資産の管理運用というのは、ここにいる裕福な老人たちにとって切実な問題である。岡田や山口は、相続税を少しでも軽くするため、ありとあらゆる手段を講じながら、自分の分は既にしっかり確保していた。子どものいない倉田夫人は、信頼出来る姪にすべてを託していた。

「こちらも対抗することですな」

山口がおもむろに言う。

「いい弁護士をいくらでも紹介しますよ」

「でも、それってお金がかかるんですよね」

「それは多少かかりますが、あなたたちご夫婦の今後のことですよ。お金には代えられないでしょう」

「まあ、でも、今のところは遠藤さんの口座に多少は残ってるし、それをちびちびやりくりすればなんとかなりそうかな。それに私のここでの食費、自分で払おうと思って」

「なんか複雑ですわね……」

倉田夫人はため息をつく。

「ですけれども、さつきさんのお食事代ぐらいは、たいした倹約にもならないと思いますわ」

「そうですよ。一日も早く弁護士を頼んで、ちゃんとお金を動かせるようにしなさい。これからは、奥さんのあなたが遠藤さんの後見人になれるはずですから」

そうですとも、と純子。

「どうか意地悪な弁護士に負けず、愛を貫いていただきたいわ……。でも、さつきさん、婚約指輪や結婚指輪はどうなさったの」

「実は私も、それが気になっていましたの。今ははずしているの」

「いいえ、その、いろんなことがあって、ついもらいそびれちゃった」

「それはいけませんわ。結婚指輪はともかく、エンゲージリングは絶対に買ってもらわなきゃ」

いつになく純子はきっぱりと言う。

「エンゲージリングはダイヤですからね。これは女の大切な財産になりますわ。それから夫との大切な思い出になりますから、エンゲージリングは絶対にいただかなきゃいけませんわ」

「ちょっと嫉《や》ける話ですなァ」

山口がふざけて茶々を入れたので、みんながどっと笑った。

「いいえ、夫との思い出というよりも、幸福な娘時代の最後の思い出といってもいいかもしれませんわねぇ」

純子はワイングラスを手に、ゆっくりと語り出す。そのくすり指には、ガーネットの指輪がはめられている。有名なフランスの宝飾店のもので、しゃれた今風のデザインだ。これが恋人山口の贈りものだということを、知らない人はいない。籍を入れなかった代わりに、山口はこれを純子のくすり指にはめたのだ。

「そうなんです、婚約した時、主人はまだ若《わこ》うございました。いくら東大を出ているからといっても、勤め人で給料は知れていましたわ。私は主人のお給料相応の小さなものでいいと思っていたのですが、私の母がそんなものは何の価値もないからと申しまして、大金を出してくれました。そしてミキモトでとてもいいダイヤを選んでくれましたのよ。二十代の私には、そのダイヤはちょっと立派過ぎて気がひけました。ですけれども、いろんなところに出ていくことが多くなるにつれ、まあ恥ずかしい思いはせずにすみましたの。主人はある時、上司の奥さまに言われたそうですわ。『おたくの奥さんのお実家《さと》がいいって、指輪を見るとすぐにわかります』って。あの時の主人は、ちょっと誇らし気でしたわ……」

「まあ、私と同じ」

倉田夫人が感にたえぬように、首を静かに振った。

「今は外務省の奥さんたちといっても、ご自分の仕事を持っている方も多いようですが、昔は違いましたわ。名家のお嬢さま、資産家のお嬢さまの嫁ぎ先でした。だって海外へ出た時に、ちゃんとした格好をさせるためには、実家が援助しなければなりませんからね。そこへいくとわたくしの家は、会社を経営していると申しましても、戦前からの小さな出版社ですわ。ご存じないでしょうが、戦後、誰でも喋れる英会話読本、というのを売り出してこれが大あたりいたしました」

「ほーっ」

みんな驚きの声をあげる。

「まあ、それもありまして、私もグランドピアノを買ってもらい、音大に進めましたの。ですけれど昭和三十年代に入った頃は、もう細々とした経営ですわよね。私が外務省の男性と結婚することが決まったら、両親は頭を抱えましたが、結局都心に持っていた土地を売って、花嫁仕度をしてくれました」

　自分の左手をかざす。

「三カラットです。三越《みつこし》の外商が、持ってきてくれました。あの時山のように誂《あつら》えた和服は、すべて親戚の女たちに分けてやりましたが、このダイヤだけは最後まで手放しませんわ。私が死んだら姪のものになりますの。私は死ぬ間際に指輪をはめてと姪に頼んでますのよ。そしてダイヤのきらめきを見ながら、私の人生は本当に幸せだったと感謝しながらあの世にいくつもりですの……」

　しばらく沈黙があり、それを破ったのはさつきであった。

「ふうーん、おハイソな人ってやっぱりすごいんだねぇ！　みんなすごいダイヤを持ってるんだね。考えることが違いますよ」

「さつきさんも買っておもらいなさい」

　ねぇ、遠藤さん、と倉田夫人は声をかける。

「あなた様はやっぱり、さつきさんにエンゲージリングを買ってあげるべきですわ」

「はい、僕もそう思います」

　遠藤はしっかりと頷いた。

「順序は逆になりましたが、さつきさんにちゃんとエンゲージリングは贈るつもりでした」

「だけどお金ないよー。口座は弁護士の人が握ってるんでしょ」

「だけど、もうひとつ、ふだんは使わない口座があるんですよ。株の配当が入ってくる口座。確か七、八百万貯まってると思いますが、それはまだ自由になります」

まあーと女たちは歓声をあげた。

「それではさつきさん、エンゲージリングを買っておもらいなさい。私たちが一緒についていってもよろしいわ」

「ミキモトの担当をご紹介するわ。私が娘時代からのつき合いで、もう三代めなのよ」

倉田夫人と純子が興奮して口々に言いたてる中、さつきは遠藤と目を合わせる。不思議なことに、さっきまで呆けたようにテレビを見ていた彼が、しっかりとさつきを見つめている。エンゲージリングという単語に反応したようだ。

「買いましょう、エンゲージリング」

「えー、私ならいいよ。そのお金、これからの生活費になるかもしれないし」

「いいえ、僕たちは夫婦になったんです。だから指輪は必要です。僕が仕事で親しくしていたジュエリーデザイナーに頼みましょう」

「ミキモトじゃないのね」

純子が不満そうにつぶやいた。

出来上がったエンゲージリングは、ジュエリーデザイナーが自ら届けてくれた。

「すごい。こんなところに住んでいるんですねえ」

セブンスターのロビィに腰かけるなり言った。

「噂には聞いていましたけど、本当にゴージャスですね。遠藤さんにぴったりですよ」

「遠藤さん……主人って、そんなにゴージャスだったんですか……」

「いやあ、ゴージャスっていうより、本当の贅沢を知っている人、ってことですかねえ。あっ、奥さん、遠藤さんの着物姿って、見たことないですか」

「いいえ」

ちょっと不愉快である。この草柳《くさやなぎ》というジュエリーデザイナーは、さつきが知らない遠藤をよく知っている。思い出を持っていることに、さつきは嫉妬しているのだ。

「遠藤さんは時々会社や仕事先に、ふらっと着物姿でやってくるんです。大島《おおしま》とか結城《ゆうき》をさらっと着て、すごくカッコよかったですよ。夏なんかは上布《じょうふ》をさっと着て……」

「ふうーん」

「その遠藤さんが選んだ終《つい》の住みかですから、素敵ですよね。遠藤さんってやっぱり最後まで、自分のダンディズムを貫く人だって……」

しかし選んだ女房にはびっくりだったと、きっとまわりの連中には話しているような、そんな気がした。

「それでは、どうか、お受け取りください」

「はい、確かに」

そこで黒い小箱を開けると、あちこちから鋭い視線がとんだ。

「ほら、やっぱり金めあてだったんじゃないの。さっそくダイヤをねだったのね」

という女たちの無言の圧力を、じわーっと体で感じるのだ。

次の日、ベッドからおりてさつきは、リビングへ向かった。テーブルには昨日持ってきてもらった黒い小箱が置いてある。それを左手のくすり指にはめてみた。

ふだん使いできるようにということで、四角いダイヤをシンプルな形にしてもらった。といっても二カラットはある。さつきの人生で、このような高価なものを身につけたのはもちろん初めてである。左手を高くかざす。

「おっ、いいじゃん」

指が太くて丸い子どものような手であるが、指輪をしたことで様子がまるで違ってきた。

「いいね、人妻の手だよ……」

寝室のドアが開いて、パジャマ姿の遠藤が現れた。紺色のチェックのパジャマは、このあいださつきが買ってきたものだ。二人お揃いである。

「遠藤さん……」

手をふりながら彼の前に近寄っていった。

「ねえ、見て、見て」

あっとそこで止まった。そしてさつきは自然と後ずさりする。初めて見る遠藤の顔であった。唇がかすかに開き、こちらを凝視している。知らない人物とパジャマ姿で向かい合っていることの、恐怖と困惑に満ちていた。

「遠藤さん！」

「遠藤さん？……」

彼はその名を繰り返した。そして問うた。

「あなたはいったい誰ですか」

ああと、さつきは声をあげた。

「もう、ダメだよ……」

遠藤とかねてより約束していた。もし今後、さつきのことがわからなくなったその時は、「いったん終わり」と覚悟を決めている。セブンスターの最上階、介護付き居室に移してくれというのだ。

「大丈夫だよ。ここで私が遠藤さんのめんどうをみるよ。ここで一緒に暮らそうよ」

「いや、それはダメだ」

遠藤は厳しい声で言ったものだ。

「下のフロアで、呆けている人は一人もいないだろう。もしそうなったら、すぐに上の階に行くのがこの〝村〟の掟《おきて》なんだよ。このダイニングやバーや、ロビィで、呆け老人がうろうろしていることは決して許されないんだ」

そして、とつけ加えた。

「みんなそのくらいの美意識を持って暮らしている。ただの金持ちの老人じゃない。その気概でみんな生きてるんだ」

「はじめまして」

とさつきは言った。

「私は丹羽さつきといいます。よろしくお願いします」

「丹羽さつきさんですね」

しかし遠藤は不安気な様子だ。

「僕とあなたは、どうしてパジャマを着ているのですか。それもお揃いの」

「それはですね……」

言葉に詰まる。

「昨日、私たちこの部屋でパジャマパーティーをしていたんですよ。他の人はみんな帰って今は二人きりになったんです」

「そうですか」

まだけげんそうな顔だ。

「遠藤さん、パーティーは終わったので、そろそろ着替えをしませんか。私もいつもの服に着替えます。私が用意しますので、遠藤さんもパジャマを脱いで、ふつうの服を着てください」

「はい、わかりました」

遠藤はのろのろとソファに座る。その様子は老人そのもので、さつきは胸を衝かれる。

「えーと、あなたの名は……」

「丹羽さつきです」

「そうです、丹羽さんだ。丹羽さんは本当にやさしい方ですね。助かります」

「あの、これからもどうか、私のことを頼ってください。私は心を込めてお世話しますから」

「ありがとうございます」

遠藤は頭を下げた。

「これからよろしくお願いします。あなたが親切な人で助かります」

「遠藤さん！」

たまりかねてさつきは遠藤の肩をつかんだ。流れてくる涙をこぶしで拭う。

「あのね、これからお引っ越しするかもしれないけれど、上もとってもいいところだよ。

やさしい看護師さんや介護士さんが何人もいて、ちゃんとめんどうをみてくれるから、何も心配することはないよ。それから私は、毎日毎日訪ねていくよ。本当だよ。上に行ってもきっと遠藤さんは幸せでいられるよ」

第十三章　絶体絶命
「えー、それってどういうことですか」

驚きのあまり、さつきの声は裏返った。怒りがこみ上げてくるのは、まだ先のことであった。

遠藤を上の階に行かせなくてはならない。そのことがわかっているのにぐずぐずと時間だけがたった。遠藤を外に出さないために、部屋の中で料理をした。好物のパスタとサラダを出すと、

「本当に申しわけありません」

遠藤は頭を下げる。それは他人にする姿勢なのでさつきは悲しくなるのだ。

「遠藤さん」

と話しかけた。

「あのね、私さ、明日でも福田のところへ行ってくるよ。わからないと思うけど、ここのジェネラル・マネジャーのオヤジだよ。すっごくいけすかないやつ。でもさ、遠藤さ

んは福田と弁護士と三人で決めたんだよね。病状が進んだら上の階へ行くって。だからさ、そろそろそのことを言わなきゃって思うんだ。ずっとこうしていてもいいけどさ、遠藤さんも上に行けばさ、ちゃんと介護してもらえるし、何かのリハビリもやってもらえる。今のままだとさ、やっぱりまずいかもしれないしさ」

応答はなく、遠藤はにこにこしている。髭はさつきが剃《そ》ってやった。外国製のシェーバーはとても美しい形をしていて、長年愛用のあとが見られる。しかし遠藤は、それを手渡されても何に使うものかわからなかった。それが彼を、上に行かせようと考えるきっかけになったのだ。

二人は部屋に閉じ籠もっていたのだから、遠藤の病状はわからないはずであった。しかしその日の午後、さつきの携帯に福田から電話がかかってきたのだ。

「遠藤さんの奥さんですか」

嫌味としかとれない言い方であった。

「ちょっとお話ししたいことがあるんですが、私の部屋までお二人でお越し願えませんか」

「主人はちょっと体調悪いんですよ」

「だったら奥さんお一人でもいいですよ」

「もし、もし、すぐに終わる話だったら、電話で言ってくれませんか。主人の傍についいていたいんで」

「いやあ、ちょっとこみ入った話ですし、弁護士の先生もご一緒ですから」

部屋に入っていくと福田はソファに座り、もう一人の男と何やら楽しそうに話していた。男は六十代前半といったところであろうか。銀髪を綺麗になでつけた大柄な男である。

福田はさつきを見ると、

「やあ、お久しぶりですね」

と言いながら席を立たない。いちばん下座を指さした。

「どうぞ、そこにお座りください」

もう一人の男は、さつきをじっと見る。まるで自分にはそうする権利があるとでもいうようにだ。

「こちら弁護士の奥田《おくだ》先生」

男は名刺をくれた。銀座の住所であった。

「僕の名前はご存じですよね」

「はい、遠藤さん……、いいえ主人から聞いていました」

奥田は遠藤のというよりも、遠藤家の顧問弁護士である。そのために遠藤は財産や家のことすべてを彼に頼んでいた。病状が進んだらセブンスターの介護付き居室に移ること、そして月々のものは口座に振り込んでくれることなどをだ。しかしこの奥田弁護士がさつきのことを疑っているために、遠藤の口座はしばらく凍結されているのである。

「今日、初めて奥さんにお会いしましたよ」

その声に驚きと侮蔑があるのをさつきは聞き逃さない。

「よりによってこんな女と……」

と思っているに違いなかった。

「僕はね、奥さんに遠藤さんの財産運用を任せていいのか、いろいろと考えている最中なんです。そうしたら面白い話が飛び込んできましてね」

面白いとは何なんだろう。人のうちのもめごとを面白い、と表現していいものであろうか。

「遠藤さんには、叔父さんと叔母さんがいらしたんですよ」

「えー、それってどういうこと」

弁護士はトランプを切るような手つきで、ファイルから二枚の写真を取り出した。初老の男と女の写真だ。どちらも似たような年齢で、似かよった顔をしている。特に目の大きさが同じであった。

「遠藤さんのお祖父《じい》さま、遠藤勇一郎《ゆういちろう》さまは、昭和六十一年に九十四歳で亡くなっています。この時かなりご高齢で、勇一郎さまのご長男、つまり遠藤さんのお父上は既に亡くなられていたんです」

「その話は聞いたことがあります。お父さんがわりと早く亡くなったって」

「それで、お祖父さま勇一郎さまの財産は、そのまま孫の遠藤さんに譲られたわけです。お祖父さまには他にお子さんがいないと思われていたからですな」

「思われていたって……」

「勇一郎さまは、実は奥さまとは別の女性との間に、お二人お子さまをもうけられていいます」

「えー、それってどういうこと」

「もうお孫さんもいらして、六十過ぎてからのお子さんなので、まあ恥ずかしかったのでしょう、このお子さん二人のことは極力隠していらっしゃったんです」

「それって、隠し子がいたっていうこと？」

「そうです。このお二人はご自分より年下の、遠藤さんの叔父さんと叔母さんということになるんです」

さつきはじーっと二人の写真を見つめた。六十過ぎと思われる顔は相応に弛んでいて、そこから多くのものを読み取ることは出来ない。平凡といえば確かに平凡な顔だ。

男はスーツ、女はワンピースを着ていた。とりたてて金持ちそうにも見えないが、そうかといって貧乏にも見えない。これといって危害を加えられるとは思わなかった。しかし弁護士は衝撃的な言葉を口にした。

「このお二人にも、財産を貰う権利があるんですよ」

「えー!!　それってどういうこと」

はしたなく大きな声が出た。奥田はその反応を待ってました、とばかりに微笑む。弁護士が笑う時は、こちらが不利になる時だということをさつきはまだ知らなかった。

「この二人は、父親である勇一郎さんの財産を貰うことが出来るんですよ」

「だって、おかしいじゃん。本当の子どもじゃないし、今までいなかった人たちでしょ」

「奥さん、本当の子どもじゃない、っていうのは差別発言にあたりますから、安易にお使いにならない方がいいですよ」

奥田は語り出す。

この二人の兄妹は当時認知をしてもらった。それなりの金も渡されたはずである。当時は勇一郎氏の妻も生きていたので、この兄妹のことは家族間でも秘密にされた。勇一郎氏の長男は知っていたであろうが、今となっては確かめるすべはない。

幸いといってはおかしな言い方であるが、この兄妹の母親は、なかなか立派であった。花柳界の女の意地にかけて、ある時、愛人ときっぱりと縁を切った。勇一郎氏からもらった金でバーを始め、子どもたち二人を立派に育て上げたのだ。勇一郎氏の葬儀にも行かせなかったという。自分たちはあくまでも陰の存在だと教えたのだ。

その兄妹の考えが変わったのは、おととし母親が九十近い年で息をひきとったからだ。もはや親戚づき合いが出来るわけではない。たった一人残された遠藤は、病にかかって記憶がすべて消えているという。

「血が繋がっているのが自分たちだけなら、ちゃんと遠藤さんの後見人になりたい。それについては、遺産も分けて欲しいとおっしゃるんです。お気持ちはわかるような気がします。私も何度かこういうケースを担当してきましたが、非嫡出子として生まれたお子さんが、財産分与を主張するのは、お金のためだけではありません。自分たちもちゃんとした子どもだと認めて欲しいからなんですよ」

「なんだか私にはよくわからない。だけどさ」

さつきは目の前にいる二人の男を睨みつけた。

「遠藤さん……、いや、主人がこんな風な病気になってから、今さらそういうことを言い出すのって、ちょっとフェアじゃないような気がするけどな」

「そんなことを言えば、奥さんだってフェアじゃないでしょ」

「何だって！」

「僕はね、弁護士として、この結婚は不当なものだと考えています。だっておかしいでしょう。遠藤さんがもはや正常な判断が出来なかった時に、介護人であるあなたとばたばたと婚姻関係を結んだというのは」

「私は介護してたわけじゃない。ただのウエイトレスだよ」

「同じようなもんです。近くにいた人間が、それを利用したんです」

弁護士の口調はさらになめらかになる。

「このご兄妹は今まで何の権利も主張なさっていなかったのですが、お母さまが亡くなったことをきっかけに、いろいろ考え方を変えたわけです。つまり自分たちも遠藤家の人間として財産分与を要求する。そして甥《おい》にあたられる遠藤さんの後見人にもなりたいって言ってるわけです」

「それってどういうことなの」

「つまりお祖父さまの勇一郎さまの遺産を二等分してくれっていうことですよ」

「ちょっと待ってよ。そんなのアリ?」

さつきは叫んだ。

「今まで一度も出てこなかった人のことでしょ。私は主人からまるっきり聞いてないし、その人たちが三十年以上たってから、お金を欲しいって言い出すの、すっごくおかしいよ」

「しかし、このご兄妹はちゃんと認知されていますし、勇一郎さまとご一緒の写真も何枚かお持ちです。証拠はちゃんとあるんですよ」

「そんなのヘン、絶対にヘンだよ。今頃になって、とっくに死んだ爺さんのお妾の子どもがぞろぞろ出てくるなんてさッ」

「奥さん、もう少しご発言に気をつけた方がいいと思いますよ。お妾さんなんていう言葉、差別用語ですからね」

「だけどさ、そんなのおかしいじゃん。その人っていい思いしたんでしょ。勇一郎っていう爺さんから、いっぱいお金ふんだくってたんでしょ」

「そういう言い方、本当におやめになった方が……。それで奥さん、こちらの数字をご覧ください。本来なら遠藤さんご本人にお見せするつもりでしたが、今となってはあなたにご納得してもらうしかないでしょうな」

「今となってはってどういう意味よ」

弁護士はさつきの抗議を無視して、プリントしたものを目の前に拡げる。

「勇一郎さまが亡くなった時、相続税を引いた一億三千万円を遠藤さんは相続されました。この中には売却された株も含まれています」

この数字はさつきも知っている。籍を入れた日に見せてくれたものだ。

「そしてこの施設にお入りになる際、遠藤さんは八千六百万円お支払いになり、残りを私に託されました。私はこの中から月々のものを振り込んでまいりました。遠藤さんは自分はあと十年ぐらい生きるだろうけれど、残った株の配当と合わせて何とかやってくださいと」

しかしですね、と弁護士は続けた。

「あなたとの婚姻という突発的出来ごとがあったんですよ」

「突発的出来ごと」

「私は弁護士という立場から、とてもあなたとの婚姻は認めることが出来ません。福田さんからもいろいろとお話をお聞きしていますし」

弁護士は傍らの福田を見る。彼はそうだとも、と言うようにゆっくりと頷いた。

「奥さんは……」

わざとらしい言い方であった。

「奥さんは前科がありますからね。使っていない部屋を、この施設とは全く関係ない人に使わせましたね」

「あれは仕方なかったんだよ。呆けたお父さんの行き場がなくて、本当に困っている人にたった一日使わせてあげただけじゃん」

「あの呆け爺さんが部屋で小便をして、こっちはどれだけ困ったことか」

「あれはさ、細川さんがちゃんと弁償したはずだよ。それで壁紙も替えたはず」

「うちの信用問題だよ、信用問題」

福田は徐々に儀礼的なものを剝がしていく。さつきを睨みつける目は、入居者の妻ではなく従業員へのそれであった。

「うちは選ばれた方たちが高い入居料を払って、最後のときを過ごすところなんだ。それをお前みたいに資格がないやつが、ずる賢い手をあれやこれや使ってここに入り込もうとしてるんだ」

「ずる賢い、ってなんですか。私と遠藤さんはちゃんと結婚した。だから私はここに来たんですよ」

「冗談じゃない。遠藤さんの病気が進行したのをいいことに、お前はどさくさに紛れて籍を入れたんじゃないか。もし遠藤さんが正常な意識を持ってたら、誰がお前みたいなブスの年増と結婚するか!」

「あー、それこそ差別っていうもんでしょ。ジェネラル・マネジャーともあろう者がそんなこと言っていいのかね。私、問題にするよ、本当にするよ」

奥さん、ちょっとこれを見てください、と弁護士。

「遠藤さんの支出をチェックすると、二百四十万宝飾店に支払われています。この多額な買い物は奥さんのものですね」

「そ、それはエンゲージリングだよ」

「あなたが要求したんですか」

「要求したっていうか……。結婚したんだからそういうものを貰うのはあたり前でしょう」

「籍を入れたとたん宝石のおねだりか。随分わかりやすいやり口だなァ。そして宝石の次は、このセブンスターの部屋を狙ってたってわけか」

「そんなことはない」

　さつきはきっぱりと首を横に振った。

「私はね、遠藤さんが上の介護付きの部屋に移ったら、今二人で住んでいる三〇八号室から出ていくつもりだもの。遠藤さんさえちゃんと介護してもらえばそれでいい」

「だけどね、奥さん」

　弁護士はやや前かがみになる。

「勇一郎さまのお子さん二人が遺産の分与を主張なさっているので、勇一郎さまが亡くなった時点にさかのぼって、遺されたものを二等分しなければなりません。この時点では新民法は適用されませんので、非嫡出子は嫡出子の二分の一ということになります。ですからご兄妹二人に一億三千万円の半分、六千五百万円を渡さなくてはなりません。ですが、遠藤さんの口座にはもうそのような金額は残されていないんです」

「そりゃそうでしょ。遠藤さんはもうここに八千六百万円払い込んでるんだもの」

　ふふ、残念だね、おあいにくさま、という言葉をすんでのところでさつきは呑み込んだ。

「しかしね、奥さん、遠藤さんが叔父さん叔母さんに、ちゃんと遺産を渡す方法があるんですよ」

「何なの、それ」

「福田さんから聞いてください」

「はい。わがセブンスターでは、途中でお亡くなりになった方、途中で解約なさる方には、ここに住まわれた分と手数料を差し引いてちゃんとお返しすることにしています。遠藤さんは今の時点でここを引き払えばまだ一年足らずですので七千万円をお手にすることが出来ると思いますよ」

「あんたたち！」

さつきは立ち上がった。

「やっと腹が読めたよ。あんたたち遠藤さんと私をここから追い出そうとして、どっからかお祖父さんの隠し子を探し出してきたんだよね。私はともかく遠藤さんにこんなことするなんて。絶対に許さないよッ」

「許さないも何も、これは法律なんですよ、奥さん。もし奥さんが拒否しても、ご兄妹は裁判を起こすと言っています。裁判を始めると、とてもお金と時間がかかりますよ。それでもいいんですか」

「ちょっと、あんた、それでも弁護士なのッ！」

怒りのあまりさつきはしばらく息が出来ない。大きく深呼吸する。

「ドラマとか、映画で見る弁護士はみんな正義の味方じゃないッ。それなのに、こんな悪いことをして恥ずかしくないのッ」

「奥さん、私はずっと遠藤家とおつき合いさせてもらってきました。遠藤さんのお父さんの頃からですよ。ですからね、遠藤さんにもご信頼いただいて、あの方の代理人にもなっているんですよ。その私が遠藤さんの不利益になることを考えるわけないじゃないですか」

「じゃあどうして、遠藤さんをここから追い出そうとするのッ。遠藤さんはここでいい介護を受けることになっていたんだよ。おそらく日本一のすごい介護。遠藤さんの老後の夢をどうしてあんたたちは台なしにするの、こんな汚い手を使って」

「奥さん、汚い手、というのはこれまた不穏当な言葉ですな。私は遠藤家の弁護士として、今度のことは喜んでいるんですよ。今までお身内がいなかった遠藤さんに叔父さんと叔母さんが出来る。そしてこれからはこのお二人が、遠藤さんの今後についても考えてくれるんですから」

「冗談じゃない」

さつきは力まかせに、テーブルの上のプリントをはらった。高額な金を記したプリントは、ふわりと空に舞って落ちた。今まで五十二年生きてきて、これほど人の悪意を浴びせられたことはなかった。親からは大切にされ、友だちだって何人もいた。学歴も美貌も何もなく平凡な毎日で、人にうとまれたことはあっても、人に憎まれたことはない。それがどうしてこんなことになってしまったのか。理由はわかっている。遠藤と知り合い夫婦になったからだ。そしてその権利を使って、自分もこのセブンスターに住もうとしたからだ。それがそれほど悪いことなのか。これほどの仕打ちを受けることなのか。遠藤も自分も。

「冗談じゃない。遠藤さんのめんどうは私がみる。ずっとここで一緒にね。さっきの言葉取り消す。私もここにいる。ずっとここにね」

さつきはエレベーターを降り、大急ぎで自分の部屋に入った。遠藤がぼんやりとソファに座っている。冬の少し翳《かげ》った陽が、彼の顔に橙色の陰影をつけていた。もはや本にもテレビにも、全く興味をなくしていた。さつきを見ると「やあ」と声をかけた。それは妻に対してではなく、見知った者に向けられた挨拶である。

「どこかでお会いしましたね」

「ええ」

「今までどこかに行ってたんですか」

「ちょっと話し合いがあってね」

「あなたも帰ってきたし、僕もどこかに帰らなくてはなりませんね。えーと、しかしどこに帰ればいいいんだろう」

「遠藤さん」

さつきは彼の手を握ったが、何の反応もない。遠藤という名前も、もう忘れ去られようとしていた。

「どこにも帰らなくたっていいの。私たちずっとここにいればいいんだよ。ごめんね、遠藤さん、私と結婚したばっかりに、ものすごいことになっちゃった。私たちを追い出しにかかろうとしている。本当は私だけを追い出したいのに、遠藤さんも道連れになっちゃったよ。本当は私たちが別れればいいのかもしれないけど……」

すると遠藤の首が動いた。

「別れることなんかない」

「えっ」

「あなたはとてもいい人なんだ。僕にはわかる。だから別れることなんかないんだよ」

「えー、ウソ」

さつきはまじまじと遠藤の顔をのぞき込んだ。

「それって私が誰かわかって言ってるの？」

いや、と首を横に振った。

「あなたが誰だかはわからない。だけどとてもいい人だ」

「そうだよね。私たち、ずっと一緒にいようね。ずっと」

さつきは遠藤の肩をぎゅっと抱いた。口惜し涙か嬉し涙か、よくわからないものが流れてくる。

「私はね、絶対にどんなことがあってもここを出ていかないから。どんなことをしても、私は遠藤さんとこの部屋を守るよ」

その時、さつきの脳裏に一人の有能な看護師の顔が浮かんだのである。

朝子は母とテレビゲームをしている。

「年寄りでも出来るものを」と、店の人に選んでもらった戦国ものだ。二人のさむらいが、さまざまな敵と戦いながら城の奥深くへと進んでいく。

意外なほどチヅはこれに夢中になった。一人の時もやっているが、朝子の顔を見ると、

「対戦しよう、対戦しよう」

と持ちかけるのだ。

石垣に潜む忍者を倒しながら、朝子は母に尋ねた。

「お母さん、今日の夕ご飯どうだった？」

「白身魚の煮つけに、キノコの炊き込みご飯、カブの味噌汁に青菜のおひたし、豚の角煮がひと切れ、デザートは苺《いちご》のゼリーだったよ」

「へえー、すごい豪華版だね」

「私のは普通食だから。隣の爺さんのをちらっと見たら、まずそうなお粥《かゆ》だった」

「関《せき》さんだね。関さんはもうお年だから、咀嚼力が弱まってる」

「ここのご飯は本当に美味しいよ。なにしろさ、前の晩に、明日の朝食は洋食がいいか和食がいいかって聞いてくれる。洋食なら紅茶、コーヒー、カフェオレ、ハーブティーの中から選んでくれって言われた時はぶったまげちゃったけど」

「ここは食事もウリだもの。ホテル並みのものを食べれるって」

「こんなすごい部屋に泊まって、毎日ゲームして、それからご馳走食べて。本当にいいのかねぇ」

「いいの、いいんだってば」

朝子はそこで、見えない敵に対して火縄銃を使うことにした。音はしぼっているものの、爆発音が次々と起こる。

「何度も言ったでしょ。私たちは特別に従業員割引っていうのをやってもらっているの。空いている部屋を遊ばせとくのはもったいないってことでさ。従業員の親はものすごく安く使わせてもらってるんだから」

「本当かねぇ」

チヅはゲームをやめ、不安気にこちらを眺めている。

「ある日突然、出ていけ、なんてことにならないかねぇ」

「大丈夫、大丈夫。その代わりジェネラル・マネジャーと親しい、ごく一部の従業員だけなんだからね。他の人に知られるのは困る。これだけ守ってくれれば本当に大丈夫」

ノックの音がした。

「入ってもいいですか、細川ですけど」

「はーい、どうぞ」

朝子はゲームをオフにした。

「噂をすればナントカ、って本当だね。細川さんも特別従業員割引してもらっているお仲間だから」

邦子は私服姿だ。仕事が終わるとこの階にやってくるのが日課となっている。親戚の者が入っているというのが触れ込みであった。本当のことを知っているのは、朝子と藤原訓子の他には三人の介護士だ。彼らも実の親や祖父母のことで苦労している。いずれ〝条件に合った〟年寄りが下から上がってきたら、例のすり替えもするつもりで味方になってくれている連中だ。訓子は彼らをうまくローテーションして、邦子の父の担当につけている。

「お父さんは?」

「もう寝ました。こっちに移ってからはとても寝つきがいいんですよ。自分の部屋も広いし、ロビィもあるし、よく歩きまわるからでしょうね」

「よかった」

「私ね、父をここに連れてきて、本当によかったと思ってるんですよ」

と朝子に告げる。

「介護士さんのレベルがすごいです。みんな仕事はてきぱき、だけど心はゆったりと丁寧に年寄りに接してくれてます。みなさん本当にプロっていう感じ」

「そりゃそうだよ。ここの介護士の時給はおそらく東京で一番だもの。優秀な人が集まってくるのはあたり前。やめる人もほとんどいないって、他の施設だとまず考えられないことだよね」

「そうなんですね」

「ついでに言うと、私たち看護師の待遇もすごくいいよ。私なんかずっとここにいようかと思ってるぐらいだもの。まあ、私の場合は別の理由によるけどね」

今はテレビに見入ってる母親を横目で見ながら、朝子はふふっと肩をすくめた。

「本当にいいんでしょうか」

「何が」

「決まってるじゃないですか」

二人とも小声になっている。

「こんなこと長く続くわけないと思います」

「続くまでやればいいんだよ」

「死ぬまでですか」

「そういうこと」

「死ぬまでここにいられたら最高ですけどね」

その時、朝子の白衣のポケットが鳴った。勤務中はオフにしているスマホを、この部屋に入るとつけているのだ。朝子は何やらメールを打っていたが、途中で顔を上げた。

「細川さん、このあとちょっと時間ある？」

「ええ」

「じゃあ、細川さんも一緒に行きますと……」

声に出してメールを打ち終えた。

「あのね、丹羽さつきさんがちょっと用事があるって。私が細川さんも今いるよ、って打ったらぜひ会いたいって……」

「そうですか。ちょうどよかった。私、丹羽さんに結婚のお祝いを言いたい、って思ってたんですけど、なかなか機会がなくて」

「なんかえらい騒ぎだったらしいね。食堂のおばさんが、アルツハイマーの金持ちをたらし込んだってこの階にも伝わってきた」

「そんな人じゃないって、すぐにわかるはずなのに」

「そうだよ、たらし込むなんて、あの人には一番出来ない芸当だよ」

「でも何かあったんですかね」

「ないわけないじゃないの、このセブンスターでさ」

駅前商店街の中にある、ファミレスのドアを開けると、窓ぎわのボックスでさつきがビールを飲んでいた。

「すみません、もう始めちゃった……」

「いいよ、いいよ。私たちも飲んじゃうから。細川さんもいいよね」

「ええ」

それほど飲めない邦子であったが、朝子と同じ生ビールを頼んだ。

「じゃあ、とりあえず乾杯」

朝子がグラスを高くあげた。

「丹羽さん、結婚おめでとう」

「おめでとうございます」

「ありがとう」

さつきは力なく笑った。

「お祝いしてもらうの、これで二回めだよ」

「ええ、もう誰かしてくれたの？」

「愛子さんに岡田さん、それから山口さんに純子さん……」

「へえー、みんなやさしいね」

「丹羽さん、よかったですね」

「だけど、幸せだったのはその夜が最後だったかもしれない」

さつきはテーブルの紙ナプキンで目頭を拭う。そしてすべてを話し始める。

さつきが話す間、テーブルにはペペロンチーノとシーフードグラタンが運ばれてきたが、手をつける者は誰もいない。

朝子は次第に前かがみになり、邦子の方は顔を伏せていく。

「ひどい話だね！」

さつきが話し終えたとたん朝子は叫んだ。

「そんなひどい話、聞いたことないよ。これってあきらかな陰謀じゃないの」

「そうなんだよ。福田とあの弁護士がグルになってるんだよ」

「丹羽さんのこと、弁護士は奥さんとして認めたくはない。福田の奴《やつ》は絶対にこのセブンスターに入り込んでほしくない。二人の利害が一致したわけだ」

「まるでドラマみたいなことが、自分の身に起こるとは思ってもみなかったもんだから」

「あら、そもそも結婚がドラマだよ。上の階にも聞こえてきた。丹羽さんがハンサムなダンナさんつかまえたって」

「やっぱり、つかまえた、ってことになるのかねえ」

「そりゃ、仕方ないわよね、私たち従業員なんだし」

「だけどさ、あっちの方からすごくしつこく言い寄ってきたんだよ」

「それはわかるわよ。丹羽さんが、男の人に媚《こび》を売るなんてこと出来るわけないし。ただ、ロマンティックな話だねえって、みんなに広まったのよ」

「ロマンティックっていっても、結末がこうじゃ……。なんだかあまりにもエグい話で、まだ現実とは思えないよ」

「私がいけないんですよ……」

邦子が唇を噛んだ。

「あの時、私が無理やり父を空いてる部屋に入れてもらいました。その時に丹羽さんは、ジェネラル・マネジャーに睨まれたんですよね。みんな、私のせいです……」

「ちょっとやめてよ。福田が私のことを嫌ったのはさ、あのことが原因じゃないよ。あの人はもともと貧乏人が嫌いなのさ。貧乏人はおとなしく黙々と働くもんだって信じてるの。だからね、ちょっとでも何か言ったり、反抗したりすると、頭にカーッと血がのぼるんだ」

「わかるよ。あの人は元気だったりモノ言ったりする貧乏人が大嫌いだって」

ねえ、これ相当ヤバいよ、と朝子は言う。

「ねえ、どうするの。二人でここを出てくの？　それともまた福田と戦うつもり？」

「私は……」

さつきはまっすぐに二人を見た。

「私はどうでもいい。ただ遠藤さんには最高の介護を受けてもらいたい。だから私は、どんなことをしても最上階に遠藤さんを送り込みたいんだ。だっておかしいじゃん。遠藤さんはもうとっくにお金を払ってるんだよ。そして病気が進んだら、介護付きの部屋に移して欲しいって頼んで、福田も了承してる。それなのに金を返すから出てけ、なんてさ」

「あの、丹羽さん」

おずおずと邦子が声をかける。二人の早いテンポの会話になかなか入っていけなかった。

「そちらも弁護士を頼んだらどうでしょうか。依頼主を裏切るような弁護士さんじゃなくて、ちゃんとお二人のためにやってくれるような人」

「えー。でも私、弁護士に知り合いなんかいないよ」

「ふつうそうですけどね、今はネットで調べられますよ」

「弁護士ってお金かかるよね」

「私の友だちが、離婚の時に頼んだら百万近くかかったって」

「そんなお金ないよ。いまあの弁護士のせいで預金もひき出せないようになってるし……。あっ、これがあるか」

自分の左手を見た。そのくすり指には、四角いダイヤのエンゲージリングが輝いている。

「いざとなったら、これを売るか」

「ダメ、ダメ」

と朝子。

「あのね、丹羽さん。宝石なんて指にはめた瞬間から価値が下がって、売ろうとしたって何分のいちだよ。あっ、本気じゃないか」

「いざとなったらって思うよ。でもね、弁護士頼んだりする時間ももったいない。私はすぐに遠藤さんを上の階に入れたいんだ。ねえ、どうすればいい」

「うーん」

朝子は低くうなる。

「上の階に入れる手があるんだけど、遠藤さんの場合それは使えないと思う。顔が知られてるからね。こうなったら……」

「こうなったら」

「実力行使だよ。最上階に空いてる部屋はいくつかある。そこにもう居座るしかないね。遠藤さんは外の人じゃない。今まで〝下〟で生活してた人だ。追い出されることはないと思う」

朝子は声を潜めた。

「今、最上階は七室空いている。だから遠藤さんの住む部屋はちゃんとあるよ」

「だったら荷物まとめて、すぐに引っ越すよ」

「たぶんね、看護師や介護士たちは混乱すると思う。正式な手続きとらずに、突然下からやってくるんだからね。でも事情を知れば、みんな同情してくれると思う。問題は福田だよ……」

「そう、私もそう思う。あの男が黙って引っ越しを見ているわけないよ」

「だから強引にことを運ぶしかないよ。あっと気づいた時には、遠藤さんはもう上の住人となってなきゃ」

「今週中ぐらいだね」

「丹羽さん、私も手伝いますよ」

邦子はハンカチを取り出して、鼻の下を拭った。涙と鼻水とが一緒に流れてきたのだ。

「私も今、話を聞いていたらあまりにもひどいと思いますよ。遠藤さんと丹羽さんを追い出そうと、わざわざ隠し子を探してくるなんてやり方が汚過ぎますよ。どうしてこんな卑劣なことが出来るんでしょうか」

「福田はセブンスターを守りたいんだよ。ここのジェネラル・マネジャーをやっていることが、あの人のアイデンティティだから」

「前に丹羽さん、私に言いましたよね。切羽詰まった人間が何かしても、たいていのことは許されるって」

「そんなこと言ったっけ」

「言いましたよ。それで私は勇気を貰ったんです。私たちには介護しなきゃいけない大切な人がいる。だけど行くところがない。一方で余っている場所がある。ここに緊急避難させてもらうことは、そんなに悪いことでしょうか。もちろんいいことじゃない。法律に触れているかもしれない。だけどこれしか方法がないとしたら、私たちはやるしかないんですよ」

「細川さん、なんかいつもと雰囲気違う」

さつきは驚きを隠さない。

「あのね、細川さんと私が親のためにしたことを、いずれ丹羽さんに話さなきゃならない。でも今はちょっと待ってて。丹羽さんがしようとしていることは合法的なことだから、私たちとごっちゃになっちゃいけないんだ。今、丹羽さんを巻き込むと丹羽さんが不利になるし」

「私、意味がよくわからないよ」

しかしさつきは、朝子の言葉を深く追おうとはしなかった。遠藤のことで頭がいっぱいだったからに違いない。

四日後、さつきは最小限の荷物を持って、最上階に現れた。朝子は初めてさつきの夫を見た。

「とても素敵な方ですよ。背が高くてすらりとしていて、おしゃれだし」

とコンシェルジュの邦子は説明してくれたが、今の遠藤にはそんな趣はまるでない。

ジャージーの上下を着た痩せた老人である。自分がどうしてここにいるのだろうかと、

曖昧で怯えたような微笑をうかべていた。

「朝子さん、よろしくお願いします」

さつきはぺこりと頭を下げた。

「強引に今日からお世話になります」

わかった、わかったと朝子。

「丹羽さん私ね、あの後覚悟を決めたよ。もうこうなったら、皿まで食べるよ」

「えっ」

「毒を喰らわば皿まで、ってこと」

朝子の後ろには、介護士のチーフの藤原訓子がいた。不安気に立っている。

「こちらが介護のチーフの藤原さんだよ。藤原さんはまさか見て見ないふりは出来ない」

「そりゃそうだよね」

「藤原さんや他の介護士さんに迷惑はかけられないからさ。私、考えたんだ。下から指示書が届いたってことにしようよ」

「指示書って」

「これ！」

ファイルから一枚の紙を取り出した。医師の診断書と共に、部屋移動確認書というものがあった。福田の署名もはっきりと書かれている。

「これは？」

「もちろん私がコピーして、福田のサインを真似て書いた」

「それってヤバいんじゃ……」

「もちろんヤバいよ。でもこれって藤原さんたちは悪くありません、っていう単なるアリバイ。福田が、こんなもんつくったの誰だ、って怒っている間に、遠藤さんはここに住んじゃえばいいんだよ」

「力ずくで追い出されたら」

「だからこれは賭けだよ。遠藤さんはもともと下にいて、ここに来る権利があったんだ。それを福田の悪企みで追い出されようとしている。福田に良心の呵責《かしゃく》があったら、きっと手加減するよ。しなきゃいけないんだ」


目覚ましが鳴って朝子は目を覚ました。しかし何かおかしい。朝の気配はまるでなく、部屋は薄い闇の中に沈んでいた。

ベッド傍のテーブルに置いた携帯が、光りながら音を発している。心臓がばくばくし始めた。年寄りを抱えていたら真夜中の携帯ほど怖いものはない。が、表示には見知らぬ番号があった。

「もし、もし」

「もし、もし、そちら星野さんの娘さんですよね」

ホシノ、ホシノ……とても重要な名前だとわかっているのに、その人物と自分との関係性がとっさに出てこない。まだ頭がしっかりと覚醒していないのだ。しかし幸いなことに、相手がすぐに名乗ってくれた。

「こちら鹿沼《かぬま》スマイルタウンの者です」

そこですべて思い出した。母親のチヅとすり替えて、栃木の施設へと送り出したセブンスター・タウンの入居者だ。八十四歳でクモ膜下出血で倒れた彼女は、全く意識がなかった。たった一人の娘も、遠い海外に住んでいる。

「実は星野喜美子さま、先ほど亡くなられました」

「えっ、何ですって！」

大きな声をあげたのは、死を悼んでのことではない。これから始まる大きな騒動を予想出来たからだ。

「四日ほど前から風邪をひかれていたのですが、これほど急に悪くなられるとは……。まことに残念です」

「いえ、どうも、その」

朝子は間の抜けた返事をした。

「それですぐいらしていただけますか」

「はい、まいります」

時計を見た。午前二時を過ぎたところだ。

「始発を待ってられませんので車でまいります」

落ち着け、と朝子は自分に言い聞かせる。星野喜美子の死は、突然ではあるが、なんとかやりおおせないことはない。絶対にうまくやるのだ。アクシデントは、決してミスに繋げない。それが朝子の看護師人生で得た最大の教えだ。

「車で母の遺体を連れて帰ります。こちらで葬式をいたしますので。死亡診断書はもう書いていただいてますよね」

朝子の口調は、すぐに有能な看護師のそれになった。

ニットを羽織り、ジーンズを穿《は》きながら、朝子は慎一の携帯番号を押す。三回コールしない間に出たのは意外だった。

「起きてたの？」

「そんなわけねぇだろ、この時間」

その後、おそるおそる、といった調子で尋ねる。

「お袋、何かあったのか……」

「似たようなもんだよ」

「えっ？」

「あんたさ悪いけど、すぐうちに迎えに来てくれない。いちばん近いところでレンタカー借りてさ、とにかく私を迎えに来て」

「お袋、遠いとこにいるのか？」

「そうだよ、栃木だよ」

「わかった……」

「ちょっとォ、一時間以内だよ」

「おい、おい、朝ちゃんはオレがどこに住んでんのか知ってるのかよ」

「知ってるわけないじゃん」

出ていった弟とは、一度スマホで話したきりだ。

「それでも一時間以内に来て」

「わかったよ……」

この後、何をすべきだろうかと、朝子はすばやく考える。星野喜美子の遺体をセブンスターの部屋まで運ぶ。そこにもちろん母のチヅがいてはまずい。他の部屋に移せば、当然人目につくだろう。最上階で働く人間たちもすべてが味方とは限らないのだ。そうでなくても、おととい丹羽さつきが強引に遠藤を連れてきたことで、介護付き居室エリアはざわついている。福田も早晩気づくことだろう。いったんでも母を空室に入れるのは危険過ぎる。やはり急いでうちに連れてこなくてはならないだろう。

その時、ふと大変なことに気づいた。慎一をもう一度呼び出す。

「何だよ」

「大切なことを忘れてた。借りる車はバンだよ。わかってるね」

そして電話を切った後、朝子はさらに重要なことに気づいた。藤原訓子の携帯番号を押す。

「もし、もし」

はっきりとした声だ。家庭を持っている訓子であるが、月に二度ほどは夜勤をしている。今夜はその日だと朝子は知っていた。

「藤原さん、ちょっとまずいこと起こった。私、これからすぐに栃木に行くから」

星野喜美子が亡くなったことを告げると訓子は息を呑んだ。

「そんな……、早かったですね」

「でももう八十四歳だったんだよ。この年齢の人は明日どうなるかわからないもの。ちゃんとあと先のことを考えなきゃいけなかった。だけどさ、あと先のことを考えたら、絶対にこんなことは出来なかったけどさ」

「そりゃあ、そうですけどね」

「それでね、これから私は車で、星野さんのご遺体を受け取りに行ってくる。そしてね、うちの母親をどかして、星野さんのご遺体をちゃんとベッドに寝かさなきゃ」

「ご遺体はどう運ぶの」

「まさか棺《ひつぎ》のまま、っていうわけにいかないから、ベッドに乗せようと思う」

「わかった」

この階では寝たきりの重症者は、ベッドのまま移動している。だからそうした老人がいても不思議ではない。ただその老人は死んでいるのだ。

「いちばん目立たない方法ないかな」

「裏口から乗せるとして……」

老人施設として当然ながら、そのような設備はある。裏口からのエレベーターは業務用となっているが、後ろのパネルをはずすとらくらく棺桶《かんおけ》が入るようになっていた。

「朝食の時に、さっと入れるのどうですか。一応酸素マスクをつけましょう。そうすれば顔を見られずにすみますよ」

「サンキュー。それからご遺族の連絡もしなくっちゃ。藤原さん、ご家族の緊急連絡先に亡くなったこと伝えてくれる？　星野さんの娘さんは、スウェーデンに住んでるんだよ」

「ラッキーって言ったら失礼だけど、時間稼ぎ出来ますね」

「本当。今となったらそれが救いだよ。私、あまりのことに頭がボーっとしてる。予想出来たことなのに、どうして心配しなかったんだろ」

五十七分後にスマホが鳴った。

「今、下に着いた」

「わかった」

灰色のバンの運転席に慎一は座っていた。半年ぶりに見る弟の横顔は、少し顎が弛んでいる。しかし着ているダウンといい、髪型といい、すさんでいる感じはない。どうやらまともに生きているらしいと朝子は見当をつけた。

朝子が乗るやいなやナビを入れる。

「東北自動車道抜けて、二時間ってとこかな」

「出来るだけ早くして」

それには答えず、慎一は車を発進させる。その後もずっと沈黙し、声を出したのは高速にのってからであった。

「お袋、そんなに悪いのか……」

「今朝方、息をひきとったって」

「おい、おい、冗談じゃないぜー」

慎一は大声をあげた。

「このあいだまであんなに元気だったじゃないか。だいいちオレは何も親孝行してないんだぜ。冗談じゃないよ」

「まあ、そういう気持ちがあるなら、これからちゃんと親孝行することだね」

「だから、もういないならどうしようもないだろ！」

「実は今から私たちが会いに行くのは、お母さんだけどお母さんじゃないんだよ」

朝子はざっとことのあらましを話した。慎一は驚きのあまり、ぽかんと朝子を眺めたほどだ。あわててハンドルを切り、

「それって、犯罪じゃないか……」

とつぶやいた。

「そうだよ、犯罪だよ」

「バレたら、警察に捕まるだろ」

「そうだね、捕まるだろうね」

「マジかよ……」

再びの長い沈黙があり、

「いったいどうする気だよ」

「バレない前に元に戻すしかないね。この後ご遺体受け取って、大急ぎでセブンスター・タウンに戻る。お母さんを散歩のふりして外に連れ出す。それからご遺体をベッドに寝かせて、いろいろな準備をする。本当の家族が来て対面する……」

「おい、おい、もう家族は来てるんじゃないのか。死んだ知らせはあっちにも行ってるはずだろ」

「それがね、たった一人の娘はスウェーデンに住んでる。まだ二日は余裕があるよ」

インターを降り、県道をしばらく走ると夜明け前の淡い闇の中に病院が見えてきた。施設から教えられた病院だ。

看護師である朝子は、病院のだいたいのありようがわかる。救急用の入り口から入り地下へ降りた。霊安室はほとんどの場合地下にある。廊下で初老の男が待っていてくれた。見憶えがある施設長である。

「このたびはご愁傷さまでございました」

頭を下げる。

「お世話になりまして」

「私どもも突然のことでびっくりしています。熱があったので、念のためにこちらに入院させたらあっという間に……」

「いいえ、もう年齢《とし》が年齢でしたから」

朝子はすらりと口にして、その言葉が他人ごとのように聞こえないかと少し後悔した。

「あっ、こっちは弟です」

「このたびはまことに……」

「本当にお世話になりましてありがとうございます」

施設長がいちいち名刺を出したりしないので、朝子は安堵する。娘の自分の姓が違うのは不思議ではないが、息子が母親と姓が同じでなかったら不審に思われたかもしれない。もっとも慎一が名刺を持っているとは考えられなかったが。施設長はドアを開けた。

「こちらにいらっしゃいます、どうぞ」

殺風景な部屋にベッドがあり、枕元には線香が供えられていた。顔の白い布をとる。

「お母さん！」

朝子は星野喜美子に向かって叫んだ。慎一も教えたとおり、すぐ後ろで合掌している。

「お母さん、いったい、どうしてこんなことに……」

どうしてこんなに早く死んでしまったの。たった四ケ月であなたが死んじゃったから、計画がめちゃくちゃだよ。私の母親は早くもセブンスター・タウンから出て行かなきゃならなくなったじゃないの……。

全く理不尽な悩みを死人にぶつけていると思ったら、泣き笑いのようになってしまった。

そこへ看護師がやってきた。

「ご遺体はどうなさいますか」

「すぐに運びます。東京で家族葬をするつもりです。もう知り合いの葬儀屋を頼んで待機してもらってます」

「そうなんですか」

地元の葬儀屋を頼まなければ、このまま毛布でくるむことになる。

「えーと、この毛布は母のですね」

「一枚は星野さんの私物ですが、もう一枚は施設のものです」

「お返しするわけにはいきませんから、後で精算します。いずれ近いうちにおたくにうかがわなきゃなりませんから」

てきぱきと朝子はことを進める。看護師に死亡診断書を要求した。当然のことながら、ここの病院と医師の名が記されている。

いったいどうしたらいいのだろう……。

いや、今考えるのはよそう。大変なアクシデントが起きたのだ。こういう時の対処は、まず目の前のことを完璧にこなすことだ。ひとつひとつのことをクリアしていけば、最後の大きな壁も難なく越えられるのだ。これは朝子の信条というものであった。

その時、朝子のスマホが鳴った。「失礼」と見る。やはり藤原訓子からであった。

「今、星野さんのお嬢さんと連絡つきました。スウェーデンではなくソウルにいました。たまたま学会で来ていたそうです。朝早い飛行機で帰国すると」

まずい！　と、朝子は思わずスマホを取り落としそうになった。

「ねえ、ソウルって東京からどのくらい離れてるんだっけ!!」

つい傍にいる慎一に尋ねてしまう。

「なんだよ、急に!?」

「来てもらうと困る人が、いや、早く来てもらいたい人が、今ソウルにいるって……」

「えーと、三時間ぐらいかなァ」

施設長がのんびりとした口調で教えてくれた。

「おととし学校の同級生何人かと行きましたよ。羽田からだとあっという間でしたね」

「羽田ですか!?」

二十数年前バブルの頃に、病院の職員旅行でハワイに行ったきりの朝子は、海外旅行というのは成田空港からだけだと思い込んでいたのである。

「急いで」

慎一に命じた。

「そう、毛布のそっちの方を持って」

もう一人看護師がやってきた。

皆で小さなかけ声をかけ、遺体をストレッチャーに移した。

「娘さんは看護師ですか」

後ろから来た看護師が尋ねた。

「ええ、現役のね」

「そうですか、どうりで違うと思った」

ストレッチャーを押して裏口に出た。もう夜は明けていて、向かい側のビルから、朝陽が目もくらむような光を放ちながら上ってくるところであった。慎一が車を移動してくる間、朝子は毛布からはみ出ていた喜美子の足を直した。足首の裏側に褥瘡《じょくそう》を見た時、初めて朝子は目頭が熱くなった。本当ならばそれは母のチヅに出来るものだったのだ。

ストレッチャーから、毛布ごと遺体をバンの後ろにおさめた。朝子と違って、慎一は遺体に慣れていない。いや、おそらく触れるのは初めてに違いなかった。顔をひきつらせて毛布の上の方を持ち上げる。

「腕曲げないように」

朝子は注意した。

「硬直始まると直らなくなるよ」

彼の肩がぴくっと動いた。

「それではありがとうございました」

車が動き出す時には、施設長はもちろん、二人の看護師も深々と頭を下げる。それは
死者に対する礼儀で、朝子にも憶えがあった。

「まいったなぁ……」

三人の姿が見えなくなったとたん、慎一が深いため息をついた。

「車に死体を積んでるなんて、しかも知らない婆さんだ……」

「そんなこと言っちゃダメでしょ」

自分でも意外なほど大きな声が出た。

「お母さんの替わりをしてくれた人なんだ。おかげでお母さんは、日本で最高の部屋で
さ、娘の私にめんどうをみてもらいながらぬくぬく暮らしていけたんだよ」

「お袋、どうするつもりなんだ」

「とりあえず、うちに帰るしかないよ。だってあの部屋の住人は亡くなったんだから」

「そうか……」

一呼吸置いて言った。

「オレがお袋のめんどうをみてもいいよ」

「だって、あんた、あの女と一緒に暮らしているんでしょ」

「だから、もう、そろそろ限界かなァと……」

「えっ、うまくいってないの!?」

佐野《さの》のサービスエリアが近づいてきた。

「トイレへ寄らしてくれよ」

「ちょっと急いでよ」

朝子がスマホから顔を上げる。

「あの施設長、ソウルからは三時間、なんて言ってたけどとんでもない。金浦《キンポ》空港から羽田まではたった二時間だよ。朝、七時五十五分の飛行機に乗れば、九時五十五分には到着だよ」

「マジかよ……」

慎一はカァーッと奇声を発しながら、ハンドルに顔を伏せた。

「オレの人生で、こんな二時間ドラマのようなことが待っていようとは、思ってもみなかったよ」

「冗談言ってる場合じゃないでしょ。もう八時過ぎてるんだよ」

「だけどさ、空港って出るのにえらく時間がかかるじゃないか。それからタクシーに乗るんだろ。そういう時間も計算すればさ」

「あんたって、どうしてそんなにいつも楽天的なことを考えるのよ。だから女にも逃げられるんじゃないのッ」

「別に逃げられたわけじゃないよ。ただいろいろあってさ……」

「もう、うるさいわね。早くパーキング行きなよ」

実は病院でトイレへ行きそびれ、尿意を催してきたのは朝子も一緒だった。トイレを済ませ、鏡を見るとそこには口紅ひとつひかず、乱れた髪の中年女が映っていた。朝の光の中で、いつもよりずっと老けて見える。

「落ち着け、落ち着け」

朝子は男がするように、手のひらでぴしゃぴしゃと頰を叩いた。喜美子の娘がスウェーデンではなくソウルにいたことで、すっかり気が動転してしまった。しかしたいしたことではないのだ。娘がセブンスター・タウンにやってくる前に喜美子をベッドに寝かせる。そして私物を並べておけばいいのだ。私物といっても、意識のほとんどなかった喜美子の場合、棚に飾るものは写真立てぐらいだった。どこか海外の大学の卒業式らしく、ガウンを着たあの利口そうな娘と、まだ若い喜美子が写っている。あの写真立てとぬいぐるみの熊がひとつ、藤原訓子がちゃんと保管してくれているはずだ。朝子はメールを打たずにはいられない。

「急いでます。その前にやることはお願い」

高速道路の上りは、急に朝の様相を示し始めた。トラックが連なって目の前を走っていく。

「もっと急いでったら」

朝子は怒鳴った。

「ちょっと、前のトラック、どうしてこんなにちんたらちんたら走ってんのよッ。ちょっとこれ、追い越してよ！」

「そう簡単に言うなよ。だったら運転替われよ」

「私がペーパードライバーだってこと知ってるでしょ」

「まあ、東京に住んでれば、たいていペーパーになるよな。地下鉄はすぐ近くにあるしさ。オレだって、今の仕事するまでは車の運転なんてずっとしてこなかったしな」

「仕事って、何やってんの？」

この状況の中、聞くことをすっかり忘れていた。

「水漏れ修理の仕事だよ。電話一本で夜中でもすっとんでくやつ」

「えー、あのCMでやってるやつ？」

「あんな大手じゃないけど、まっ、講習受けて修理覚えて、何とか続いてるよ」

「よかった……。あんたさ、そのこと、ちゃんとお母さんに伝えなよ。きっと喜ぶよ」

そしてつぶやいた。

「私たちのお母さんは、まだちゃんと生きているんだからさ……」

「そうだよな……」

その時だ。後ろからパトカーのサイレンが聞こえてきた。スピードをゆるめたとたん、マイクの声が響く。

「そこの灰色のハイエース、すぐに左側に停まりなさい」

「おい、おい、マジかよ」

「ちょっと、ちょっと、いったい何したのよッ」

「取り締まりやってるなんて、知らなかったよ」

「ウソでしょ、こんな時に！」

ウソだ、ウソだと、朝子はつぶやく。こんなことってあるだろうか。とても現実のことは思えない。一刻も早く母の身替わりとなってくれていた遺体を、東京に運びたいのに、アクシデントが次々とふりかかるのだ。

「まるでアレみたいだ」

そうだ、毎晩のようにチヅとやっているテレビゲームとまるっきり同じではないか。

若い警官が、パトカーから降りてきた。

「免許証見せてください」

慎一の顔と見比べる。

「おたく、かなりスピード出してましたね」

「すみません……、急いでたもんで」

「どこに行くんですか」

「東京に帰るところです」

「ふうーん」

警官は興味なさげに、窓の中をのぞき込んだ。そして彼の目が止まる。

「後ろの細長い荷物、なに……」

「えっ!!」

「ええ!!」

姉弟は同時に叫んだ。まさかこんな事態が起こるとは考えてもみなかった。二人が今運んでいるものは、この世でいちばん尋常でない荷物、死体なのである。

「ねえ、その荷物、何なの?」

もう一度尋ねてきた。覚悟を決めた朝子が答える。

「イタイです」

「イタイ？」

「あの、母が、さっき亡くなったんで」

彼はバックドアを開けるように命じた。そしてやや乱暴に毛布の裾の方をめくった。白く乾いた喜美子の脚が出てきた。

「あっ、本当だ。死体だ」

彼は叫んだ。

「死体がある！」

「死体じゃありませんよ、遺体です」

朝子は彼の声を制した。

「さっき母が栃木の病院で亡くなったんですよ。だから東京に運ぶところです」

「でもさ、お母さんのご遺体、こんな風に無造作に毛布でくるむって、ちょっとありえないんじゃない」

「地元の葬儀屋頼まずに、東京でやるんですよ。東京ではちゃんと葬儀屋待ってますから」

「だったら、その葬儀屋とくればよかったんじゃないですか」

「そりゃそうかもしれませんけどね、家の事情ってものがありますよ。うちは少しでも節約したいから、こうして自分たちで運んでるわけ」

朝子は落ち着きを取り戻す。この若い警官を言い負かすことぐらい出来ると思う。

「おまわりさんだって、長いことやってれば遺体積んだ車に出遭うことがあるでしょう。私たち人殺したわけじゃなし。ほら、これが死亡診断書」

警官は死亡診断書をじっと見ていたが、

「一応確かめさせてもらいますよ」

と携帯電話を取り出した。

「早くしてくれませんか。東京で葬儀屋さんが待ちかねているんですよ」

と朝子は早口になる。

「早くお棺に入れないと、死後硬直始まってうまく入らなくなりますからね。ねえ、おまわりさんだって死体見たことあるでしょう。死体ってものすごく傷みやすいものだってことを知ってますよね」

「いや、僕はずっと交通課だから……、あ、もし、もし」

どうやら同僚にかけているらしい。

「あのね、ちょっと調べてもらいたいことがあるんだ。栃木の今から言う病院でさ、今日の午前二時、人が亡くなって死亡診断書出てるかどうか……、うん、そう、そう、今から名前言うからね……」

それから長い時間がたった。朝子の焦りと怒りは頂点に達しようとしていた。

「ちょっと、いい加減にしてくださいよ。こっちは急いでいるんですよ。この時間、病院なんかに電話しても、たらいまわしにされるに決まってるじゃないですかッ」

「申しわけないけど、もうちょっと待っててくださいね」

「おまわりさん」

朝子はついに怒鳴った。

「私たち、もうキップ切られてるんですよ。それで充分じゃないですか。それに私たち、なんか悪いことするような人間に見えますか」

「まあ、まあ、まあ……」

彼が手を振った時に、携帯が鳴った。

「もし、もし……、はい、はい。確かに出てる。名前も間違いない……。はい、わかりました」

そして朝子たちに向かって一礼した。

「はい、どうもお疲れさまでした。気をつけて帰ってくださいね」

朝子はぶすっとして返事もしない。早く出してよと慎一をつついた。

「それから……」

若い警官は敬礼した。

「お母さん、どうもご愁傷さまでした」

「どうも」

頭を下げたのは慎一であった。

「あんた、お辞儀なんかすることない。おかげで三十分近くロスだよ。おまけに道が混んできた。いったいどうするつもりなのよッ」

首都高を降り一般道をひたすら走る。

「なんで右折するのよ。ここ、まっすぐに決まってるでしょ」

「だってナビがそうなってるから」

「このバカナビ！」

朝子はチーッと舌うちをした。

「ナビって、なぜかいちばん遠まわりを教えんだよね」

「そうカリカリしないでくれよ。今、十時二十分だよ、ちゃんと間に合うよ」

「何言ってんのよ。娘がやってくる前に、あんたがお母さんを連れ出して、私は部屋の準備をする。どうみたって一時間はかかるよ」

「だからこんなことしなきゃよかったんだよ。うちのお母さんを、あの栃木の施設に入れとけばよかったんだよ」

「そんなことわかってるよ。だけどね、私はお母さんに少しでもいい思いをさせたかったんだ。もうやったことをガタガタ言わないで」

「だけどさ……」

「私は自分のためにやったんじゃない。親のためにやったんだ。親のためにやったことはさ、たいていのことが許されるんだ。私はそう思うよ。こんな世の中だもの、多少のことをしたって仕方ないよ」

「その結果がこれかよ。死体積んでのドライブかよ」

「黙りな。元はといえばあんたがバカな女にひっかかったのがいけないんじゃないの」

「うるせえな。これ以上何か言うと、オレ降りるぞ。後は朝ちゃんが運転しろよ。死体積んでさ」

二人はもはや言葉を交わさなかった。広尾の駅前を抜け、有栖川宮記念公園の木々が見えてきた。セブンスター・タウンは公園の裏手にある。

先ほど連絡したので、裏口で訓子が待っていてくれた。

「早く、早く」

「もう、娘さん来たの？」

「羽田を出るぐらいだよ。それより死亡の知らせを聞いて福田さんがやってくるって。娘さんに挨拶するために」

「でも娘はまだ時間かかるよね」

「福田さんは娘が到着する前ぐらいに来るんじゃないの。とにかく急いで」

二人でストレッチャーに乗せた。左のももが浮いていたままだったので、力を入れて元に戻した。

エレベーターが開く。二人は用心深くストレッチャーを押した。後ろから慎一がついてくる。

「いい？　部屋に入ったら、まずあんたがお母さんを連れ出してね。そしてそのままレンタカーでうちまで連れていって頂戴」

「オレが突然やってきてさ、突然散歩に連れ出すって無理ないかい」

「無理でも何でも、とにかくお母さんを連れ出して欲しいの。あのね、コンシェルジュの細川さんって人に、さっきメールしといた。彼女がいろいろすべてうまくやってくれるから」

「すげえな。グルになってるのがそんなにいるのか」

「グルなんて、人聞きの悪い言い方やめてよ」

最上階に着いた。廊下をつっきり、二重になっている自動ドアを開けた。

「私たち、いったん隣の空き部屋で待機します。その間に弟さんはお母さんを連れ出してください」

「慎ちゃん、毛布だけ持ってって。後で荷物はすぐに運ぶから」

「お袋に怒鳴られるだけで、十分はたつと思うけど」

「ガタガタ言わないで、早くしてよ。お母さんがびっくりして何か言う前に、さあーっとエレベーターで下におろすのよ」

「うまくいくかな」

「下で細川さん、制服着た女性が待ってるから」

朝食が終わって、思い思いの時間だ。ロビィの奥のラウンジでは、健康体操が始まっている。車椅子でも出来るストレッチである。

藤原訓子はあたりをうかがいながら、隣の部屋の鍵を開けた。ベッドだけが置かれた空き室は暖房がきいていない。ひんやりとした空気は、朝子に先ほどの霊安室を思い出させた。二人は喜美子の遺体を前に、しばらく沈黙していた。

「間に合うかしら」

「大丈夫ですよ」

と訓子。

「実は朝子さんが入る前に、ここで亡くなった方が出ましたんで、マニュアルは把握してます」

「そうなんだ」

「ここは病院みたいに、さっさとご遺体を動かしたりしませんよ」

「へえー」

病院の場合、家族が来ての愁嘆場が終わると、ただちに霊安室に運ぶ。あるいはすぐさま自宅だ。他の病人たちに気取られないための配慮である。

「病院と違って、高いお金で権利を買った方たちです。亡くなったとたん、さあ、出ていってくれ、というわけにはいきません。ご遺族の気の済むまで自分のお部屋でお別れをさせます。といっても、たいていの場合、さあーっと葬儀屋さんが来て自宅に連れていきますけどね」

朝子は星野喜美子の娘の、あの理智的な顔を思い出した。

「母が亡くなったらお知らせください」

と言い残して海外へ戻った女だ。さぞかしドライにことを行うであろう。

その時、ドアをノックする音がした。

「弟だわ。でも随分早い……」

開けると青ざめた顔の慎一が立っていた。

「お母さん、もう下に連れていったの」

「いや……」

首を横に振る。

「部屋に行ったら、知らない爺さんがいた。そしてお袋と睨み合ってた」

「何ですって！」

朝子と訓子は同時に叫び、一緒に部屋を飛び出した。

隣の部屋のドアは半分開いていた。車椅子のためのひき戸である。そこからコートを着たままの福田の姿が見えた。

「あっ、福田さん。おはようございます」

訓子は間の抜けた声で挨拶をしたが、朝子は足がすくんで動かない。気がつくと後ずさりをしていた。福田はすぐ、朝子の方に向き直る。そして叫んだ。

「おい、田代朝子」

呼び捨てにしたことが、彼の怒りを表している。ずんずんと朝子に近づいてきた。

「このババアはいったい誰なんだ」

「………」

「星野喜美子さんがお元気で下にいらした時、私は何度も会ってる。このババアとは別人だ。いったい、このババアは誰なんだ」

「母です……。私の……」

「お前の母親が、いったいどうしてここにいるんだ！」

「それはですね……」

「お前の母親がここにいて、星野さんはどこにいるんだよ」

誰も答えることは出来ない。

「言え、星野さんはどこなんだ！」

その時、ドアが勢いよく開いて、邦子が飛び込んできた。急いできたらしく息が荒い。

「田代さん、どうして携帯に出てくれないんですか!?」

「ごめん、それどころじゃなくって」

「今、下に星野さんのお嬢さんがいらっしゃいました」

「大変だー」

大声をあげたのは福田である。

「エレベーターに乗ろうとしたのを必死で止めました。今、お会わせする準備をしているので五分だけ時間をくださいって」

「星野さんはどこだー」

福田の絶叫があたりに響いた。朝子と訓子は顔を見合わせる。もう誤魔化すことは出来ない。

「福田さん、ちょっとそこどいてください」

朝子は怒鳴った。

「星野さんを運び入れます」

「おう」

「慎一、お母さんを早く！」

「わかった」

慎一は母親を車椅子に乗せ、部屋を出る。朝子と訓子は隣の部屋に入り、ストレッチャーを力を入れて押す。ベッドの傍に置いた。

「せーのー」

訓子と声をかけ合って、毛布ごとベッドに乗せた。朝子はすばやく毛布をはがし布団をかぶせた。喜美子の髪の乱れを直す。

「福田さん、これ！」

訓子が福田の手に数珠を握らせ、喜美子の顔に白い布をふわりとかぶせたその瞬間、ドアが開いた。一度だけ見たことがある喜美子の娘が立っていた。黒いハーフコートが既に喪服のように見えた。

「どうもこのたびはご愁傷さまです」

福田が言い、訓子も朝子も神妙に頭を下げた。

「お母さま、あまりにも急なことで私どもも驚いております。ご容態が急変されまして、病院に運ぶ間もなく……」

「お世話になりました。もう年も年でしたし、クモ膜下出血で倒れた時は、医者も一年もつかどうかと言っていましたし」

まるで外国語を暗唱しているような口調であった。

「星野さまは、当セブンスター・タウンが出来た頃からご入居いただいていました。私どもにとって、とても大切なご入居者さまでいらっしゃいました」

福田は静かに合掌する。その合間に、訓子は喜美子の顔を覆う布をとった。ずっと前からその布は置かれていたように。朝子の動悸《どうき》が速くなる。娘はじっと母の顔を見つめているからだ。今、ここでとっさに行われた芝居の嘘を、見抜いているのではないだろうか。彼女の母親は、三時間近いドライブをしてここに着いたばかりなのである。

「とても穏やかな顔をしていますね」

娘は言った。そして時計を見る。

「もうじき叔父と葬儀屋さんが到着すると思います」

「このままお連れになりますか」

「ええ、そのつもりですけど」

「あの、星野さん……」

朝子は声をかける。

「ご葬儀はどちらでしょうか……あの、私たちも、星野さんのご葬儀にはうかがいたいと思っておりますので」

「母はもう家を処分していますし、私もすぐに帰るので、葬場も無理でしょう。叔父の家で身内だけで行うつもりですので、どうぞお構いなく」

「それは残念です……」

様子はわかった。もうじき葬儀屋がやってくるというのだ。彼らに死亡診断書を渡さなくてはならない。栃木の病院が発行したそれを、業者は不審に思うだろう。

「あの……」

娘はそこにいた人たちを見渡した。

「申しわけないですが、私と母をしばらく二人きりにしていただけませんか。私、ちゃんとお別れしてないんで」

その言葉にどれほど朝子は救われただろう。

朝子と訓子、そして福田はロビィへと出た。

「さあ、本当のことを言え」

まわりに人がいるので、彼は大声を出すことが出来ない。そのことさえいまいましくてたまらないようだ。朝子を睨みつけ、低い声で問う。

「どうしてこの部屋に、お前の母親がいたんだ。星野さんの部屋だったんだぞ。星野さんは、いったい今までどこにいたんだ」

「栃木県の鹿沼ですよ」

観念した朝子は答える。

「鹿沼……、いったいどうして、そんなところへ」

「鹿沼にいい施設がありました。母を入れようかな、と思ったところです」

「それじゃあ……」

　彼はあわあわと唇を動かした。

「す、すり替えた、ってことだ」

「星野さんは意識がまるでありませんでしたから」

「そんなことは関係ない！」

　ついに彼は大声をあげたが、ドアの向こうの娘をおもんぱかり、また腹話術人形のように口を極端に動かす。

「大切なご入居者さまと、お前の母親を、す、すり替えるなんて、これは詐欺罪だ。いや、住居侵入、それから窃盗罪だ」

「そうかもしれませんけど」

　訓子が間に割って入ってきた。

「福田さん、お怒りはもっともですけど、星野さんに知られたら大変です。今は星野さんをちゃんとお見送りすることだけを考えませんか」

「うるさい、そんなことはわかってる」

「わかってるなら、死亡診断書をどうにかしてください」

娘の到着に間に合った今、そのことが朝子のいちばんの懸案事項である。

「鹿沼の病院と担当医師の名前が書いてあります」

「な、な、なんだって！」

福田の下唇が震え始めた。

「それをお渡しするわけにはいきませんよね。だけど死亡診断書がないと火葬出来ないし……」

「ダメなのか」

「必要ですよ」

朝子と訓子は同時に答え、一瞬ではあるが、福田を含めて三人は共犯者となった。

「何とかするしかないな……」

ややあって福田はつぶやいた。

「うちの小室先生に頼んで書いてもらうしかないだろう」

小室とは併設するクリニックの医師である。言ってみれば身内のようなものだ。

「今から僕が行ってくる。どうにかして間に合わせる」

「お願いします」

朝子は頭を下げた。奇妙なことであるが、今頼るのは福田しかいないのである。

早足でエレベーターに向かう、彼の後ろ姿を見ながら訓子がつぶやいた。

「ついにバレちゃいましたね……」

「仕方ないよ」

「私たち、どうなるんでしょうか」

「間違いなくクビだね」

「仕方ありません、義母もここにいて極楽と言ってましたから」

「そうだよね……」

朝子はあたりを見渡す。ロビィでは老人たちが思い思いにくつろいでいる。たいていが認知症の始まった者たちであるが、テレビを眺めていたり、介護士たちにしきりに話しかけたりしている。寝たきりの者たちは、そろそろオムツの交換の時間である。

「誰にも迷惑かけてなかったよ、私たち」

朝子は言った。

「だってね、星野さんは意識がなかった。そんな人はどこにいても同じだよ。ちょっと場所が変わっただけだ。そこでちゃんと介護を受けてた。そしてまだ元気なうちの母親はさ、ここで最高の介護をしてもらって幸せだった。うまくいえないけどさ、その人にいちばんいいものを、上手にふりわけたって感じだよ、私は。こういうの間違ってるかなー」

「たぶん」

三十分後エレベーターが開き、葬儀屋とおぼしき男と身なりのいい老人がやってきた。

星野の娘が葬儀屋たちと立ち去った後、最上階にやってきたのは、福田と事務局長の竹山《たけやま》であった。竹山はノートパソコンを手にしている。

「福田さんから聞いたけど、ちょっと信じられない話ですよね」

彼は出資者である、大手ゼネコンからやってきた人物である。五十を過ぎ、もはや本社に戻る望みはない。福田とは対照的に痩せた体つきで、しゃれた縁の眼鏡をかけている。その眼鏡をパソコンの画面に押しつけるようにして言った。

「これから名簿を見て、一人一人確かめていきましょう」

「竹山さん、僕はもう何が何だかわからないよ」

福田はわめき出した。星野の娘の前で、ずっと感情を抑えていたに違いない。

「うちの大切なご入居者さまがいなくなって、替わりに見たこともないバアさんがこの部屋に住んでたんだよ」

「それで他にも、不正なことが行われているって言うんですね」

「不正じゃなくて、犯罪！」

福田はそこにいる朝子と訓子を睨みつける。

「僕はね、あいつも入り込んでるような気がするんだよ」

「あいつって誰ですか」

「決まってるだろ、丹羽さつきだよ」

吐き捨てるように言うとは、こういうことだという見本のような発音であった。

「あの女のために、どれだけ迷惑をかけられたことか。いや、迷惑じゃなくて犯罪！」

朝子と訓子は顔を見合わせる。さつきと夫の遠藤は、五日前から空き室に住んでいるのだ。今のこのただならぬ気配をきっと感じているに違いない。

「それじゃあ、八〇二号室の井上孝吉《こうきち》さまから見ていきましょう」

パソコンの画面には、シミだらけの老人の顔が映っている。井上孝吉、八十四歳。二年前に認知症の症状が出始め「上がってきた」。有名な公認会計士だったという人物である。

「井上さんなら、あそこにいらっしゃいますよ」

訓子が指さした先に、一人の老人がロビィを歩いている。足腰は丈夫で、時々ドアが開いた隙に廊下に出てしまうことがあった。歩きながらたえず喋っているのが特徴だ。

「次は八〇三号室の、大谷真佐子《おおたにまさこ》さまです」

竹山が告げる。

「大谷さまは、昨年この階にお移りになりました。九十二歳ですが頭はしっかりしてらっしゃいます。が、骨折で入院以来お体が不自由になられて……」

「なるほど」

二人はドアを開けて中を確認する。

「失礼いたします」

「まあ、福田さん、お久しぶりね」

真佐子はリクライニングベッドにもたれて、本を読んでいるところであった。名家の出身である彼女は、この階に移ってからも身だしなみを忘れない。朝になると寝巻きを上質のニットやブラウスに着替える。

「大谷さま、相変わらずお元気そうで何よりです」

「ちっともお元気じゃないわよ」

薄く口紅を塗った顔で笑う。

「体が動かなくなって、どこか行くのも車椅子ですもの」

「手は充分にございますので、どこかお出かけの時はいつでもご用命ください。失礼いたしました」

二人は深々と頭を下げた。

ドアを閉め、竹山はパソコンに見入る。

「次の八〇四号室ですが、ここは空き室ですね」

「何言ってんだ、人の気配がするじゃないか」

ノックをしようとした時、柱の陰から一台の車椅子が近づいてきた。押しているのは中年の男だ。

「お母さん！」

そこに立っていた朝子が大きな声をあげる。

「どうして戻ってきたのよ！　慎一、どうして下の車に乗せないのよッ」

「お袋がどうしても、って聞かないんだ」

チヅは全身の力を込めて、立ち上がった。

その気迫に福田と竹山も口をぽかんと開けている。チヅは頭を二度ほど下げた。

「田代朝子の母です。このたびは申しわけありませんでした」

そこで力尽きてまた車椅子に座る。

「なんかおかしい、と思っていましたが、上の方のご好意で、従業員割引で入居させてもらっているという娘の言葉を信じてしまいました。さっき息子がすべて話してくれました。私も娘もここで泥棒みたいなことをずっとしていたんですねえ……」

車椅子に座ったままで、何度も頭を下げる。

「娘は確かに悪いことをしましたが、みんな私のことを思ってのことなんです。本当に人並はずれた親孝行の娘ですから。それでどうか、警察に突き出すようなことはやめてください。娘をどうか犯罪者にしないでください。私はとてもここにいる方々のようなわけにはいきませんが、少しは貯《たくわ》えもあります。今まで置いていただいた分、日割りにしていただくわけにはいきませんか。そうしてお支払いしたいんですが」

「日割りだとぉー」

福田の眉と口角がいっきに上がった。

「ふざけんなー、このババア！」

あまりの暴言に、朝子や訓子はもちろん、ロビィにいた入居者や介護士たちもしんとして静まりかえる。

「ここのご入居者さまはなー、お入りになる時にお一人最低でも八千六百万円お預かりしてるんだ。金があるなしだけの問題じゃない。社会的にちゃんとしているかどうか、こちらで判断するんだよ。ここはなー、お前みたいな貧乏人のババアが近づくことも出来ないんだよ。それを泥棒猫みたいな真似しやがって。ふざけんじゃない。お前も娘も警察に突き出してやるぞ。わかったな」

ガーンと大きな音がした。入り口の引き戸が力いっぱい開く音だ。今、彼らが入ろうとしていた八〇四号室のドアが開き、丹羽さつきが立っていた。

「いい加減にしなよ！」

「あっ、お前は」

「さっきから聞いてたらさ、あまりの言い方だよ。田代さんのお母さんが、必死に謝ってるんだよ。そういう言い方はないよ。あんた、最低だよ」

「お前みたいな女に、最低と言われるおぼえはない……。さては、わかった」

福田はずんずん中に入っていった。ソファに座っていた遠藤が、きょとんとした表情でこちらを見ている。

「失礼ですが、どなたですか……」

「やっぱり、ここにいたなァ」

福田はわめいた。

「姿が見えなくなったと思ったら、〝上〟にあがってたのか。いったいこのフロアはどうなってんだ。見知らぬババアに、退居してもらうはずのアル……。いや、ちっ」

アルツハイマーとはさすがに言えない。

「遠藤さん」

福田はずかずかと近づいて行った。

「ここはあんたのいるとこじゃないんだよ。さあ、出ていってもらいましょうか」

腕をむんずとつかみ、無理やり立ち上がらせる。

「悪いけどさ、あんたはもうここにいる資格がない人なんだ。あの女がやったことなんでしょうけど、もうあんたはここにいちゃダメなんだよ。さあ、このババアと一緒に出ていってくれよ」

福田が遠藤の背を強く押した。思わずよろけて彼は床に手をついた。

「遠藤さん、大丈夫!?」

さつきが駆け寄って抱き起こそうとする。その時、後ろから竹山が大声をあげた。

「福田さん、大変ですよ。この隣の部屋、あのジイさんが住んでます!」

「えっ、どのジイさんだよ」

「ほら、あの、勝手に空き部屋に入って、部屋中小便だらけにしたジイさんですよ」

「えっ、何!?」

そこには、細川邦子の父、滋が、ぼんやりと立っていた。灰色のカーディガンに黒いズボンというきちんとした身なりは、他の居住者に混じっても遜色ない。

「ここのご入居者さまは!?」

「村井東亜《むらいとうあ》さま、八十四歳です。認知症の症状が出て、こちらに昨年末移られました」

「ふざけやがって!」

福田は朝子の方に向き直る。

「おい、村井さまはどこなんだ」

すべてを観念した朝子は答える。

「栃木の施設です。鹿沼じゃありませんけど」

「ふざけやがって! ふざけやがって!」

もはや福田はすべてのタガがはずれてわめき出した。集まり始めた人の目も気にしない。

「お前は、このフロア、乗っ取るつもりだったんだな」

「そこまでは……」

「ええい、うるさい。警察だ、警察だ、この三人をひっとらえろ。ジジイとババアと、アルツハイマー野郎だ。それから田代朝子と細川邦子、丹羽さつき、仕組んだ奴らも」

さらに何か続けようとした福田が、いきなり後ろに倒れた。さつきがいた。手には陶器のスタンドがあった。

「遠藤さんのこと、アルツハイマー野郎だなんて、私は許さないよ！」

そして跪《ひざまず》いて福田の顔を覗き込んだ。

「死んでるの？」

「まさか」

朝子がすばやく福田の脈を取り、後頭部に触れた。

「脳震盪《のうしんとう》だよ。さつきさん、すごい力だね」

「もう一回やろうかな」

「やめなさい。本当の犯罪者になるよ」

「私たちって、もう犯罪者なのかな」

「たぶんね」

「福田は警察に突き出すって言ってたけど」

「微妙なとこだね。世間体をこれだけ気にする男が本当にやるかどうか」

ドアの前で、竹山が地団駄を踏んでいる。身の危険を感じて逃げようとしたのであるが、このドアは入居者の徘徊防止のために、常時ロックがかかっているのだ。スタッフの認証パスを使うか、認証番号を押すことで開く。

「おい、このドアを開けろ。開けるんだ」

朝子、訓子、さつきの三人は顔を見合わせる。どうしていいのか全くわからない。目の前には倒れている福田がおり、視線の先には逃げようとしている竹山がいる。

いちばん早く結論を下したのはさつきであった。ずかずかと竹山の近くに行く。そして問うた。

「竹山さん、どこに行くの」

「き、決まってるだろ、事務所に戻るんだ」

「事務所に戻って何をするの」

「救急車を呼ぶんだ。福田さんが大変だ」

「福田さんは心配ないよ、看護師がついてるんだから。それより竹山さんは、警察に電話をするつもりなんだろ」

「そ、そんなことはない」

「だったらどうして、そんなに怯えた顔してるの？」

「お前ら、犯罪者じゃないか。この八階が犯罪者の巣だってわかったからだ」

「やっぱり警察に知らせるつもりなんだね」

「………」

「だったら、もうちょっとここにいてもらうよ」

さつきはがっしりと彼の左腕をつかんだ。

「朝子さん、そっちの腕をつかんで」

痩せた竹山は、二人の女にがっちりと両脇をはさまれる格好になった。

「この人、どこにいてもらえばいい」

「薬入れとく部屋かな。鍵もかかるし」

「じゃあ、福田も一緒に入れとこう」

「寒いけど大丈夫かな」

「毛布でも投げ込んどくよ」

意識が戻らないままの福田も、ずるずるとひきずっていった。

ひととおりの作業が終わった後、三人の女は何も言わずしばらく立ちつくしていた。

「さつきさん……」

朝子がつぶやく。

「どうして、こんなことしたんだろう、私たち……」

「決まってるよ、頭にカーッと血がのぼったからだよ」

「この後、どうするつもり」

「わからない。ただあの二人を警察に行かせたくなかっただけだよ」

「世間に知られると困るから、たぶん警察なんかに行かないよ」

「そんなことはわからないよ。ただ私は、福田を許せない。遠藤さんはちゃんとした入居者だった。ここで残りの人生を過ごすつもりだった。それなのに福田が悪企みをして、遠藤さんを追い出そうとしたんだ。私はそのことを許さないよ。朝子さんだってそうだろ」

「私だって、自分の大切な母親をババア呼ばわりされた時、福田を一瞬殺してやろうかと思った。だからさつきさん、嬉しかったよ」

「私さ、世間に知ってもらってもいい」

「えっ、私たちのしたことを」

「私たちがしたこと、そんなに悪いことなのかな」

「そうだね」

「でも他にどんな道があるっていうのさ。私はそういうこと、すべてひっくるめて世間に知られてもいいと思うよ。警察に行くのはそれからさ。もうひと頑張りしよう」

「さつきさん、何、考えてんの……」

朝子はおそるおそる尋ねる。さつきは熱を帯びた目を向ける。

「私たち、いられるだけここにいようよ。もっと粘ってやろうじゃん。ねっ！」

「さつきさん、あなた、本当にいったい何を考えているの」

「私はさ、このまま絶対に謝りたくない。ごめんなさい、そうですね、って言ってここから出ていくなんて死んでもイヤだよ」

「そりゃ、そうかもしれないけど」

「朝子さんだってそうだろ。悪いことだと思ってやったんだよね。だったらさ、どうしてそういう悪いことをやらなきゃいけなかったか、世間に知らせてやろうよ。そうでなきゃ悪いことをやった甲斐がないじゃん」

だけど、と朝子が言いかけた時、ドアが開いて細川邦子が飛び込んできた。

「大変ですよ」

息せききっている。

「もうじき事務所の人たちが上がってきますよ！」

「えっ、どうして」

「保管室で竹山さんが助けてくれって」

「しまった、携帯を抜いとくの忘れちゃった」

「今、私、エレベーターのゆっくりボタンを押しときましたが、すぐに数人で来ますよ。さっき人を集めてたから」

「急ごう」

さつきは走り出した。エレベーターの前へと行く。ドアのすぐ右には大きな壺《つぼ》をのせた、アール・デコ風のチェストが置かれていた。

「これを動かすんだよ！　早く手伝って」

朝子、訓子、邦子の三人の女たちが手を貸してもチェストはびくともしない。さつきは奥に向かって呼びかける。

「野村さん、飯島さん、ちょっと手を貸してよ」

すると認知症とおぼしき老人が二人、とぼとぼと出てきた。

「持ち上げるのは無理。みんなで押してみよう」

老人二人は意外な力を発揮し、チェストはずるずると移動した。そしてエレベーターのドアをぴったりふさいだのである。

やがて上の数字がゆっくりと、３・４・５・６・７・８と光り始める。ドアが開いた。事務所の男たちが乗っているのがわかる。といっても上半身しか見えない。

「ちょっと、これ、どかせろよ」

男たちはいっせいに怒鳴った。

それでも若い事務のスタッフが、チェストによじのぼり越えようとした。

「ちょっと、こっちに来ないでよー」

さつきの威嚇の大声は、驚きのそれに変わる。いつのまにか朝子がゴルフクラブを手にしていて、そのスタッフの頭に殴りかかっていたからである。

「痛ーッ」

彼は悲鳴をあげ、そのとたんエレベーターの扉は閉まった。掲示の数字は逃げ去る姿そのままに、7・6・5・4……と小さくなっていく。

「朝子さん……」

呆然《ぼうぜん》とするさつきに朝子は微笑んだ。

「こうなったら、私もやるよ。どうせ捕まるなら徹底的にやってやろうよ」

だけどさ、と続ける。

「立て籠もるのは、私たちと親だけでいいよ。他の入居者さんは下に移ってもらわなきゃ」

看護師らしい配慮は訓子にも見せた。

「藤原さん、すぐにさ、他の入居者さんと介護士さん連れて下に降りてよ。まだあなたのことはバレてないいんだから」

「そんなこと出来るわけないでしょ」

訓子ははちきれそうな制服の胸を張った。

「何度でも言うように、私は介護のチーフなんですよ。私が名簿つくったんです。さっきの福田さんの態度を見て、私も思いましたよ。あれはね、私たちの親すべてに向かっての侮辱なんですよ」

「あの……」

一歩前に歩み出たのは邦子であった。

「元はといえば、私の父のことが原因なんですよ。行くところのなくなった父を、さつきさんが下の部屋にこっそり泊めようとしてくれた。それからさつきさんは睨まれ始めたんですから」

「ストップ！」

朝子はそこにいた三人の女を見渡す。

「そういう反省会は後にしよう。すぐに動ける入居者さんを下に降ろさなきゃ。チェストをいったんどかすよ。そう、そう、大切なことを忘れてた。階段を防火扉で閉めよう」

「そうですね。急がなきゃ」

訓子が走り出した。防火扉はボタン一つで閉められる。

「あんた、いったい何を始めるつもりだい……」

車椅子のチヅが震えながらつぶやいた。

もう一度皆でチェストを動かし、三十二人の入居者と十八人の介護人が、次々とエレベーターで降りていった。おそらく階下では、大変な騒ぎが起こっているに違いない。

中には、九十二歳の大谷真佐子のように、

「面白そうだからしばらくここで見ている」

という入居者もいる。

秘密を知って協力してくれていた介護士も残った。彼らも、

「どうせクビになるなら、とことんやりましょう」

と口々に言うのである。

「これは遊びじゃないよ……。いいよ、いいよ、何かあったら、みんな私に脅かされてたってことにしてよ」

と朝子。

「私一人で、こんなことを思いついたんだよ。わかってるよね」

あたりの騒動に、遠藤も部屋から出てきた。

「何なんですか？　いったい何が始まるんですか……」

「いいの、いいの。遠藤さんは何も心配しなくてもいいよ」

とさつきは腕をさする。

その時、さつきの携帯が鳴った。着信を見ると倉田夫人からであった。

「さつきさん、いったい何が起こってるの!!」

「その、いろんなことがバレて、私たちは今最上階に立て籠もってるんです」

「何が何だかわからないわ。私たち、今すぐそっちに向かいますよ」

「えーと、エレベーターはチェストで降りられないようにしてて、それから階段は防火扉閉めちゃってます」

「ちょっとあなた、そんな……」

夫人がため息をつき、今度は岡田が替わった。

「階下はえらいことになってるぞ。警察呼ぶかどうか迷ってる。だけど警察呼ぶなって、入居者の反対もあって……。とにかく僕たちはそっちへ行くよ」

「でもエレベーターが……」

「今エレベーターが上がっていったら、それは僕たちだから」

再びチェストでふさごうとしていたが、さつきはそのままと制した。先ほど手を貸してくれた認知症の老人二人もなぜか残っていて、やがてエレベーターのドアが開き、四人の老人が現れた。

岡田に倉田夫人、そして山口に純子というカップルである。

さつきが手早くことの次第を説明すると、うーんとうなったのは男たち二人である。

「すり替えるなんて、よくも考えたもんだなぁ」

「それはやっぱり犯罪だよ」

だけど、と倉田夫人がきっぱりと言った。

「私はさつきさんの気持ちわかるわ。福田さん、やっぱりひどいですもの。遠藤さんをここから追い出そうとしただけじゃなくて、みんなの見ている前でひきずり出したんでしょ」

「そうだわ、さつきさんが殴ってあたり前よ。私だって山口さんが同じめに遭ったら、やっぱり福田さんを殴ってたと思う」

「純子さんには無理だよ……」

山口は恋人の発言に、すっかり目尻が下がっている。

「君は怒っても口だけだもの」

「そんなことないわ。私ね、こう見えても娘時代、禅と合気道をやってましたの」

へえー、と一同は驚きの声をあげる。

「ですから今の話聞いて、すごく胸が騒ぎます」

「ねえ、なんとかしてあげてくださいよ」

岡田と山口はしばらく顔を見合わせていたが、さつきと朝子、そして邦子の三人を集めた。

「こんなこと始めて、あんたたちはいったい何をしたいの」

「さっきゴルフクラブふり上げて、私、やっとわかりました。私、一矢《いっし》を報いたいんです」

朝子は古風な言いまわしをした。

「皆さん方はここのご入居者さまですから、私たちの気持ちはわからないと思います。私はただ、一生懸命生きてきた母親が、こんなにないがしろにされる世の中が許せないんです。年とればとるほど、こんなに差が拡がる世の中、ひどいなあ、って思うんです。そして……」

きっぱりと顔を上げた。

「その格差の象徴が、このセブンスター・タウンです。皆さん方には危害を加えませんので、どうか私たちのすることを黙って見ててくれませんか。私たちのしていること、すごく馬鹿みたいで犯罪です。それはわかってます。わかってるけど、始めちゃったもの、もう仕方ないんです。私はもう止まらないんです」

「私だってそうだよ」

とさつき。

「お金がなくなったとたん、手の平返しする。ここみたいなとこに、うちの親もずっと苦しんだんだ」

「あんたたちのしていることわからないし、協力もしないけどさ、ひとつだけ教えてあげる」

　山口は自分の携帯を取り出した。

「あんたたち、ここに立て籠もる気なんだろ。だったらプロを頼むべきだよ」

「プロ!!」

　女たちはいっせいに声をあげた。

「そう、プロ。プロだった、って言うべきかな。さつきさんは、二一三号室の立川《たちかわ》さん知ってるだろ」

「ああ、すっごく背の高い人だよね」

「立川さんは筋金入りの闘士だった。どこかの支部の委員長やって、確か有罪くらってたはずだよ」

「えー、何やってたんですか。コワい人？」

「学生運動だよ。僕はあの頃もう社会人だったけど、彼の名前は知ってた。そのくらい有名人だったんだ。どうだい、やるからには彼の指導を受けなよ。あの人、まだ若いし、元気あり余ってる。きっと助っ人に来てくれるよ」

「でも、迷惑が……」

　朝子が言いかけると、いいよ、いいよ、と山口。

「あのさ、爺さんが多少のことしたって、誰が咎めるもんか。きっと立川さん、電話したらすぐにすっとんでくるよ」

確かにそのとおりで、七分後に立川は皆の前に立っていた。

「たぶん、もうじき警察がやってくるよ。反対してた人たちを、事務の奴らが説得してた。監禁されている二人のことが心配だから、警察に連絡しますって。僕はさ、自分たちで解決出来ないのか、このフヌケ野郎ども、警察介入、絶対反対って、ずっとわめいてたけど」

彼はここの入居者の中ではきわめて若い。六十代後半だろう。妻の死をきっかけにここに入居してきた。

「まあ、二日もてばオンの字だけど、それでもやってみたらどうかな。警察もさ、ここは老人と女ばっかりだって知ってる。手加減するさ。まさか機動隊突入なんてこともないはずだし……」

彼は何がおかしいのか、ひとり笑った。

「警察来たらエレベーターの前のチェスト、すぐにどかされるよ。バリケード築かなきゃ」

「バリケードですって！」

朝子の顔色が変わる。

「何も、私たち、そんな本格的なことをするつもりじゃ……」

「だったら、こんなこと始めなければいいんだよ。このままだと、あんたたちのおままごともあっという間に終わるよ。テレビ局も新聞社も来ない前に、すぐ終わって、ここの奴らは口ぬぐうよ。ちょっとボケた老人が暴れてたもんですからね、とか何とか言って誤魔化して終わり。それでいいなら、この時点でやめたら。そうしたらあんたたちがクビになるぐらいで済むよ」

「私はイヤです」

その声のする方に、皆の視線が集まった。邦子が激しい言葉を発したのだ。

「私、父を看るあまりのつらさと理不尽さに、人を殺そうと思ったんですよ。朝子さんにとめられてやめましたけど。私のこんな気持ちを世間に知ってもらいたい。私も一矢を報いたいですよ」

「細川さん……、ひき返すなら今のうちだよ。あなたはちゃんとしたうちの奥さんなんだし、もしこのことが表沙汰になったら……」

「いちばん困るのは兄嫁ですよね」

邦子は微笑んだ。

「すべてはあの女のせいで、私はこう追い込まれていったんですから、ざまみろですよ」

「じゃ、あんたたち、やる気あるんだな」

立川の問いに、そこにいた女たちすべてが、はいと答えた。その中には倉田夫人と純子も含まれている。

「じゃあ、まず椅子を集めるよ。バリケードの積み方は教えるから」

若い介護士が駆け出していった。この階のロビィに何脚かの椅子があるのだ。

「それから丹羽さん」

立川はジャケットを脱ぎ、ソファに置いた。すっかりリーダーの貫禄を身につけていた。

「丹羽さんは食堂に勤めてたんだから、食糧を確保してきてください。調理室詳しいでしょ」

「でも、今、昼ご飯の準備で人がいるよ」

「階下では誰が何をやっているのか、よくわからず混乱してます。あなたが行っても大丈夫」

さつきはすぐに携帯を取り出した。

「もし、もし、チーフ？」

「おっ、さつきさんじゃないか……。おい、おい、ちょっと待っててくれ……」

しばらく時間がかかった。

「ここなら大丈夫だ」

「いつものとこだね」

厨房の裏手、チーフが煙草を吸いながら、さつきと他愛ないお喋りをするところだ。

「今、昼の仕込みでいちばん忙しい時だよね」

「今日の定食はシチューだから大丈夫だ。それにしてもよ、さつきさん、えらいことを仕出かしたな」

「えー、私だってもうわかってんの」

「あたり前じゃないか。さつきさん、福田さんを殴って人質にして、上の階に立て籠もったんだろ」

「いろいろ事情があってさ」

「どうせ遠藤さんのことだろ」

しみじみした口調になった。

「オレもさ、ちらっと話は聞いてるけど、あれはひどいや。アルツハイマーになった遠藤さんを追い出そうとするなんて、それもわざわざ祖父《じい》さんのご落胤《らくいん》まで探し出してさ。やり方が汚いって、みんな言ってるよ。さつきさんが殴る気持ちもわかるよ。それに……」

「あのね、お願いがある」

さつきはチーフの饒舌を止めた。あまり時間がない。

「食べ物を分けてくれない。二、三日分」

「そっちは何人いるんだ」

「えーと、みんな合わせて二十人ぐらいかな」

「オッケー、パンと乾麵、冷凍のもん、いろいろ持ってきな。上の階には確か電子レンジとガスコンロあるはずだよ」

あまりにもあっさりと承諾してくれたので、さつきはとまどってしまったほどだ。

「オレが上に運んでやってもいいよ。なんだか面白そうだし」

「いや、いや、チーフに迷惑はかけられない。それにエレベーターも階段も封鎖してる。今裏口のエレベーターだけが使えるけど、そこもすぐに封鎖するって」

「なんだか本格的だねえ」

チーフはうきうきとした口調になった。

「よし、オレが段ボールに入れてここに置いとく。すぐに取りに来な」


午後になった。パトカーの音はまだ聞こえてこない。皆でパンにハムとチーズをはさんだものを食べ、コーヒーを飲んだ。さきほど下から運んできたものである。

「厨房からすすんでカンパがくるとは思わなかったなぁ」

立川は上機嫌である。

「ブルジョアの巣窟のようなセブンスターだけど、こうして一般の労働者たちは支援してくれてるんだな」

「立川さんは伝説の闘士だったんだよ」

パンを頬ばりながら、山口が解説する。

「有名な話があってさ、機動隊に追われながらも立川さんは西門を走り出ていく。すると間髪入れずに、今度はわーっと東門から入ってきて、先頭を走っていく。その姿に他の学生たちはタチカワーって大感激するんだ」

「ふうーん、足がそれほど速かったんだね」

さつきが問うと、

「いや、いや、僕は双児《ふたご》だったから」

「はあーっ？」

「僕も弟も学部は違うけど同じ大学。付属の高校から一緒に入ったわけ」

「ウソみたいな話だねえ」

一同はざわめいた。

「ところであらためて皆に聞きたいんですけど、この闘争、どこまでやるつもりですか」

あたりを見渡した。

「やがて警察が来るでしょう。このバリケードではひとたまりもないと思うよ。火炎瓶を使う気あるんですか」

「カエンビン！」

男たちの方が反応は速い。岡田は首を横に振った。

「いや、いや。いくら何でもそれはまずいでしょ。もし火事になったり、ケガ人が出たりしたら大変なことになる」

「いやあ、僕らの場合は単なる脅しです。二酸化マンガンと硫酸で火を出します。この場合、ビール瓶を使うんですな。そんなにたいしたことにはなりません」

「だけど二酸化マンガンや硫酸を、どうやって手に入れるんですか」

「さっき弟に連絡しました。大学の理学部で教えてるんですよ。えらく張り切って、学生に持っていかせるって言ってますよ」

「火炎瓶って、昔、学生さんが投げていたものですよね」

純子がこわごわ尋ねる。

「まさか、私が投げる日がくるなんて思いもしなかったわ」

「えー、純子さん、火炎瓶を投げるつもりなの！　まさか」

山口の大声に純子はうろたえる。

「だって、やっぱりここまで来たら、そうしなきゃならない時もありますでしょう」

「そうですとも」

立川は大きく頷き、美しい老婦人の肩を叩いた。

「火炎瓶は相手に危害を与えるためだけじゃありません。オレたちはこれだけ本気なんだっていう気持ちを表すためにだって必要なんです。その時が来たら、純子さんにも投げてもらいますよ」

「私にも出来るかしら」

「もちろんですよ。この場所なら下に落とすことになると思いますから、純子さんにも出来ますよ」

「まっ」

純子の頰が赤くなった。

「あの頃、ニュースで見ていて、みんななんて楽しそうなんだろうって羨ましかったんです」

「そうなんですよ。世の中変える、なんて言ってましたけど、本当はみんな楽しくて楽しくやってたんですよ……。ところで」

立川はあたりを見渡した。

「もうじき火炎瓶の材料が届くとしても、バリケードがこんなもんじゃ話になりませんよ。もっと椅子はないのかなァ」

「下の階のホールにはありますわよ」

それまでソファに腰かけていた倉田夫人が立ち上がった。

「しっかりしたつくりの椅子が、コンサート用に百脚はあるんじゃないかしら。いつもは隅の方に積んでありますけど」

「ああ、あれがあったか」

「あの椅子を皆で運びましょうよ」

「しかし、そんな数の椅子を運ぶとなると大ごとですね。事務所の奴らがすぐやってくるはずです」

「音をたてればよろしいんじゃないの。私たちあそこで、しょっちゅう音楽の練習してますもの」

それがいいと、岡田が叫んだ。

「あそこで愛子さん、ピアノを弾いてくださいよ。僕たちが歌います。その隙に椅子を運べばいいじゃないですか」

「皆で歌ですか」

「ホールは幸いこの真下です。エレベーターを操作して下に行かせないようにしましょう」

「でもよほど騒がしい歌じゃないと、椅子を運ぶ音、ごまかせませんが」

「『第九』なんかどうですか。ほら、〝晴れたる〜〟っていうやつ」

「岡田さん、最後まで歌えますか」

「それはちょっと……。じゃクラシックじゃなくてもいいですか？　ビートルズでも」

「いいんじゃないですか」

「ジョン・レノンの『イマジン』はおとなし過ぎるし……。そうだ、〝オ〜、イエエ〜〜〟にしましょう」

「とにかく早く椅子を運んでください」

　立川はいつのまにか、地図のようなものを描いていてそれを見せる。

「いいですか、火炎瓶の材料が運ばれてきたら、ここ、いいですか、この裏口のエレベーターを閉鎖します。そうしたら僕たちは完全に隔離されます。もうじき警察がやってきます。警察が来ると、五分後にマスコミがやってきます。その時に僕たちの声明を発表するんですよ」

「セイメイ！」

　皆は息を呑む。

「そうですよ。僕はこの声明文の案を練っているんですが、まだうまくまとまりません。これは私憤なのか公憤なのか、よく判断がつかないんです。しかしまず世の中に訴えることは、遠藤さんに対する不当な退去勧告です。この豪華極まりない施設が、著しい差別主義によって、悪辣《あくらつ》な方法をとっていたことを世間に知らせるべきです。そして田代さんや細川さんのあきらかに犯罪と思われる行動に対しても、何らかの正当性を持たせなければなりません。僕たちのこの行動は、あきらかに世の中に対して、一石を投じることになると思うんですよ……」

「むずかしいことはわからないけどさ」

とさつきは饒舌を遮る。

「私も皆と同じ、ただ一矢を報いたいだけさ」

「わかりました。それでは手の空いている人はすべて下のホールに降りて、椅子を運んでください。僕はここで連絡をとりながら、火炎瓶を待ちます。何かあったら困りますので、必ず団体で行動してください」

一同は用心深くエレベーターで降りていった。

朝子は皆から離れて、薬の保管室に入った。隅の方で竹山と福田が毛布をかぶって座っていた。倒れた時に失禁したのであろう、福田のズボンの前が黒く濡れていた。

「ふざけんな、お前」

福田の声が怒りのために震えている。

「こんなことして許されると思うなよ。お前も手伝った奴らもすぐ捕まるからな。刑務所行きだからな」

それには答えず、

「福田さん、お漏らししたね」

と朝子はおごそかに言った。

「ねえ、トイレに行けずにさ、紙オムツしたり、人にウンチをとってもらう人の気持ちわかる？　それがどんなにつらいことか屈辱的なことかわかる？　それを少しでもわかったらさ、あんたは年寄りにもっと優しく出来たはずだよ。あんたのお客さんじゃなくてもさ」

「うるさい、このバカ女」

「田代さん、僕たちをいったいどうするつもりですか？　携帯返してくださいよ」

「もうじきことが終わりますから待っててください。お二人に死なれると困るから、今、パンと水を持ってきますね。それからポータブルトイレもね。それを使いながら、老人がどういうもんか、よーく考えてくださいよ。福田さんみたいな人はさ、自分がすぐそういう立場になるはずなのに、まるっきり想像力働かせることが出来ないんだから」

バターンと強くドアを閉めた。

一方下のホールでは、倉田夫人がピアノを弾き、歌が始まった。岡田、山口、純子、介護士たち、協力してくれている認知症の老人たちがビートルズを大声で歌う。そうしながらリレーで椅子を運んだ。

この椅子は折り畳み式ではない、木製でクッションがついている立派なものである。

それゆえかなり重い。

「純子さん、君には無理だ」

山口が首を横に振った。

「横にどいてなさい」

「そんなことないわ。なんか火事場の馬鹿力っていうのかしら、こんなのへっちゃら」

「二人ともちゃんと歌って」

倉田夫人に注意され、

「オー！　イエ〜！」

「抱きしめたい」を歌いながら隣の者に椅子を渡す。若い介護士の男性が二人、それをエレベーターの中に積んでいく。やがて満杯になりドアが閉まった。椅子の一陣と、岡田、純子がエレベーターによって上の階に運ばれていく。

「この調子、この調子」山口はつぶやいた。

「さあ、あと二回で椅子が全部運べますな」

と山口は二つ互い違いに重ねた椅子を持ち上げる。とても八十近い老人とは思えない。

「まあ、山口さん、大丈夫？　すごい力がおありになるのねえ。びっくりだわ」

大声を出しながらも、倉田夫人はピアノを弾くのをやめない。

「僕はね、熊本の百姓の出なんですよ。畑仕事をしながら学校行ってたんですよ」

「まあ、それは、それは」

通産次官まで上りつめた男の、意外な過去である。

「本当なら今頃、熊本で米をつくってました。だけどなまじ勉強が出来たばっかりに、東京に出してもらったんですよね。まあ、ここに住んでいる男のほとんどは、似たりよったりの育ちじゃないですかねぇ。お嬢さまの女性陣とは違う。それにしても倉田さん、さっきからガンガン、ピアノ弾きっぱなしで、あなたこそ大変じゃ」

「いいえ、なんか私、楽しくって。いつものコンサートよりずっとずっと楽しいわ」

「そうですか……。あっ、エレベーターが戻ってきました」

空《から》になったエレベーターから、老人の一人が合図をしている。止めているから早く積み込んでくれというのだ。

「よし、さあ、行こう」

山口が歩きかけた時、二人の男が入ってきた。事務室の職員たちだ。さっき最上階まで上がってきたものの、ゴルフクラブの応酬に遭いいったん引き退がっていたのだ。

「山口さんじゃないですか！」

一人が叫んだ。

「どうして山口さんまで一味に加わっているんですか」

椅子を運んでいる腕をつかもうとする。「うるさい」と山口は椅子を音をたてて置いた。それに相手がひるんだ隙に、今度は椅子をふり上げた。ぶんぶんとまわす。

「このヤロー、近づくんじゃねえ！」

もう一人は啞然として立ったままだ。

「さあ、倉田さん、一緒に！」

椅子をふりまわす山口の後ろにつき、倉田夫人も全速力でドアを抜け、目の前のエレベーターに乗り込んだ。ドアが閉まった瞬間、倉田夫人は重要なことを思い出した。

「あら、協力も何もしないっておっしゃってたわね」

「こういうこと、嫌いな男はいないでしょう」


最上階では立川の指導の下、火炎瓶がつくられている。大きなカレンダーの裏に、彼は火炎瓶の図を描き、それを壁に貼り出していた。

「ビール瓶の七分めまでガソリンを入れてください。その上に二酸化マンガンの粉。重要なのは試験管に入れる硫酸の扱いです。この試験管にしっかり栓をしてビール瓶にガムテープでしばりつけます。くれぐれも硫酸の扱いには注意してくださいね。相当危ないです」

「こうつくってみると、全く単純なつくり方ですなァ」

岡田は隣に座る純子に話しかけた。

「私はノンポリの医大生でしたから、当時彼らのやることを横目で見ているだけでしたが」

「私はもう結婚しておりました。なんだかもう、学生さんのしていること、面白そうだけどよくわからなかったわ」

「女性はそうかもしれませんが、男としては少々血が騒いだものです。しかし私の通っていた医大は、まあ、当時から金持ちの息子ばかりの覇気のない学校でしたからな、たまーに校内でデモがあるぐらい。それも少人数で外部の学生がヘルメットとタオルで顔を覆ってこそこそやっていましたよ」

「それにしても、硫酸なんてこわいわ」

ゴム手袋をした純子は、ガラスのスポイトでおそるおそる容器から試験管に入れていく。

「そういえば昔、美空《みそら》ひばりが、熱心なファンに硫酸を顔にかけられましたわね」

「いやいや、あれは塩酸でした」

「それにしても、ぶっかけたのよね」

二人の呑気な会話は、パトカーのサイレンによって中断される。そこにいた人々、そしてエレベーターで到着した山口や倉田夫人にも、さっと緊張が走る。

「やっとおいでなすったか」

立川は不敵な笑いをうかべ、一同を見渡した。

「これからは、もう冗談ではすみません。逮捕されますよ。戻るなら今のうちです」

「やりましょうよ」

まず叫んだのは山口だ。

「もうこうなったら、毒を喰らわばですよ」

「やるしかないでしょう」

岡田はガソリンを入れたビール瓶をふりまわす。

「遠藤さんに不当なことをした。こっちは大義名分がありますからね」

予想どおりエレベーターが上がってきた。扉が開く。三人の警官がいるのが隙間から見える。しっかりと椅子が積まれているので前に進むことは出来ない。

「ここを取りのけてくださーい」

大きな声であるが、丁寧な口調である。

「お年寄りでご気分が悪くなった方もいるはずです。どうかすぐに解放してあげてくださーい」

「そんな者はいない」

廊下に立った立川は応える。

「この闘争に加わりたくない者たちは、とうに下に降りていった。今、ここに残っているのは、己の自由意志によって闘うことを決めた者たちだ」

「ちょっとオー、ふざけるのはいい加減にしてくださいよ」

警官は怒鳴った。

「呆けかかった爺さんたちが、とんでもないことを始めたって通報があったんだよ。今、この椅子のバリケードどかしてくれれば手荒なことはいっさいしませんからさー」

「呆けかかったとは何だ」

怒りのために山口の肩が震えている。

「ここのセブンスターの連中が、本当にそう言っているのか。そういう体質だからこんな事件になるんだ」

「とにかくねぇー、この椅子どかしなさいよ。どかさないなら力ずくでどかすよ。全く、こんなことするなんて、呆けてるとしか考えられないでしょ」

その時である。バリケードに向かって一本のビール瓶が投げつけられた。投げたのは純子である。

「わーっ！」

向かい合った双方から悲鳴があがった。火炎瓶は椅子のバリケードの端に命中し、そこから炎が立ったのである。

「早く、消火器を！」

いち早く消火器を持った朝子と訓子が走ってきた。たちまち白い泡が噴射される。その前にエレベーターの扉はただちに閉められ、下がっていく。

「純子さん、どうしてこんなことを……」

震える声で問う恋人に、純子はあっさりと答えた。

「呆け、とか言うあの警官に心底腹が立ちましたの。それにしても火炎瓶、本当に火が出ますのね」

立川は窓辺に立ち外を眺める。

「見物人がだいぶ集まってきましたな」

「本当ですか。どらどら」

皆近寄ってくる。

「手を振ってみましょうか」

岡田を倉田夫人が制した。

「おやめなさいよ。はしゃいでいるみたい」

「そうです。我々の本気度が伝わりません」

と言いかけて、立川はおおっと声をあげた。

「そろそろ、と思っていたけれどもやってきました」

公園の横の道を、一台の警察車輛《しゃりょう》が近づいてくるのが見えた。皆は驚きの声をあげる。自分たちのためにあのものものしい車が出動してくるとは思わなかったからだ。車はセブンスター・タウンの真下で停まった。驚きはやがて感動に変わり、一同はため息をついた。しかも中からヘルメット姿の男がとび出してきたのだ。先ほどの警官とは服装が違う。どうやら機動隊員という職種らしい。男は拡声器を口にあてた。

「最上階の人たち、聞こえますかー」

さっきと同じように、最初は丁寧な口調だ。

「すぐに降りてきなさい」

急に高圧的な口調になった。

「ただちに降りてきなさい。もしも命令に従わない場合、強制退去ということになります。私たちはお年寄りに手荒な真似をしたくありません。すぐに降りてきなさーい」

「随分上から目線な言い方ですね。なんだか腹が立ちますわ」

と言う倉田夫人に純子が言う。

「火炎瓶を投げなさいよ、私みたいに。すっごくいい気持ちになるから」

「えー、私も投げていいのかしら」

「どうぞ、どうぞ」

と立川。

「機動隊が出てきたら、火炎瓶投げないわけにいかないでしょう。ただし機動隊にぶっつけないように。彼らにも妻や子はいると我々は教えてきました」

「本当にいいんですか」

山口と岡田が身を乗り出す。

「僕たちも実は、火炎瓶を投げたことなくて。一度やりたかったんですよ」

「それならば、人のいないところに向かって火炎瓶を落としてください」

やがてコンクリートの上で、小さな爆発が幾つも起こり、人々の悲鳴があちこちであがった。

誰かがテレビをつけた。画面の上に「緊急速報！」という文字が躍っている。

女性キャスターが、深刻そうに眉根を寄せレポーターに呼びかけた。

「現場の古沢《ふるさわ》さん、今、爆発音が聞こえましたが……」

「は、はい。たった今、私たちも避難退去を命じられ下がったところです」

若い女の声が震えている。それでもけなげに言葉を続けた。

「どうやら火炎瓶が投げ込まれた模様です」

「えっ、火炎瓶ですか？」

「現場はご覧のように、都内でも有数の高級介護付き施設です。ここでどうしてこのような事件が発生したか、まだ詳細は定かではありませんが、待遇に不満を持つ職員らが、ジェネラル・マネジャーや入居のお年寄りを人質にとって立て籠もっている様子です……」

「え、それは大変なことじゃありませんか。お年寄りを人質にですか!?」

「はい、大多数の方々は下の階に降りてきましたが、人質にとられた方々はまだ最上階にいる模様です」

「寒さが厳しい中、皆さんの健康状態が案じられますよね。本当に心配です」

「ウソばっかり！」

朝子はリモコンを切った。

「その心配なお年寄り方は、皆で火炎瓶投げてますよ」

「この先、どうなるんだろう」

遠藤の肩にブランケットをかけ、さつきはその背を優しく撫でている。すっかり妻の顔となっている彼女に、朝子は語りかけた。

「立川さんは言ったよ。私たちのしたことをマスコミに洗いざらい話しなって。八十パーセントの人たちは私たちのしたことを非難するかもしれないけど、二十パーセントはわかってくれる。その人たちがきっと私たちを救ってくれるだろうって」

「二十パーセントじゃないと思いますよ」

凛《りん》とした声をあげるのは邦子だ。

「共感してくれる人は二十パーセントじゃない。五十代以上なら八十パーセントですよ」

「そうだよね。私たちはこうするしかなかったんだもの。だってさ、親のために闘うって、結局は自分のために闘うことだよね」

「そうですよ。親のみじめさは、いつか私たちにくるみじめさですものね。だから私たち、こんなに必死になったんですよ」

「それにしても長い一日でしたなあ……」

岡田がどさりとソファに腰かけた。

「いったい何のために、こんなことをしたのか……」

「僕にだってわかりませんよ」

山口がいつのまにか煙草を手にしている。

「山口さん、煙草やめたんじゃないですか」

「何か、もうそんなこと馬鹿らしくなって」

「なるほど」

「だけど、楽しかったですなァ。こんな楽しかったことは久しぶりです」

「いやあ、実は私もそうですよ。途中から何のためにやっているのか、そんなことはどうでもいい。ただ暴れたかったんですな」

「そうですよ。我々はずっと暴れることを封じられていましたからな」

すぐ近くで男たちの声がした。エレベーター前の椅子を撤去しているのだ。あと十分もしたら機動隊員によって積んであるものはあとかたもなくなるであろう。

「山口さん、僕はね、この後愛子さんにプロポーズするつもりなんです」

「それはいい」

「あの火炎瓶を投げる時の、彼女の愛らしかったことといったら……。シビれましたよ」

「まるで女学生のようでしたな」

「どうせ僕らはここから追い出されることでしょう。ですけどね、もう施設には入らないつもりです」

「ほう……」

「なんか死ぬまでやってやろうじゃないかって気になってね。恵比寿《えびす》に、親父が残してくれた大きな家があります。近々壊してマンションにするつもりでしたがやめますよ。改装して年寄りでも住めるようにします。山口さんも純子さんとそこに来てください。どうせあなたたちもここを追い出されるはずですから」

「そんなこと出来ますかね……」

「ほら、年寄りの悪いクセだ、〝出来ますかね〟は。そうやって自分を小さくしてる」

そして目を朝子や介護士の方に向けた。

「彼らも呼んでやりましょう。自分たちのパラダイスは自分たちでつくりましょうよ」

機動隊員たちの声が響いた。

「お年寄りの方々、大丈夫ですか。無事ですか？　おケガはないですかー!?」

解　説

上野千鶴子

老後の沙汰も金次第……そんな言葉が浮かんでくる。

親の介護に悩む三人の女の人生が、高級老人ホームで交錯する。三人は真面目に働いてきた親思いの女たち。ひとりは受付職員の細川邦子、ひとりは看護師の田代朝子、もうひとりは食堂のウェイトレス、丹羽さつき。それぞれに家庭の事情を抱えている。三人の女の設定とディテールのうまさには、いつもながら舌を巻く。

三人の勤務先はひとり最低でも八千六百万円の入居金が必要な富裕層向けの有料老人ホーム。お仕えする側とお仕えされる側とには、はっきりした「階級の壁」がある。その壁を不法に越えようとした者たちが受けるペナルティを、スラップスティックばりのブラックユーモアで描いたのが本作だ。

『下流の宴』の著書もある林真理子さんは、現代日本の格差社会に敏感だ。そして上流の現実も、下流の現実も両方知っている。入念な取材にもとづいたと思われる本書は、トップクラスからボトムレベルまで、さまざまな施設を見てきたわたしにも、「あるある」感満載のリアルなディテールに富んでいる。

舞台となる有料老人ホーム、セブンスター・タウンはたんに入居金が高いだけではない。身元の確かな、社会的経歴のある名士や有名人が入居している、「選ばれた者」たちのホームである。クラシック音楽が流れる館内に掲げられたエッチングや水彩画は本物、毎月一回のホールのコンサートは燕尾服《えんびふく》とドレスを身にまとったプロ、食事は朝から和洋を選べ、ディナーも前菜からデザートまでと豪華。温水プールがあって、訪ねてくる孫たちの遊び場になっている。施設だけではない。職員の配置もゆとりがあり、質も高く、給与もよい。医者も看護師も常駐しており、「最高のケア」を受けられる。入居者の女性は名家の令嬢たち、その夫の男性たちは働いて出世した成り上がりであることなども、観察が細かい。入居者は身なりも身だしなみもよく、公共の場に出てくるときにはお洒落《しゃれ》を忘れない。ジェネラル・マネージャーの福田は、この職場の責任者であることを誇りにしている。

「ここならずっと勤めたい」と思う職員たちのネックは、自分たちとその家族が絶対に入居することのできない施設だ、ということだ。いろんな施設を訪問するたびに、わたしにはそこの職員に聞く質問がある。「ご自分の親ごさんを入れてもよいと思われますか?」という質問と、もうひとつ畳みかけて「ご自身が将来、入居してもよいと思われますか?」というふたつの質問だ。多くの施設職員は、「親を入れてもよい」とまでは言うが、ふたつめの質問には、ぐっと詰まる。あるところで施設長をしている男性が、「ここならボクも入ってよいと思えます」ときっぱり答えた。が、その直後に彼はこう言ったのだ、「残念ながらボクの年金では入れませんがね」と。日本の格差社会は、老後格差社会でもある。

だが、そんな理想的に見える施設にも、罠《わな》はある。重度の要介護や認知症になったら、介護付き居室と呼ばれる上層階に隔離されることだ。大枚の入居金を払って使用権を獲得した自室に、なぜ最後までいられないのか？　自立型老人ホームと呼ばれる施設を訪ねるたびに、「要介護になったら、どうなりますか？」という問いに対して、職員は「ご安心下さい、介護居室に移っていただきます」と答えるのを、わたしは疑問に思ってきた。どんなに濃厚な介護を受けるにしても、狭い介護居室に隔離幽閉されるのは施設側の都合にすぎない。それをセブンスターの入居者たちは「〃上〃に行く」と忌避する。〃上〃では暗証付きのドアで施錠され、外に出ることもできない。老いて衰えた姿を見せない、見たくない、見られたくない……からだ。老いを受け入れる施設で、実は老いはタブー視されている。だが、容赦なく訪れるのが、失禁、徘徊《はいかい》、寝たきり、認知症……などの老いの現実だ。

セブンスターで働く親思いの三人の女が、自分の勤める施設に親を入れられたらどんなにいいだろう、と夢みる。それぞれの事情で切羽詰まった女たちは、共謀して思いがけないトリックを思いつく。契約したまま使われていない空き部屋に、認知症の親を緊急避難のために連れ込んだ経験が思いがけず成功して、それなら、と大胆な策に踏み込む。〝上〟のフロアの職員が利用者を識別できないのをよいことに、〝上〟の階への移動がおきるたびに、入居者と自分の親とを入れ替えていこうというのだ。

作家のこのアイディアには仰天した。どんな想像力があれば、こんなSFばりの奇策を思いつくのか。ひとりはクモ膜下出血で意識を失った女性、ひとりは認知症でわけのわからなくなった男性。それをひとりずつ職員の親と入れ替えていく。代わって入居者を、彼女たちの親が行くはずだった地方の施設に送り込む。「どうせ意識がないのだから」「どうせ認知症でわからないのだから」どこに入れても同じ、という理由が、彼女たちの選択を正当化する。親思いの彼女たちの、親に自分の目の届くところで気持ちよく過ごしてもらいたい、という愛情から、ということになっている。

だが……実のところ背筋の凍る思いをした。「意識がない」と思われている高齢者でも、家族や親しい人の呼びかけには反応する。「認知症で何がなんだかわからない」はずの高齢者でも、我に返ることはあるし、喜怒哀楽の感情は持っている。環境の変化は、かれらに影響を与えているはずだ。「毎日新聞」に連載されたこの小説を読んで、読者のなかには、「もしこれが自分だったら」とひやりとした人も多かったのではないか？

「どこに入れても同じ」はずの意識を失った老女が、送り込んだ先の施設で突然死亡したことから、てんやわんやのドタバタ劇が始まる。「どこに入れても同じ」でないことは、遺体の描写からもわかる。自分の親に代わって送り込んだ老女の遺体の足首の裏側に褥瘡《じょくそう》があることを、看護師の朝子は気づく。寝たきりで同じ姿勢のまま、体位交換も充分にしてもらえなかった証だ。「遺体は介護の通信簿」と呼んだのは、大田仁史《おおたひとし》医師だ。褥瘡やむくみがあるかないかで、生前どんなケアを受けたかがわかる。

介護の質は金次第……なのか？　残念ながら、それには一半の真実がある。母を年金の範囲で施設にいれようとした朝子は、結局満足できる施設を探すことができない。その施設に、朝子は他人の親を送り込んだのだ。

「階級の壁」を越えるのは難しい。そのタブー破りをやってしまったのが、ウェイトレスのさつきだ。ダンディで名を馳《は》せた元編集者の入居者、遠藤からプロポーズされて結婚する。認知症が進行する恐怖に怯《おび》える遠藤は、さつきの飾らないまっすぐさに救いを求めた。愛のない結婚と言うなかれ、窮地に陥ったひとには、愛より親切、が真理なのだ。正式の配偶者になったさつきは、夫の居室で同居する権利を得る。それをどうしても許せないのが、体面を重んじるマネージャーの福田だ。由緒正しい素性の方々が入居しているセブンスターでは、正式の夫婦でないと同居はできない。愛人関係にあるカップルをこっそり入居させていることを、知られたくないと思っている。その福田が言う。

「人間には、分相応ってことがあるんだ。分不相応な者が……自分よりずっと上の場所に入り込もうなんて、それは許されないことなんだよ」

「ふざけないでよ。ここにいる人たちと、私たちとどこが違うって言うのよ」

さつきの怒りが爆発する。

なにもかもがばれた後で、〝上〟のフロアに立てこもった三人の女たちとその親、そして協力者たちの「抵抗」が始まる。警察に通報させまいとマネージャーと事務局長を監禁し、事務職員からの通報に駆けつけた警察との攻防戦が始まる。学生運動の元活動家らしい入居者のご指導まであって、バリケードから火炎瓶まで登場する。

「切羽詰まった貧乏人が何をしても許される」……こんな差別主義の「世の中に対して一石を投じたい」「一矢報いたい」というのが、抵抗の理由である。この理屈に、溜飲《りゆういん》を下げる読者もいるだろうか。

本書では差別主義は、自ら仕える側にいながら、「分際をわきまえろ」と弱者を排除する福田が体現している。選んだわけでもないのに上流の身分に恵まれた入居者のなかには、弱者の味方になる者さえいる。なるほど権威主義というものは、トップクラスにはかえってなく、セカンド、サードクラスの者たちの方に序列意識がつよいという作者の鋭い観察眼もほの見える。ほんものの「上流」に属する者たちは、天然にふるまう特権を持っているのだ。だが、入居者の元活動家は自分が差別者の側にいることを自覚しないのだろうか、とか、ツッコミを入れたいところは多々ある。

荒唐無稽な展開は、しょせん作り話だと言ってもよい。だが、後味はよくない。反逆した三人の女たちにどんな「造反有理」があろうとも、意識を失った、認知症になった、寝たきりになった年寄りは、どんな処遇を受けてもかまわない……という考えが伝わってしまうことがこわい。

林さんだって、いつかは歳をとる。要介護にも認知症にもなるだろう。これがわたしなら、と思わないわけにいかない。地方の施設に送られて死亡した老女には、情の薄いと思える娘がいた。林さんにも娘がいる。わたしには子どももがいない。チェックしてくれる者がいなければ、どこかへ追いやられたら、それっきりだろう。

意識がなくなれば、認知症になれば、「どこにいても同じ」でないことは、たくさんの現場を見てきた者として言っておきたい。そしてその違いを生むのは、決してお金ではないことも、言っておきたい。ケアの質を決めるのは、負担できる金額の差ではない、事業者と介護職の志の有無だ。

「飛行機のファーストクラスやエコノミークラスのように負担できる金額によって設備に差があるのはたしかです。でも、わたしたちの目的は、フライトと同じように、すべてのお客さまを同じように安全に目的地に送り届けることなのです」

特別養護老人ホーム新生苑の名誉理事長、石原美智子《いしはらみちこ》さんのことばだ。

林さんにも知ってもらいたい。そして林さんがもっと歳をとって要介護が近くなったときに、どんな作品を書いてくれるか、心待ちにしている。

（うえの・ちづこ　東京大学名誉教授）

本書は、二〇一七年三月、毎日新聞出版より刊行されました。
初出　「毎日新聞」二〇一六年一月十一日〜十二月十一日

集英社文庫

我《われ》らがパラダイス

2020年3月25日　第1刷
2022年12月24日　第4刷

定価はカバーに表示してあります。

著　者　林《はやし》　真理子《まりこ》

発行者　樋口尚也

発行所　株式会社 集英社
東京都千代田区一ツ橋2-5-10　〒101-8050
電話　【編集部】03-3230-6095
【読者係】03-3230-6080
【販売部】03-3230-6393(書店専用)

印　刷　大日本印刷株式会社

製　本　大日本印刷株式会社

フォーマットデザイン　アリヤマデザインストア　　マークデザイン　居山浩二

ISBN978-4-08-744086-7 C0193